Morgarten

Peter Beutler, geboren 1942, ist in Zwieselberg aufgewachsen, einem kleinen Dorf in den Berner Alpen. Als promovierter Chemiker war er Lehrer am Gymnasium Musegg in Luzern. Seit 2007 lebt er mit seiner Frau am Thunersee. Im Emons Verlag erschienen «Weissenau», «Hohle Gasse» und «Kanderschlucht».

PETER BEUTLER

Morgarten

KRIMINALROMAN

emons:

Bibliografische Information der Deutschen Nationalbliothek
Die Deutsche Nationalbibliothek verzeichnet diese Publikation
in der Deutschen Nationalbibliografie; detaillierte bibliografische
Daten sind im Internet über http://dnb.d-nb.de abrufbar.

© Emons Verlag GmbH
Cäcilienstraße 48, 50667 Köln
info@emons-verlag.de
Alle Rechte vorbehalten
© 2014 Peter Beutler
Umschlagmotiv: photocase.com/zisi
Umschlaggestaltung: Tobias Doetsch
Gestaltung Innenteil: César Satz & Grafik GmbH, Köln
Druck und Bindung: Books on Demand GmbH, Norderstedt
Printed in Germany
Erstausgabe 2014
ISBN 978-3-95451-246-1
Aktualisierte Neuauflage

Unser Newsletter informiert Sie
regelmässig über Neues von emons:
Kostenlos bestellen unter
www.emons-verlag.de

Dieser Roman wurde vermittelt durch die Agentur Altas, Bern.

Die automatisierte Analyse des Werkes, um daraus Informationen
insbesondere über Muster, Trends und Korrelationen gemäß
§ 44b UrhG (»Text und Data Mining«) zu gewinnen, ist untersagt.

Eine Woche vor Ostern

Es war Palmsonntag, der 1. April 2012, um sieben Uhr zwanzig, als Joachim Gschwandl in seiner Wohnung an der Morgartenstrasse sein Frühstück zu sich nahm. Er wusste, dass er trotz seiner Haftentlassung vor ein paar Wochen kein freier Mensch war. Als Einziger am Vierwaldstättersee trug er elektronische Fussfesseln. In einigen anderen Kantonen ist diese Art der Überwachung schon seit mehreren Jahren üblich. In Luzern aber nicht. Doch für einmal machte man eine Ausnahme, weil das Delikt, das Gschwandl zur Last gelegt wurde, kein normales war. Keines jedenfalls, das eine längere Untersuchungshaft gerechtfertigt hätte.

Gschwandl war geständig und hatte sich sogar selbst angezeigt. Ein Haftantritt in einer Strafanstalt vor dem Prozess stand auch nicht zur Diskussion, da ihm keine längere Gefängnisstrafe als die bereits abgesessene Untersuchungshaft winkte.

Die Justiz hatte sich entschieden, ihn aus einem ganz bestimmten Grund weiterhin im Auge zu behalten. Man wollte vermeiden, dass er andere darüber informierte, weshalb ihm der Prozess gemacht werden sollte. Sein Telefon wurde abgehört, die Internetverbindung gekappt, das Handy eingezogen, der Postverkehr von und zu ihm überwacht. Es wurde ihm erlaubt, im Laden im Quartier etwas zu besorgen, immer zu einer im Voraus bestimmten Zeit. Zeitungen durfte er sich am Kiosk nebenan kaufen. Auch Radiohören und Fernsehen wurden ihm erlaubt.

Die Fussfessel war so präpariert, dass sie, sollte er sie entfernen, ein Signal an die Kripo sendete. Jeweils um neun Uhr durfte er sie für fünf Minuten abmontieren, um zu duschen. Sein Hauseingang wurde rund um die Uhr bewacht. Er hätte also nicht die geringste Chance gehabt zu türmen.

Gschwandl drehte das Radio an.

DRS 2, acht Uhr, die Nachrichten.
Wieder ist eine CD mit Bankdaten in der Bundesrepublik
Deutschland aufgetaucht. Eine Sprecherin der Regierung des

deutschen Bundeslandes Nordrhein-Westfalen sagte gestern in der Tagesschau der ARD, dem Finanzminister sei eine weitere CD mit Kontendaten der Helvetischen Sparkasse (HSK) zugespielt worden. Eine erste Sichtung habe ergeben, dass darin Informationen über Konten von Schwarzgeldern in der Höhe von fünf Milliarden gespeichert seien.

Ein zufriedenes Lächeln huschte über das Gesicht Gschwandls.

Dann hörte er die Tritte von schweren Schuhen im Korridor, der zu seiner Wohnungstür führte. Es läutete. Gschwandl überlegte, ob er öffnen sollte, obwohl er häufig unangemeldeten Besuch von der Polizei bekam. Er entschloss sich, noch ein wenig abzuwarten.

«Gschwandl, bitte aufmachen. Leute vom Gericht möchten Sie sprechen.»

Leute vom Gericht? Das überraschte nun Gschwandl doch etwas. Hat das etwas zu tun mit der eben aus dem Radio vernommenen Nachricht?

«Wenn Sie nicht öffnen, treten wir die Tür ein.»

Gschwandl schaute durch den Spion. Mit verschränkten Armen stand ein Hüne vor der Wohnungstür, glatt rasierter Kopf, blaue Uniform; eine, die Gschwandl zuvor noch nie gesehen hatte.

Er gelangte zu der Einsicht, dass er nicht umhinkommen würde, dem Uniformierten Einlass zu gewähren. Als Nichtschweizer kannte er sich in der Bekleidung der ortsüblichen Ordnungshüter nicht aus.

★★★

Um Viertel nach acht ging in der Alarmzentrale der Kapo Luzern ein Telefonanruf ein. Er stammte von einer Frau an der Morgartenstrasse. Der Polizist, der den Anruf entgegennahm, versuchte zunächst, die Frau zu beruhigen, denn sie klang in seinen Ohren ziemlich verwirrt: ein schwerer Gegenstand, der auf den Fussboden im oberen Stock gefallen sei, dann ein Schrei.

Als ihm aber die Anruferin erklärte, ein Kapo-Wachtmeister habe ihr eingeschärft, sich sofort telefonisch zu melden, falls sie aus der oberen Wohnung verdächtige Geräusche höre, liess er sich erweichen und versprach, jemand werde im Laufe des Tages vorbeischauen.

Kurze Zeit später machte sich eine Patrouille auf den Weg an die Morgartenstrasse, der Polizist hatte sich erkundigt und festgestellt, dass die Wohnung Gschwandls überwacht wurde. Als die beiden Polizisten an der Wohnungstür läuteten, öffnete niemand. Auch die laut gerufene Warnung «Polizei, wir zählen bis zwanzig, wenn Sie bis dann nicht öffnen, verschaffen wir uns gewaltsam Zutritt» blieb ohne Reaktion.

Einer der Polizisten trat daraufhin die Tür ein. Erst danach bemerkte er, dass das gar nicht nötig gewesen wäre, sie war nämlich gar nicht verschlossen.

Die beiden Beamten gingen durch die sehr ordentlich aufgeräumte Küche in das Wohnzimmer. Dort sahen sie bäuchlings einen Mann liegen. Der Kopf war von einer Blutlache umgeben. Im angewinkelten Ellenbogen steckte eine Spritze. Einen Meter neben der Leiche lagen ein abgerissener Fingernagel, ein Zigarettenstummel und ein Feuerzeug.

«Komisch», sagte der ältere der beiden Polizisten. «Nach einem Junkie sieht der eigentlich nicht aus. Dafür ist die Behausung zu nobel, und es wäre nicht so sauber und aufgeräumt. Aber wir brauchen jetzt Hilfe.» Seinen noch sehr jungen Kollegen wies er an, nach dem diensthabenden Offizier bei der Kripo zu suchen.

Das war Hauptmann Alain Sigrist, der Kommandant, ein schmächtiger, unauffälliger Mittvierziger. Er hatte sich für diesen Sonntag eingeteilt, weil sein Stellvertreter, Leutnant Lauber, freigenommen hatte, um seine angehäuften Überstunden abzubauen. Sigrist schaltete sofort. Ihm war die Brisanz dieses Todesfalles schlagartig klar. Er wusste natürlich um den Sonderstatus des überwachten Österreichers. Nun konnte er sich auf etwas gefasst machen. War es doch erst anderthalb Monate her, als ihn die Luzerner Regierung zum Chef der Kriminalpolizei ernannt hatte. Dass Gschwandl unter solchen Umständen zu Tode kam, würde einen riesigen Wirbel auslösen, und dabei musste ja auch etwas an der Kripo hängen bleiben.

Doch nun durfte er nicht an die möglichen Folgen denken, er musste umgehend handeln. Er bot das auf Pikett stehende

7

Spurensicherungsteam und den zuständigen Amtsarzt auf. Das beanspruchte an einem Sonntag immer einige Zeit, die angeforderten Spezialisten waren zwar zu Hause erreichbar, aber sie wohnten über den ganzen Kanton verstreut, mit Anfahrten, die bis zu einer Dreiviertelstunde dauern konnten.

Allerdings war Sigrist sich auch bewusst, dass die Umstände dieses Todesfalls nicht allein von Luzern aus untersucht werden konnten. Er setzte sich deshalb mit dem Beamten der Bundeskriminalpolizei, dem der Fall Gschwandl zugeteilt worden war, in Verbindung. Und dieser schlug ihm eine Massnahme vor, die Sigrist verblüffte. Am besten wäre es, durch eine oberflächliche Autopsie die Todesursache festzustellen. Nach seinen Informationen dürfte es sich in diesem Fall um einen Suizid handeln. Dann sollte die Leiche nach Österreich überführt werden. Man würde das dort genauer wissen wollen und sie nochmals auf Herz und Nieren überprüfen.

Wie das ablaufen solle, erkundigte sich Sigrist.

«Ganz einfach: Wir vom Amt für Polizei werden einen Helikopter der österreichischen Bundeswehr anfordern. Dort laden wir die Leiche Gschwandls und das Material, das die Spurensicherer aufgesammelt haben, ein. Ab geht die Post nach Wien, und wir haben fürs Erste die heisse Kartoffel weitergereicht.»

★★★

Um neun Uhr klingelte in der Villa von Karl Helbling, Direktor der HSK-Abteilung «Betreuung ausländischer Anleger», das Telefon. Helbling war beim Morgenessen. Er schien den Anruf erwartet zu haben.

Er hörte eine gute Minute zu und antwortete dann: «Danke! Gut gemacht.» Dann hängte er auf.

Die Gemahlin beschwerte sich: «Sag mal! Was sind das für Manieren, einen an einem Sonntag in aller Herrgottsfrühe mit einem Anruf zu belästigen …»

Helbling hob beschwichtigend die Hand. «Nichts Wichtiges. Es war lediglich ein etwas ängstlicher Mitarbeiter, der heute aus der Sonntagzeitung entnommen hat, dass diese Tussi aus Nordrhein-Westfalen wieder eine Daten-CD unserer Bank erstanden haben soll … Mit ‹Tussi› meine ich die Ministerpräsidentin dieses deutschen Bundeslandes.»

Helblings Gattin, Sarah, unterbrach ihn geharnischt. «Aber warum sagst du: ‹Gut gemacht›?»

«Tja … der Mann hat mir berichtet, was er einem Presseheini darauf gesagt hat.»

Sarah Helbling runzelte die Stirn. Sie glaubte ihrem Mann längst nicht mehr alles. Vielleicht war es wieder mal eine seiner Bettgespielinnen, die er in immer kürzeren Abständen aufsuchte.

★★★

Beat Lauber kam um halb eins mit seiner Freundin Suzanne ins Zimmer im Hotel «Ville La Perla» im Zentrum von Ascona zurück und drehte das Radio an. Er hatte heute noch kein einziges Mal die Nachrichten gehört.

Zuerst wurde ausführlich über die in Düsseldorf aufgetauchte Daten-CD der HSK berichtet. Es folgte eine Meldung, die Lauber aufhorchen liess.

Soeben erhalten wir eine Mitteilung der Kantonspolizei Luzern. In seiner Wohnung ist der des Datendiebstahls beschuldigte und unter Hausarrest stehende Joachim Gschwandl tot aufgefunden worden. Nach einem Sprecher des Justiz- und Sicherheitsdepartements Luzern soll er Selbstmord begangen haben. Gschwandl war österreichischer Staatsangehöriger. Bis zu seiner Verhaftung Anfang dieses Jahres arbeitete Gschwandl als Leiter der IT-Abteilung in der Generaldirektion der HSK am Luzerner Schwanenplatz.

★★★

Nachmittags um halb zwei Uhr läutete in Eisenerz Revierinspektor Strasser von der örtlichen Polizeiinspektion an der Parterrewohnung in der Vordernberger Strasse 22. Eine ältere Dame, so um die sechzig, zierlich, gepflegt, öffnete und sah den Mann besorgt an. Es war erst das zweite Mal, dass sie Besuch von einem Gendarmen bekam. Das erste Mal einige Wochen zuvor, als ihr derselbe Beamte eröffnet hatte, ihr Sohn Joachim sei in der Schweiz wegen Datendiebstahls in Haft genommen worden. «Frau Gschwandl, ich muss Ihnen leider eine traurige Nachricht überbringen. Ihr Sohn Joachim ist heute Morgen in seiner Wohnung in Luzern tot aufgefunden worden.» Die Augen von Frau Gschwandl füllten sich mit Tränen. Dann brach sie in ein lautes Schluchzen aus. Strasser legte mitfühlend beide Hände auf ihre Schultern. Die beiden verharrten so eine gute Minute, ohne ein Wort miteinander zu wechseln.

«Ich kann Ihnen nachempfinden», sagte Strasser. «Ich habe vor einem Jahr selbst meinen einzigen Sohn verloren.»

«Ich weiss, Herr Strasser, das war der schreckliche Motorradunfall auf dem Präbichl.»

Der Polizist rieb eine Träne von seiner Wange. «Ich erinnere mich noch, dass Sie auch an der Beerdigung teilnahmen und mir kondolierten. Joachim und mein Sohn gingen ja in dieselbe Klasse, sie waren immer gute Freunde.»

«An was ist er denn so plötzlich gestorben?»

«An einer Überdosis Heroin oder so was.»

Frau Gschwandl schrie entsetzt auf: «Nein, nein ... das hätte Joachim nie getan.»

«Ich kann es auch nicht glauben, das sieht Joachim überhaupt nicht ähnlich. Etwas stimmt an der Sache nicht. Der Kommandant unseres Postens hat, als er den Anruf aus Luzern entgegengenommen hatte, sogleich den Verdacht geäussert, da könnte etwas faul an der Sache sein.»

«Und was ist Ihre Meinung dazu?», fragte die immer noch vor Schluchzen zitternde Frau Gschwandl.

«Ich glaube, da ist etwas dran. Man hört in letzter Zeit schlimme Sachen von den Schweizer Finanzplätzen. Dabei haben wir vor fünfzehn Jahren noch mit Ehrfurcht zu unseren westlichen Nachbarn hinaufgeschaut. Nun wissen wir, dass die Schweiz punkto Korruption und internationaler Drecksgeschäfte unserer Republik um kein Jota nachsteht.»

★★★

Drei Tage später lag der Bericht des Gerichtsmediziners aus Luzern auf Sigrists Schreibtisch. Er memorierte ihn für sich.

Todesursache: Überdosis Heroin. Bruch des Nasenbeins nach einem Sturz, deshalb der Blutverlust.

Hinweis: Heroin, wird es in die Blutbahn gespritzt, kann bereits nach Sekunden zu Gleichgewichtsstörungen oder Ohnmacht führen.

Der Mediziner stellte den Antrag, die Leiche freizugeben, was nach einigen Formalitäten auch geschah. Sigrist bat den Informationschef der Kantonspolizei, ein kurzes Medien-Communiqué zu verfassen.

Am Abend wurde es bereits in den Radio- und Fernsehnachrichten verlesen sowie auf den Internet-Ausgaben der Zeitungen publiziert.

Sigrist war nicht ganz wohl bei der Sache. Während in den meisten Online-Kommentaren der Tod des «kriminellen Datendiebs» mit Genugtuung zur Kenntnis genommen wurde, stellten doch einige Autoren in Frage, ob es sich hier tatsächlich um Selbstmord handelte.

In den kommenden Tagen gab es auch Artikel in der Presse, die hinter die offiziell kommunizierte Todesursache Fragezeichen setzten.

Karfreitag und Samstag

Sigrist war heilfroh, als am Karfreitag gegen Mittag ein österreichischer Armeehelikopter auf dem Militärflugplatz in Emmen landete und wenige Minuten später mit der leblosen Fracht Richtung Osten wieder abflog.

Die Angelegenheit war damit natürlich für den Kripochef nicht vom Tisch, doch er glaubte, eine Lösung gefunden zu haben: Er fasste den Entschluss, sich des Falles zu entledigen, indem er ihn an Leutnant Beat Lauber, seinen direkten Untergebenen, weiterreichte.

Lauber war am späten Gründonnerstag aus dem Tessin nach Luzern zurückgekehrt und beabsichtigte, in der Woche nach Ostern seinen Dienst wieder aufzunehmen.

Die Meldung über den Rollentausch ereilte Lauber übers Handy, gerade zum Zeitpunkt, als er im Begriffe war, sich nach einem reichlichen Mittagessen mit Suzanne ins Bett zu verziehen.

Diese Nachricht kam bei ihm gar nicht gut an. Er warf sein Smartphone in hohem Bogen durchs Schlafzimmer, was Suzanne mit der Bemerkung kommentierte: «Ich glaube, es ist wieder eine neue Version des Samsungs auf den Markt gekommen.» Auch sie bedaure übrigens, dass er jetzt an seinen Arbeitsplatz müsse, aber man könne ja das Verpasste am Abend nachholen.

Um zwei Uhr nachmittags traf Lauber im Büro des Kripochefs ein. Dieser informierte ihn knapp über das, was mit Gschwandl seit dem Palmsonntag geschehen war. Dann übergab er ihm einen Stoss Akten, die Lauber nicht kannte. Der Fall Gschwandl wurde, als es noch um Datenklau ging, von Sigrist persönlich bearbeitet, der allerdings kaum etwas damit zu tun hatte, da ja eine Selbstanzeige vorlag und die Ermittlungen weitgehend dahinfielen.

Lauber konnte es sich nicht verkneifen, darauf hinzuweisen, dass die Causa Gschwandl aus dem Ruder gelaufen sei. Sigrist stellte das gar nicht in Abrede, aber wies jede Schuld von sich. Das Problem sei hier das Bundesamt für Polizei. Die Leute dort würden mehr nach den Bedürfnissen des Staates anstatt nach

denjenigen des Rechts handeln. Die Idee, die sterblichen Über-
reste Gschwandls nach Österreich abzuschieben, sei ja nicht von
ihm, sondern von einem Beamten der Bundeskriminalpolizei
gekommen. Was hätte er, Sigrist, denn anderes machen sollen?
In seinem Arbeitszimmer angekommen, rief Lauber gleich
Ferdinand Minder an.
Der befand sich mit seiner Frau Lisi auf einem Spaziergang
im Meggerwald. In anderthalb Stunden sei er an der Kasimir-
Pfyffer-Strasse, vielleicht ein bisschen vorher, versprach er.
Das beruhigte Lauber ein wenig. Als Nächstes suchte er nach
den Leuten des Spurensicherungsteams, die sich die Wohnung
Gschwandls vorgenommen hatten. Es bedurfte mehrerer Anrufe,
bis die drei Leute zusammengetrommelt waren. Von ihnen wollte
er wissen, was sie eigentlich am letzten Sonntag gemacht hatten.
Das Übliche, erzählten sie ihm. Er bohrte nach und erfuhr ein
wenig mehr, als er schon wusste. Fingerabdrücke ausser denjenigen des Opfers und der beiden Polizisten, die in den Tagen
vor Gschwandls Tod die Wohnung inspizierten, habe man nicht
gefunden. Und im Raum, in dem der Tote lag, habe man einen
eigentümlichen Schweissgeruch wahrgenommen.
Lauber machte sich eine Notiz.
Was für Spuren denn eigentlich sichergestellt wurden? Ausser
dem Zigarettenstummel, dem Feuerzeug, der Spritze, dem abgebrochenen Fingernagel eigentlich nichts.
«Wurden auf dem Zigarettenstummel keine Fingerabdrücke
gefunden?»
Nach denen hätten sie gar nicht gesucht, da es darauf ja gar
keine Fingerabdrücke geben könne.
«Stimmt so nicht, er stammte von einem selbst gedrehten
Glimmstängel, und darauf können durchaus Fingerabdrücke
vorhanden sein. Und Fingerabdrücke sind eins, aber da kann
man auch DNA-Proben nehmen», belehrte Lauber die leicht
beschämten Fahnder.
Lauber notierte wieder etwas. Dann betrachtete er die etwa
zehn grossformatigen Fotos, die gemacht worden waren, als die
Leiche noch im Raum lag. Bei dem letzten hielt er inne, nahm
eine Lupe, um einen Gegenstand, der ungefähr einen Meter von

der Leiche entfernt lag, genauer zu betrachten. Lauber winkte die drei Spurensicherer herbei, legte den Finger auf einen schwarzen Punkt im Bild und fragte: «Ist jemandem von euch aufgefallen, was da liegt?»

Alle zuckten wie auf Kommando mit den Schultern.

«Neben der Leiche lag ein Knopf. Warum habt ihr den übersehen?»

«Hmmm ... so genau haben wir ja nicht hingeschaut. So wie es am Fundort der Leiche ausgesehen hat, gingen wir von einem Selbstmord aus.»

«War euch eigentlich bekannt, um was für eine brisante Angelegenheit es sich dabei handelte? Dass über das Delikt des Toten Hunderte von Medienbeiträgen erschienen waren?»

Die drei schauten sich fragend an.

Lauber überlegte einige Momente, dann befahl er den Beamten, noch einmal die Wohnung Gschwandls aufzusuchen und peinlich genau nach Spuren zu durchforsten.

«Wann?», fragte einer.

«Jetzt gleich! Und gebt mir Bescheid, sobald ihr damit fertig seid.»

Die Akten über Gschwandl waren ziemlich dürftig. Lauber wollte mehr wissen. Er fuhr seinen Computer hoch und loggte sich ins Intranet ein.

Dort fand er eine Aktennotiz, die in den Unterlagen, die er von Sigrist erhalten hatte, fehlte.

1.4.1978 geboren in Eisenerz, Österreich.

1992 bis 1996 Besuch des Gymnasiums in Leoben, Matura 1996.

1996 bis 2005 Studium an der Universität Wien, Abschlüsse: Dipl.-Ing., Dr. rer. nat. und Master of Business Administration (MBA).

Seit Januar 2006 wissenschaftlicher Mitarbeiter in der Abteilung «Kundenbetreuung» der HSK, Luzern.

31. Dezember 2008. Bei einer Polizeirazzia in der «Moonlight-Bar» an der Haldenstrasse wegen Besitzes von 0,5 Gramm

Kokain vorübergehend festgenommen. Zu einer Ordnungsbusse
verurteilt. Verwarnung, kein Eintrag im Strafregister.
Weitere Hinweise: Überweist seit seinem Stellenantritt bei der
HSK monatlich Geldbeträge zwischen 800 und 1000 Euro an
seine Mutter in Eisenerz.

Er druckte die Textstelle aus und unterstrich die Passage über die
Polizeirazzia in der «Moonlight-Bar».

Dann gab er den Namen «Joachim Gschwandl» in Google ein.
«Ungefähr 15'000 Ergebnisse» wurden angekündigt. Unmöglich,
all diese Einträge in vernünftiger Zeit herunterzuladen.
Lauber versuchte es mit «Joachim Gschwandl HSK». Da waren
es noch zweihundert Einträge.

Die meisten stammten von Kommentaren, die unter Beiträ-
gen aus den Online-Ausgaben der Presse über die Verhaftung
Gschwandls standen. Ein Grossteil davon wirklich bescheuert.
Wären sie repräsentativ, dann müsste sich Lauber auf einiges gefasst
machen. Unter einem Artikel, der die Todesumstände Gschwandls
kritisch hinterfragte, stand eine Zuschrift, die kurz nach dem
Bekanntwerden von Gschwandls Tod verfasst worden war:

Vielleicht hätte man diesen feinen Datendieb mit dem Nadel-
streifenanzug eben im Gefängnis belassen sollen. Wie darf es der
Schweizer Bevölkerung zugemutet werden, so einen Sauhund in
der eigenen Wohnung mit Steuergeldern aufzupäppeln. Nur gut,
dass er ins Gras gebissen hat. Ob er sich selbst einen tödlichen
Schuss Rauschgift gespritzt oder ob jemand nachgeholfen hat,
darüber brauchen wir uns den Kopf nicht zu zerbrechen. Ende
gut, alles gut.

Die meisten Leser schienen das auch gut zu finden. Einhundert-
dreiundfünfzig Daumen rauf, fünfunddreissig Daumen runter.
In diesem Stil folgten andere Äusserungen. Da wurde verbal so
richtig auf die Gutmenschen, diese linken Taugenichtse, einge-
prügelt. Landesverräter seien das, sie hätten nichts anderes im
Sinn, als das bewährte und altehrwürdige Bankgeheimnis der EU
zum Frass vorzuwerfen.

Als Lauber etwa hundert Artikel, Kolumnen, redaktionelle Kommentare und Forumseinträge überflogen hatte, stürmte Minder endlich ins Zimmer.

«Hei, Boss, ich steh ab sofort zu deinen Diensten. Ach ja, dieser Fall Gschwandl. Ich habe mich ja gewundert, wie Sigrist versuchte, diese mysteriöse Angelegenheit unter den Teppich zu kehren.»

«Ganz so unbeleckt bist du also in dieser Sache nicht?»

«Nicht ganz, ich habe mich im Intranet und Internet darüber informiert. Und wenn du mich fragst, was ich davon halte: Diese Geschichte stinkt zum Himmel.»

«Daraus höre ich zwischen den Zeilen: Du bist mir nicht böse, dass ich dich an einem hohen Feiertag an die Kasimir-Pfyffer-Strasse zitiert habe.»

Minder grinste übers ganze Gesicht. «Wer geht schon gerne an einem freien Tag arbeiten? Aber ich dachte mir, du würdest mich ganz sicher nicht stören, wenn es nicht wichtig wäre. Auch wenn mir lieber gewesen wäre, Sigrist hätte diese Suppe allein ausgelöffelt.»

Lauber hob die Hand zu einem Stoppzeichen. «Ich finde, er hat genau richtig gehandelt. Der Kripochef hat immerhin gemerkt, dass an dieser Sache etwas faul ist. Und, nun bin ich unbescheiden: Er hat realisiert, dass ich derjenige bin, der gewillt ist, Licht in die dunkle Affäre zu bringen.»

«Immerhin», kommentierte Minder, «dann dürfen wir hoffen, dass er dir keinen Knüppel zwischen die Beine wirft.»

«Vorläufig nicht. Warten wir ab, wie es weitergeht.»

Dann streckte Lauber Minder einen Notizblock hin. «Notiere, was ich von dir wünsche: Erstens: Befrage die Bewohner des Hauses an der Morgartenstrasse. Zweitens ...» Lauber überreichte ihm einen daumendicken Stapel Papier. «... das sind die Unterlagen, die ich von Sigrist bekommen habe. Ergänze sie mit deinen Intranet- und Internetrecherchen. Drittens: Bereite dich auf eine Dienstreise in die Steiermark vor, das österreichische Bundesland, wo Joachim Gschwandl herkommt.»

Dann zog Minder ein Papier aus seiner Jackentasche und reichte es Lauber. «Ich habe das vor einigen Tagen aus dem Internet heruntergeladen. Es ist ein Interview, das Nationalrat Gregor Thaler, ein einflussreicher Politiker aus der Zentralschweiz, einer grossen Sonntagszeitung gegeben hat. Thaler ist übrigens Verwaltungsratspräsident der HSK.»

Sonntagszeitung: Herr Thaler, auf Schweizer Banken sollen etwa 200 Milliarden an unversteuerten deutschen Vermögen liegen. Finden Sie das richtig?
Thaler: *Die Frage ist falsch gestellt. Richtig ist, dass viele deutsche Bürger ihr Erspartes in der Schweiz anlegen. Unser Land bietet ihnen Sicherheit.*

Sonntagszeitung: In Baden-Württemberg wurde eben ein Mann verhaftet, dem nachgewiesen werden konnte, dass er dem Fiskus jährliche Einnahmen von fünf Millionen Euro verschwiegen hatte. Können Sie uns einen Tipp geben, wie man heimlich solche Summen auf ein Sparkonto überweisen kann?
Thaler: *Wieder stellen Sie mir eine falsche Frage. Weshalb wurde dieser Mann verhaftet? Wegen einer gestohlenen Daten-CD. Der feine Herr, der diese geklaut hat, sitzt übrigens im Kanton Luzern in Untersuchungshaft. Ich bin da knallhart: Der Mann ist ein Krimineller, vor dem man unsere Gesellschaft schützen muss. Wir erwarten, dass er nicht unter einer Zuchthausstrafe von zehn Jahren davonkommt. Er hat mit seiner Tat mehr als tausend rechtschaffene Bürger ins Verderben gestürzt.*
Sonntagszeitung: Wir erwarten ... was meinen Sie mit «wir»?
Thaler: *Hmm ... wir? Die bürgerlichen Kräfte. Allen voran die Freisinnig-Demokratische Partei, die FDP also, dann sicher auch der grösste Teil der Schweizerischen Volkspartei und einige wenige aus den Reihen der Christdemokraten.*
Sonntagszeitung: Aber in Deutschland sieht man das anders.
Thaler: *Nicht durchwegs, ja, die Rot-Grünen ärgert das. Sie geben lieber das Geld aus, das brave Leute erarbeiten. Auch in Deutschland gibt es Parteien, bei denen Tüchtigkeit grossgeschrieben wird, die sich nicht bei Arbeitsscheuen, Sozialschmarotzern oder andern Schuften anbiedern. Und wenn ich noch etwas loswerden darf: Wir Schweizer haben es satt, dass linke Minister und Regierungschefs aus deutschen Bundesländern uns − verzeihen*

Sie diese beissende Wortkombination −, dass uns diese Leute ständig auf den Grind scheissen. Ich darf noch deutlicher werden: Der teutonische Riese hat die unangenehme Art angenommen, sich auf den helvetischen Zwerg zu entleeren.

Sonntagszeitung: *Deftige Worte. Finden Sie Steuerbetrug eigentlich gut?*

Thaler: *Sie nerven mich langsam, aber sicher mit Ihren Fragen. Es geht hier gar nicht um Steuerbetrug. Es geht um Steuerhinterziehung.*

Sonntagszeitung: *Wo liegt denn da der Unterschied?*

Thaler: *Darauf habe ich eine klare Antwort. Steuerhinterziehung ist in einem demokratischen Staat kein Verbrechen, sondern eine Ordnungswidrigkeit. Wie Parkieren an einer verbotenen Stelle oder ein bisschen zu schnell fahren. Welcher Richter würde solche Leute in ein Gefängnis werfen? Wir sind doch nicht in einem kommunistischen Land.*

Sonntagszeitung: *Aber wenn es sich bei einer Steuerhinterziehung um einen Deliktbetrag von mehreren Millionen handelt ...*

Thaler: *Verzeihen Sie mir, aber darauf gebe ich keine Antwort. Ersparen Sie sich bitte weitere Fragen.*

Lauber kratzte sich am Hinterkopf. «Das ist ein starkes Stück. Das Problem ist ja nicht, dass es Politiker gibt, die derartigen Quatsch in die Welt hinausposaunen, das Problem ist, dass es Menschen gibt, die solchen ihre Stimme geben.»

Lauber formte beide Hände so, als ob er ein Büschel Geldscheine in der Hand hielte. «Ich fasse zusammen: Die Profiteure der kriminellen Machenschaften unserer Banken werden ihr Diebesgut mit Zähnen und Klauen vom Zugriff des deutschen Fiskus verteidigen. Da scheint offenbar jedes Mittel recht, auch physische Gewalt. Man wird uns zunächst von oben und von unten Steine in den Weg legen. Wer diese CDs geklaut hat, darf bei der Allgemeinheit unter gar keinen Umständen als Opfer gehandelt werden.»

«Du begreifst offenbar, was ich meine», rief Minder nun doch etwas zu laut.

«Das habe ich schon von Anfang an begriffen. Ich werde nun

stur wie ein Bock den Umständen des Todes von Gschwandl nachgehen. Ich habe das mulmige Gefühl, dass er von einer Seilschaft aus angeheuerten Verbrechern umgebracht worden ist —»

«Und ich soll dir helfen, das zu beweisen.»

«Ja, verdammt noch mal!»

«Wie willst du vorgehen?»

«Tu einmal das, was ich dir eben aufgetragen habe. Dann werden wir weitersehen.»

Minder ergriff die Klinke, als er realisierte, dass auf der anderen Seite der Tür jemand das Gleiche tat. Es war einer der drei Polizisten, die Lauber ausgeschickt hatte, noch einmal die Wohnung Gschwandls zu durchsuchen.

«Schon wieder zurück?», fragte der Polizeileutnant verwundert, ohne den Eintretenden darauf aufmerksam zu machen, dass es eigentlich üblich wäre, zuerst anzuklopfen.

Der Mann schüttelte bedauernd den Kopf. «Die Wohnung ist bereits geräumt und gereinigt. Da sind wir wohl zu spät gekommen.»

Lauber entfuhren einige wüste Flüche, dann richtete er seinen Blick auf Minder. «Ferdi, es kommt noch etwas dazu: Erkundige dich bei den Hausbewohnern, wer das Domizil Gschwandls geräumt und gesäubert hat.»

★★★

Die erste Person, die Minder befragte, war Erika Renggli, jene alte Frau, die mit ihrem Anruf bei der Kripo das Ganze ins Rollen gebracht hatte. Ihre Aussagen waren ziemlich verwirrend. Obwohl sie sehr viel erzählte, erfuhr Minder kaum mehr, als er bereits wusste. Als die Dame ihm dann noch einen Kaffee mit Kuchen offerierte, entschied er sich, das Angebot anzunehmen. Vielleicht würde er noch etwas Neues erfahren.

Der Gschwandl sei ein sehr anständiger junger Mann gewesen. Freundlich und ausgesprochen hilfsbereit habe er ihr jeweils die Taschen in die Wohnung getragen, wenn sie vom Einkaufen zurückkam.

«War das immer so?», erkundigte sich Minder.

Im vergangenen Jahr, als er noch arbeitete, habe er das natürlich nur am Samstag gekonnt. «Vom Januar bis Mitte Februar ist er ja im Gefängnis ‹Grosshof› einquartiert gewesen, da ging das nicht. Aber als er wieder zurück in die Wohnung gekommen war, habe ich ihm jeweils geläutet … und immer ist er zur Stelle gewesen und hat mir die schweren Taschen die fünf Stufen der Treppe hochgetragen.»

«Hat er sonst noch Besorgungen für Sie gemacht?»

Frau Renggli lächelte. «Oh ja, er hat mir geholfen, die Steuererklärung auszufüllen, Zahlungen zu überweisen, überhaupt, meine Finanzen in Ordnung zu halten.»

«Ihre Finanzen?» Minder gab sich Mühe, die Frau nicht merken zu lassen, dass er dachte, dass sie offenbar kaum mehr in der Lage sei, alltägliche Schreibtischarbeiten zu verrichten. Er erkundigte sich, wie hoch denn ihre Miete sei. Worauf sie ihm mit einem selbstzufriedenen Gesichtsausdruck verriet, das Haus gehöre ihr.

Dann aber füllten sich ihre Augen plötzlich mit Tränen. «Was soll ich nun tun? Wer hilft mir jetzt, die Wohnung Gschwandls neu zu vermieten? Wer hilft mir, die Wohnungsmiete im zweiten Stock einzutreiben? Ich habe leider keine Nachkommen, nur entfernte Verwandte, denen ich absolut nicht vertrauen kann.»

Minder runzelte die Stirn. «Können die da oben denn nicht zahlen?»

Das sei für diese Leute kein Problem. Ein älteres Ehepaar, der Mann habe auf einer Bank als Portier gearbeitet, kein Spitzenjob, aber er verfüge über eine sichere Pension, und dazu erhalte das Ehepaar noch über dreitausend Franken AHV.

«Bei welcher Bank?»

Die alte Frau vermochte sich nicht genau an den Namen zu erinnern. Als Minder dann aber fragte, ob es etwa die HSK gewesen sei, nickte sie.

«Hatte Gschwandl von Ihnen eine Vollmacht?»

«Ja klar», er habe vollen Zugriff auf ihre Bankkonten gehabt, anders sei das gar nicht gegangen. Aber er habe ihr immer alles aufgeschrieben und ausführlich erklärt.

Dann stand Frau Renggli auf, was ihr offenbar ziemliche Mühe bereitete, denn sie konnte nur noch mit Hilfe von Stöcken gehen. Minuten später kam sie mit einem Ordner zurück.

«Darf ich den mal mitnehmen und genauer ansehen?» Sie sah Minder ein wenig erstaunt an, schien einige Momente nachzudenken. Dann streckte sie ihm beide Hände entgegen und sagte mit vertrauenserweckender Miene: «Ja, nehmen Sie das. Vielleicht helfen Sie mir von nun an, meinen Zahlungsverkehr abzuwickeln?»

Minder schluckte zweimal leer. Er musste sich ja im Zuge der Ermittlungen sowieso mit den Konten, den Zahlungsaus- und -eingängen befassen. Dann nickte er verlegen. Frau Renggli war nahe daran, Minder zu umarmen.

«Eine Frage brennt mir noch auf der Zunge: Wer hat eigentlich die Wohnung Gschwandls geräumt?»

Sie sah Minder verständnislos an. «Wirklich, davon ist mir nichts bekannt.» Sie schien angestrengt nachzudenken und erkundigte sich flehend: «Was ist heute eigentlich für ein Tag?»

«Karfreitag.»

«Ja, natürlich. Ich war ja heute im Gottesdienst. Sie müssen entschuldigen, Herr Kommissar, aber mein Gedächtnis lässt mich bisweilen im Stich.»

Für Minder war das ein untrügliches Zeichen, dass er die alte Dame jetzt nicht mit weiteren Fragen löchern durfte.

Als Nächstes kam das Ehepaar im zweiten Stock an die Reihe. Minder drückte dort den Knopf der Türglocke. Es öffnete niemand, obwohl im Hintergrund deutlich Ländlermusik zu hören war. Als nach dem dritten Versuch sich noch immer niemand meldete, rief er laut: «Kriminalpolizei!» Er hörte schlurfende Schritte. Es geschah immer noch nichts. Nun hielt er seinen Ausweis vor den Türspion. Einen Moment später ging die Wohnungstür einen Spaltbreit auf. Sie war mit einer Kette gesichert.

«Warum tragen Sie denn keine Uniform?», motzte ein unrasierter glatzköpfiger Mann, ungefähr zwischen siebzig und achtzig.

Das sei bei Kriminalpolizisten nicht üblich. Er solle jetzt endlich öffnen, befahl Minder genervt.

«Und wenn ich das nicht tue?»

«Dann verschaffe ich mir mit einem gezielten Tritt Einlass in Ihre Behausung. Darin habe ich Übung, das garantiere ich Ihnen.» Nun hörte er ein Klicken und konnte ungehindert den Gang der Wohnung betreten.

Minder streckte dem alten Mann die Hand entgegen, die dieser aber nicht annahm.

«Wie heisst er denn?», fragte Minder nun in scharfem Ton.

«Können Sie nicht lesen, es steht ja auf dem Schildchen unter der Glocke.»

«Jetzt reicht es mir. Sollten Sie nicht bald kooperieren, avisiere ich die Zentrale. Eine Gruppe Grenadiere wird Sie im Bus als Gefangenentransport in den ‹Grosshof› bringen, und wir lassen Sie dort eine Woche lang in einer Zelle schmoren. Ich sage Ihnen, dann werden Sie singen wie ein Kanarienvogel.»

Wie eine Furie rannte eine greisenhafte Frau zum halsstarrigen Alten und geiferte, sie lasse nicht zu, dass man ihrem Mann ein Haar krümme. «Sie nehmen wir auch gleich mit und bringen Sie in der Frauenabteilung des Untersuchungsgefängnisses in eine Zelle mit drei Dirnen. Diese werden Ihnen die Flausen ganz sicher austreiben.»

«Barmet Theodor», spie nun der Alte seinen Namen Minder ins Gesicht.

«Herr Barmet, ich muss Ihnen einige Fragen stellen.»

Er schlage vor, dafür in die Stube zu gehen. «Dort kann ich mich setzen, denn beim langen Stehen tun mir die Beine weh.»

Barmet öffnete eine Tür und hiess Minder eintreten. Im Zimmer hingen an der fensterlosen Wand zwei grosse Glasvitrinen. Die eine enthielt eine veritable Sammlung Waffen der Schweizer Armee von deren Gründerzeit anfangs der 1870er-Jahre bis zur Gegenwart: drei Versionen von Karabinern, zwei Sturmgewehre, Bajonette von ganz lang bis kurz und ein gutes Dutzend Pistolen. Die anderen grossformatigen Bilder der drei Oberkommandierenden des eidgenössischen Heeres seit 1871: der Generäle Herzog, Wille und Guisan, dann drei Fotos von Zivilisten: Rudolf Minger, Bundesrat von 1929 bis 1940, Eduard von Steiger, Bundesrat von 1940 bis 1951, und Christoph Blocher, Bundesrat von 2004 bis 2007. Neben den Vitrinen waren grössere Schweizer Fahnen aufgehängt.

Über die politischen Ansichten Barmets wusste Minder damit genau Bescheid.

«Herr Barmet, ich bin aus einem ganz bestimmten Grund zu Ihnen gekommen. Es geht um den verstorbenen Mieter unter Ihnen, um Herrn Gschwandl –»

Barmet fiel Minder grob ins Wort. «Dieser Sauhund, dieser Landesverräter, gut, dass ihn endlich der Teufel geholt hat.»

Frau Barmet klatschte laut in die Hände.

«Barmet, dass wir uns richtig verstehen: Ich stelle die Fragen, und Sie antworten. Wertende Kommentare möchte ich von Ihnen nicht hören.»

Der Alte begann, heftig zu atmen. Er zischte mit sich überschlagender Stimme: «Wo sind wir eigentlich hier, in einer sozialistischen Diktatur –?»

Nun brachte ihn Minder resolut zum Schweigen.

«Barmet, Sie scheinen immer noch nicht begriffen zu haben, um was es hier geht. Meine Geduld neigt sich langsam dem Ende zu. Nehmen Sie bitte Vernunft an.»

Barmet ballte seine Fäuste in den Hosentaschen.

«Seit wann wohnte Gschwandl in diesem Haus?»

Der Alte überlegte, warf einen Blick zu seiner Frau hinüber und fragte: «War es 2007 oder 2006, als dieser österreichische Lump hier aufkreuzte?»

«Ja, ich glaube, das war damals im Sommer. An das Jahr kann ich mich nicht mehr genau erinnern.»

Minder kniff die Augen zusammen. «Hatten Sie von Anfang an ein schlechtes Gefühl wegen Gschwandl?»

«Ausländern traue ich generell nicht. Aber die ersten Jahre hatte ich kaum etwas gegen ihn. Erst als sich herausstellte, dass er ein Dieb und Landesverräter war, habe ich begriffen, was für ein Kuckucksei in unserem Nest lag.» Barmet schlug, um seinem Zorn Nachdruck zu verleihen, mit der flachen Hand mehrmals auf den Tisch.

«Gschwandl wurde Mitte Februar in den Hausarrest entlassen», stellte Minder mit ernster Miene fest. «Wie haben Sie von diesem

Zeitpunkt bis zu seinem Ableben am letzten Sonntag Gschwandl wahrgenommen?»

Barmet sah erneut hilfesuchend zu seiner Gattin hinüber.

«Wir sind ihm aus dem Weg gegangen», sagte diese.

«Was haben Sie für Beobachtungen gemacht?»

Während der ganzen Zeit sei ein Polizeiauto in der Nähe des Hauseingangs gestanden. Sogar die Nacht hindurch. Arme Cheibe seien das, diese Tschugger.

Minder hob die Hand und wollte das genauer wissen.

«Es kam vor, dass ich spätabends von einer Parteiversammlung oder dem Jodlerchörli nach Hause kam. Da hörte ich durch das einen Spaltbreit geöffnete Wagenfenster ein Schnarchen … na ja, ich hätte das ja auch nicht ertragen, stundenlang nach diesem Schafseckel da oben Ausschau zu halten.»

«Was haben Sie am letzten Sonntag beobachtet?»

Barmet gab sich alle Mühe, einen Gesichtsausdruck aufzusetzen, der auf die grosse Bedeutung dessen, was er nun sagen wollte, hinweisen sollte. «Das war so: Ich ging zur Tür hinaus, um meinen Hund spazieren zu führen. Das mache ich immer nach den Acht-Uhr-Nachrichten. Als ich das Grundstück verliess, bemerkte ich zwei Männer, die auf dem Trottoir vor dem Haus stehen blieben. Es schien mir, dass sie mich beobachteten.»

«Wie sahen diese Männer aus?»

«Der eine war bullig und sehr gross. Ich schätze, so an die zwei Meter. Der andere hatte eine durchschnittliche Statur.»

«Bekleidung?»

«Das ist es ja. Es war eine Art Uniform und doch wieder nicht. Blau, mit Achselpatten, Seitentaschen an den Hosen, ein breiter Ledergurt und Springerstiefel.»

«Und Sie? Blieben Sie auch stehen?»

«Ich überlegte, ob ich das tun sollte, aber entschied mich dann anders. Ich dachte mir, dass das Leute seien, die Gschwandl einen Besuch abstatten wollten. Vielleicht Angehörige einer ausserkantonalen Polizeieinheit. Gschwandl erhielt ja ab und zu Besuch von sonderbaren Typen.»

Minder zog nun die Augenbrauen zusammen und fragte: «Was verstehen Sie unter ‹sonderbaren Typen›?»

Barmet machte einige Verrenkungen, wohl um seine Verlegenheit zu kaschieren. «Es gab Besucher mit Nadelstreifenanzügen. Sie kamen aber stets in Begleitung von Uniformierten –»

«Uniformierte?»

«Das waren bis jetzt ausschliesslich Luzerner Polizisten, die erkenne ich an ihrer Bekleidung.»

«Und was tat der Polizist im Streifenwagen?»

«Der war zu diesem Zeitpunkt nicht im Wagen. Ich sah ihn zufälligerweise in das Café ‹Emma› über der Strasse eintreten.»

«Kam es öfters vor, dass der Bewacher im Café verschwand?»

«Klar doch. Ich hätte das sicher auch getan. Es gibt wohl kaum etwas Langweiligeres, als stundenlang am Steuer zu sitzen, ohne einen Meter zu fahren.»

Minder sah Barmet wertschätzend an. «Ich danke Ihnen, Sie haben mir wirklich wertvolle Hinweise gegeben. Am Anfang lief es allerdings etwas harzig. Aber das wollen wir jetzt vergessen.»

Barmet streckte den Daumen in die Höhe. «Das ist doch selbstverständlich. Ich bin immer bereit, der Polizei Hilfe zu leisten, wenn es darum geht, Verbrechen aufzuklären. Vielleicht wurde ja dieser Ganove von Ausländern umgebracht.»

Eine Frage hätte er noch, bemerkte Minder: Wann und von wem die Wohnung Gschwandls geräumt und sauber gemacht worden sei.

«Das war gestern. Ein grosser Lastwagen stand etwa eine Stunde vor dem Haus und blockierte den Hauseingang.»

«Haben Sie sich das einfach so bieten lassen?»

«Als ich mich bei einem der Zügelmänner beschweren wollte, trat ein fein gekleideter Herr von der gegenüberliegenden Strassenseite auf mich zu. Er erkundigte sich, was ich für Probleme hätte. Ich schilderte ihm, dass ich meinen Wagen aus der Bahnhofgarage holen und direkt vor das Haus fahre müsse, um im Shoppingcenter Emmen einzukaufen. Meine Frau hat eben böse Beine und kann nur einige wenige Schritte gehen. Ich fahre immer dorthin – wegen der Gratisparkplätze.»

Barmet musste Minders Mienenspiel sauer aufgestossen sein. Er sei Rentner, jammerte er. Da müsse man jeden Fünfer umdrehen, bevor man ihn ausgeben könne. Er sei schliesslich kein

Asylant, dem man Unmengen Geld in den Hintern schoppe, in einem Vier-Sterne-Hotel unterbringe und erst noch einen teuren BMW oder Mercedes zur Verfügung stelle. Minder liess diese Klagen kommentarlos über sich ergehen, er war ja auf weitere Informationen von Barmet aus. «Was geschah weiter?»

«Der nette Herr legte mir fünfhundert Franken auf die Hand und sagte, es handle sich hier um eine geheime Aktion der Bundeskriminalpolizei. Ich dürfe niemandem davon erzählen.»

Aus der Gesässtasche klaubte der Wachtmeister seinen Ausweis und hielt ihn Barmet vor die Nase. «Das gilt natürlich nicht für mich, wie Sie sehen, ich bin auch von der Polizei.»

«Ich muss mir das schon noch überlegen», sagte der Alte. Dann suchte er umständlich in seinem rechten Hosensack nach etwas, das sich schliesslich als Stumpen herausstellte. Aus seiner linken Vestontasche zog er eine Streichholzschachtel. Das Entflammen eines Zündholzes misslang ihm mehrmals, da seine Hände stark zitterten. Minder wollte ihm dabei helfen, was er dezidiert zurückwies. Einen Stumpen oder eine Zigarre zum Glimmen zu bringen sei ein Ritual, von dem Sachunkundige die Hände lassen sollten. Schliesslich brannte doch noch ein Hölzchen. Barmet hielt es unter das offene Ende des Stumpens, so lange, bis sich ein schwärzlicher Ring um das Ende bildete. Dann steckte er den glimmenden Stängel in den Mund, dabei fiel Minder das lückenhafte Gebiss mit nahezu schwarzen Zähnen auf.

Kurz darauf waberte Rauch um Minders Kopf, dass er husten musste. Er schluckte seinen Ärger hinunter und bat Barmet in freundlichem Ton, ihm jetzt zu berichten, wie sich das Gespräch mit dem netten, feinen Herrn weiterentwickelt habe.

Der Herr von der Bundeskriminalpolizei habe gefragt, was er eigentlich einkaufen wolle. Für das Essen heute und morgen, habe er ihm berichtet, gebe es kein Problem. Er werde veranlassen, dass uns die fertigen Mahlzeiten direkt ins Haus geliefert würden.› Und er hat Wort gehalten. Gestern Mittag kam ein Kurier und brachte für uns beide feine Menüs. Wir mussten sie nur aufwärmen. Und heute Morgen läutete es um acht. Man brachte uns alles, was das Herz begehrt, für sämtliche Mahlzeiten.»

Natürlich wollte Minder wissen, wer diese Sachen gebracht hatte und von wem sie stammten.

Danach habe er wirklich nicht gefragt, weshalb auch? Einem geschenkten Gaul schaue er nicht ins Maul.

Minder musste einsehen, dass er aus Barmet nichts Weiteres herausbrachte. Er streckte ihm die Hand entgegen, um sich zu verabschieden. Minder ging aber nicht zu seinem Wagen, sondern ins Café.

Eine blutjunge Bedienung trippelte gleich zu ihm und erkundigte sich, was er konsumieren wolle. Sie hätten heute feine Cremeschnitten, eine Spezialität des Hauses, dazu so günstig wie in keinem Lokal weit und breit.

Minder sah auf die Uhr. Er verspürte zwar Appetit, hatte eigentlich sogar Hunger, doch bald würde ihm Lisi ein reichhaltiges Nachtessen zubereiten. Aber Cremeschnitten? Er widerstand der Versuchung nicht, das Angebot anzunehmen, bestellte dazu noch einen Cappuccino.

Die Cremeschnitte schmeckte wirklich ausgezeichnet, auch der Cappuccino, auf dem ein kleiner Berg geschäumte Milch schwamm.

Als er alles aufgegessen und ausgetrunken hatte, winkte er die Serviertochter herbei, nicht nur, um zu bezahlen. «Seit wann arbeiten Sie hier?»

«Schon fast ein Jahr. Ich bin noch Lehrmädchen.» Das hätte sie gar nicht sagen müssen: Auf dem Schildchen, das an ihrem Pulli angeheftet war, stand: «Mimi Gaggioli, in Ausbildung».

«Frau Gaggioli –»

Sie wehrte mit einer Handbewegung ab. «Man sagt mir Mimi.»

«Also, Mimi, ich hätte eine Frage an Sie. Ich bin von der Polizei.»

Mimi riss entsetzt die Augen auf.

Minder entfuhr ein verhaltenes Lachen. «Keine Angst, es geht nicht um Sie. Haben Sie am letzten Sonntag auch hier im Café bedient?»

«Ja klar. Ich bin sozusagen jeden Sonntagmorgen hier. Da sind die Gäste immer spendabel und geben reichlich Trinkgeld.»

«Ist Ihnen an diesem Sonntag etwas aufgefallen?»

Mimi überlegte, schüttelte aber den Kopf.

«Schade», fand Minder. «Aber vielleicht finden wir zusammen doch noch etwas heraus. – Ist ein Polizist hereingekommen?»

Mimi lächelte. «Genau, ja, das war der Jules. Der ist in letzter Zeit häufig am früheren Morgen hier aufgekreuzt. Er hat immer fürchterlich gegähnt und sich dann entschuldigt, er habe die halbe Nacht im Wagen sitzen und ein Haus hier an der Strasse beobachten müssen.»

Minder unterliess es, die junge Frau zu fragen, weshalb sie denn mit dem Polizisten per Du sei. Der Name Jules sagte ihm nämlich etwas. Ein Gefreiter, der auch in der Kriminalabteilung eingeteilt war. Etwa vierzigjährig, ein bisschen zu alt, um mit einem Teenager zu flirten.

«Wissen Sie etwa noch, wo er damals gesessen hat?»

Das wisse sie sehr genau. «Der sitzt immer am Fensterplatz dort, wo man den Eingang dieses Hauses im Blick hat.» Sie zeigte dabei auf das Haus, wo Gschwandl wohnte.

«Das muss für diesen Jules nicht sehr angenehm gewesen sein, immer den Kopf zu verrenken und dort hinzuspähen», bemerkte Minder.

Mimi prustete los. «Der hat fast nie hinausgeschaut. Er hat nur gesagt, dass er das eigentlich tun müsste.»

Minder mimte Verständnis für das Verhalten seines Kollegen, zahlte und spendete als Zugabe ein grosszügiges Trinkgeld.

«Kannst du dir vorstellen, dass die Bundeskriminalpolizei hinter der klammheimlichen Räumung der Wohnung an der Morgartenstrasse steht?», fragte Lauber, als Minder ihm von seinen Befragungen berichtet hatte.

Das vermöge er kaum zu beurteilen, räumte Minder ein.

Lauber zog das Tischtelefon zu sich, tippte eine Nummer ein und drückte den Knopf «Lautsprecher».

«Hutter.»

«Grüss dich, Viktor, hier spricht Beat. Ich stecke bis zum Hals in der Scheisse – vielleicht sogar wegen euch.»

«Hört sich an, als ob es um Joachim Gschwandl geht.»

«So ist es. Waren es deine Leute, die seine Wohnung geräumt haben?»

Viktor Hutter räusperte sich. «Wir haben zwar auch die Finger im Spiel, aber sein Heim haben wir ganz sicher nicht angerührt.» Lauber erzählte dem Beamten aus dem Bundesamt für Polizei, was sich in den vergangenen Tagen an der Morgartenstrasse abgespielt hatte.

«Viel Vergnügen, diese Angelegenheit wird immer undurchsichtiger. Braucht ihr unsere Hilfe?» Da stelle sich natürlich die Frage, was die Bundeskriminalpolizei unter Hilfeleistung verstehe.

«Du spielst mit diesem Tritt ans Schienbein wohl auf die Ausschaffung von Gschwandls sterblichen Überresten in sein Heimatland an. Aber da wasche ich meine Hände in Unschuld. Hätten wir den Posthabsburgern die Leiche nicht untergejubelt, würden sie uns von nun an für alles verantwortlich machen, was schiefläuft.»

«Da läuft in der Tat einiges schief. Und derzeit sieht es so aus, dass man der Kripo Luzern alles in die Schuhe schieben möchte.»

«Beat, wenn ich so einen breiten Rücken wie du hätte, würde ich mich über das Mediengeplänkel nur noch amüsieren.»

«Glaubst du immer noch an einen Suizid?»

Es herrschte einige Sekunden Stille.

«Wen fragst du da? Den Fahnder der Bundeskriminalpolizei oder den Privatmann Viktor Hutter?»

«Was sagt der Erste?»

«Er hält vorläufig noch an der Selbstmordversion fest.»

«Der Zweite?»

«Er muss sich wohl damit abfinden, dass es Mord ist.»

Der Schluss des Gesprächs glitt in die Belanglosigkeit ab.

Lauber musterte Minder mit einem Lächeln auf den Stockzähnen. «Ferdi, was für Schlüsse ziehst du aus allem, was wir jetzt wissen?»

Minder neigte den Kopf langsam auf die rechte, dann auf die linke Seite. «Wir sind auf dem richtigen Weg. Der nächste Schritt: Wir müssen herausfinden, welche diese mysteriöse Zügel- und Putzfirma war, die die Morgartenstrasse heimsuchte.»

Lauber nickte. «Ich werde gleich morgen zwei Leute unserer Abteilung dafür freistellen. Mit den Recherchen können sie wohl erst am Dienstag beginnen. Wir werden flächendeckend alle in Frage kommenden Unternehmen unter die Lupe nehmen.»

«Warum überträgst du diese Aufgabe nicht mir? Das wäre doch naheliegend», fragte Minder leicht beleidigt.

«Nein. Mit dir habe ich etwas anderes vor.»

«Häh …?»

Plötzlich erinnerte sich Minder an den Ordner, den er von Frau Renggli erhalten hatte. Er hastete rasch in sein Arbeitszimmer hinüber, um ihn zu holen.

«Hier.» Er übergab die Unterlagen Lauber. Dieser blätterte kurz darin und realisierte schlagartig, wie wertvoll die abgelegten Papiere sein könnten.

Dann hob er den Zeigefinger. «Aber ich möchte den Ordner noch der Abteilung ‹Wirtschaftsdelikte› weiterreichen, damit sie die Dokumente darin auf Korrektheit überprüfen. Es wäre peinlich, wenn sich herausstellte, dass Gschwandl die Demenz der alten Dame ausgenutzt hätte, um daraus Vorteile zu ziehen.»

Der Wachtmeister forderte nun seinen Leutnant auf, ihm endlich zu eröffnen, was er in den nächsten Tagen von ihm erwarte.

«Du fliegst über die Ostertage in die Steiermark und schaust dir das private Umfeld Gschwandls genauer an.»

«Ich habe Flugangst.»

Lauber schüttelte sich vor Lachen. «Nun verstehe ich, weshalb du mir gesagt hast, du würdest nie nach Amerika, in die Karibik oder auf die Kanaren fliegen … wohl nicht aus ökologischen Motiven, wie du immer behauptet hast.»

«Also gut, nehmen wir halt den Zug.»

«Wen meinst du mit ‹wir›?»

«Lisi und mich.»

Lauber stützte seinen Kopf in beide Hände und dachte eine Minute nach. Dann fuhr er seinen PC hoch.

Minder stiess einen Laut des Unmuts aus. «8. April 2012? Das ist Ostersonntag.»

«Ich kann für dich die Radiopredigt aufnehmen, falls du das möchtest. – Abfahrt Luzern: sieben Uhr fünfunddreissig; Ankunft Leoben Hauptbahnhof neunzehn Uhr zweiunddreissig, Umsteigen in Salzburg und Villach. Von Leoben kannst du am nächsten Tag Eisenerz mit dem Bus in drei Viertelstunden erreichen. Ein Auto zu mieten lohnt sich nicht. Ich werde euch im Hotel ‹Kongress› in Leoben ein Doppelzimmer reservieren.»

Minder sah Lauber mit offenem Mund an. «Ich habe Lisi noch gar nicht gefragt, ob sie damit einverstanden ist.»

«Sie ist es.»

Minders Miene verriet, dass er sich geschlagen gab.

«Es sieht ganz so aus, Beat, als ob du dich in Leoben gut auskennst.»

Lauber bekam schier feuchte Augen. «Da liegst du richtig. Von Leoben über den Präbichl nach Eisenerz gibt es eine berühmte Bahnlinie. Zurzeit fährt die Bahn leider nur im Museumsbetrieb. In ihrer Hochblüte beförderte sie mit langen Güterzügen täglich Tausende Tonnen Erz in das Stahlwerk von Donawitz. Donawitz ist ein Stadtteil von Leoben.»

Minder strahlte übers ganze Gesicht. «Wunderbar, nun kommen wir doch noch zu unserer Osterreise …»

Laubers Miene trübte sich scheinbar ein. Er fuchtelte mit dem Zeigefinger. «Auf der faulen Haut darfst du nicht liegen. Nimm dein Notebook und dein iPhone mit. Ich möchte mit dir zu jeder Zeit Verbindung aufnehmen können. Als begnadeter Hacker darfst du dich auf der langen Bahnfahrt mit dem Auskundschaften der HSK und ihrer Tochterfirmen beschäftigen. An den Bahnhöfen Zürich, Bludenz, Innsbruck und Villach kann man sich ins WLAN einloggen.»

Minder bewegte seine Finger wie ein Pianist vor einem Konzert. «Das lasse ich mir natürlich nicht zweimal sagen. Die Kosten für das Einloggen werde ich selbstverständlich auf die Spesenrechnung übertragen. Gratis ist das nämlich nicht.»

Lauber runzelte die Stirn. «Du zeigst dich wieder mal von der naivsten Seite. Meinst du eigentlich, wir wollen an die grosse Glocke hängen, dass du illegal Leute beschnüffelst? Wir werden schon einen Weg finden, dir diese horrenden Ausgaben zu begleichen.» Er schob seine Hand in die Gesässtasche, faltete umständlich sein Portemonnaie auseinander und zog zwei Hunderternoten heraus. «Da, nimm, das dürfte genügen, auch noch für zwei Zwischenmahlzeiten im Speisewagen, du armer Schlucker.»

Minder war das überhaupt nicht peinlich.

Inzwischen war der Stundenzeiger der grossen Uhr in Laubers Büro auf sechs Uhr gerückt.

«Darf ich jetzt gehen? Lisi wird die Reise vorbereiten, Billette bestellen, Reiseutensilien und was alles noch dazugehört, einpacken.»

«Und du?»

«Ich werde wieder einmal tüchtig nach- und vorschlafen, mich dann an meinen neuen schnellen PC setzen und durch die Gastronomie der oberen Steiermark durchkämpfen.»

Die nächste Nummer, die Lauber wählte, war die private der Staatsanwältin. Er rang zuvor einige Minuten damit, ob er diese Frau an einem Feiertag stören sollte, schliesslich hatte sie Familie und war sicher wenig erbaut, während ihrer Freizeit geschäftliche Anrufe in Empfang zu nehmen. Doch Lauber hatte das Bedürfnis, sich bei seinem Tun ein wenig abzusichern.

Das Gespräch mit Hermine von Flüe dauerte eine gute halbe Stunde. Sie nahm den ganzen Fall nicht auf die leichte Schulter. Wie Lauber war sie der Meinung, dass hinter dem Tod Gschwandls weit mehr stecken könnte als ein Selbstmord.

Von der Überwachung der HSK und ihrer Partnerfirmen dürfe sie natürlich offiziell nichts wissen, aber dass dies für die Aufklärung des mutmasslichen Verbrechens unentbehrlich war, konnte sie durchaus nachvollziehen. Lauber hatte nichts anderes erwartet.

★★★

In der Wohnung Minders herrschte emsiges Treiben. Beim Packen musste anders, als Ferdi es sich vorgestellt hatte, auch er Hand anlegen. Die Bahnbillette reservierte er per Internet. Erste Klasse, die zweite war ausgebucht, was ihn heimlich freute.

Erst als alles für die Reise am Ostersonntag vorbereitet war, erlaubte ihm Lisi, seine Recherchen am PC wieder aufzunehmen. Den Samstag hatte Lisi einfach ausgeklammert. Das war ihr Tag, den wollte sie für Einkäufe, Essen auswärts, Kino- und Theaterbesuche, alles gemeinsam mit Ferdi, frei halten. Am Freitagabend um elf legte er sich hundemüde, aber mit sich hochzufrieden neben die tief schlafende Lisi ins Bett.

★★★

In Wien hielt der Leichentransporter am Karsamstagmorgen vor dem Eingang an der Sensengasse 2. Zwei Sicherheitsbeamte sprangen vorne aus dem Wagen, hasteten zur Hecktür, öffneten diese, zogen einen grossen Segeltuchsack heraus und eilten damit durch die geöffnete Tür des Instituts. Ihnen folgte ein Zivilist mit einer schwarzen Kunststofftasche.

Kaum eine Minute später verliessen die beiden Männer in Uniform das Gebäude wieder, rissen die Vordertüren auf und preschten mit einem Kavaliersstart davon.

Der smart gekleidete Mittfünfziger mit der schwarzen Tasche läutete im Vorzimmer des Direktors, Professor Dr. Gruber.

«Der Herr Professor weiss bereits, dass Sie ihn besuchen möchten.» Die Sekretärin führte den Mann ins modern ausgestattete Vorzimmer des Hausherrn. Er müsse sich noch ein wenig gedulden. Der Herr Professor führe gerade ein wichtiges Telefongespräch, das könne halt noch etwas dauern. Es sollten dann etwa zwanzig Minuten vergehen, bis Gruber endlich den angekündigten Besucher empfing.

«Wie heissen Sie denn?», fragte der Professor in einem Ton, in dem eine Spur von Antipathie mitschwang.

«Ondracek, Magister Ondracek Harald, Bundespolizeidirektion Wien.»

Gruber hielt die Hand vor den Mund, um ein Gähnen zu verstecken. Was so Wichtiges anstehe, das ihm die Ehre einer so bedeutenden Person verschaffe.

Die Leiche, die zwei seiner Leute eben in den Kühlraum des Instituts hinuntergeschleppt hätten, sei eben etwas Besonderes. «Es war ein Mann aus der Steiermark, ein Mann, der Daten aus einer Schweizer Grossbank gestohlen und sie deutschen Steuerfahndern weiterverkauft hatte. Wenn Sie mich fragen: Es geschieht ihm ganz recht.»

«Na hören Sie mal, wie heissen S' nun schon wieder?»

«Magister Ondracek.»

«Also, Ondracek, er hat sie nicht weiterverkauft, sondern weitergereicht. Wir werden die Leiche nach allen Regeln der Kunst auseinandernehmen. Und wenn Sie mich fragen, was ich von den Schweizer Banken halte, dann kommt die Antwort wie aus einer Pistole geschossen: eine mafiöse Bande.»

Ondracek verzog schmerzverzerrt sein Gesicht.

Was Gruber dazu verleitete, noch eine Frage anzuhängen, deren Antwort er allerdings zum Voraus kannte.

«In welcher Partei sind Sie denn?»

«Bei den Freiheitlichen.»

Grubers Gesicht verzog sich zu einer Fratze, als ob er versehentlich auf einen grossen Haufen Hundekot getreten wäre.

Ondracek wollte protestieren, aber Gruber brachte ihn mit einer resoluten Handbewegung sofort zum Schweigen.

«Der Anstand verbietet es mir, mich detaillierter über diese politische Etikette auszulassen. Sagen Sie mir in knappen Worten, um was es geht.»

«Eine übliche Feststellung der Todesursache.»

«Wegen dieser Information hätten Sie ja nicht extra herkommen müssen.»

«Da ist noch etwas.» Dann stellte Ondracek die schwarze Tasche auf den riesigen, unaufgeräumten Arbeitstisch von Gruber.

Was denn da drin sei, erkundigte sich der Professor.

Das seien Utensilien, die bei der Leiche gefunden worden waren. Er habe den Auftrag des Polizeipräsidenten, diese Sachen persönlich der Gerichtsmedizin zu überbringen.

«Na ja, für diesen Job sind Sie ja bestens geeignet.»

Ondracek stand auf, verabschiedete sich knapp und verliess fluchtartig das Büro des Professors, nicht ohne noch kräftig die Tür hinter sich zuzuschmettern.

Gruber öffnete die Tasche, warf einen Blick hinein, zerrte an einer der vielen Schubladen seines Arbeitstisches und entnahm ihr ein Paar Einweghandschuhe.

Es verging mehr als eine Minute, bis er diese über seine Finger kriegte. Er langte mit der rechten Hand vorsichtig in die Tasche und zog eine Spritze heraus, roch daran, rümpfte die Nase. Der nächste Gegenstand, den er herausfischte, war ein Feuerzeug. Dann eine metallene Dose mit Schraubverschluss, darin befanden sich ein abgebrochener Fingernagel und der Stummel einer selbst gedrehten Zigarette.

«Ein Zigarettenstummel in der Wohnung eines Nichtrauchers, wie eigenartig», brummte er. Gruber hatte bereits Unterlagen über Gschwandl elektronisch zugestellt bekommen. Darin stand unter anderem, dass Gschwandl Nichtraucher war. Nicht nur das, er war sogar Vorstandsmitglied eines Antirauchervereins.

Erst am Schluss bemerkte er, dass in der Tasche noch ein Briefkuvert mit der handgeschriebenen Adresse des gerichtsmedizinischen Instituts lag.

Das Schreiben, das darin war, ärgerte ihn.

Kantonspolizei Luzern, Kasimir-Pfyffer-Strasse 26, 6002 Luzern
Substanzproben für DNA-Analyse

Mehr stand nicht darauf.

Gruber griff nach einem Kugelschreiber, den er neben einer ganzen Batterie von Farb- und Bleistiften in einer Kaffeetasse auf seiner Schreibfläche bereithielt.

Werte Luzerner,
das ist doch wohl Ihr Job. Solche Untersuchungen sind nicht ganz billig. Soviel mir bekannt ist, mangelt es Ihnen nicht an Geld, wir dagegen müssen jeden Groschen umdrehen, bevor wir ihn ausgeben dürfen.
Sobald Sie mit den Analysen fertig sind, teilen Sie mir das mit, dann werden wir weitersehen.
sig. Prof. Gruber

Der Professor verschloss den Brief mit einem Klebestreifen und legte ihn in die Tasche zurück. Dann wählte er eine kurze Nummer.

Wenige Minuten später erschien ein junger Mann in einem blauen Arbeitskittel.

«Nehmen Sie vorsichtig die Sachen aus dieser Tasche heraus, machen Sie ein Packerl daraus und schicken sie das Zeugs an die Luzerner Polizei.»

«Heute? Da kostet es mehr. Es ist Osternacht.»

«Heute. Es ist mir wurst, was es kostet.»

Der Mann im blauen Kittel wollte dann wissen, wo Luzern genau sei.

Gruber riss ein Post-it ab und notierte darauf in seiner schwer zu entziffernden Schrift:

Poliz. Lucern, C?

Der Professor übersah das gequälte Lächeln des Mannes nicht.

«Die genaue Anschrift habe ich zwar irgendwo gelesen, doch ich finde sie im Moment nicht, aber bei der Poststelle wird man Ihnen behilflich sein, sie herauszufinden.»

Im Postamt half man dem internen Briefboten der Gerichtsmedizin. Man kannte ihn ja.

«Tja, dieser Professor Gruber hat in der Tat eine Sauschrift. ... Lucern? Das heisse wohl Lucerne. Und C? Das könnte CA sein, die Abkürzung für Kalifornien. Dann schreibe man aber in den USA ‹Police›, nicht ‹Polizei›. «Ich versuche es mal im Internet», sagte der junge Beamte am Schalter. Er fuhr seinen PC hoch, tippte «Police Lucerne CA» ein und streckte nach wenigen Sekunden die rechte Hand zum Siegeszeichen hoch.

«Das haben wir rasch gefunden.»

Lucerne Police Department, Lake County Sheriff's Office, 6222 E Highway 20, Lucerne, CA 95458, USA.

«Ich werde das Paket dorthin schicken. Normal kostet das ... Moment mal ... zehn Euro zwanzig.»

Ostern

Lisi und Ferdinand Minder bestiegen um halb acht den Interregio nach Zürich.

«Wenn nicht ein tragischer Todesfall dahinterstehen würde, wäre das ein wunderbares Wochenende. Hoffen wir doch, dass die alte Frau, die du in den steirischen Bergen besuchen möchtest, auch zu Hause ist», sagte Lisi ein klein wenig misstrauisch.

«Keine Sorge, Beat klärt solche Sachen im Voraus gründlich ab.» Minder wusste natürlich, dass er mit Lisi nicht über seine Arbeit plaudern durfte, schon gar nicht in einem gut besetzten Wagen der SBB. Doch er gehörte zu denjenigen Menschen, die sich unendlich schwertaten, ein Geheimnis für sich zu behalten. Eine Eigenart, die für seine berufliche Karriere nicht eben förderlich war. Das schien er aber mitunter zu vergessen. Er rekelte sich im für ihn ungewohnten Erste-Klasse-Sitz und begann draufloszuplaudern, über das, was er am Karfreitag von Lauber vernommen hatte.

Lisi machte «pssst – wenn du schon nicht schweigen kannst, dann rede wenigstens nicht so laut, dass sich die Leute im ganzen Abteil nach dir umdrehen». Das sass! Zumindest für den Anfang. Minder schwieg ein wenig beleidigt für eine Weile.

Am Hauptbahnhof Zürich stiegen sie zügig um. Auf Perron 4 wartete bereits der Railjet nach Wien. Dann kam eine Lautsprecherdurchsage: «Das Zugteam der SBB begrüsst Sie im Railjet nach Wien. Wir wünschen Ihnen eine gute Reise. Wegen einer technischen Panne verzögert sich die Abfahrt um circa zehn Minuten. Wir bitten Sie um Entschuldigung.»

Es war halb neun. Nach Fahrplan sollte der Zug um acht Uhr vierzig starten. Minder nahm sein Notebook aus der Reisetasche und loggte sich in das WLAN ein. Er hatte gestern Abend nicht nur den Eingangscode des Grossrechners der HSK geknackt und eine Menge von Daten heruntergeladen, es war ihm auch gelungen, die Mailbox von mehreren Direktoren, dem Sicherheitschef und dem Verwaltungsratspräsidenten der HSK so zu manipulieren, dass Kopien der dort ab- und eingehenden

Nachrichten auch in seinem Briefkasten landeten – für einige Stunden wenigstens.

Volltreffer!

Gesendet: 06.04.2012 20:15
Von: <insekt@bluewin.ch>
An: a.schwarzentru-security <schwarzentru1@youtube.com>
Kopie/Cc: <terminator_1@hotmail.ch>
Betreff: Datenklau
Es gibt ein Problem mit dem Kapo-Wachtmeister Ferdinand Minder. Er hat heute Nachmittag einem Mieter an der Morgartenstrasse und einer Serviererin im Café «Emma» dumme Fragen gestellt. Bitte Minder beschatten, wenn möglich seinen PC anzapfen.
Ich werde noch mit Karl Rücksprache nehmen.

Gesendet: 08.04.2012 07:30
Von: <insekt@bluewin.ch>
An: a.schwarzentru-security <schwarzentru1@youtube.com>
Kopie/Cc: <terminator_1@hotmail.ch>
Betreff: Datenklau
Minder ist heute Morgen um 07:35 vom Bhf. Luzern mit dem Interregio in Begleitung seiner Frau nach Zürich abgefahren. Bitte alles vorbereiten, damit im Laufe des Vormittags Minders Wohnung durchsucht werden kann.

Minder kopierte die Mails in das Textverarbeitungssystem von Open Office, markierte die Wortkombination *a.schwarzentru-security* und tippte ins Kommentarfeld am rechten Rand: *Adrian Schwarzentruber, Sicherheitschef der HSK und Eigentümer einer kleinen Sicherheitsfirma.* Er markierte auch *insekt* und *terminator* und setzte Fragezeichen dahinter.

Dann rief er Lauber auf seinem Handy an. Es dauerte enervierend lange, bis dieser abnahm und gleich losdonnerte: «So habe ich es nicht gemeint mit dem Auf-dem-Laufenden-Halten.» Als er aber erfuhr, weshalb er so früh gestört wurde, sprang er aus den Federn, beinahe hätte er dabei Suzanne über die Bettkante

gestossen. «Ich muss los, in einer Stunde bin ich wieder zurück …
zum Duschen, Rasieren und Frühstücken.»
Kaum eine halbe Stunde später fuhr eine Zivilstreife an der
Sternmattstrasse, dem Wohnort der Minders, vor.

Der Railjet wartete immer noch im Zürcher Hauptbahnhof, als
Minder die «Notrufnummer» des Chaos Computerclubs Zürich,
CCCZH, in sein iPhone eintippte.

*Hallo, Jungs, ich brauche eure Hilfe. Dringend. Bitte schützt die
Computer-, Festnetz- und Mobilanschlüsse von mir und meinem
Freund. Er ist auch Kriminalbeamter bei der Kapo Luzern. Ich
gebe euch die Daten durch. Sagt mir umgehend Bescheid, wenn
ihr so weit seid.*

*Und: Ich zermartere mir den Kopf, wer sich hinter dem Pseu-
donym «insekt» und «terminator» versteckt.*

Minder rief Lauber nochmals an und erkundigte sich, ob es mit
der Überwachung der Wohnung an der Sternmattstrasse geklappt
habe. Dann teilte er ihm mit, dass er mit dem CCCZH Verbindung aufgenommen habe. Von dort aus würden alle nötigen
Massnahmen ergriffen, damit nicht Unbefugte an seine Dateien
gelangen könnten. Kontaktperson sei ein gewiefter Hacker mit
dem Namen Jimmy. Minder wies Lauber an, seinen PC zu Hause
bis zum Mittag nicht ans Netz anzuschliessen. Den ihm zuge-
teilten Speicherplatz auf dem Grossrechner der Kripo werde er
gleich für Zugriffe sperren, das könne er über WLAN veranlassen.
Am Nachmittag könne er seinen PC wieder benützen. Er solle
aber jetzt sein Handy für etwa eine Stunde sich selbst überlassen.
Dann werde der CCCZH die Kontrolle darüber übernehmen
und er könne wieder, ohne abgehört zu werden, telefonieren.
«Mehr habe ich zurzeit nicht zu sagen. In zwei Stunden erhältst
du ein SMS von mir. Ich unterbreche jetzt, und du schaltest bitte
dein Handy aus.»
Lisi bekam natürlich dieses Gespräch mit. «Um Himmels
willen. In was bist du wieder hineingeraten? Wenn das nur ein
gutes Ende nimmt.»

Minder schmunzelte, zuerst bitter, dann aber ein klein wenig belustigt. «In der Tat, das könnte sich zu einem Knüller entwickeln. Ich glaube, da geht es um Milliarden – und so nehme ich an, es wird da mit harten Bandagen gefochten. Aber wir sind darauf vorbereitet und werden uns zu wehren wissen.» Minder las noch die anderen E-Mails. Nichts Interessantes. Dann versuchte er, sich in die Mailbox von Schwarzentruber einzuloggen, das gelang bereits nicht mehr. Gerade als sich der Zug in Bewegung setzte, pfiff sein iPhone. Er klappte es auf und las das eingegangene SMS. Es stammte vom Chaos Computerclub Zürich.

Wir werden dich nicht hängen lassen. Bis Mittag haben wir alle deine Wünsche erfüllt. Wir tun das ja mit besonders gutem Gewissen ... ach ja, in einer Viertelstunde werden wir das Handy deines Kollegen im Griff haben ...

Nun war es für Minder an der Zeit, die Dateien der Festplatten, die er gestern Abend herunterkopiert hatte, zu durchforsten. Es war eine derartige Datenmenge, dass die Kapazität seines Notebooks nicht reichte. Es bedurfte noch einer mobilen Harddisk, die sich aber bequem mit seinem Gerät verlinken liess. Sichten musste er natürlich nicht alle Dokumente, sondern in einem ersten Durchgang nur die Texte und Bilder ab dem 12. Januar 2012, dem Tag der Verhaftung von Gschwandl.

Minder wurde nun klar, warum sich Gschwandl bei der Polizei selbst angezeigt hatte. Er musste realisiert haben, dass sein Datenklau bei der Bank HSK entdeckt werden würde. Er tat das nicht uneigennützig, sondern weil er um sein Leben fürchten musste. Im Grosshof wähnte er sich in Sicherheit. Ein verhängnisvoller Irrtum.

Lisi kümmerte sich derweil rührend um ihren Ferdi. Sie holte ihm Kaffee und Gipfeli aus dem Speisewagen und vertrieb sich ihre Zeit mit der Lektüre von Zeitungen und Modeheftchen. Eine willkommene Abwechslung für die Schufterei im Kurs für die Erwachsenenmatura.

★★★

40

Lauber war schon längst wieder in seiner Wohnung an der Dufourstrasse. Er sah auf die Uhr. Elf Uhr und immer noch keine Nachricht von den Bewachern an der Sternmattstrasse. Sonderbar. Er rief dort an. Es war wirklich noch nichts passiert. Eine Enttäuschung, denn er hoffte, dass mit einer Festnahme der Typen, die sich anschickten, in die Wohnung einzudringen, der Fall Gschwandl wieder nach ganz oben auf der Prioritätenliste der Kripo rücken würde.

Kurz danach klingelte sein Handy. Es war Jimmy.

Alles paletti. Du kannst von nun an wieder telefonieren und im Internet herumsurfen.

Dann summte es. Die «Chaoten» aus Zürich waren eben nicht Freunde von vielen Worten.

Darauf hatte Lauber sehnlichst gewartet. Nun blieb ihm noch eine gute Stunde, bis Suzanne an seine Wohnungstür klopfen und ihm dann mit zuckersüsser Stimme mitteilen würde: «Schatz, das Mittagessen ist fertig. Wasch deine Hände und komm zu mir herüber. Wir sind beide allein.»

Er druckte als Erstes die beiden Mails, die ihm Minder am Morgen geschickt hatte, aus.

Er zog einen Stift aus seiner Jackentasche und markierte darauf die Namen «schwarzentruber», «insekt» und «terminator».

Schwarzentruber? Dieser Name war irgendwo in seinem Hinterkopf gespeichert. Ach ja, das war der Sicherheitschef am Hauptsitz der HSK in Luzern. Auf Google fand er an die zwanzig Einträge über Adrian Schwarzentruber.

Terminator? Da würde er im Internet wohl bei Arnold Schwarzenegger, dem Ex-Gouverneur von Kalifornien, landen, und der hatte Gschwandl sicher nicht umgebracht.

Wieder piepste sein Smartphone. Ein SMS vom Jimmy.

Schau mal kurz in deinen Mailbriefkasten.

Gesendet: 08.04.2012 10:15
Von: <terminator_1@hotmail.ch>

An: a.schwarzentru-security <schwarzentru1@youtube.com>
Kopie/Cc:
Betreff: Re: Datenklau
Es gibt ein Problem an der Sternmattstrasse. Die Bullen sind
dort. Ich muss sofort die Aktion abblasen.

Lauber kam das ungelegen und unerwartet, waren doch das Fahrzeug und die Kapo-Leute als Zivilstreife getarnt. Lauber avisierte sofort seine Mannen an der Sternmattstrasse. Sie könnten sich wieder zurückziehen, müssten sich aber jederzeit bereithalten, damit er sie raschmöglichst wieder aufbieten könne.

Früher als erwartet klopfte es. Suzanne streckte ihren Kopf durch den Türspalt …

★★★

Kurz vor der Ankunft im Bahnhof Innsbruck, die Uhr auf dem Desktop zeigte zwölf Uhr zehn, hatte Minder alle Dateien heraussortiert, in denen der Name Schwarzentruber vorkam. Es waren einige hundert. Der Aufenthalt im Bahnhof war zu kurz, um das dortige WLAN zu nutzen. Als er mit Einloggen fertig war, fuhr der Zug schon wieder an, und die Verbindung brach ab.

So entschloss er sich, Lauber noch einmal anzurufen, um ihm mitzuteilen, was er inzwischen gefunden hatte.

Dabei erfuhr er, dass auch sein Chef Neuigkeiten für ihn hatte.

Danach meldete sich die geduldige Lisi. «Ich gehe jetzt in den Speisewagen, ich habe Hunger. Falls du mich begleiten möchtest, bist du herzlich dazu eingeladen.»

«Gute Idee. Aber das Notebook nehme ich mit. Keine Angst, ich werde mich beim Essen nicht damit befassen. Es wäre eine Katastrophe, würden mir diese Sachen geklaut.»

Die beiden nahmen sich Zeit. Um zehn vor zwei kündete der Lautsprecher im Speisewagen an, in den nächsten Minuten werde man in Salzburg eintreffen. Zum Glück hatten sie bereits bezahlt. Sie rannten zu ihren Plätzen zurück und sammelten in aller Eile ihre Utensilien ein. Sie mussten sich beeilen, um den Zug nach Leoben noch rechtzeitig zu erreichen.

Die Landschaft, an der nun die Bahn vorbeifuhr, war wunderschön. Jedenfalls Lisi fand das. Minder konnte kein Urteil darüber abgeben. Er suchte nun alle Word- und PDF-Dokumente, die er aus dem Intranet der HSK abgesaugt hatte, in denen der Name Gschwandl vorkam. Es waren deren zwei, nicht gerade viel. Dann versuchte er es noch mit *Datendiebstahl, Datenklau, Österreich, Dieb, IT-Abteilung* und *HSK*. Es kamen fünfzehn weitere dazu.

Dabei wurde Minder auch klar, weshalb er kein einziges E-Mail ausfindig machen konnte, das sich auf Gschwandl bezog. War er doch überzeugt, alle Mailboxen der Seilschaft von Schwarzentruber heruntergeladen zu haben. Sämtliche zu versendenden Texte waren nämlich vorerst im Word verfasst und auf der Festplatte gespeichert worden und dann einem E-Mail angehängt. Im Vermerk stand immer, dass das Mail anschliessend sofort zu löschen sei. Man ging also davon aus, dass der Mailverkehr überwacht werden könnte. Und überhaupt: In sämtlichen Dokumenten wurde offenbar der Name Gschwandl getilgt.

Auch von den verbleibenden fünfzehn Dokumenten waren lediglich drei brauchbar. Diese hatten es allerdings in sich.

Eines erhöhte Minders Pulsfrequenz ganz besonders.

An terminator, 26. März 2012; 10:00
Kopie von Mailanhang
Wir wissen, dass in einem der staatlich geschützten Käfige ein Vogel aus Österreich zwitschert. Könntest du zwei Katzen vorbeischicken? Es fällt dabei für dich etwas ab.
insekt

Auf den ersten Blick kryptisch, bei näherem Hinsehen aber sonnenklar, dachte Minder.

Die Antwort von «terminator» an «insekt»:

26. März 2012; 12:00
Warum nicht? Wann soll das Katz- und Vogelspiel stattfinden? Was muss ich tun dafür? Wie viel springt für mich heraus?

Minder stampfte mit den Füssen und rief in voller Lautstärke: «Woooow!»

Er zog damit verwunderte Blicke von anderen Passagieren auf sich, was Lisi dazu bewog, ihm einen mittelstarken Fusstritt ans Schienbein zu verpassen.

Die nächste Nachricht schloss nahtlos an:

An terminator; 26. März 2012; 12:30
1. Den Zeitpunkt darfst du wählen.
2. Die Kater tragen Uniformen. Lass dir dazu etwas einfallen.
Noch eine Bitte: Du musst auch dabei sein.
3. Nimm die Einwohnerzahl der Stadt Luzern.
insekt

Minder schüttelte ungläubig den Kopf. Was war mit dem Punkt 3 gemeint? Das Kopfgeld auf Gschwandl?

Reichten diese drei Dokumente aus, um zuzuschlagen? Die Beantwortung dieser Frage musste er wohl Lauber überlassen.

Er übertrug die Texte auf sein iPhone und verschickte sie als SMS an Lauber.

Fünf Minuten später hatte er die Antwort.

Ausgezeichnet. Ich rufe gleich Hermine von Flüe an.

Minder fuhr sein Notebook herunter, verstaute es in seine Reisetasche und sagte freudestrahlend zu Lisi: «Genug für heute, jetzt machen wir uns einen schönen Abend.»

«Schau mal zum Fenster hinaus. Wir verlassen gerade das Südportal des Tauerntunnels. Die Abendsonne begrüsst uns.»

★★★

Lauber war ganz schön aufgeregt, als er die Mail-Adresse der Staatsanwältin von Flüe eintippte.

Er schickte ihr die E-Mails, die er von Minder erhalten hatte.

Nicht mal fünf Minuten später schrillte sein Telefon.

«Hei, Beat, ich fasse es einfach nicht. Unser Sicherheitsdepartement scheint eine magische Anziehungskraft auf Schlagzeilen zu haben. Aber jetzt im Ernst: Wir sind noch längst nicht so weit, um Haftbefehle ausstellen zu können. Mir sagen zwar die Nachrichten, die du mir so prompt zugestellt hast, bereits sehr viel. Aber um einen Sicherheitschef, geschweige denn einen Direktor der HSK einzubuchten, reichen sie bei Weitem nicht aus.»

«An welchen Direktor denkst du dabei?»

Hermine von Flüe machte eine kurze Pause, bevor sie antwortete: «Das ist nur eine Spekulation. Der Vorname *Karl* ist mir in einem Mail, das du mir zugestellt hast, aufgefallen: Es kann sich dabei nur um das HSK-Direktionsmitglied Karl Helbling handeln. Noch keine zwei Wochen her ist er mir an einem Empfang vorgestellt worden. Ein aalglatter Geselle, der bereits lügt, bevor er überhaupt ein Wort gesprochen hat.»

Sie stöhnte resigniert auf. «Auch wenn ich mir durchaus vorstellen kann, dass dieser Helbling der Kopf der Schlange ist, den wir irgendwann abschlagen müssen. Ihn einbuchten, das muss ich mir vorläufig aus dem Kopf schlagen.»

Lauber hatte nichts anderes erwartet, trotzdem war er ein ganz klein wenig enttäuscht. «Danke dir, Hermine. Du bist eine vorsichtige Frau, aber wahrscheinlich tust du genau das Richtige. Ich mache mich auf eine Menge Arbeit und eine Kaskade von Unannehmlichkeiten gefasst. Dieser Helbling, Schwarzentruber und wie sie noch alle heissen, werden sich hinter einer Schar von hochkarätigen Anwälten verschanzen.»

«Da kannst du Gift drauf nehmen. Wir müssen uns doppelt absichern, bevor wir losschlagen. Vergiss nicht, dass der ganze Fall den lokalen Rahmen bei Weitem sprengt, er hat internationale Dimensionen. Es geht hier um nichts weniger als die oberste Etage des Finanzplatzes Schweiz. Sollte Gschwandl tatsächlich im Auftrag einer Grossbank liquidiert worden sein, wird dies schwerwiegende Auswirkungen auf die gegenwärtigen Verhandlungen in Sachen Steuerfluchtgelder mit unseren Nachbarstaaten haben. Ich würde sogar so weit gehen und behaupten: Das dürfte das Ende des schweizerischen Bankgeheimnisses sein.»

Hermine von Flüe schwieg einen Moment, hüstelte und

fügte mit leiser Stimme bei: «Hinter vorgehaltener Hand: Unser Rechtsstaat könnte nur profitieren, wenn die Bankkonten der Geldschickeria publik gemacht würden. Ich wünschte mir nichts sehnlicher, als dass das in den nächsten Monaten Tatsache wird.» «Pssst … denk das, aber sag es bitte nicht zu laut», mahnte Lauber. «Was rätst du mir, was ich als Nächstes tun sollte?» Das laute Lachen von Flües bewog Lauber, den Hörer etwa zehn Zentimeter vom Ohr wegzuschieben. «Das sind wieder deine rhetorischen Fragen. Mach einfach deinen Job und halte mich auf dem Laufenden. Solltest du Dummheiten begehen, werde ich dir früh genug ein Bein stellen. … So, nun reicht's für heute. Es ist Ostern, und ich möchte mich meiner Familie zuliebe darauf einstellen. Wünsche dir einen schönen Abend. Noch einmal herzlichen Dank für deine Informationen, Beat.» Lauber fühlte sich plötzlich einsam. Er fasste den Entschluss, wieder bei Suzanne anzuklopfen. Ihm war bewusst, dass sie ihn nie abwies, auch dann nicht, wenn er sie zuvor auf Distanz gehalten hatte.

«Geht's dir wieder mal beschissen, mein griesgrämiger Bulle?» Suzanne nahm Lauber in die Arme.

Er hatte sich in der Zwischenzeit an die rüde Ausdrucksweise von Suzanne gewöhnt. Suzanne war der jüngste Spross einer zehnköpfigen Bauernfamilie aus dem bernischen Emmental. Ihre sieben Brüder hatten ihr das Leben nicht leicht gemacht. Doch sie lernte, sich durchzusetzen. Das kam ihr zustatten, als sie feststellen musste, dass ihr Ehemann aus gutem Luzerner Haus – er hatte sie im zarten Alter von neunzehn Jahren geschwängert – ein Nichtsnutz war.

Als er eines Abends zum wiederholten Male torkelnd und feuchtfröhlicher Stimmung in die Wohnung stolperte, nahm sie ihm die Schlüssel ab, bugsierte ihn mit ihren kräftigen Händen zur Tür hinaus und stiess ihn die drei Treppenstufen vor dem Hauseingang hinunter. Damit nahm ihr kurzes Eheleben ein Ende. Mit den Alimenten der vermögenden Schwiegereltern und ihrer Teilzeitarbeit in einem Coiffeursalon konnte sie sich und ihre beiden Töchter leidlich durchbringen. Als die Töchter ins Teenageralter kamen, bereitete sie sich auf die Meisterprüfung vor, bestand diese problemlos und übernahm das Geschäft ihres in den Ruhestand tretenden Arbeitgebers. Zwei Jahre später war sie eine gemachte Frau, der Salon brachte viel ein. Sie konnte es also nicht auf das Gehalt von Lauber abgesehen haben, das mit Sicherheit unter dem ihren lag.

«Glaubst du immer noch, du könntest die Gerechtigkeit herbeibefehlen?» Dann schaute sie Lauber mit mütterlicher Anteilnahme an, dass ihm warm ums Herz wurde. Dabei wusste er: Suzanne wäre die letzte, die sich ausnutzen liesse. «Eigentlich läuft es gar nicht so schlecht. Nur eben: Ich könnte wieder einmal meinen Job aufs Spiel setzen.»

Suzanne schaute ihn mit grossen Augen an. «Na hör mal, einen solchen Job verliert man nicht. So attraktiv ist er nun auch nicht, dass sich andere darum reissen.»

Natürlich fiel Lauber auf, dass Suzanne gerne mehr über sein Problem am Arbeitsplatz erfahren würde. Doch ihm war auch bewusst, dass ihr etwas gesteigertes Mitteilungsbedürfnis zusammen mit der beruflichen Stellung dazu führen könnte, dass ein grösserer Kreis der Luzerner Bevölkerung sich an der Suche nach dem Mörder Gschwandls beteiligen würde, was nicht in seinem Interesse war. Aber ein klein wenig seiner Berufsgeheimnisse, so glaubte Lauber, durfte er Suzanne schon verraten.

«Als Leutnant bei der Kripo habe ich ein Gehalt, das über den Daumen gepeilt etwa ein Prozent von dem eines Bankdirektors beträgt. Und genau einen solchen Mann habe ich im Visier.»

«Nur zu, Beat, wirf diesen Abzocker ins Loch. Dann läuft ein Volksschädling weniger herum.»

«Wo sind deine Töchter heute?»

«Sie waren bei ihren Grosseltern zum Mittagessen eingeladen – bei denen väterlicherseits. Dann hatten sie noch vor, auszugehen.» Suzanne verzog das Gesicht, lächelte dann aber: «Eigentlich könnten wir es ihnen gleichtun. Lädst du mich zum Essen in der Stadt ein?»

«Warum nicht? Aber zuerst möchte ich noch einen wichtigen Anruf machen.»

Suzanne zog die Augenbrauen zusammen.

«Keine Angst – es ist rein beruflich. Wäre es nicht ein Auslandstelefon, würde ich es in deiner Wohnung tätigen.»

Suzanne fasste Lauber am Arm und zog ihn sanft zu ihrem Wandtelefon. «Wohin möchtest du denn anrufen?»

«In die Steiermark.»

«Beschaff die Nummer.»

Lauber wühlte in seiner Tasche und zog einen Zettel heraus. «Übrigens, das nächste Mal, wenn du mir deine Hosen zum Waschen bringst, leere zuerst die Taschen. ... Ruf hier an, ich verziehe mich in die Küche und mach uns einen Kaffee. Einen richtigen, der so köstlich nach Kirsch riecht.»

«Oberstleutnant Sinowatz, Stadtpolizeikommando Leoben, Josef-Heissl-Strasse 14. ... Servus, Beat. Ich erinnere mich noch gut an dich. Weisst du noch, als wir vor zwei Jahren in Mur zusammen fischen gingen und keines dieser Viecher anbiss? Schön, dass du anrufst. Ich habe Neuigkeiten. Eben habe ich einen Anruf von meinem Kollegen von der Polizeiinspektion Eisenerz erhalten. In der Wohnung der Witwe Gschwandl ist eingebrochen worden. Unter normalen Umständen hätte das wohl nichts zu bedeuten, aber in Anbetracht dessen, was am Palmsonntag passiert ist, müssen wir der Sache nachgehen.»

«Ich hoffe, sie ist nicht körperlich zu Schaden gekommen.»

«Nein, ist sie nicht. Sie wurde unter einem Vorwand ins Landeskrankenhaus der Stadt gelockt, kaum fünf Gehminuten von ihrer Wohnung entfernt. Ihr Bruder sei dort eingewiesen worden, weil er ausgerutscht sei und sich ein Bein gebrochen habe. Sie wurde einmal in den Warteraum verwiesen, mit der Auflage, sie müsse sich noch einige Minuten gedulden, die Besuchszeit sei vorüber. Drei Viertelstunden später teilte man ihr mit, es müsse sich wohl um ein Missverständnis handeln. Sie hätten derzeit keinen Patienten mit dem Namen ihres Bruders.»

«Sehr einfühlsam gegenüber einer Frau, die ein paar Tage zuvor ihren einzigen Sohn verloren hat ...»

«Als sie zurückkehrte, war die ganze Wohnung auf den Kopf gestellt. Das, was man suchte, wurde offenbar nicht gefunden. Sie ging dann zu meinem Kollegen in Eisenerz.»

Lauber fragte natürlich Sinowatz, was die Eindringlinge wohl gesucht hatten.

Zuerst habe er an einen gewöhnlichen Einbruch, wie er über die Festtage häufig vorkomme, gedacht. Als er aber hartnäckig beim Posten Eisenerz nachgefragt habe, sei Folgendes herausgekommen: Joachim Gschwandl soll Dokumente in seinem Zimmer, das ihm seine Mutter für seine häufigen Besuche frei hielt, gelagert haben.

«Ach Gott ... und nun sind diese in falsche Hände geraten.»

«Nein. Joachim Gschwandl hat ihr kurz vor seiner Selbstanzeige aufgetragen, diese sofort an eine andere Person weiterzugeben, sobald ihm etwas zustossen sollte. Was dann leider vor einer Woche eintrat. Die Unterlagen befinden sich übrigens seit heute Morgen unversehrt im Gendarmerieposten Eisenerz.»

Lauber atmete auf. «Können wir Luzerner auch an diese Dokumente gelangen?»

«Von mir aus. Ich kopiere sie einfach für dich. Die Kopien händige ich morgen deinem Assistenten aus.»

«Ist die Mutter von Gschwandl in der Verfassung, sich mit meinem Abgesandten Minder zu unterhalten?»

«Das habe ich mir auch überlegt. Gemeinsam kriegen wir das schon hin. Ich hole den Wachtmeister Minder Montagmorgen um zehn in seinem Hotel in Leoben ab und fahre ihn zum Polizeiinspektorat Eisenerz. Dort wird auch Joachim Gschwandls Mutter zugegen sein.»

Sinowatz wollte noch wissen, was Lauber in dieser Sache unternehme.

«Vorläufig nichts. Aber wir halten uns auf dem Laufenden, warten einmal den Obduktionsbericht aus Wien ab. Je nachdem wird sich die Schweizer Bundeskriminalpolizei einschalten.»

«Die Bundeskriminalpolizei? Darunter versteht man in Österreich etwas ganz anderes als in der Schweiz.»

Sinowatz wusste, dass diese Einheit in der Schweiz lediglich für die Koordination von kantonalen Polizeien und Beziehungen zu ausländischen Polizeistellen verantwortlich ist, in Österreich aber kann sie direkt eingreifen. «Es wird kaum einfacher, wenn sich das Justiz- und Polizeidepartement in Bern da auch noch einmischt.»

«Du tippst auf einen wunden Punkt. Es könnte sich in diesem Fall um eine sehr heisse Angelegenheit handeln.»

Sinowatz seufzte. «Wie wahr. In den nächsten Tagen wird unsere Finanzministerin nach Bern reisen, um mit eurer Bundespräsidentin den Vertrag über das geplante Steuerabkommen zu unterzeichnen. Sollte Gschwandl tatsächlich einem Mordanschlag zum Opfer gefallen sein, bekommt das Ganze zwischenstaatliche Dimensionen, da sind die Schuhe eines Vizekommandanten der Stadtpolizei Leoben doch einige Nummern zu klein ...»

Lauber bedankte sich herzlich und tippte die Handynummer von Minder ein.

... Der Teilnehmer der Nummer 0041783338... ist derzeit nicht erreichbar. Bitte rufen Sie später an ...

Lauber konsultierte die Uhr und beruhigte sich gleich. Bald werden die Minders im Hotel «Kongress» in Leoben ankommen. Ich lass ihn noch eine halbe Stunde verschnaufen, dann werde ich ihm über den Hotelanschluss Beine machen.

★★★

Um neunzehn Uhr vierunddreissig, gerade zwei Minuten später als vorgesehen, hielt der Intercity im Hauptbahnhof Leoben an.

Der Weg zum Hotel «Kongress» war verkraftbar ohne Verkehrsmittel, zu Fuss ungefähr eine Viertelstunde. Vom Bahnhof überquerten die Minders die Brücke über den Fluss Mur. Lisi und Ferdi wussten, dass die Mur einst als das fast am stärksten verschmutzte Gewässer der südlichen Alpen galt. Jetzt hatten sie das Gefühl, da fliesse recht sauberes Wasser. Irgendwie sauberer als die Stadt dahinter. Lisi hatte sich über diese Stadt auch im Internet informiert. Seit Anfang der 1970er-Jahre verliert Leoben kontinuierlich an Einwohnern, fand sie heraus. Waren es damals noch mehr als fünfunddreissigtausend, sind es heute knapp fünfundzwanzigtausend, weniger als während der vorletzten Jahrhundertwende. Der Grund liegt im Beinahe-Zusammenbruch der Stahlindustrie und der Schliessung des Eisenabbaus am Erzberg.

Leoben könnte sich aber in den kommenden Jahren erholen. Es werden Industriebetriebe mit modernen Technologien angesiedelt. Die Stadt besitzt zudem eine Universität.

An der Rezeption des Hotels «Kongress» drückte ein älterer freundlicher Mann den Gästen aus der Schweiz stolz einen Hochglanzprospekt in die Hand.

Lisi schlug eine Seite auf und musste sich danach ein wenig abwenden, um ihr Lächeln zu verbergen, denn das hätte den Herrn am Empfang möglicherweise gekränkt.

In den am Hauptplatz gelegenen Restaurants «Schwarzer Adler» und «Arkadenhof» lässt es sich hervorragend speisen. Einen Abend in gemütlicher Atmosphäre verbringt man in der Weinlaube «Schwarzer Hund». Mit Mehlspeisen aus der hauseigenen Backstube und Kaffeevariationen verwöhnen wir Sie im hoteleigenen Café. Im Bierbeisl «Pub o'Cino» können Sie bis in die Morgenstunden feiern.

Die Zimmerausstattung ist auf dem modernsten Stand: Schreibtisch, Radio, Handyeignung, Internetzugang, Telefon, Pay-TV, Nichtraucherzimmer, Minibar, ISDN, Haartrockner, Dusche, Badezimmer, TV.

Sie sah Ferdi so an, als ob sie sagen würde: «Aus der Reihenfolge der Aufzählung lässt sich schliessen, dass die österreichische Volksseele recht nahe bei der schweizerischen liegt … Klingt nach einem unaufgeräumten Büro, fast wie bei uns zu Hause …» Eigentlich wollte Lisi sich ein paar freie Tage mit Spaziergängen und vielleicht auch Shoppen gönnen.

Der Herr am Empfang schien zu jenen Menschen zu gehören, denen keine Gemütsbewegung seiner Gäste entging. Er schaute Lisi nachdenklich an.

Dann verschwand er blitzschnell in der Portierloge und kam mit einem Zettel zurück. «Wir offerieren unseren Gästen immer einen Begrüssungsdrink im Restaurant «Arkadenhof» über der Strasse. … Haben Sie uns gut gefunden? Na ja, die Einfahrt in unsere Tiefgarage ist ein wenig gewöhnungsbedürftig, dafür liegt sie direkt unter dem Haus. Darf ich noch Ihre Autokontrollnummer wissen?»

Lisi sah ihn amüsiert an. «Wir sind mit dem Zug gekommen.» Der Portier riss erstaunt die Augen auf, seine Fragen berührten ihn im Nachhinein ein bisschen peinlich. «Na so was, dass es das heute noch gibt ...»

Das Zimmer war sauber, etwa so eingerichtet wie zuvor beschrieben: ein Arbeitsraum mit Schlafgelegenheit.

Ferdi machte sich daran, sich ins Bett zu legen, er realisierte plötzlich, wie wenig er in der vergangenen Nacht geschlafen hatte. Sie waren zwar am Samstagabend früh ins Bett gegangen, aber er war so aufgeregt gewesen, dass er erst in den frühen Morgenstunden des Sonntags eingeschlafen war.

Doch Lisi wies ihn zurecht. «Streif zuerst deine Klamotten ab, wir sind ganze zwölf Stunden in Zügen gesessen.»

Murrend leistete er der Aufforderung Folge.

Seine Augen waren ihm gerade zugefallen, als das Telefon im Zimmer schrillte – laut und alarmierend.

Lisi, die noch mit Auspacken beschäftigt war, nahm ab.

«Für dich, Schatz. Beat will dich dringend sprechen.»

Ferdinand Minder war nach dem Gespräch wieder hellwach und hatte gar kein Bedürfnis mehr, ein Nickerchen zu machen. Er erkundigte sich bei Lisi, ob sie morgen nach Eisenerz mitkommen wolle. Sie müsse sich allerdings dort etwa zwei Stunden selbst beschäftigen, zu der Besprechung könne er sie kaum mitnehmen.

«Eisenerz an einem Ostermontag? Morgen soll es regnen in den Bergen. Ich weiss nicht so recht ... vielleicht ist es doch besser, in Leoben zu bleiben.»

★★★

Abends um zehn bekam Lauber ein Telefon von Alain Sigrist. Das war noch nie geschehen. Sigrist entschuldigte sich wortreich, dass er so zur Unzeit anrufe. Dem Kripochef musste irgendjemand zugetragen haben, dass an der Sternmattstrasse etwas gelaufen war.

Lauber berichtete ihm, was er in dieser Sache wusste beziehungsweise was er angeordnet hatte. Mit kleinen Abstrichen allerdings. So sagte er nichts von Minders Ausflug in die Steiermark. Er sagte auch nicht, wie er das alles erfahren hatte: jedenfalls nicht, dass Minder und der CCCZH ohne richterliche Genehmigung in die Rechner der HSK eingedrungen waren. Aber er konnte Sigrist glaubwürdig machen, dass wichtige Leute der HSK in der Affäre Gschwandl mitmischten. Und dass dabei einiges nicht mit rechten Dingen zugehe.

«Beat, sei ja vorsichtig und halte dich zurück», ermahnte Sigrist ihn eindringlich, um hinzuzufügen: «Da gibt es zu viele Köche, die in diesem Brei herumrühren. Die Bundeskriminalpolizei etwa, die Justizministerien in Bern und in Wien. Ich würde es bedauern, wenn am Schluss ausgerechnet wir diese Suppe allein auslöffeln müssten.»

Lauber war peinlich darauf bedacht, Sigrist nicht zu widersprechen.

Und schon wieder klingelte Laubers Handy. Es war Jimmy.

Wir haben eben ein Mail abgefangen. Nach dem sind Leute im Auftrag von Adrian Schwarzentruber im Anmarsch auf die Morgartenstrasse.

«Kurz und unmissverständlich», brummte Lauber, zog sich überstürzt die Lumberjacke und Schuhe an und rannte Richtung Kasimir-Pfyffer-Strasse zur Wohnung hinaus.

Der aufmerksamen Suzanne – sie erwartete ihn für diese Nacht – blieb das nicht verborgen. Sie öffnete das Küchenfenster, das über der Strasse lag, und rief ihrem davonsprintenden Lover nach: «Lauf, lauf und komm bald wieder zurück, ich bleibe so lange wach!»

In Minutenschnelle hatte er drei Polizisten zusammengetrommelt. «Nehmt alle fest, die in die Wohnung an der Morgartenstrasse eindringen, und werft sie ins Arrestlokal. Ich werde mich am Morgen um sie kümmern. Ruft mich nur an, wenn's Tote oder Verletzte gegeben hat.»

Eine halbe Stunde später schlüpfte er ins warme Bett von Suzanne. Ihrer Bitte, doch sein Smartphone auszuschalten, entsprach er ohne Widerspruch.

★★★

Der Gefreite Hugentobler sass in einem nicht als solchem gekennzeichneten Polizeiauto. Er trug Zivilkleidung. Auf dem Beifahrersitz lag eine Kelle mit der Aufschrift «Polizei». Um sich die Zeit zu vertreiben, hatte er eine Menge Literatur mitgenommen. Zeitschriften über Waffen. Hugentobler war ein begeisterter Sportschütze. Um diese lesen zu können, knipste er die Beleuchtung im Wagen an.

Er war in die Lektüre vertieft und realisierte zunächst nicht, dass ein Mann, der betrunken wirkte, sich am Wagen abstützte und hineinspähte. Erst als dieser an die Seitenscheibe klopfte, drehte er den Kopf und sah, wie der Betrunkene immer wieder sein Gewicht von einem Bein auf das andere verlagerte.

Hugentobler kurbelte die Scheibe hinunter und zischte: «Verpiss dich, du besoffenes Schwein!»

«Du hahahast ja gagagar nichts zu sangsangsagen, biss kekeken Bulle.»

«Da könnten Sie sich noch täuschen», gab Hugentobler beleidigt zurück. Worauf der Betrunkene weitertorkelte und hinter der nächsten Hausecke verschwand.

Ostermontag

Als Lauber gegen neun sein Büro betrat und sein Smartphone einschaltete, wunderte er sich über das SMS, das kurz nach Mitternacht von Jimmy eingetroffen war.

Aktion wieder abgeblasen. Bewacher wurde offenbar als Polizist enttarnt.

Lauber erreichte den Gefreiten Hugentobler über sein Funktelefon. Es dauerte ziemlich lange, bis er mit schläfriger Stimme darauf reagierte.

«Dein Auftrag ist zu Ende. Bevor du nach Hause gehst, komm bitte noch rasch bei mir im Büro vorbei.»

Als Hugentobler ihm die Szene mit dem Betrunkenen schilderte, war er sich nicht schlüssig, ob er toben oder lachen sollte. Er entschied sich für das Zweite.

Aber es gab keine Zweifel mehr. Irgendetwas musste noch in der geräumten Wohnung von Gschwandl sein, das keinesfalls in die Hände der Kripo Luzern fallen durfte.

Lauber entschied, sich selbst darum zu kümmern.

Er verbrachte die nächste Stunde an der Morgartenstrasse und durchstöberte jede Nische.

Nichts.

Um seine Blase zu leeren, suchte er noch das Klo auf. Und da fand er einen blauen Kittel, das Oberteil einer Arbeitskleidung für Handwerker, Putz- oder Zügelmänner.

Er zog seine Einweghandschuhe an und packte den Fundgegenstand in einen transparenten Plastikbeutel ein.

Dann verliess er die Wohnung. Am Hauseingang traf er den mürrischen Alten mit Stumpen. Er grüsste freundlich, sein Gruss wurde allerdings nicht erwidert.

★★★

Lisi und Ferdinand Minder waren gerade beim Frühstück, als ein Mann mittleren Alters in schmucker Uniform im Türrahmen auftauchte. Er schaute sich um, ging danach schnurstracks auf den kleinen Tisch zu, wo sich die Minders niedergelassen hatten.

«Guten Tag, das müssen unsere Freunde aus Luzern sein. Franz Sinowatz ist mein Name, Oberstleutnant bei der Stadtpolizei Leoben.» Er schüttelte beiden herzhaft die Hand. «Aber lassen Sie sich nicht stören, ich warte unten in der Lounge auf Sie.» Er hielt einen Moment inne und sah Lisi an: «Möchte uns die Dame auch begleiten?»

«Ich bin mir nicht schlüssig ... ich muss mir ja dort oben während ein, zwei Stunden die Zeit vertreiben. Wie ist Eisenerz, ist die Umgebung schön?»

«Sagen wir so ... am Arsch der Welt, heute werden Sie möglicherweise gar kein offenes Kaffeehaus antreffen. Sie könnten es sich aber in der Kantine der Polizei gemütlich machen ... im Wartezimmer sind ein paar Bücher über den Erzberg und seine berühmte Bahn ausgelegt.»

«Danke, aber unter diesen Umständen nehme ich vorlieb mit Leoben.»

«Auch nicht gerade das Gelbe vom Ei an einem Feiertag. Aber sicher Eisenerz vorzuziehen.»

Der ganze Alpenraum war verhangen, es war kalt und regnerisch. Die Fahrt von Leoben über den Präbichl war kein Augenschmaus. Die Ortstafel von Eisenerz war wegen des dichten Nebels kaum lesbar. Franz Sinowatz steuerte seinen Wagen von der Bundesstrasse 115 nach rechts in die Hans-von-der-Sann-Strasse, dort, wo das örtliche Polizeigebäude steht.

«Hans von der Sann? Noch nie gehört. Was ist denn das für einer?», fragte Minder.

«Hans von der Sann ist das Pseudonym des südsteirischen Dichters und Zeitgenossen Peter Roseggers, Johann Krainz. Der Fluss Savinja in der slowenischen Steiermark heisst auf Deutsch Sann», klärte ihn Sinowatz auf.

Minder war es, als hätte er einen Kloss im Magen. In wenigen

Minuten würde er mit einer Frau zusammentreffen, die ihren Sohn auf tragische Weise verloren hatte – und das in der Schweiz. Minder betrat hinter Sinowatz den Besucherraum. Seine Vorahnung wurde mehr als bestätigt. Am Tisch sass eine in sich zusammengesunkene, verhärmte Frau, die aussah wie eine Siebzigjährige. Vielleicht war sie in Wirklichkeit erst sechzig oder noch jünger: Ihr Sohn war am Sonntag vor einer Woche erst vierunddreissig geworden. Dass Gschwandls Geburtstag auch sein Todestag war, hatte Minder erst auf der Fahrt nach Eisenerz erfahren.

Der Chef der Polizeiinspektion stellte die Leute einander vor. Als Minder Frau Gschwandl die Hand schütteln wollte, zögerte sie zunächst. Aber der Polizist aus Eisenerz griff sofort ein und sagte: «Dieser Mann ist in Ordnung. Er ist da, um die Wahrheit herauszufinden, er steckt ganz sicher nicht mit den Schweizer Bankern unter einer Decke.»

Frau Gschwandl lächelte. «Danke. Vielen Dank», sagte sie mit kaum hörbarer Stimme.

«Wachtmeister Minder wird Ihnen nun einige Fragen stellen. Sie sind nicht verpflichtet, darauf zu antworten. Es handelt sich um kein Verhör. Doch je mehr er von Ihnen erfährt, umso effizienter kann er in Luzern bei der Aufklärung des Todes Ihres Sohns mitwirken.»

«Darf ich ihm auch Fragen stellen?», erkundigte sich Frau Gschwandl mit einem Anflug von Trotz in der Stimme.

Sinowatz schaute zu Minder hinüber, und dieser nickte.

«Selbstverständlich, ich bitte Sie sogar darum. Mir liegt viel daran, Missverständnisse und Unstimmigkeiten aus dem Weg zu räumen.»

«Dann beginne ich gleich damit», fuhr Frau Gschwandl weiter. «Glauben Sie auch an einen Selbstmord?»

«Wenn ich davon überzeugt wäre, würde ich jetzt nicht mit Ihnen reden. Aber als Ermittler steht es mir nicht zu, von Anfang an eine vorgefasste Meinung zu vertreten. Nun frage ich aber Sie: Glauben Sie, dass Ihr Sohn Suizid begangen hat?»

«Mein Sohn war nie depressiv. Er hat sich ja der Luzerner Polizei selbst gestellt. Er hatte überzeugende Gründe, den deutschen Behörden die Daten-CD zu übergeben. Diese CD war vollgestopft mit Beweisen von kriminellen Machenschaften der Bank HSK. Es ging um einen Deliktbetrag in Milliardenhöhe. In der Schweiz ist Steuerbetrug keine kriminelle Tat. Hätte Joachim die CD der Luzerner Justiz zugespielt, wäre er wahrscheinlich als Datendieb sofort festgenommen und nachträglich bestraft worden. Am selben Tag hätte der Generaldirektor der HSK mit einem Lächeln die CD zerbrochen und in den Abfallkübel geworfen.»

Minder war für einige Momente perplex. Dann riss er sich aber doch zu einer Antwort zusammen. «Das ändert aber nichts daran, dass Ihr Sohn gegen Schweizer Gesetze verstossen hat.»

«Das nahm Joachim bewusst in Kauf. Er wäre verurteilt worden, klar. Im schlimmsten Fall für ein Jahr. Ganz Europa hätte ihn aber moralisch freigesprochen. Er wäre nach verbüsster Strafe erhobenen Hauptes durch die Pforte einer Strafanstalt in die Freiheit marschiert. Die Schweizer Gerichtsbarkeit hätte sich bis auf die Knochen blamiert.»

Minder sah plötzlich Gschwandls Mutter mit ganz anderen Augen. Sie war offenbar eine intelligente, in Finanzsachen durchaus beschlagene Frau, die mit ihrem Sohn vor seiner Tat alles besprochen hatte. Er kam sich fast überflüssig vor. Auch wenn Lauber und er in diesem Fall die Zügel schleifen liessen, würde man früher oder später herausfinden, dass Joachim Gschwandl sich nicht das Leben genommen haben konnte. Minder verspürte das Bedürfnis, mehr über Joachim Gschwandls Mutter zu erfahren.

«Hmmm … darf ich Ihnen eine persönliche Frage stellen?»

«Das ist Ihnen unbenommen, ich entscheide ja dann, ob oder was für eine Antwort Sie darauf bekommen.»

Sinowatz warf Minder einen vielsagenden Blick zu.

«Was haben Sie für einen beruflichen Hintergrund?»

«Ich habe Betriebswirtschaft studiert und führte mit meinem Mann, er war Jurist, ein Treuhandbüro. Wir fielen einem Anlagebetrüger zum Opfer und verloren alles. Mein Mann starb kurz darauf bei einem Autounfall. Ich war zu alt, um wieder eine neue Existenz aufzubauen. Nun stehe ich mittellos da. Dank dürftig honorierter Gelegenheitsjobs und vor allem der Unterstützung meines Sohnes kam ich die vergangenen Jahre ohne Sozialhilfe über die Runden. Nun hat man mir auch ihn genommen.» Minder fand zunächst keine Worte. Der Chef des Gendarmeriepostens Eisenerz überbrückte Minders Schweigen, indem er seinen Gästen anerbot, einen Kaffee zuzubereiten. Er habe anfangs dieser Woche günstig eine Espressomaschine erstanden. Sie nahmen das Angebot dankend an.

«Dann gibt es auch die CDs, die Ihr Sohn bei Ihnen aufbewahrt hat. Haben Sie diese Dokumente bereits gesichtet?», fragte Sinowatz Frau Gschwandl.

«Ja klar, auf Wunsch meines Sohnes habe ich alle Dokumente darauf gesichtet. Sofort wurde mir bewusst, dass darin eine gehörige Portion Sprengstoff lagert. Ich habe mehrere Kopien davon angelegt und sie zur Aufbewahrung verschiedenen Personen in meinem Freundeskreis zugehalten. Aus Sicherheit, denn nun sind die Eigentümer dieser Daten hinter mir her.»

Sinowatz machte eine bedenkliche Miene. «Damit könnten Sie leider richtigliegen. Wir nehmen das nach dem Einbruch bei Ihnen sehr ernst. Aber etwas in diesem Zusammenhang würde mich doch noch interessieren: Sind Sie sicher, dass den Einbrechern nicht doch etwas in die Hände gefallen ist?»

«Nachdem mir am Palmsonntag ein Polizeibeamter aus Eisenerz die traurige Nachricht über den Tod meines Sohnes überbracht hatte, packte ich meinen Laptop und die noch bei mir aufbewahrten Kopien der Daten-CDs in einen Koffer und übergab alles meiner Freundin, die im Häuserblock über der Strasse eine Wohnung hat. Na ja, ich hatte noch einen alten PC, den ich sowieso in nächster Zeit entsorgen wollte. Den haben die Einbrecher tatsächlich mitlaufen lassen.»

Sinowatz hob die Hand, um sie zu unterbrechen. «Könnte es sein, dass auf der Festplatte noch Dateien gespeichert sind, die sich auch auf den sichergestellten CDs befinden?»

Frau Gschwandl überlegte. «Wenn Sie gerade so fragen, muss ich eingestehen, dass dies der Fall sein könnte. Ich habe diese CDs auf dem alten Computer angeschaut, weil er mit einem grossen Bildschirm verbunden ist. Da könnte ich die eine oder andere Datei auf der Festplatte gespeichert haben. Das macht mir aber nicht unbedingt Bauchschmerzen, alle diese Dokumente liegen ja gesichert in mehrfacher Ausführung vor.»

Minders Augenbrauen zogen sich zusammen, als er etwas sagen wollte, aber Sinowatz hinderte ihn mit einer Handbewegung daran.

«Ich bin sehr froh, dass wir das eben erfahren haben. Wir werden ab sofort nicht umhinkommen, Sie rund um die Uhr im Auge zu behalten. Die Personen, die beauftragt wurden, die abhandengekommenen Daten wieder zurückzuholen, sind keine Hirtenknaben. Wir müssen davon ausgehen, dass sie sich an Sie heranmachen, um herauszufinden, wo sich die Kopien befinden.»

Frau Gschwandl seufzte. «Aus mir werden diese Ganoven nichts herauspressen können.»

«Dafür werden wir sorgen», gab Sinowatz zurück, um sich Minder zuzuwenden. «Haben Sie noch weitere Fragen an Frau Gschwandl?»

Minder war das peinlich, denn er war mittlerweile zur Erkenntnis gekommen, dass ihm bereits alles gesagt worden war, was man ihm sagen wollte.

Die alte Frau murmelte: «Herr Minder, Sie erhalten ja auch Duplikate aller Disks, die Joachim sichergestellt hat. Dort dürften Sie eine Menge von Antworten auf Fragen finden, die Ihnen noch gar nicht eingefallen sind. Nun ja, sofern Sie im Finanzgeschäft bewandert sind.»

Minder befürchtete, Sinowatz würde noch einen draufgeben, so im Stil: Hören Sie endlich auf, auf diesem armen Schweizer herumzuhacken. Doch nichts dergleichen geschah. «Sie haben jetzt einen ersten Eindruck erhalten, wie man hierzulande über den Schweizer Finanzplatz denkt. Das soll aber nicht heissen, dass wir alle Menschen in unserem kleinen Nachbarstaat im Westen in denselben Topf schmeissen. Wir sind sehr daran interessiert, mit allen Leuten zusammenzuarbeiten, die der Bankenkriminalität den Kampf angesagt haben. Sie und Lauber gehören dazu, davon bin ich felsenfest überzeugt», beendete Sinowatz das Gespräch.

Erst als Minder wieder zurück in Leoben war und mit Lisi einen Spaziergang durch die Stadt unternahm, wurde ihm die

Tragweite seines Besuches in Eisenerz bewusst. Er und Lauber waren im Begriff, gemeinsam mit Kollegen aus einem Nachbarland gegen die Machenschaften des Finanzplatzes Schweiz vorzugehen. Minder überkam das schale Gefühl, beide würden sich damit dem Vorwurf aussetzen, dem eigenen Land grossen Schaden zuzufügen. Zwei unmögliche Alternativen: Kriminalität und Vaterlandsliebe gegen Gerechtigkeit und Verrat. Vaterlandsliebe und Kriminalität schliessen einander nicht aus, das hat die Geschichte schon oft bewiesen. Aber Gerechtigkeit und Verrat? Nein, Verräter sind wir nicht. Verrat ist das falsche Wort für das, was wir vorhaben, sagte sich Minder.

★★★

Um elf war Lauber immer noch in seinem Büro. Er wusste zwar noch nicht genau, welche Bedeutung der Kittel, der ihm an der Morgartenstrasse in die Hände gefallen war, für die Ermittlungen im Fall Gschwandl hatte, aber ihm war nun klar, dass es für die vermeintlichen Einbrecher dort nichts mehr zu holen gab. Trotzdem entschloss er sich, die einstige Wohnung von Gschwandl weiterhin überwachen zu lassen. Denn sollte tatsächlich noch jemand versuchen, dort einzudringen, würde derjenige festgenommen.

Er war gerade im Begriff, sich Richtung Dufourstrasse davonzumachen, als sein Handy dudelte. Jimmy war am Apparat und überfiel ihn mit der Neuigkeit, dass sein Besuch in der Morgartenstrasse den Leuten in der HSK nicht unbemerkt geblieben war. Dass sie auch herausgefunden hatten, was ihm in die Hände gefallen war.

Es brauchte nicht eine überbordende Phantasie, sich auszurechnen, wer der Denunziant war: Barmet. Dass dieser Alte aus der zweiten Etage allerdings nur Nachrichtenübermittler und damit kein wichtiger Zeuge war, musste sich Lauber leider auch eingestehen. Es wäre für Barmet wohl ein Leichtes gewesen, unbemerkt in der Wohnung unter ihm herumzuschnüffeln und den Leuten der HSK den beiweisträchtigen Gegenstand, der nun bei der Kripo lagerte, klammheimlich zu überbringen. Das zu tun, weigerte sich entweder Barmet, oder die Empfänger seiner Informationen wollten das nicht.

Damit gab es also keinen Anlass mehr, die Wohnung an der Morgartenstrasse weiter im Auge zu behalten. Das war auch gut so, denn die Kriminalabteilung II war für die ihr übertragenen Aufgaben krass unterbesetzt.

Dienstag, 10. April

Schlecht gelaunt betrat Direktor Karl Helbling sein Büro am Schwanenplatz. Am Abend zuvor hatte er eine niederschmetternde Nachricht erhalten: Es bestehe der Verdacht, dass Joachim Gschwandl nicht nur CDs mit Kundendaten weitergegeben habe, sondern auch Dokumente über brisante Finanzgeschäfte der HSK. Und das ging unter die Haut. Denn da handelte es sich nicht um ausländische Steuerbetrüger, die zum Nachteil ihrer Heimat Schwarzgeld in der Schweiz anlegten – nach eidgenössischem Recht völlig legal –, da handelte es sich um Geldwäsche, um Geschäfte mit Verbrechersyndikaten, um Korruption in grossem Stil. Darüber konnte auch der grosszügigste Richter nicht hinwegsehen.

Nicht auszudenken, was für ein Schaden angerichtet würde, wäre dieser Mann noch am Leben und käme er vor ein Gericht. Dass er eine höchst geheime Datei auf dem PC seiner Mutter gespeichert hatte, war alarmierend. Nur dank des sechsten Sinnes eines Mitarbeiters in Graz konnte im letzten Moment ein Desaster verhindert und die gefährliche Datei unschädlich gemacht werden. Aber war damit das gefährliche Dokument vollständig aus der Welt geschafft? Oder hatte Joachim Gschwandl diese Daten bereits an andere Leute weitergegeben? Helbling mochte nicht daran denken.

Wer war eigentlich diese Frau Gschwandl? Nach ihrem Wohnort zu schliessen, eine einfache ärmliche Frau. Ein Rätsel, dass die Personalakte von Joachim Gschwandl spurlos verschwunden war. Hatte er sie persönlich beiseitegeschafft? Den Personalchef, der bei seiner Einstellung dabei gewesen war, konnte er nicht mehr fragen. Er war vor einem Monat an einem Herzinfarkt verstorben. Kein einziger Angestellter der HSK wusste etwas über das Privatleben Gschwandls. Hatte sich jemand bei ihm danach erkundigt, sollte er immer ausgewichen sein: Er wolle sein Privatleben nicht ins Schaufenster stellen, habe er unwirsch auf hartnäckiges Nachfragen reagiert.

Helbling fragte sich, ob er seine Leute in der Steiermark auf diese Frau ansetzen sollte. Dass sie plötzlich Geheimnisse ihres Sohnes preisgeben könnte, schien ihm nicht sehr wahrscheinlich, aber eben nicht unmöglich. Nach einigem Abwägen verwarf er diesen Gedanken wieder. Der Einbruch hatte bereits die Aufmerksamkeit der Polizei erregt. Eine weitere Behelligung Frau Gschwandls würde leicht den Verdacht erwecken, beides könnte in Zusammenhang mit dem Tod ihres Sohnes stehen. Da war ein subtileres Vorgehen angezeigt. Helbling musste sich noch etwas Besseres einfallen lassen.

Er wandte sich wieder Routineverrichtungen zu: an die dreissig Briefe unterschreiben, die er jeweils nur überflog, denn zu korrigieren gab's dabei nicht viel.

Um Viertel nach acht klingelte sein Tischtelefon.

«Herr Direktor, ein Beamter der Abteilung ‹Wirtschaftsdelikte› der Kantonspolizei Luzern möchte Sie sprechen.»

«Wie heisst er?»

«Isidor Banz, Wachtmeister Isidor Banz.»

«Gut, verbinden Sie mich mit ihm. – Hallo, Isidor, was gibt's Neues?»

«Wir haben ein Problem, das lässt sich nicht mit einem Telefongespräch aus der Welt schaffen. Wir sollten uns treffen.»

«Am besten wäre es, du kämest zu mir. Du verstehst, in meiner Stellung macht es einen schlechten Eindruck, wenn ich bei euch an der Kasimir-Pfyffer-Strasse auftauche.»

«Das geht heute kaum, in einer halben Stunde muss ich beim Chef antraben. Und später bin ich mit einem Kollegen in Zug verabredet.»

«Erzähl mir bitte kurz, was dich derart bedrückt.»

«Heute Morgen fand ich eine CD auf meinem Schreibtisch. Die Notiz auf dem beigelegten Handzettel ... einen Moment: *Streng vertraulich, dringend, sieh dir diese Scheibe einmal genauer an, sie fällt in deinen Zuständigkeitsbereich.*»

«Wer hat dir denn diese CD untergejubelt?»

«Das ist es ja. Ich habe keine Ahnung.»

«Hast du wenigstens einen Verdacht, wer es gewesen sein könnte?»

«Äh … es könnte Lauber gewesen sein, der Chef der Kriminalabteilung II. Aber da jeder Hinweis auf den Urheber fehlt, gehe ich davon aus, dass er anonym bleiben will.»

«Hast du die CD näher angeschaut?»

«Ja, natürlich. Da steht etwas über eine Transaktion einer Tessiner Firma mit der HSK. Nach meinem Dafürhalten könnte es sich dabei um faules Geld handeln. Immerhin fünfzehn Millionen – und das ist kein Pappenstiel. Da musst du dir etwas einfallen lassen, verdammt noch mal. Fliegt das auf, kann auch ich dich nicht mehr heraushauen.»

Das braun gebrannte Gesicht Helblings wurde beige, dann weiss. Helbling verschlug es für einige Augenblicke die Sprache. Bekam er eine schockierende Nachricht, machte sich das bei ihm in einem massiven Abfall des Blutdrucks bemerkbar. Er musste sich an den Lehnen seines Polstersessels festhalten, um nicht vornüberzukippen.

«Bist noch am Draht?», erkundigte sich Banz besorgt.

«Ja, mir ist gerade ein Stoss Papier vom Schreibtisch gerutscht. – Ist gut so, aber kreuze nicht vor zehn Uhr bei uns auf, ich habe um neun noch einen Termin in einer ebenfalls dringenden Sache.»

Helbling wählte nach dieser Hiobsbotschaft die Nummer des Juristen seiner Abteilung und bat ihn, rasch bei ihm vorbeizuschauen. Ein Anwalt namens Moritz Wespi, Spezialist für Finanzgeschäfte. Wespi war mehrere Jahre im Polizeidienst eines grossen Schweizer Kantons gewesen, wo er die Abteilung «Wirtschaftsdelikte» leitete. Als er sich mit dem Gedanken auseinandersetzte, ein Einfamilienhaus zu bauen, wechselte er zur HSK über, die ihm, was das Gehalt betraf, ein verlockendes Angebot machte.

Helbling informierte Wespi kurz über die entwendeten Dokumente, die in der vergangenen Woche in der Steiermark aufgetaucht waren.

Wespi sah seinen Chef ziemlich ratlos an. Natürlich war er vertraut mit allen wichtigen Geschäften, die von der HSK seit seinem Stellenantritt dort vor fünfzehn Jahren getätigt wurden. Nicht nur vertraut war er damit, um bei der Wahrheit zu bleiben, er hatte sie auch massgeblich miteingefädelt.

«Mich überrascht das. Ich war bei diesen Deals immer sehr auf

Diskretion bedacht. Lediglich ein handverlesener kleiner Kreis von Personen war eingeweiht. Personen, die auf Herz und Nieren bezüglich Loyalität und Verschwiegenheit geprüft wurden. Tja ... etwas scheinen wir zu wenig beachtet zu haben. Dass unsere PCs alle vernetzt sind, dass grundsätzlich jedes Wort, das über eine Tastatur eingetippt wird, jede Datei, die von irgendwoher hereingekommen ist, zentral erfasst werden kann.»

Helbling donnerte mit der Faust auf den Tisch. «Und dieser Schuft aus Österreich hat sich plötzlich für unsere Geheimnisse zu interessieren begonnen.»

«Wer geht schon davon aus, dass ein IT-Fritz sich für die Geschäfte der Bank interessiert. Bis jetzt waren das ausschliesslich weltfremde komische Käuze, die nur darum besorgt waren, wie gut unsere PCs, Drucker und Modems funktionierten. Seit zwanzig Jahren hat das anstandslos funktioniert.»

Helbling sah Wespi an und zog seine Brauen hoch. «Erspare dir solche Floskeln. Du weisst genau wie ich, dass Gschwandl auch Finanz- und Wirtschaftswissenschafter war. Und diese berufliche Qualifikation hat ihn offenbar dazu bewogen, seine Nase in Dinge zu stecken, die ihn eigentlich nichts angingen. Wir haben da einen grossen Fehler gemacht.» Dann streckte Helbling seinen Zeigefinger fast an Wespis Nasenspitze. «Was geschehen ist, können wir nicht mehr rückgängig machen. Jetzt geht es um Schadensbegrenzung.»

«Schliesslich sind wir auf unserem Finanzplatz in bester Gesellschaft. Tätigen wir die etwas ausgefallenen, aber lukrativen Geschäfte nicht selbst, tun es andere.»

«Ich erwarte Vorschläge von dir – vergiss nicht, Moritz, du hängst genauso mit drin wie ich.»

«Lass mich kurz nachdenken. Ich verziehe mich ins Nebenzimmer. In zehn Minuten komme ich mit einem Flipchart zurück.»

«Du meine Güte! Glaubst du wirklich, mit einem solchen Scheiss Zeit zu sparen? Du hängst immer noch den alten Zeiten nach, wie damals in der Kaserne Andermatt, als wir zusammen im Regimentsstab sassen und uns Kampfstrategien für die Manöver zusammenbastelten. Und weisst du noch? Wir haben jede Schlacht verloren. Gut, dass es nie zu einem Ernstfall gekommen ist – aber wenn du nicht anders kannst, mach, was du für richtig hältst.»

Helbling war sich bewusst, dass er Wespi auf Gedeih und Verderb ausgeliefert war. Anderthalb Jahrzehnte waren die beiden das Glamourpaar in der HSK. Keine Abteilung spülte so viel in die Tresore der Bank wie diejenige Helblings. Dutzende von Anlageberatern wurden von Wespi mit den Geheimnissen und Schlupflöchern des Steuerrechts in aller Herren Länder vertraut gemacht. In mondänen Hotels auf dem Bürgenstock, in Sankt Moritz, am Luganersee. Das war kostspielig, aber gut investiertes Geld. Dieser Wirtschaftsanwalt aus der Sankt Galler Kaderschule war eine Koryphäe, wenn es darum ging, Geldströme in die richtigen Kanäle zu leiten. *Das Geld arbeitet – wenn wir es richtig anstellen, tut es das für uns*, war eines seiner Bonmots.

Beinahe alle, die seine Kurse über sich ergehen liessen, hatten es nicht bereut – bis jetzt wenigstens nicht. Allesamt erhielten sie einträgliche Stellen, mit dem Nebeneffekt allerdings, dass viele dabei ihre Ehen ruinierten.

Vielleicht fand Wespi tatsächlich einen Weg, das Schiff HSK heil aus dem hereinbrechenden Orkan herauszusteuern, trotz der vielen Klippen, die sich plötzlich vor ihm auftürmten.

«Halb so schlimm», meinte Wespi, als er wieder zurück war. «Wir kriegen das schon hin. Das hiesige Recht steht auf unserer Seite. Kein schweizerisches Gericht kann es sich leisten, illegal beschaffte Beweismittel gegen uns zu verwenden.»

«Kein Schweizer Gericht? Aber wenn sich die Medien der Sache annehmen?»

«Da mache ich mir keine Illusionen – sie werden sich wie die Geier darauf stürzen. Ganz sicher die ausländischen wirtschaftsfeindlichen Publikationshochburgen wie ‹Die Zeit›, ‹Der Spiegel›, ‹Le Monde›, aber wohl auch die Schweizer ‹Der Beobachter›, die ‹Sonntagszeitung›, der ‹Blick› und wie sie alle noch heissen. Mir graut davor, Karl.»

«Jetzt hör mal gut zu: Die sollen doch schreiben, was sie wollen. Entscheidend ist, ob uns schweizerische Gerichte belangen. Und das werden sie nicht wagen. Zu unseren Medien: Die werden es sich reiflich überlegen, ob sie gegen uns schiessen wollen. Wir kontrollieren über diverse Firmen einen guten Teil des Inseratenmarktes. Da kann schon mal ein böser Artikel erscheinen, aber dann wird er durch eine Gegendarstellung in unserem Sinne abgestumpft.»

«Aber um einen Imageschaden wird die HSK nicht herumkommen.»

«Imageschaden? Was soll denn das? Wir sind doch mit dieser Bank nicht verheiratet. Wir beide haben unsere Schäflein im Trockenen.»

Helbling lief es eiskalt den Rücken hinunter. Natürlich, auch er wollte Geld machen. Aber er hatte sein Beziehungsnetz in Luzern, er lebte davon, wenn die Menschen vor ihm den Hut zogen. Als Gauner zu gelten, der sich geschickt durch die Maschen des Gesetzes hangelte, das war das Letzte, was er sich wünschte. Wie Schuppen fiel es ihm von den Augen: Wespi hatte kein Ehrgefühl, er war auch nicht besonders ehrgeizig, er war schlicht gierig nach Geld. Und er, Helbling? Noch so gerne würde er einen Teil seines stattlichen Vermögens hergeben, um seine Ehre zu retten. Nicht alles, versteht sich, die Hälfte vielleicht. Denn in einem Land wie der Schweiz gehören Ehre und Reichtum nun einmal zusammen. Er spürte plötzlich, dass er Wespi hasste. Gemocht hatte er ihn eigentlich nie, aber irgendwie bewundert. Schon während des Studiums, in der Offiziersschule und nun in der Bank.

Doch was für eine Wahl blieb ihm noch? Der Pistolenlauf an der Schläfe? Das Exil in der Karibik? Auf den Bahamas möglicherweise, dort, wo auch der Zürcher Financier Werner K. Rey Zuflucht gefunden hatte, nach einigen Jahren den Wohnsitz von seiner Prachtvilla in das tropische Gefängnis von Nassau verlegen musste und heilfroh war, den Rest seiner Strafe in einer Berner Strafanstalt abzusitzen.

Er solle doch einmal diese CD anschauen, riet Wespi. Helbling sah darin kein Problem. Isidor Banz war ein guter Freund von ihm.

Helbling rief daraufhin Banz an. Eine Stunde später lag die CD auf seinem Schreibtisch. Es waren nur wenige Dateien darauf. Allerdings: Die Dateien stammten von der HSK, sie waren echt.

Ihr Inhalt: nicht eben brisant. Das beruhigte Helbling aber nur halbwegs. Wie konnte er sicher sein, ob Lauber oder wer auch immer Banz diese CD gesteckt hatte, nicht noch weitere Dokumente in die Hände gefallen waren oder künftig in die Hände fallen könnten?

Er zitierte Wespi nochmals zu sich. Sie sahen sich die Dateien genau an. Wespi gelang es nicht, Helbling zu beruhigen. Man kam überein, sich an die Kontaktperson in der Steiermark zu wenden. Beide kannten den Mann namens Heindl in Graz von mehreren Besuchen in Luzern. Dass er nicht sehr weit von der Mutter Gschwandls lebte, war ein Zufall, ein willkommener Zufall.

Aber der Grazer war nicht über alle Zweifel erhaben, das mussten Helbling und Wespi nach einigen unschönen Vorkommnissen zur Kenntnis nehmen. Gegen Heindl ermittelte die Staatsanwaltschaft wegen dubioser Geldgeschäfte und wegen seiner Sicherheitsfirma, der mehrere schwere Körperverletzungen zur Last gelegt wurden. Sie mussten davon ausgehen, dass der Mann überwacht wurde.

Auf der anderen Seite hofften Helbling und Wespi, die steirische Justiz würde bisweilen ein oder auch beide Augen zudrücken. Immerhin habe Heindl sich unbehelligt an den Computer der Mutter Gschwandls heranmachen können.

★★★

Ebenfalls um halb acht an diesem Dienstag betrat Beat Lauber sein Büro. Er öffnete seine Mailbox und fand darin eine Nachricht von Minder. Er teilte ihm darin die Zugangsdaten für das Netzwerk Google Drive mit. Lauber staunte nicht schlecht. Er konnte daraus gegen zwanzig Megabyte Dateien herunterladen. Allerdings war er längst nicht imstande, alle Dokumente einzuordnen, viel zu wenig weit gingen seine Kenntnisse in Wirtschafts- und Finanzfragen. Doch seine bescheidenen Kenntnisse über Wirtschaftsdelikte genügten, um herauszufinden, dass es sich hier auch um das Weisswaschen von Geldern kriminellen Ursprungs handelte, und zwar in erheblichem Umfang.

Lauber hatte die CD auf Banz' Schreibtisch gelegt. Auf die CD waren nur einige wenige, eher belanglose Dateien gebrannt. Lauber wollte damit herausfinden, wie sein rangniedrigerer Kollege, dem er überhaupt nicht über den Weg traute, reagieren würde. Die Überwachung von Banz funktionierte tadellos. Bereits am frühen Nachmittag wurde Lauber über die Kontaktnahme des Wachtmeisters Banz mit Helbling von Jimmy informiert. Damit sah er seinen Verdacht bestätigt, dass er auf die Abteilung «Wirtschaftsdelikte» nicht zählen konnte. Er kam wohl nicht umhin, sich nach einer auf diesem Gebiet bewanderten Vertrauensperson umzusehen.

Ihm ging es aber weniger um die Wirtschaftsdelikte als vielmehr um den Tod von Gschwandl.

★★★

Die zweite schlechte Nachricht wurde Helbling am späteren Nachmittag telefonisch übermittelt. Es war eine Frauenstimme, die er wegen der schlechten Leitung nur mit Mühe verstehen konnte. Sie stammte von Heindls Gattin. Die Polizei habe ihr die schmerzliche Botschaft überbracht, ihr Mann sei soeben in Leoben festgenommen worden.

Helbling stampfte mit den Füssen auf den Boden. Das war einfach zu viel. Abermals zitierte er Wespi zu sich und machte ihm Vorwürfe. Aber bald musste er sich eingestehen, dass das zu nichts führte. Er war auf Gedeih und Verderb seinem Rechtskonsulenten ausgeliefert.

Am Abend fuhr er als geknickter, verzweifelter Mann mit seinem Mercedes nach Hause. Auch die von Wespi an den Tag gelegte Zuversicht konnte daran nichts mehr ändern.

Es war nach dem Abendessen, als das Martinshorn einer Ambulanz vor der Villa Helblings ertönte. Zwei Sanitäter schoben kurz darauf die Bahre mit dem zusammengebrochenen Hausherrn ins Fahrzeug und rasten in Richtung Kantonsspital davon.

Frau Helbling fuhr mit. Im Wartezimmer nahm sie sich eine Illustrierte und füllte darin ein Kreuzworträtsel aus, während eine andere Dame, die offenbar ebenfalls wegen eines eingelieferten Angehörigen dort ausharrte, nervös auf ihrem Stuhl herumrutschte. Kaum eine Stunde später wurde Sarah Helbling aufgerufen. Man beruhigte sie mit der Nachricht, ihr Gatte habe einen Kreislaufkollaps erlitten. Nach ein, zwei Tagen Ruhe sei er wieder voll einsatzfähig.

Mittwoch, 11. April

Minder und seine Frau bestiegen am Mittwochmorgen den Zug nach Westen. Lauber verzichtete auf Geheiss von Lisi, sich während der Zwischenhalte ins Internet einzuloggen. Das war, anders als bei der Hinfahrt, auch nicht nötig. Ein bisschen enttäuscht war er schon. Er würde zwar nicht gerade mit leeren Händen zurückkommen, aber ihm war sehr wohl bewusst, dass die Lösung des Falles Gschwandl noch in weiter Ferne lag. Ein bisschen Hoffnung hatte ihm am Vortag Franz Sinowatz gemacht. Sie waren mit dem Polizeioffizier zum Abendessen verabredet gewesen. Als sie das Mahl mit Kaffee, Slibowitz und Kuchen beendet hatten, sagte Sinowatz beiläufig, seine Leute hätten am Nachmittag einen Mann festgenommen, dem enge Beziehungen mit dem Direktionsmitglied Helbling der HSK nachgesagt würden. Minders Bitte, ihm Näheres über die Hintergründe dieser Arrestierung zu verraten, tat er allerdings mit einem Schmunzeln ab.

***

Für Beat Lauber war der Mittwoch nach den hektischen Tagen zuvor erholsam. Er konnte sich wieder einmal liegen gebliebenen Angelegenheiten widmen und mit dem einen oder anderen Mitarbeiter persönlich sprechen. Diesbezüglich hatte er einiges gutzumachen, denn sein forsches Arbeitstempo behagte nicht allen an der Kasimir-Pfyffer-Strasse. Er benutzte dabei auch die Gelegenheit, mit Isidor Banz einige Worte zu wechseln.

Zu seiner Überraschung erwähnte der Wachtmeister für Wirtschaftsdelikte die gestern auf seinem Schreibtisch entdeckte CD mit keinem Wort. Banz verstieg sich sogar zur Bemerkung, Luzern sei in puncto Wirtschaftskriminalität eine äusserst harmlose Stadt. Und Lauber nickte scheinheilig zustimmend. Banz' Verhalten irritierte ihn, wie schon oft in letzter Zeit. War der Mann einfach nur blöd oder gerissen, oder hielt er ihn, Lauber, für bescheuert?

Bereits um halb fünf am Nachmittag machte sich Lauber auf seinen Heimweg.

Als er seinen Schlüsselbund in den Hosentaschen suchte, hörte er hinter sich die Stimme Suzannes. «Komm auf einen Sprung zu mir herüber. Ich habe ein Problem, und du bist genau der Mann, der mir das lösen kann.»

Lauber war das noch so recht, denn sein Magen knurrte, und Suzannes Wohnung verliess er nie hungrig.

«Letizia ist am frühen Morgen weggegangen und seither nicht mehr nach Hause gekommen. Dabei hat sie mir hoch und heilig versprochen, bis spätestens zum Mittagessen wieder zurück zu sein.»

«Und deine andere Tochter?»

«Carmen, ach ja, die bleibt noch für ein paar Tage bei den Schwiegereltern.» Aber er solle doch jetzt in die Wohnung kommen – zu Kaffee und Kuchen.

Als sie beide an der Kaffeetasse nippten, begann Lauber zu lächeln.

«Mach dir nicht allzu grosse Sorgen. Ich habe da eine Idee, wo sie stecken könnte.»

Suzanne sah ihn mit grossen Augen an.

«Hmmm …» Lauber räusperte sich lautstark. «Ich habe eine feine Nase. Mir ist vor einigen Tagen aufgefallen, dass –»

«Dass …», fiel ihm Suzanne ungeduldig ins Wort.

Lauber legte sanft die Hand auf ihren Arm. «Es ist keine Katastrophe, aber auch nicht ganz harmlos. Ich bin mir fast sicher: Letizia kifft.»

Suzannes Augen wurden nass. «Ich habe eben nie gekifft. Aber irgendwie hab ich schon etwas geahnt. Das, was das Mädchen geraucht hat, kam mir schon verdächtig vor. Jetzt mach ich mir Vorwürfe. Warum habe ich sie nie darauf angesprochen?»

Lauber lächelte abermals. «In meinen jungen Jahren schlug ich ab und zu mal über die Stränge. Und … ja klar … manchmal rauchte ich auch einen Joint. Bald bin ich allerdings davon weggekommen. Ich habe mich danach immer elend gefühlt.»

Aber immer noch habe er ihr nicht gesagt, wo Letizia sein könnte, bedrängte ihn Suzanne.

«Gerade als ich heute mein Büro verliess, habe ich zufällig vernommen, dass die Polizei gegen Mittag im Vögeligärtli eine Razzia durchgeführt hat. Dabei sind etwa zehn Jugendliche festgenommen und auf den Polizeiposten geführt worden.» «Dann ist sie wohl dort drüben.» Suzanne zeigte Richtung Kasimir-Pfyffer-Strasse. «Aber warum behalten sie die Jungen so lange und sagen den Eltern nichts?» «Eine berechtigte Frage.» Lauber wirkte plötzlich ziemlich verlegen. «Ich finde das auch nicht richtig, aber der Leiter der Abteilung ‹Drogendelikte› ist ein Mann ohne jegliches Fingerspitzengefühl. Wird ihm ein Junge oder ein Mädchen mit einer Haschzigi vorgeführt, behandelt er sie wie Hochkriminelle. Und die Eltern wie den letzten Dreck ... es sei denn, sie kommen aus ‹gehobenen› Kreisen.»

★★★

Bucher, Gschwandls Nachfolger, glaubte nun, über alles informiert zu sein. Es war kurz vor fünf, als er seinen Schreibtisch räumte. Er kämpfte mit sich. Sollte er nicht doch zur Polizei gehen? Das würde aber bedeuten, dass er seine gut bezahlte Stelle an den Nagel hängen müsste. Eine schöne Frau und zwei wunderbare Kinder, eine neu erworbene Villa mit Blick auf den Vierwaldstättersee. Er würde seiner Frau alles erklären. Sie würde verstehen, dass es keinen andern Weg gab, als seine Stelle der Gerechtigkeit zu opfern. In aller Eile nahm er seine Sporttasche unter dem Schreibtisch hervor, warf die Turnschuhe sowie den Trainingsanzug in den Wandschrank und füllte die Tasche mit einer Menge von Papieren und einigen USB-Sticks.

Dann schrillte das Telefon. Es war Wespi. «Komm doch rasch zu mir herüber. Wir müssen nochmals über die Sache reden.»

Er schnürte in aller Eile die Sporttasche zu und hastete ins Büro von Wespi.

«Mach es dir bequem auf dem Sofa. Ich erwarte noch einen kurzen Anruf.»

Einige Minuten später klingelte es.

Wespi hob ab, hörte zu, sprach kein Wort und legte auf.

Dann sah er seinem Besucher scharf in die Augen. «Ich habe dir, Alfons, ja nie richtig getraut. Nun haben wir herausgefunden, dass auch du im Begriff bist, Daten zu entwenden. Wir haben eben deine Sporttasche sichergestellt. Nun bleibt uns nichts anderes übrig, als auch dich sicherzustellen.»

★★★

Es war kurz vor halb sechs, als Lauber am Büro von Markus Amrein anklopfte.

«Herein», tönte es ungehalten, denn der Chef der Abteilung «Betäubungsmitteldelikte» war an der Kasimir-Pfyffer-Strasse bekannt für seinen Missmut.

Lauber berichtete Amrein, warum er zu ihm gekommen war.

«Ja, dieses kleine, freche Luder habe ich eben vernommen.» Dann warf er Lauber einen scharfen Blick zu. «In was für einer Gesellschaft bewegst du dich eigentlich?»

«Erspar dir solch unpassende Bemerkungen. Hol mir das Mädchen jetzt! Es geht nicht an, dass du junge Menschen stundenlang festhältst, ohne ihre Eltern zu benachrichtigen.» Lauber drohte mit dem Finger. «Es ist nicht das erste Mal, dass du dir solche Übergriffe leistest.»

Amrein wurde schneeweiss. Derart von einem gleichrangigen Kollegen abgeputzt zu werden, war er sich offenbar nicht gewohnt. Er wollte gleich zu einer Schimpftirade ansetzen, als sein Telefon klingelte.

«Guten Tag, Herr Doktor. … Aha, das ist Ihre Tochter … Ähm, ich werde machen, was ich kann. Na ja, ein Verbrechen hat sie ja nicht begangen. Sie hat gekifft. Ich werde schauen, was sich da machen lässt. … Einverstanden, melden Sie sich bei mir … in einer Viertelstunde, das passt, ja.»

Lauber gab sich keine Mühe, sein breites Grinsen zu verbergen.

Einige Minuten später sassen Suzanne, Letizia und Lauber am Esstisch und führten ein langes und ernstes Gespräch.

Nach einem üppigen Nachtessen, das alle drei gemeinsam zubereitet hatten, ging Lauber in seine Wohnung gegenüber. «Es war ein guter Tag», flüsterte er, als er sich auf die Couch legte und die Fernbedingung zum Fernseher antippte. Doch plötzlich besann er sich eines Besseren, schaltete das Gerät wieder aus, entnahm der Schreibtischschublade sein zerfleddertes Wachstuchheft und begann zu schreiben.

Dufourstrasse, Mittwoch, 11. April 2012
Suzanne ist eine tolle Frau. Sie hat ein sonniges Gemüt, ist manchmal rührend naiv. Das mit Letizia war eine Lehre für sie.
Sie muss sich daran gewöhnen, dass ihre beiden Töchter erwachsen werden und ein eigenes Leben beginnen.
Immer und immer wiederholte Suzanne: «Diesen Mädchen fehlt der Vater.» Hat sie damit recht? Hat sie nicht. Auch Mädchen, die mit einem Vater aufgewachsen sind, kiffen.
Dass sie das lieber bleiben lassen sollte, musste ich Letizia gar nicht sagen. Es war ihr ja kotzübel.
Etwas anderes gab mir mehr zu denken. Die Art und Weise, wie sie von der Luzerner Polizei behandelt wurde.
Sie wurde in einen kalten Raum eingesperrt, musste sich mit vier anderen jungen Frauen nackt ausziehen. Natürlich ist das Usus in der Schweiz, nicht nur in Luzern. Man will offenbar herausfinden, ob die Jugendlichen Rauschgift auf dem Körper tragen, ob sie Einstichstellen haben.
Aber dass eine Polizistin ihren Körper von oben bis unten abtastete und ihr noch den Finger in den After schob, das empfand Letizia zu Recht als demütigend.
Ist diese Polizistin lesbisch oder vielleicht sogar pädophil? Dafür könnte sie ja nichts, doch ein solches Abhängigkeitsverhältnis derart auszunutzen, das ist für eine Ordnungshüterin ein Tabu.
Ich werde der Sache nachgehen, obwohl ich mir bewusst bin, dass ich mich dabei unbeliebt mache.

Donnerstag, 12. April

Minder erzählte Lauber von seinem Besuch in der Steiermark. Viel Neues erfahren habe er vielleicht nicht, trotzdem sei der Besuch lohnend gewesen. Auf die Polizeien von Leoben und Eisenerz sei Verlass. Er kenne nun Kolleginnen und Kollegen dort.
«Kolleginnen?», fragte Lauber nach.
Minder schluckte leer. Einige habe er schon zu Gesicht bekommen, etwa zehn Prozent des Korps seien weiblich.
In der Schweiz seien es annähernd so viele, meinte Lauber mit Sarkasmus in der Stimme.
«Was muss ich als Nächstes tun?», wollte Minder wissen.
«Mit der Überwachung von Schwarzentruber weiterfahren und wenn möglich auch Helbling miteinbeziehen. Bei denen scheinen alle Fäden zusammenzulaufen.»
«Da sind ja noch die Leute aus der Steiermark.»
«Du sagst es, die gehen den anderen Spuren nach.»
«Was gedenkst du mit den Unterlagen, die Gschwandl aus der HSK schmuggelte, zu machen? Hast du etwa im Sinn, sie von der Abteilung ‹Wirtschaftsdelikte› überprüfen zu lassen?»
Lauber wippte mit dem Oberkörper. «Davon verspreche ich mir nicht viel. Um ehrlich zu sein: Ich traue den Leuten dort nicht. Erst wenn ich hieb- und stichfeste Beweise gegen die HSK habe, werde ich mich an sie wenden.»
«Und die Staatsanwältin?»
«Hermine von Flüe genügt das, was wir haben, noch lange nicht.»
Es klopfte an der Tür. Die Polizistin von der Rezeption kam mit einem Fax und reichte ihn Lauber. Dabei machte sie ein Gesicht, das verriet, dass sie bereits gelesen hatte, was draufstand.

Gerichtsmedizinisches Institut der Universität Wien, Mittwoch, 11. April 2012
Abklärung der Todesursache von Gschwandl Joachim, ✶1. April 1978 in Eisenerz, †1. April 2012 in Luzern.
Im Auftrag von: Bundesamt für Polizei, Bern

Todeszeitpunkt: zwischen 0725 und 0815
Ort des Todes: Morgartenstrasse, Luzern, Schweiz

Kurzfassung Obduktionsbericht
Ort der Obduktion: Klinisches Institut für Pathologie
Zeitraum: 0815 bis 1330, Mittwoch, 11. April 2012
Unter Leitung von: Prof. Dr. med. Gruber
Im Beisein von: drei Assistenzärzten
Histologisch-zytologische Vorbefunde:
Körpergrösse: 183 cm; Körpergewicht: 79 kg; Körpertyp: athletisch; Verletzungen: gebrochenes Nasenbein, Hämatome an der Stirn, saubere Einstichstelle (nur eine einzige) am linken Unterarm, zwei Einstichstellen in einem Abstand von 10 cm am Rücken, die aber nicht von einer Spritze stammen. Wir können uns die Herkunft dieser Verletzungen nicht erklären.
Todeszeichen: ja, Totenflecken, Totenstarre
Neuropathologische Befunde: Schädel, Gehirn, Rückenmark nicht obduziert
Verdauungstrakt: Normalbefund
Blutuntersuchung: Entnahme: Angabe des Luzerner Amtsarztes ca. 1 Stunde nach Eintritt des Todes.
Befund: Heroin, hohe Dosis
Todesursache: Verbluten, allenfalls Atemlähmung wegen Überdosis Heroin

Lauber las den kurzen Bericht zweimal durch, dann reichte er ihn Minder.

«Und? Was sagt dir das?», fragte Lauber.

«Gschwandl war sicher kein Junkie, er hätte sonst mehrere Einstichstellen.»

«Es gibt ja noch andere Methoden, Heroin zu konsumieren. Aber ich neige dazu, dir recht zu geben. Wegen der sauberen Einstichstelle.»

«Erklär mir das.»

«Gschwandl hat sich kaum selbst die Spritze gegeben. Sonst wären mehrere Einstichstellen gefunden worden. Ein ungeübter Anfänger hinterlässt sicher keine saubere Einstichstelle.»

«Für dich ist das also ein Hinweis auf Fremdeinwirkung?»

«Keine Frage. Gschwandl wurde in seiner Wohnung von einer kräftigen Person festgehalten, eine andere hat ihm die Spritze verabreicht. Die Droge wirkt bereits nach einigen Sekunden. Besonders wenn sie zum ersten Mal in einer hohen Dosis intravenös gespritzt wird. Wahrscheinlich wurde Gschwandl kurz darauf ohnmächtig.»

«Dann fiel er aufs Gesicht und brach sich das Nasenbein.»

Lauber nickte. «Was sagst du über die zwei Einstichstellen am Rücken? Denk nach.»

Minder guckte ziemlich ratlos drein.

«Ich habe da einen Verdacht. Einstichstellen in diesem Abstand könnten von einer Elektroschockpistole stammen.»

Minder räumte ein, das sei sehr plausibel. «Aber bringt uns diese Spekulation weiter?»

Lauber machte eine enervierend lange Pause und sah Minder fragend an. «Ein weiteres Problem bedrückt mich: Ich habe mir nochmals die CD von Gschwandls sichergestellten Daten angesehen. Ich verstehe einfach zu wenig von Wirtschaft und Finanzen.»

Er stützte den Kopf auf beide Hände. «Es sei denn, wir könnten uns einen zuverlässigen Finanz- und Wirtschaftsfachmann unter den Nagel reissen.»

Minder grinste. «‹Muss es ein Mann sein?›, würde Lisi nun fragen.»

Lauber presste seine Lippen zusammen und fragte: «Weisst du etwa eine Frau, die das könnte?»

«Wie sollte ich das? Ich kenne mich in diesen Kreisen wirklich nicht aus.»

Er werde darüber nachdenken, entgegnete Lauber. In seinem Hinterkopf tauche der eine oder andere Name auf, ehemalige Schulkameraden aus seiner Gymnasialzeit. Einige davon hatten Wirtschaft studiert.

Ob sie zuverlässig seien, erkundigte sich Minder.

Nicht alle, aber einer mit Sicherheit. Und der würde sich vielleicht für diese Sache zur Verfügung stellen. Ein Privatdozent an der Universität Bern.

«Dann los, Beat. Vielleicht müssen wir genau da ansetzen, uns Zugang zu den Ufern an den Geldströmen zu verschaffen.»

Das Handy von Minder meldete sich mit einer neuen Melodie. Seit einem Zwischenfall im vorletzten November hielt Lauber immer den Atem an, wenn das passierte. Minder hatte damals die Internationale auf sein iPhone programmiert. Es dauerte einige Tage, bis einer seiner Kollegen die Geschichtsträchtigkeit dieser Melodie realisierte. Scherereien waren die Folge. Minder musste beim obersten Chef der Kapo antraben, der ihm die Leviten las: Stalinistische Lieder seien im Korps der Luzerner Polizei absolut tabu.

Minder belehrte ihn: Die Internationale sei zuerst 1888 von einem Arbeitergesangsverein im französischen Lille und bis in die 1990er-Jahre auch an den Parteitagen der sozialdemokratischen Partei der Schweiz gesungen worden. Diese Partei sei nun wirklich nicht stalinistisch.

Der Kommandant sagte, er werde das überprüfen. Was er dann auch tat und Minder danach zu einem Kaffee einlud. Man einigte sich auf einen Kompromiss. Minder versprach, das Lied bis auf Weiteres von seinem Handy zu löschen. Die neue Melodie war nicht die Internationale, aber klang irgendwie ähnlich.

Der Anruf kam von Jimmy.

«Hallo», rief Minder erwartungsvoll.

«Ich weiss nun, wer das ‹insekt› ist. Moritz Wespi.»

★★★

Eine Stunde nach der Besprechung mit Minder sass Lauber bereits im Zug nach Bern. Er hatte sich mit Samuel Oesch in einem Restaurant im Länggassquartier zum Mittagsessen verabredet. Samuel war Beats Sitznachbar am Gymnasium gewesen, ein Streber, enorm übergewichtig, ein lieber Mensch. Es hatte ihn überhaupt nicht gestört, wenn Lauber während der Prüfungen zu ihm hinübergeschielt und abgekupfert hatte, was das Zeug hielt. Als Gegenleistung hatte Beat ihm tatkräftig beigestanden, wenn ihn seine Schulkollegen wegen seiner äusseren Erscheinung gehänselt hatten.

Als Lauber noch Kommandant des Polizeipostens Bern West war, trafen sie sich oft in einer Beiz im Länggassquartier. Der von Körperfülle überquellende Oesch war Junggeselle und nahm jede Einladung seines ehemaligen Klassenkameraden gerne an.

Oesch überflog die Unterlagen, die Lauber ihm in einer grossen Kartonschachtel übergab.

«Mir läuft das Wasser im Munde zusammen, wenn ich das ansehe. Da habe ich eine Menge Stoff für die kommenden Vorlesungen —»

Lauber unterbrach ihn sanft. Mit der Bemerkung «Aber vergiss dabei nicht, um was es mir dabei geht» holte er ihn wieder auf den Boden zurück. «Ich habe dir diese Papiere und CDs gebracht, damit du mir hilfst, ein Verbrechen aufzuklären.»

«Keine Angst, Kumpel. Das tue ich mit Begeisterung. Die Machenschaften der HSK liegen mir schon lange auf dem Magen. Wenn ich mitwirken kann, diesen Halunken endlich das Handwerk zu legen, bin ich sofort dabei.»

Lauber erkundigte sich schonend, wie lange es dauern könnte, bis er, Oesch, mit der Lektüre dieser Unterlagen fertig sei.

Einige Wochen benötige er schon dazu.

Lauber zog enttäuscht seine Mundwinkel nach unten. «In dieser Sache geht es um Leben und Tod. Könntest du mir nicht früher eine Rückmeldung über den Inhalt dieses Ermittlungsmaterials erstatten? Du brauchst es fürs Erste ja nicht detailliert zu begutachten.»

«Wenn du meinst. Ich werde es versuchen. Kann dir aber nichts versprechen.»

Lauber wusste nun, dass sich Oesch dieser Angelegenheit umgehend annehmen würde.

★★★

Zur selben Zeit, als Lauber mit Samuel Oesch diskutierte, erhielt Minder einen Telefonanruf von der Polizistin am Empfang.

«Ferdi, ich führe gleich eine in Tränen aufgelöste junge Frau zu dir.»

Minder hatte gar keine Zeit zu antworten, schon summte es in der Leitung.

Im Büro stand eine Frau in den Dreissigern, ziemlich hübsch und wohlproportioniert, aber mit verweinten Augen. Minder schüttelte ihr anteilnehmend die Hand, zeigte auf einen Polstersessel mit aufgerissener Lehne, die bequemste Sitzgelegenheit in seinem Verschlag. «Nehmen Sie Platz, ich hole uns einen Kaffee. Mögen Sie überhaupt Kaffee?» Sie machte eine Kopfbewegung, die Minder als Zustimmung auffasste.

Einige Minuten später erschien er mit zwei dampfenden Pappbechern und drückte einen davon der Besucherin in die Hand.

«Was ist denn Schreckliches passiert, Frau … Frau …?»

«Bucher, Anna Bucher … es geht um meinen Mann, er ist seit gestern nicht nach Hause gekommen.»

Minder setzte eine scheinheilige Trauermiene auf. Aus seiner bereits mehr als zehnjährigen Polizistenpraxis wusste er um ausgebüxte Ehemänner. Obwohl ihn in diesem Falle das Aussehen der Gattin doch ein wenig verunsicherte.

«Kommt es ab und zu vor, dass er eine Nacht wegbleibt?»

«Nicht so, wie Sie jetzt denken mögen. Er ist Programmierer, und manchmal erfordern es die Umstände tatsächlich, dass er die ganze Nacht durcharbeitet. Aber in einem solchen Fall benachrichtigt er mich immer und kommt im Morgengrauen nach Hause.»

«Und dieses eine Mal war es anders?»

«Ja, er hat mich nicht angerufen. Ich versuchte, ihn in der Firma über seinen internen Anschluss zu erreichen, dann über sein Handy, er nahm nicht ab.»

«War das Handy eingeschaltet?»

«Das ist ja das Beunruhigende. Es kam die Meldung, das Gerät sei nicht in Betrieb. Und das war, seit wir zusammen sind, noch nie der Fall.»

«Wie lange leben Sie schon zusammen?»

«Acht Jahre und sieben Monate.»

«Haben Sie Kinder?»

«Ja, einen Buben und ein Mädchen, sieben und fünf Jahre alt.»

Minder machte nun ein besorgtes Gesicht. «Wo arbeitet denn Ihr Mann?»

«In der HSK.»

Diese Antwort machte ihn vollends stutzig. «Haben Sie sich heute in der Bank nach Ihrem Mann erkundigt?»

«Habe ich, ja. Man hat mir mitgeteilt, mein Mann habe den Arbeitsplatz gestern bereits am späteren Nachmittag verlassen.»

«Eine detailliertere Auskunft bekamen Sie nicht?»

«Nein.»

Minder zog aus einer Schublade seines Schreibpults ein Formular heraus und reichte es Frau Bucher. «Füllen Sie es aus. Das benötigen wir, um eine Vermisstenmeldung herauszugeben.»

Er realisierte aber, dass die Frau mehr von ihm erwartete. «Wir werden der Sache gleich nachgehen. Irgendetwas stimmt da nicht. Nehmen Sie das Formular doch mit nach Hause und beantworten Sie die Fragen darauf. Wo wohnen Sie denn?»

«Rebstockhalde 64.»

Er werde am späteren Nachmittag vorbeikommen und es wieder mitnehmen. Vielleicht wisse er dann schon etwas mehr über den Aufenthalt ihres Mannes.

Um zwei Uhr nachmittags meldete sich Minder an der Rezeption der HSK. Er verlangte, den Personalchef zu sprechen. Erst als er seinen Ausweis zückte, machte der Portier Anstalten, die verlangte Person über den bevorstehenden Besuch zu informieren.

Der Personalchef, ein dicklicher Mittfünfziger, empfing Minder mit überschwänglicher Freundlichkeit im Vorzimmer seines Büros. Schon das Vorzimmer war mondän.

Er liess sich von Minder informieren.

«Wachtmeister, das tut mir aufrichtig leid. Ich glaube, ich kann Ihnen da auch nicht helfen.»

Minder unterliess es, den Personalchef darauf hinzuweisen, dass nicht er, sondern Frau Bucher Hilfe benötigte. «Ich komme nicht umhin, Ihnen einige Fragen zu stellen.»

Der Personalchef stöhnte auf. «Geht heute schlecht, ich muss für den Generaldirektor noch einen Bericht verfassen, und der möchte ihn bis spätestens um fünf Uhr auf seinem Schreibtisch haben.»

«Nun, es tut mir leid. Aber ich bin gezwungen, darauf zu beharren, dass Sie mir jetzt Rede und Antwort stehen.»

«Na hören Sie mal, Wa–»

Minder unterbrach ihn dezidiert. «Ihnen dürfte bekannt sein, dass Sie einem Beamten der Kriminalpolizei zu jeder Tages- und Nachtzeit Auskunft geben müssen, wenn er Sie darum ersucht.»

«Wenn dabei die Verhältnismässigkeit gewahrt wird.»

«Darüber zu befinden, müssen Sie schon mir überlassen. Sie können ja nachträglich Beschwerde gegen mich einreichen.»

«Das werde ich mir ganz bestimmt überlegen. Übrigens, ich kenne den Polizeikommandanten persönlich, er ist ein Duzfreund von mir.»

Minder lachte laut auf. «Das verwundert mich überhaupt nicht.»

Der Personalchef bekam rote Flecken im Gesicht. Er murmelte so etwas wie «Einen Moment» und verschwand in seinem Büro, dessen Tür er mit einem lauten Knall zuschlug.

Nach einigen Minuten kam er wieder zurück. «So, nun stellen Sie halt Ihre Fragen, wenn es so wichtig ist.»

Minder begann ganz freundlich. «Frage eins. Seit wann arbeitet Alfons Bucher in Ihrem Betrieb?»

«Moment mal.» Der Personalchef erhob sich und ging zum Festnetzanschluss, der in einer unauffälligen Nische seines Vorzimmers untergebracht war. Er tippte eine kurze Nummer ein und erkundigte sich nach den Unterlagen von Bucher. «Man wird Ihnen die Personalakte Alfons Buchers aushändigen. Dort steht das drin.»

«Frage zwei. Ihr persönlicher Eindruck von Bucher?»

«Er gibt zu keinen Klagen Anlass. Er soll tüchtig und arbeitsam sein.»

«Frage drei. Was hat er für eine Ausbildung?»

«Ein Fachhochschuldiplom als IT-Ingenieur.»

«Frage vier. Hat er mit sensiblen Daten zu tun?»

Der Personalchef verdrehte die Augen. «Alle IT-Angestellten haben mit sensiblen Daten zu tun. Sie sind selbstverständlich zu höchster Diskretion verpflichtet und wissen, was ihnen blüht, wenn sie sich nicht an das Datenschutzgesetz halten.»

Minder räusperte sich. «Das kann ich nachvollziehen, ganz

besonders, wenn ich an das Schicksal von Herrn Gschwandl denke.»

Das war nun zu viel für den Personalchef. Er schoss von seinem Sessel hoch und fuchtelte wild in der Luft herum. «Unterstellen Sie uns nicht, wir seien schuld am Selbstmord dieses Kriminellen.»

«Wenn es denn ein Selbstmord war.»

Der hochrote Kopf des Personalchefs wurde auf der Stelle schneeweiss. «Jetzt reicht es aber, Wachtmeister. Was werfen Sie da für Absurditäten in der Gegend herum?»

Minder zog die Brauen in die Höhe. «Absurditäten? Sie werden bald mehr davon hören.»

Der Personalchef warf Minder einen verständnislosen Blick zu.

«Frage fünf. Hat Bucher mit Gschwandl zusammengearbeitet?»

«Das könnten Sie sich ja selbst beantworten. Gschwandl war der Chef der IT-Abteilung und Bucher damit einer seiner engsten Mitarbeiter.»

«Frage sechs. Wann wusste Bucher, dass Gschwandl Daten an die Behörden des deutschen Bundeslands Nordrhein-Westfalen weitergab?»

«Weitergab? Was für eine Verharmlosung. Er hat sie schlichtweg gestohlen.» Der Personalchef hielt einen Moment inne, bevor er Minders Frage beantwortete. «Wir gehen davon aus, dass Bucher es erst wusste, als Gschwandl sich selbst anzeigte.»

««Wir gehen davon aus›? Das hört sich an, als ob Sie sich da nicht ganz so sicher wären.»

Der Personalchef winkte verärgert ab.

«Frage sieben. Haben Sie nach der Verhaftung Gschwandls Bucher speziell überprüft?»

«Da können Sie Gift darauf nehmen. Wir nehmen seither alle Mitarbeiter der IT-Abteilung genau unter die Lupe.»

«Frage acht. Wann wurden Sie über das Verschwinden von Bucher informiert?»

«Im Laufe des Vormittags. Den genauen Zeitpunkt kann ich Ihnen nicht sagen.»

«Was haben Sie danach für Massnahmen ergriffen?»

«Blöde Frage, was hätte ich denn tun sollen?»

Minder bedankte sich beim Personalchef für die Antworten und bat ihn, ihm noch ein Treffen mit dem direkten Vorgesetzten von Bucher zu arrangieren.

Nun war es der Personalchef, der lachte. Nach dem Wegfall von Gschwandl sei Bucher sein eigener Chef gewesen.

«Dann machen Sie mich mit seinem direkten Untergebenen bekannt.»

«Ungern. Das ist ein komischer Kerl. Sie werden kaum etwas von ihm erfahren.»

«Tun Sie es trotzdem.»

Aregger Chrigel nannte sich der Mann. Als Minder sein Arbeitszimmer betrat, schlug es ihn beinahe zurück, so stank es dort. Aregger war unrasiert, die Haare standen in allen Richtungen, an Pullover und Hose klebten Speisereste. In seinem Mund steckte eine Zigarette, und das, obwohl im ganzen Haus striktes Rauchverbot galt.

Aregger war offenbar auf Minder vorbereitet worden, das nahm dieser jedenfalls an, denn er hatte zuvor eine geschlagene Stunde im Wartezimmer der HSK verharren müssen.

Der IT-Mann warf Minder einen feindseligen Blick zu. «Tschugger kann ich nicht ausstehen, dass Ihnen das von Anfang an klar ist.»

Minders Mundwinkel schnellten nach oben, er schlug sich auf die Schenkel. «Herr Aregger, da sind Sie in bester Gesellschaft. Die meisten geben es aber nicht zu. Sie signalisieren mir damit wahrhaftige Ehrlichkeit.»

«Wenn Sie meinen, Sie könnten sich bei mir einschmeicheln, dann täuschen Sie sich.» Aregger hielt plötzlich inne, und sein Antlitz hellte sich auf.

«Ferdi, Menschenskind, erst jetzt erkenne ich dich.»

Minder blieb die Spucke weg. «Hei, erst jetzt geht mir auf, wer du bist. Das ist ja der Chrigel. Weisst du noch, wie wir zusammen im Knast in der Rekrutenschule sassen?»

Der hagere, gross gewachsene Aregger stürzte sich auf Minder und umarmte ihn. «Du bist wohl wegen Gschwandl da.»

«Nicht nur, auch wegen Bucher.»

Aregger wurde ernst und flüsterte: «Ich bin mir nicht ganz sicher, ob wir belauscht werden. Reden wir doch anderswo.»

Minder fand das eine gute Idee und lud seinen alten Dienstkameraden zu sich nach Hause ein – für den morgigen Abend. «Aber nimm bitte vorher ein Bad.» Das sagte er ebenfalls im Flüsterton.

Aregger schnaufte lautstark durch die Nase. «Willst du damit sagen, ich stinke? Ja, sicher tue ich das. Das ist eine Art Selbstschutz, nur so lässt man mich in Ruhe.» Seine Stimme wurde ganz leise. «Aber ich verspreche dir: Morgen Abend werde ich riechen wie ein Rosenbeet.»

Aregger begleitete Minder bis zum Ausgang der HSK und schrie mit lauter Stimme: «Scher dich zum Teufel, du Mistbulle.» So laut, dass einige Fenster aufflogen, auch dasjenige des Personalchefs.

Dieser hielt den Daumen in die Höhe und sah triumphierend zu Aregger hinunter.

Freitag, 13. April

Aregger und Lauber sassen am Esstisch der Minders. Aregger war es beinahe gelungen, seinen üblen Geruch wegzubringen, allerdings nicht ganz. Er hatte ganz vergessen, seine Hose zu wechseln. Lisi rümpfte die Nase, ging zum Kleiderschrank, kam mit einem Paar Jeans von Ferdi zurück. Sie wies Aregger an, im Badezimmer die schmutzige Hose gegen die frisch gewaschene auszutauschen.

«Wenn es sein muss», sagte Chrigel.

«Es muss sein, und die stinkenden Lappen packst du in diese Tasche.» Sie streckte ihm einen Plastiksack hin. «Und dann weg damit in den Kehricht.»

«Zuerst muss ich noch die Taschen leeren.» Kurz darauf warf er eine Handvoll Zettel, zwei USB-Sticks und sein Portemonnaie auf den Tisch.

Lisi stiess einen Schrei des Grauens aus, nahm einige Servietten aus dem Wandkasten und begann, die Utensilien damit abzureiben.

«Lisi, trag ja Sorge zu den Sticks, die brauchen wir noch», rief Ferdi.

Es war ein richtiges Festessen, das sie zubereitet hatte. Obwohl eigentlich keinem der Anwesenden zum Feiern zumute war. Aber gegen eine Gaumenfreude hatte niemand etwas einzuwenden.

Erst als alle richtig satt waren, durfte Chrigel loswerden, was ihm schon längst auf der Zunge brannte. Lauber legte sein Smartphone neben Aregger auf den Tisch, um das, was er zu sagen hatte, aufzunehmen.

«Es war kurz vor dem Jahresende 2011 gewesen, als Gschwandl jeden von uns in der IT-Abteilung besuchte, um ein gutes neues Jahr zu wünschen. Als er bei mir eintrat, hielt er sich kurz mal die Nase zu, lachte dabei und meinte, ich solle spätestens an Silvester mal ein Bad nehmen und es wäre wieder mal an der Zeit aufzuräumen. Meine äusserlichen Unzulänglichkeiten stiessen ihm bisweilen sauer auf, aber im Grunde mochte er mich ganz gern, und er schätzte meine Arbeit. Es fiel mir auf, dass es Gschwandl nicht besonders gut ging. Die dunklen Ringe um die Augen, den müden, resignierten Blick konnte ich mit meinen Scherzen nicht wettmachen. Ich fragte, ob ihm etwas über die Leber gekrochen sei. Darüber wolle er jetzt gerade mit mir reden, fügte er an und fragte, ob ich eigentlich wisse, für was für eine Firma ich arbeite. Ich zog die Achseln hoch. Er müsse mir jetzt etwas eröffnen. Ich dachte schon, er wolle mir kündigen, doch er verneinte und sagte, dass er sich im kommenden Jahr von der HSK löse. Er begann. ‹Wenn ich weder nach rechts noch nach links schaue und einfach das tue, was man mir aufträgt, hätte ich keine Probleme. Aber zwischendurch mache ich mir Gedanken darüber, was für Geschäfte unsere Bank tätigt. Und ich kann nicht für einen Betrieb arbeiten, der sich in einem kriminellen Umfeld tummelt.› Ich bat ihn, konkreter zu werden. Die HSK helfe ausländischen Steuerbetrügern, gigantische Gewinne am Fiskus ihrer Heimatländer vorbeizuschleusen. Das allein sei ja nicht kriminell, fand ich. ‹In der Schweiz nicht, aber in den betroffenen Ländern schon›, erklärte Gschwandl mir. Es komme aber noch etwas dazu: Leider habe er feststellen müssen, dass in der HSK auch in grossem Umfang Geld gewaschen werde; Geld aus Waffen-, Drogen- und Rohstoffhandel, sogar aus dem Rotlichtmilieu. Und das sei auch nach schweizerischem Recht strafbar. Ich fragte nach Beweisen. Und Gschwandl reichte mir diesen Computerausdruck.» Aregger suchte aus seinen Papieren den Zettel hervor und reichte ihn Lauber.

Anhang E-Mail, 15. September 2011
Gregor Saurer, Hotelier Luzern,

Sehr geehrter Herr Dr. Helbling,
ich wurde aufgefordert, endlich die Steuererklärung einzureichen.
Nun stehe ich vor dem Problem, den starken Zuwachs meiner
Einkünfte zu begründen. Im Hotel- und Restaurantbetrieb liefen
ja die Geschäfte nicht besonders gut.
Ich bitte umgehend um eine Besprechung mit Ihnen.

Mit freundlichen Grüssen
G. S.

Anhang E-Mail, 16. September 2011

Sehr geehrter Herr Saurer,
machen Sie sich keine Sorgen. Geben Sie in Ihren Steuerformu-
laren eine volle Auslastung des Hotel- und Restaurantbetriebs
an.
Keinem Steuerbeamten würde es einfallen, sich über zu hohe
Steuereinnahmen zu beschweren.
Für uns ist es sehr wichtig, wenn wir die Gelder, die bei uns
angelegt werden, als sauber ausweisen können.
Wir freuen uns auf eine weitere Zusammenarbeit mit Ihnen. Um
keine Missverständnisse aufkommen zu lassen, werden wir Ihnen
in den nächsten Tagen einen Berater vorbeischicken.

Herzlich
Karl Helbling

Als Lauber und Minder den Ausdruck gelesen hatten, erzählte
Aregger weiter.

«Ich fragte Gschwandl, um welchen Betrag es dabei ging.
Gschwandl antwortete, um ungefähr eine Million. Für die HSK
Peanuts. Aber die Art, wie Helbling darauf reagiert habe, lasse
keine Fragen offen. Bei Einlagen in dieser Höhe sei die Bank
verpflichtet, sich zu vergewissern, von wo das Geld stamme. In
diesem Fall müsse Helbling davon ausgehen, dass es aus illegalen
Quellen stamme. Nimmt eine Bank solches Geld an, macht sie
sich strafbar.»

«Gibt es mehrere solcher Beispiele?», unterbrach Minder.

Aregger erklärte, dass ihm bewusst wurde, dass es sich um die
erste Phase des Geldwäscheprozesses handle.

«Die HSK überlässt diese Drecksarbeit dem Kunden. Sie stiftet
ihn dazu an, ihr falsche Angaben zu machen», fügte Aregger
an. «Wir diskutierten weiter, und Gschwandl erklärte mir, dass
die HSK im ‹Auftrag› des Kunden das Geld sofort in mehrere
Tranchen aufteile, kurzfristig in Wertpapiere anlege, diese wieder
verkaufe und das so lange wiederhole, bis der kriminelle Ursprung
des Geldes nicht mehr nachweisbar sei. Das ist die sogenannte

zweite Phase, die man als Verschleierung bezeichnet», schloss Aregger und reichte Lauber ein nächstes Blatt.

Anhang E-Mail, 18. Oktober 2011
Hanni Ramirez-Haudenschild, Bucaramanga, Santander, Kolumbien
Dringend.

Sehr geehrter Herr Direktor Helbling,
ich schreibe Ihnen im Auftrag meines Mannes, Oberst Francisco Ramirez. Er ist nun zum Kommandanten des Bloque Central Bolivar der Autodefensas Unidas de Colombia (AUC) aufgestiegen. Wie Sie bei unserem letzten Treffen im Frühjahr 2010 in Luzern informiert wurden, sind wir sehr erfolgreich im Kampf gegen die linke Guerilla und renitente Gewerkschaften. Bei unserem Treffen im Schweizerhof am 17. März 2010 haben wir von Ihnen die Zusage erhalten, Geldüberweisungen über Ihre Bank tätigen zu können.
Das hat bis gestern tadellos funktioniert. Leider mussten wir heute früh feststellen, dass all unsere Konten in der HSK gesperrt waren. Wir sollten dringend eine Summe von ca. 30 Millionen US-Dollar in den Geldkreislauf einspeisen.
Wir erwarten umgehend eine Rückmeldung von Ihnen.

Mit freundlichen Grüssen
Hanni Ramirez-Haudenschild

Anhang E-Mail, 26. Oktober 2011

Sehr geehrte Frau Ramirez,
ich bedaure die Sperrung Ihrer Konten bei der HSK. Sie wurde vom Bundesamt für Polizei angeordnet, und zwar mit der Begründung, es bestehe der Verdacht, dass die Kontoinhaber einer terroristischen Organisation angehörten.
Natürlich sind wir weiterhin an einer Zusammenarbeit mit Ihrem Unternehmen interessiert. Wir sind bereits daran, nach einer

geeigneten Lösung des neu aufgetauchten Problems zu suchen.
Allerdings müssen wir darauf bestehen, unsere Provisionen von 15
auf 20 Prozent zu erhöhen.
Sobald wir von Ihnen die Zustimmung für die Festlegung der
neuen Provisionen erhalten haben, werden wir Ihnen sofort Kon-
ten freischalten.

Mit freundlichen Grüssen
Karl Helbling

Nach kurzem Schweigen fuhr Aregger fort. «Ich konnte dies alles
kaum glauben, weil es sich so grauenhaft anhörte, und fragte,
um mich zu vergewissern, nach, was zum Beispiel die AUC sei.
Gschwandl erklärte mir, dass dies der Dachverband rechtsge-
richteter Bürgerwehren im Auftrag der Grossgrundbesitzer in
Kolumbien sei. Menschenrechtsorganisationen gehen davon aus,
dass die AUC seit ihrem Bestehen 1997 über zwanzigtausend
Morde an Oppositionellen, darunter Dutzende von Gewerk-
schaftsführern, verübt hat. Offiziell dürfte sie gar nicht mehr
bestehen, steht sie doch international auf der Liste der Terror-
organisationen. Die Einnahmen der AUC stammen weitgehend
aus dem Kokainhandel.»

Nachdem Aregger mit seinem Vortrag zu Ende war, fragte ihn
Lauber nach Alfons Bucher.

Aregger zuckte die Achseln.

«Aber du arbeitest doch mit ihm zusammen?»

«So einigermassen. Seit dem Wegfall von Gschwandl ist er
offiziell mein Vorgesetzter. Aber seit vorgestern ist Bucher un-
tergetaucht. Ich hatte bis jetzt kaum persönlichen Kontakt mit
ihm. Das heisst: Kontakt schon. Aber der spielte sich weitgehend
auf der Ebene von Mails und einigen wenigen Telefongesprächen
ab.»

Minder schmunzelte und wollte etwas dazu sagen, doch Lisi
hielt ihm mit beiden Händen den Mund zu.

Dann meldete sich Lauber wieder. «Was glaubst du, Chrigel?
Auf welcher Seite stand Bucher?»

«Hmmm … schwer zu sagen. Der Mann ist pedantisch und

korrekt. Ich kann mir nicht vorstellen, dass er Hand zu kriminellen Taten bieten würde. Und so nehme ich an, dass er gar nicht orientiert war, was Helbling und seine Spiessgesellen für krumme Dinge drehten.»

«Und du hast nie in Erwägung gezogen, ihn diesbezüglich aufzuklären?»

«Klar wollte ich das. Aber ich entschloss mich, zunächst abzuwarten, bis sich endlich Gelegenheit für ein Gespräch unter vier Augen ergeben hätte.»

Lauber sah Aregger plötzlich ziemlich besorgt an. «Und? Wie geht's mit dir bei der HSK? Bis du dir bewusst, wie gefährlich dein Job dort nun geworden ist?»

Aregger nickte schwach. «Eins musst du zur Kenntnis nehmen, Obertschugger. Ich bin kein ängstlicher Mensch. Wenn es darum geht, Schuften das Handwerk zu legen, bin ich notfalls sogar bereit, mit anständigen Bullen zusammenzuspannen. Auch wenn diese wohl an einer Hand abzuzählen sind.»

Minder schnipste mit den Fingern. «Du nimmst es also auf dich, mit uns zusammenzuarbeiten?»

«Gar keine Frage. Sogar ohne Bezahlung. Allerdings, du hättest besser sagen sollen: weiter zusammenarbeiten. Denn ich stehe heute Abend wirklich nicht mit leeren Händen da. Als Gegenleistung verlange ich aber einen gewissen Schutz. Ich verspüre überhaupt keine Lust, wie Gschwandl ins Gras zu beissen.»

Minder nahm sein Handy aus dem Hosensack und streckte es in die Höhe. «Wir richten dir eine Peilung auf deinem iPhone ein. So wissen wir immer, wo du dich befindest.»

«Wo sich mein iPhone aufhält. Na gut, einverstanden.»

Die zwei Polizisten und der Programmierer steckten ihre Köpfe zusammen und begannen, an ihren Geräten herumzufingern, während sich Lisi in die Küche verzog, um einen Kaffee zuzubereiten.

Als wieder alle am Tisch sassen, wechselte man das Thema. «Warum nicht die nächsten Sommerferien einmal zusammen verbringen?», schlug Lauber vor. Die Idee fand Zustimmung. Über das Reiseziel wurde man sich aber nicht einig, auch nach langer Diskussion nicht.

Als der kleine Zeiger der alten Pendeluhr sich gegen die Geisterstunde bewegte, machte Lisi den Vorschlag, dieses Traktandum auf das nächste Treffen zu verschieben.

«Bevor wir diese Tischrunde aufheben», meldete sich Aregger zu Wort, «möchte ich doch noch wissen, wie es im Fall HSK weitergehen soll. Was habt ihr als Nächstes vor?»

Er werde sich die beiden USB-Sticks ansehen und sie dann an Frau von Flüe weitergeben. Er gehe davon aus, dass viele Dateien auf den Sticks wahrscheinlich auch auf den von Gschwandl sichergestellten CDs enthalten seien, die derzeit ja in Düsseldorf aufbewahrt würden.

Aregger konnte sich ein zufriedenes Grinsen nicht verkneifen. Für das meiste dürfe das wohl zutreffen. Doch einige Mails von Helbling habe er abfangen und kopieren können. Allerdings würde er es besser finden, mit der Herausgabe von Helblings Texten so lange zuzuwarten, bis die Behörden von Nordrhein-Westfalen an die Öffentlichkeit gingen.

Lauber neigte den Kopf langsam von der einen zur anderen Seite. «Auf gar keinen Fall dürfen wir vorerst die Medien mit dieser Sache bedienen. Später ist das wünschenswert. Aber besser, andere tun es. Vergessen wir nicht: Unsere Aufgabe ist es, einen Mord aufzuklären. Wir wollen hoffen, dass in der Zwischenzeit nicht noch ein zweiter verübt wird.»

«Aber der Mord an Gschwandl steht doch in Zusammenhang mit den kriminellen Aktivitäten Helblings und Wespis», protestierte Aregger.

«Das bestreite ich gar nicht. Aber Minder und ich können nicht gegen Delikte wie Geldwäscherei und Steuerhinterziehung ermitteln.»

Und Steuerhinterziehung sei in der Schweiz gar kein Straftatbestand, obwohl das aus seiner Sicht durchaus kriminell sei, ergänzte Minder.

«Das befriedigt mich noch nicht», sagte Aregger.

Lauber legte die Hand über den Mund, um sein Gähnen zu verstecken. «Ich will es dir erklären: Düsseldorf will deutsche Steuerbetrüger dingfest machen; Leoben und Wien möchten den Tod des österreichischen Staatsbürgers aufgeklärt haben; die schweizerische Bundesanwaltschaft stellt bescheuerte Haftbefehle gegen deutsche Finanzpolizisten aus, weil diese angeblich das schweizerische Bankgeheimnis verletzten. Und wir, Minder und ich, ermitteln wegen Mordes an einem IT-Spezialisten im Hausarrest und nun auch noch wegen dem mysteriösen Verschwinden eines Bankangestellten der HSK.»

Aregger berührte die Stirn mit dem Zeigfinger. «So weit kann ich dir folgen.»

«Das sind vier verschiedene Interessenslagen. Unser Bundesanwalt sieht die HSK, Helbling und die Steuerdiebe aus Deutschland als Opfer. Die Staatsräson verbietet es ihm, die kriminellen Handlungen dieser Seilschaft unter die Lupe zu nehmen. Das müsste uns eigentlich veranlassen, Hilfe in Düsseldorf und Wien anzufordern. Aber die Deutschen und Österreicher werden uns die nur gewähren, wenn wir ihnen beiseitestehen, ihre Ziele zu verfolgen. Damit aber könnten wir uns strafbar machen.»

«Ich wäre durchaus imstande, mich mit dem Gedanken anzufreunden, mit den Deutschen und Österreichern zusammenzuspannen und unsere Gesetze zu verletzen», mischte sich Minder ein. Lisi klatschte vor Freude lautstark in die Hände.

Lauber kratzte sich am Hinterkopf. «Es gäbe da eine Möglichkeit, den Behörden aus Düsseldorf, Wien und Leoben zuzudienen, dabei trotzdem nicht in die Falle unseres Bundesanwalts zu tappen.»

Die drei anderen schauten Lauber gespannt an.

«Wir nehmen Kontakt mit Regierungsstellen in Düsseldorf auf, halten die Leute in Leoben auf dem Laufenden, und sie tun das Gleiche mit uns. Alles segelt bei uns unter ‹Ermittlungen in Sachen unaufgeklärter Todesfall im Hausarrest an der Morgartenstrasse›.»

Minder bat Lauber, konkreter zu werden.

«In Nordrhein-Westfalen sind die Steuerfahnder aktiv, um unehrliche Landsleute zur Rechenschaft zu ziehen. Da diese für ihre Untaten durch die HSK unterstützt werden, kann man den Deutschen nicht verargen, dass sie ihr Augenmerk auch auf andere Unregelmässigkeiten dieser Bank werfen.»

«Was willst du damit genau sagen?», frage Minder hartnäckig nach.

«Ich verspreche mir, dass Leute im Umfeld der Regierung in Düsseldorf auf unseren Wunsch ihre Beziehungen spielen lassen und ‹gewisse› Informationen über die kriminellen Geschäfte der HSK, die sie von Gschwandl erhalten haben, zur gegebenen Zeit gezielt an die Medien weiterleiten. Mit ‹gewissen› Informationen meine ich diejenigen über das Weisswaschen von Geldern aus dem Waffen-, Drogen- und Menschenhandel, was auch mit Prostitution vertuscht wird.»

«Und was erwartest du von den Österreichern?»

«Sie bekommen keinen Euro mehr Steuern, wenn sie mit uns zusammenarbeiten. Sie haben anders als die Deutschen keine finanziellen Interessen. Aber es ist nicht auszuschliessen, dass bei ihnen dieselbe kriminelle Gang aktiv ist wie bei uns. Möglich, dass die Mörder von Gschwandl sogar von Österreich aus tätig waren. Im Auftrag der HSK.»

Montag, 16. April

Lauber sass im Büro der Staatsanwältin. Er informierte sie über den Besuch Minders in Leoben und Eisenerz und über das Treffen mit dem Programmierer Aregger.

Hermine von Flüe war besonders beeindruckt von Aregger. Er konnte zu einem wichtigen Zeugen werden, zu dem man unbedingt Sorge tragen müsse. Ob das Verschwinden Alfons Buchers mit dem Tod von Gschwandl in Zusammenhang stehe, könne sie nicht beurteilen. Aber auszuschliessen sei das ja nicht. Sie bat Lauber eindringlich, dieser Sache nachzugehen. Notfalls sei sie bereit, einen Durchsuchungsbeschluss für die HSK auszustellen. Aber zurzeit würden noch keine Indizien dafür sprechen, dass der Vermisste in der HSK einem Verbrechen zum Opfer gefallen sei.

Lauber war ein klein wenig enttäuscht, aber er hatte nichts anderes erwartet. Die Staatsanwältin war eine integre Person, und wenn es hart auf hart ging, war auf sie Verlass.

Als Lauber wieder zurück an der Kasimir-Pfyffer-Strasse war, zitierte er Minder in sein Büro und besprach mit ihm den Wochenplan. Die Überwachung Schwarzentrubers war weiterzuführen, auf Helbling und neu auch auf Wespi auszuweiten. Ausserdem müssten die Nachforschungen nach dem Verbleib von Bucher vorangetrieben werden. Dafür würden zwei zusätzliche Polizisten freigestellt.

Wie ein Blitz aus heiterem Himmel kam ein SMS von Jimmy.

Es sieht ganz so aus, als ob die Leute aus der HSK Lunte gerochen haben. Wir kommen weder in ihr Computersystem, noch sind wir in der Lage, ihre Telefone anzuzapfen.
Wie ich die Situation beurteile, dürfte das auf absehbare Zeit so bleiben.

Wie sollten seine Leute nun noch an Helbling und Co herankommen, wenn das hartgesottene Profis wie ein Jimmy plötzlich nicht mehr schafften.

Lauber sah die Felle, die zum Greifen nah an ihm vorbeigetrieben waren, wieder davonschwimmen.

★★★

Pirmin Eichenberger war ein Biolandwirt in Gisikon im Luzerner Rontal. Er pflegte neben seiner harten Arbeit auch ein Hobby: Orientierungslaufen. Er war in dieser Sparte kein Spitzensportler, aber in seiner Region gehörte er unbestritten zu den Besten. Als er mit seinen Arbeiten im Stall zu Ende war, ging er in den Wohnteil seines kleinen Bauernhauses, kleidete sich um und verliess den Hof mit Trainingsanzug, Laufschuhen, Karte und Kompass.

Es nieselte leicht und war neblig. Für Eichenberger war das kein Grund, nicht im Freien herumzurennen. Er lief zum Wald am Fuchsberg hinauf. Ein recht steiles Gelände, das man nur mit guter Kondition bewältigen kann.

Im tiefen Wald war es wetterbedingt ziemlich dunkel, sodass er immer wieder über Wurzeln und kleine Äste stolperte. Plötzlich fiel er hin.

Er glaubte zunächst, es sei ein morscher Stamm eines umgefallenen Baums. Aber als er näher hinsah, stellte er fest, dass es das herausragende Bein eines menschlichen Wesens war, das hinter einem Gebüsch lag. Ein Mann in einem schicken Anzug und in Halbschuhen. Er lebte nicht mehr, musste bereits mehrere Tage tot sein. Sein Gesicht sah ziemlich schlimm aus, wahrscheinlich stammte die Entstellung von Hunde- oder Fuchsbissen.

Eichenberger nahm für sein Lauftraining nie ein Handy mit, er wollte dabei nicht gestört werden. Nun wäre er froh um eines gewesen. Er rannte den steilen Weg zu seinem Hof zurück und avisierte den Polizeiposten im Dorfzentrum Root.

Als der diensthabende Beamte erfuhr, dass es sich um einen Todesfall handelte, wurde Eichenberger sofort mit der Kriminalabteilung an der Kasimir-Pfyffer-Strasse verbunden. Am Apparat war Minder.

Minder orientierte Lauber kurz. Dann raste er in Begleitung von zwei Gefreiten mit Blaulicht zum Bauerngut der Eichenbergers. Eichenberger, der Minder in Anbetracht des makabren Fundes erstaunlich gelassen schien, nahm auf dem Beifahrersitz Platz und dirigierte das Polizeiauto die schmale Strasse zum Fuchsberg hinauf. Von der kleinen Siedlung oben mussten sie zu Fuss weitergehen.

Minder durchsuchte zunächst die Taschen des Toten und fand ein Portemonnaie und darin mehrere Ausweise. Es bestand kein Zweifel. Das war der vermisste Alfons Bucher.

Er rief sofort Lauber an, der sich gleich zum Fundort aufmachte.

«Bis der Chef eintrifft, müssen wir hierbleiben und die Spuren sichern. Ob es sich um einen natürlichen Tod, einen Selbstmord oder ein Verbrechen handelt, können wir zu diesem Zeitpunkt nicht wissen», sagte er in einem leicht schulmeisterlichen Ton zu seinen beiden jungen Untergebenen.

Eichenberger machte Anstalten, sich vom Platz des Geschehens zu entfernen. «Tut mir leid, Herr Eichenberger, aber Sie brauchen wir noch.»

«Ähm … ich habe noch viel zu tun heute. Ausser meiner Frau und zwei kleinen Kindern ist niemand anders auf unserem Heimetli.»

Er habe ja dafür Verständnis, entschuldigte sich Minder. Aber bei einem solchen Vorfall müsse ein ausführliches Zeugenprotokoll erstellt werden. Das könne man ja in der Wohnstube des Hofes zusammenbasteln, aber machen müsse man es.

Eichenberger murrte etwas, das Minder gar nicht verstehen wollte.

Er fuhr mit der oberflächlichen Untersuchung der Leiche weiter und stellte dabei fest, dass die Pulsadern an beiden Handgelenken aufgeschnitten waren.

«Das sieht ganz nach Suizid aus», bemerkte einer der jungen Polizisten im Brustton der Überzeugung.

«Da wäre ich mir nicht ganz so sicher», gab Minder zurück und fuhr fort: «Ich glaube, du musst noch viel lernen. Ein Kriminaler überlegt es sich ein paarmal, bevor er das Wort ‹Suizid› in den Mund nimmt.»

Minder bat Eichenberger, zum Gehöft beim Fuchsberg hinunterzugehen, um Lauber dort abzuholen.

Zwanzig Minuten später war auch Lauber bei der Leiche. Kurz darauf stiessen fünf weitere Beamte zu ihnen.

Eichenberger wunderte sich über diesen Aufwand, doch Lauber klärte ihn freundlich auf. Es gebe Hinweise, dass es sich hier um ein Verbrechen handle. So etwas sei in Luzern nicht alltäglich. Man nehme das nicht auf die leichte Schulter. Und um Vergehen mit Todesfolgen auf den Grund zu gehen, würden manchmal bis zu fünfzig Beamte miteinbezogen.

Offenbar war Lauber mit dieser Erklärung nicht besonders erfolgreich. Da müsse man sich ja nicht wundern, dass die Steuern so hoch seien, maulte Eichenberger.

Es war kurz vor elf, als Lauber zusammen mit Minder und Eichenberger den Platz mit dem Toten verliess. Die übrigen Polizisten fuhren mit der Arbeit fort.

Zuvor hatte Lauber ihnen noch Anweisungen gegeben und sie informiert, dass die Leiche ins Institut für Rechtsmedizin der Uni Zürich überführt werden müsse.

Es war eine heimelige Stube bei Eichenbergers. Die beiden kleinen Mädchen mit aschblonden Locken zeigten grosses Interesse am Geschehen und an den Gästen und stellten neugierig Fragen, bis ihre Mutter diesem Tun Einhalt gebot. «Kinder, wir gehen jetzt in den Hühnerstall nach Eiern suchen, dann müssen wir noch die Kaninchen füttern und dort auch ausmisten.»

Erst gegen zwölf waren alle Antworten Eichenbergers schriftlich festgehalten.

Auf der Rückfahrt nach Luzern sagte Lauber: «Nun steht uns noch der schlimmste Moment dieses Tages bevor. Wir müssen Frau Bucher aufsuchen.»

«In Luzern soll es üblich sein, dass man in einem solchen Fall ein Careteam aufbietet.»

Er werde um Beistand nachsuchen, klar. Aber er komme nicht umhin, der Witwe die schmerzliche Nachricht persönlich zu überbringen.

«Aber halt, Ferdi, du hast ja bereits mit Frau Bucher Bekanntschaft geschlossen. Sie kennt dich. Es wäre gut, wenn du mich begleiten würdest.»

Nach dem Mittag, zum Essen fehlte ihnen der Appetit, standen Lauber, Minder und eine Polizeipsychologin vor der Wohnungstür von Anna Bucher.

Laubers Blick wanderte von Minder zur Psychologin. Beide nickten stumm, dann drückte er auf den Knopf der Glocke.

Frau Bucher hatte ein verweintes Gesicht, als sie im Türrahmen auftauchte. Es schien, als habe sie die traurige Botschaft, die man ihr überbringen würde, erwartet.

Doch als sie realisierte, dass ihre Vorahnung zutraf, verfiel sie in wildes Schluchzen. Die Psychologin nahm sie in die Arme. Lauber und Minder entfernten sich gemessenen Schrittes. So war es abgemacht.

Als Lauber kurze Zeit später ins Büro der Staatsanwältin trat, konnte er zunächst nur ihre hochgesteckte Frisur erkennen, so viele Papierstösse waren auf ihrem Schreibtisch aufgetürmt. «Wir haben etwas gemeinsam: ein Chaos am Arbeitsplatz. Mit dem Unterschied allerdings, dass du alles sofort findest und ich jeden Tag stundenlang suchen muss.»

«So ist es, Beat, du kannst offenbar noch vieles von mir lernen. Aber Spass beiseite: Nun brauchst du wohl meinen Rat.»

Deswegen sei er ja jetzt hier, seufzte Lauber. Er berichtete Hermine von Flüe vom Leichenfund in Gisikon, was sie in groben Zügen allerdings bereits vernommen hatte.

Nein, Einzelheiten seien ihm noch nicht bekannt. Bis am Abend erwarte er aber einen detaillierten Rapport der Spurensicherung, und im Laufe der Woche werde ihm ein umfangreicher Bericht von der Gerichtsmedizin zugestellt.

«Gehst du von Mord oder von Suizid aus?», fragte von Flüe.

«Wenn du so fragst, ist meine Antwort klar: Bereits als ich heute Morgen die Leiche oberflächlich untersuchte, wurde ich den Eindruck nicht los, dass hier jemand nachgeholfen hat.»

«Was erwartest du von mir?»

«Einen Durchsuchungsbeschluss für das Hauptgebäude der HSK in Luzern.»

Hermine von Flüe stiess lautstark Luft zwischen den Zähnen aus. «Da verlangst du sehr viel, zu viel. Ich kann dir diesen Wunsch noch nicht erfüllen. Aber was du machen kannst: Helbling vernehmen. Nicht in einem Verhörlokal an der Kasimir-Pfyffer-Strasse, jedoch in seinem Büro.»

«Dafür benötige ich aber keine Genehmigung von dir.»

«Nein, aber meine Schützenhilfe brauchst du dazu. Und von diesem Dialog könnte abhängen, wann ich dir gestatte, dich näher in den Gebäulichkeiten der HSK umzusehen.»

«Dialog?»

«Du sagst es. Da musst du sehr subtil vorgehen.»

«Wenn ich dich richtig verstehe, darf ich mir Helbling vornehmen, sobald ich im Besitze der Unterlagen von der Spurensicherung und der Gerichtsmedizin bin.»

«Genau! Und schön wäre es, wenn du mich zuvor in diese Erkenntnisse einweihen würdest.»

Lauber versprach, sich bei ihr zu melden, sobald er die Berichte gesichtet habe.

Die Staatsanwältin hatte noch eine Bitte an Lauber. Damit sie sich ein Bild von Alfons Bucher machen könne, müsse sie mehr von ihm wissen. Eine Mordanklage könne sie nicht aufgrund von Vermutungen erheben, dazu seien knallharte Fakten nötig.

Lauber verstand das. Er musste selbst zugeben, dass in keinem der beiden Todesfälle eindeutig Mord nachgewiesen werden könne, obwohl er subjektiv klar davon überzeugt sei.

Der Nachmittag war schon weit vorgerückt, als ihm Minder im Korridor zufällig über den Weg lief. Lauber fiel dabei gerade ein, was die Staatsanwältin bezüglich Alfons Bucher gewünscht hatte. Er ermahnte seinen Assistenten, möglichst umfassend Informationen über den toten IT-Ingenieur einzuholen. Minder versicherte, dass er dabei offene Türen einrenne. Nachdem sie von der Wohnung der Witwe zurückgekehrt seien, habe er sich sofort an diese Aufgabe gemacht. Er hoffe, im Laufe des morgigen Tages die wesentlichen Nachforschungen getätigt zu haben.

Lauber bot Minder einen Kaffee am Automaten an, obwohl er genau wusste, dass er dieses Gesöff an der Grenze des Erträglichen fand. Aber wie immer nahm er die Einladung an.

«Hast du übrigens bemerkt, wie hübsch diese Anna Bucher ist, trotz ihres verheulten Gesichtes?», sagte Minder noch so nebenbei.

«Na ja, sie wird sich im Minimum ein Jahr von der Männerwelt fernhalten. Diesen Eindruck hat sie mir wenigstens gemacht. Ich glaube, sie hat ihren Mann wirklich geliebt, und es dürfte eine Weile dauern, bis sie über seinen Tod hinwegkommt.»

Das nehme er auch an. «Und ganz sicher erwartet sie von uns, dass wir den Mörder finden.»

Lauber warf Minder einen vielsagenden Blick zu. «Nach der Beerdigung ihres Mannes müssen wir mit ihr reden. Ich könnte mir vorstellen, dass er ihr etwas von den kriminellen Aktivitäten der HSK erzählt hat.» Er hielt inne und sagte: «Verdammt. Das ist mir entgangen. Auf diesen Verdacht dürften auch Alfons Buchers Mörder kommen. Ferdi, du musst die Wohnung der Buchers sofort überwachen lassen. Ich könnte es mir nie verzeihen, wenn auch der Witwe etwas zustossen würde.»

Als Lauber zurück in seinem Büro war, fand er auf seinem Schreibtisch den Rapport des Spurensicherungsteams. Eine A4-Seite Text und an die dreissig Fotos.

Vieles im Bericht brachte seine Ermittlung nicht weiter. Etwas hob er aber mit seinem gelben Markerstift hervor.

Der Tote lag hinter einem Gebüsch, etwa einen Meter von einem schmalen Pfad entfernt. Waldarbeiter, die in der Karwoche einen Baum gefällt hatten, hatten die Fundstelle niedergetrampelt. Er war mit zahlreichen Fussspuren übersät. Neben der Leiche lagen zwei leere Packungen des Medikaments Daphalgan und eine Thermosflasche mit noch einem kleinen Rest gesüssten Schwarztees. Das Opfer trug Halbschuhe. Auf dem circa zweihundert Meter langen Wegstück bis zur Fahrstrasse waren in Abständen von zehn bis zwanzig Metern jeweils die Abdrücke des rechten und linken Schuhs zu beobachten. Daraus kann geschlossen werden, dass das Opfer zum Fundort der Leiche getragen und zwischendurch abgestellt worden ist.

Dort, wo der Pfad in die Fahrstrasse einmündet, waren auf dem Boden deutlich Reifenspuren zu erkennen, das Fahrzeug musste an dieser Stelle gewendet haben.

Wir gehen davon aus, dass das Opfer bis zu dieser Stelle gefahren wurde.

Die Reifenspuren deuten auf ein Geländefahrzeug der Marke Suzuki hin.

Unsere Abklärungen haben Folgendes ergeben: Niemand der üblichen Benutzer (zwei Familien) dieser selten befahrenen Strasse besitzt ein Fahrzeug dieses Typs. Im Kanton Luzern gibt es mehrere hundert Suzuki-Offroader, im angrenzenden Schwyzer, Zuger und Aargauer Gebiet noch mehr.

Hinweis: Am Thermoskrug und an der Medikamentenpackung wurden nur die Fingerabdrücke des Opfers gefunden.

Weitere im Umfeld der Leiche entdeckte und sichergestellte Objekte: fünf Haare, die von der Farbe her möglicherweise nicht vom Toten stammen, der Stummel einer selbst gedrehten Zigarette, ein Feuerzeug mit verwischten Fingerspuren, aber daran haftenden Stofffasern und ein Handschuh.

Lauber ging ins Büro von Minder und bat ihn, den Bericht ebenfalls zu lesen.

«Das sieht nun tatsächlich nach Mord aus», bemerkte Minder, als er die Texte und Bilder überflogen hatte.

«Es sieht aber auch danach aus, dass der Mord als Suizid vertuscht werden sollte. Bei dieser Witterung hätte es lediglich noch zwei, drei Tage gedauert, und sämtliche Spuren wären vom Regen verwischt worden. Dann machte ihnen Eichenberger einen Strich durch die Rechnung.»

Lauber sah auf die Uhr: Viertel nach fünf. «Genug für heute, ich mache mir einen schönen Abend und sammle Energie für die nächsten Tage, denn diese werde ich benötigen.» Er wartete Minders Kommentar gar nicht ab, sagte: «Ciao, bis morgen», und ging.

★★★

Wie immer suchte Lauber in seinen Hosensäcken die Schlüssel für die Wohnung. Als er glaubte, sie endlich gefunden zu haben, hörte er hinter sich Suzannes Stimme. «So früh heute? Was ist in dich gefahren? Haben sie dich rausgeschmissen?» Er spürte an seiner Stirn ihre Hände, die nach unten glitten und ihm schliesslich die Augen zudeckten. «Machen wir uns einen netten Abend. Meine Mädchen sind für einige Tage ausgeflogen. Komm zu mir rüber, ich bereite dir ein feines Essen zu.»

«Oder wir lassen es uns in einem Restaurant zubereiten.»

Suzanne winkte ab. Sie habe eben eingekauft. In einer Beiz, da könne man sich gegenseitig höchstens die Hände halten und vielleicht die Knie aneinanderreiben. Lauber blieb nichts anderes übrig, als zu kapitulieren. Aber eigentlich war es ihm ganz recht.

Sie streckte ihm eine Schüssel mit gewaschenen Kartoffeln und ein Rüstmesser entgegen. «Setz dich und schäle sie.»

Was das denn geben solle, erkundigte sich Lauber.

«Schinken, Kartoffelstock und Erbsen. Den Salat habe ich schon vorbereitet.»

Lauber gestand Suzanne, dass er tatsächlich Hunger und den ganzen Tag kaum etwas gegessen habe. Er sagte auch, warum.

Suzanne begann, von einer Arbeitskollegin zu erzählen. Lauber liess das leicht gelangweilt über sich ergehen. Bis sie dann etwas sagte, das ihn wie elektrisiert hochfahren liess.

«Sie ist in meinem Alter, ein bisschen jünger und arbeitete im selben Coiffeursalon, bis sie vor ungefähr acht Jahren Alfons Bucher heiratete.»

«Hast du ihn gekannt?»

Suzanne errötete leicht. «Eigentlich schon, ja.»

Lauber wurde hellhörig. «Das musst du mir schon genauer erzählen.»

«Alfons war ein Kunde unseres Salons. Plötzlich kam er weit häufiger, als es nötig gewesen wäre. Ich realisierte, dass es meinetwegen war.»

Es sei in der Zeit gewesen, nachdem sie ihren Ex vor die Tür gesetzt habe. Natürlich habe sie gewusst, dass daraus nichts Ernstes werde. Alfons sei noch im Studium gewesen – und überhaupt, sie habe damals gar keine Lust gehabt, sich wieder einem Jungen aus gutem Hause an den Hals zu werfen.

«Aber getroffen hast du dich trotzdem mit ihm?», fragte Lauber kleinlaut.

«Was hätte mich denn hindern sollen? Wir schliefen ein paarmal miteinander. Das Gelbe vom Ei war es nicht gerade.» Sie schaute Lauber direkt in die Augen. «Da war keine Spur von Liebe.»

«Weiter musst du mir ja nicht beichten. Anna Bucher hat dich als Liebhaberin abgelöst?»

Suzanne nickte, ohne ein Wort zu sagen.

«Jetzt muss ich dir etwas gestehen. Ich ermittle im Todesfall Bucher. Das bringt mich nun in Verlegenheit. So nach dem Motto: ‹Die Geliebte des Kommissars war die Geliebte des Mordopfers.›»

Suzanne stöhnte auf. «War es tatsächlich Mord?»

«Das steht offiziell noch nicht fest. Aber nach den momentanen Ergebnissen der Ermittlungen besteht der Verdacht.»

Suzanne wurde sehr ernst. Sie befürchtete, Lauber müsse ihretwegen in den Ausstand treten, also die Ermittlungen an einen anderen Beamten weitergeben.

Dazu bestehe eigentlich kein Anlass, ihr Verhältnis zu Bucher liege viel zu weit zurück, um zu einem Interessenskonflikt zu führen, beruhigte sie Lauber. Aber er komme nicht umhin, ihr ein paar Fragen zu stellen, Fragen vor allem, die ihre Freundin betreffen.

«Sie ist doch immer noch deine Freundin? Hast du oft Kontakt zu ihr?»

Suzanne bejahte.

«Wie war die Ehe der Buchers?»

«Da triffst du einen wunden Punkt.»

Lauber sah ungläubig auf. War doch sein Eindruck bei der flüchtigen Begegnung mit Anna Bucher ein ganz anderer gewesen.

«In den letzten Wochen schien wieder alles gut zu sein. Anna hatte mit ihrem Lover gebrochen.» Sie gewahrte Laubers verblüfftes Gesicht. «Tja, sie hatte einen Geliebten. Dieser Alfons war ein netter Kerl, aber irgendwie nie ganz aus dem Jungenalter herausgewachsen. Das war jedenfalls immer mein Eindruck. An seinem Arbeitsplatz soll man ihn sehr geschätzt haben. Ich glaube, er war ein tüchtiger IT-Ingenieur. Aber er war eben nicht der Traummann für eine Frau wie Anna – obwohl er Anna viel Sicherheit gab, was sie offenbar dazu bewog, wieder zu ihm zurückzukehren.»

«Hast du eine Ahnung, wer ihr Freund war?»

«Ein Anlageberater bei der HSK – ein ziemlicher Macho, bereits zweimal geschieden und, ja … ausgesprochen gut aussehend.»

Lauber hielt es nicht mehr auf dem Stuhl aus. Er sprang auf und rief: «Sag das noch einmal, das darf doch nicht wahr sein.»

Anna sah ihn verständnislos an, sie konnte seine heftige Reaktion nicht begreifen.

Die Gedanken schossen ihm wie Blitze durch den Kopf. In diesem Moment verfluchte er seinen Beruf. Er hatte sich auf einen schönen Abend eingestellt. Und nun war er dazu verdammt, seine Freundin als Zeugin zu vernehmen.

Nach einigen Sekunden hatte er sich wieder gefasst. Er strich Suzanne sanft übers Haar und flüsterte ihr ins Ohr. «Wir müssen das hinter uns bringen, und zwar noch bevor wir essen. Du bist da in eine Sache hineingeraten, die ich dir lieber erspart hätte.»

Er erklärte ihr, um was es ging. Er verriet ihr dabei mehr, als er hätte verraten dürfen. Doch er glaubte, so richtig zu handeln.

Lauber zweifelte die Enthüllungen Suzannes nicht an. Bis anhin hatte er geglaubt, dass zwischen beiden Morden ein Zusammenhang bestand. Nun musste er sich mit dem Gedanken anfreunden, dass dem vielleicht nicht so war. Aber in seinem Innersten glaubte er immer noch, dass der Mord an Bucher wie derjenige an Gschwandl von denselben Leuten in Auftrag gegeben worden war.

«Ich werden morgen nicht umhinkommen, Anna Bucher zu befragen.»

Suzanne sah ihn zerknirscht an. «Musst gerade du das tun? Könntest du es nicht an Ferdi Minder delegieren?»

«Warum meinst du das?»

«Ich fühle mich dabei so, als würde ich Annas Geheimnisse, die sie mir anvertraut hat, verraten. Bei jeder Frage, die du ihr stellst, wird Anna den Eindruck haben, du hättest bereits die Antwort von mir bekommen. Ich habe ihr ja längst eröffnet, dass wir ein Paar sind.»

«Lass mich einen Augenblick überlegen.» Lauber stützte den Kopf in die Hände und verharrte so gut fünf Minuten.

«Ruf Anna Bucher morgen an», sagte er mit leiser Stimme, «und gesteh ihr, dass wir zusammen über den Tod ihres Mannes geredet haben, dass ich diesen Fall untersuche, dass ich annehme, es handle sich um Mord, dass ich den Mörder unbedingt finden will, dass wir von ihrer Affäre mit dem Anlageberater ohnehin erfahren würden.»

Suzanne wirkte erleichtert. «Ich werde mit Anna morgen reden, unter vier Augen.»

Lauber nahm sie in die Arme.

«Eine Frage hätte ich noch», flüsterte Suzanne Lauber ins Ohr: «Muss die Justiz vom Verhältnis zwischen mir und Alfons erfahren?»

«Muss sie nicht. Es sei denn, du hättest vor noch nicht langer Zeit mit Bucher geschlafen.»

Suzanne lachte auf. «Nein, wirklich nicht, wo denkst du hin?»

Der Abend war gerettet, und beide hatten das Gefühl, einander nähergekommen zu sein.

Dienstag, 17. April

Als Erstes bat Lauber die Staatsanwältin um einen Termin, der ihm sogleich gewährt wurde.

Hermine von Flüe erfuhr alles, was ihm am Abend zuvor über die Buchers berichtet worden war, auch die schon längst der Vergangenheit angehörende Liebesaffäre zwischen Suzanne und Alfons.

«Das Letztere hättest du mir gar nicht verraten müssen. Trotzdem gut, dass du es getan hast. Ich werde es für mich behalten. Sieh zu, dass es in keinem Protokoll auftaucht, sonst wird man dir Schwierigkeiten machen.»

Als Lauber zurück an seinen Arbeitsplatz kam, fand er den Bericht der Gerichtsmedizin auf seinem Schreibtisch.

Kurz vor seinem Ableben (Minuten bis zu einer Stunde) muss Alfons Bucher eine Überdosis Paracetamol zu sich genommen haben, oder es wurde ihm verabreicht.

Ab etwa sieben Gramm kann das Schmerzmittel Paracetamol bei einem erwachsenen Menschen tödlich wirken, was vierzehn Tabletten zu fünfhundert Milligramm entspricht. Paracetamol wird über die Leber abgebaut, wobei das höchst toxische N-Acetyl-p-Benzochinonimin gebildet wird. Es kommt zu Schläfrig- und schliesslich zu Bewusstlosigkeit. Der Patient stirbt an Leberversagen.

Die Todesursache ist in diesem Fall aber Verblutung, infolge aufgeschnittener Pulsadern an den Handgelenken. Das konnten wir eindeutig feststellen.

Hinweis: Paracetamol ist in Apotheken und Drogerien ohne Rezept erhältlich. Es sind zahlreiche Suizidfälle mit Paracetamol bekannt.

Lauber liess auch Minder den Bericht lesen. «Ferdi, siehst du Parallelen zum Todesfall Gschwandl?»

«Eigentlich schon. Bei Gschwandl war es Heroin, bei Bucher

nun Paracetamol. In beiden Fällen sollte ein Selbstmord vorgetäuscht werden.»

★★★

Bevor Lauber mit Minder zusammen die Witwe von Alfons Bucher besuchte, informierte er sich bei Suzanne über das Gespräch, das wie vorgesehen am Vormittag zustande gekommen war. Anna sei bereit für ein Verhör. Sie habe ihr überhaupt keine Vorwürfe gemacht.

Anna Bucher musste hinter der Wohnungstür gestanden haben, als sie kurz nach dem Mittag läuteten. Sie öffnete sofort. Ihr Gesicht war nicht mehr verweint, offensichtlich hatte sie sich geschminkt.

«Ich habe Sie erwartet. Gut, dass Sie kommen, ich verspreche mir viel von Ihrem Besuch. Möge er dazu beitragen, den Tod meines Mannes aufzuklären.»

Sie führte die beiden Polizisten an einen gedeckten Tisch – Kaffeekrug, Tassen, Rahm und eine Schale mit Süssigkeiten waren bereitgestellt –, wo alle drei Platz nahmen.

«Darf ich Ihnen einen Kaffee anbieten?»

Beide nickten.

Sie stand wieder auf und schenkte Minder, Lauber und sich ein.

Lauber berichtete in kurzen Worten, was er bereits über sie und ihren Mann in Erfahrung gebracht hatte.

«Das heisst, es werden keine persönlichen Angelegenheiten der Öffentlichkeit preisgegeben?»

Lauber schluckte leer und überlegte, was er darauf antworten sollte. «Das kann ich nicht mit letzter Sicherheit garantieren. Wenn Ihr einstiger Geliebter, ich meine den Anlageberater bei der HSK, nichts mit dem Tod Ihres Mannes zu tun hat, ist weder die Polizei noch die Justiz an Intimem aus Ihrem Privatleben interessiert. Andernfalls würde das in einer Gerichtsverhandlung mit Sicherheit zur Diskussion gestellt.»

Anna Bucher fuhr zusammen.

Lauber entging das nicht. «Wenn wir schon bei diesem Thema

sind, möchte ich diesbezüglich über einige Punkte Klarheit bekommen.»

Minder klappte seinen Schreibblock auf.

«Seit wann kennen Sie den Anlageberater Richard Kopp näher?»

«Wollen Sie wissen, wann unsere Affäre begann?»

«In etwa, ja.»

«Das war am Silvesterapéro des vergangenen Jahres.»

Wie es dazu gekommen sei, wolle er im Detail nicht wissen, jedenfalls vorläufig nicht. Er gehe davon aus, dass es damals das erste Mal zu Intimitäten gekommen sei.

Anna Bucher hob und senkte verschämt ihren Kopf.

«Und wie lange dauerte die ganze Geschichte?»

«Bis Mitte Februar.»

«Wann erfuhr Ihr Mann davon?»

«Eine Woche später, so ungefähr.»

«Haben Sie es ihm gestanden, oder vernahm er es von einer Drittperson?»

Anna Bucher errötete. «Das Letztere.»

«Wie reagierte Ihr Mann darauf?»

«Er weinte wie ein Kind. Ich habe versucht, es herunterzuspielen, ihm zu versichern, das werde bald vorübergehen. Aber er war so verzweifelt, dass er noch am selben Abend auszog.»

«Wohin?»

«Zu seinen Eltern. Na ja, das sind vornehme Leute. Der Vater ist Professor an der Pädagogischen Hochschule, die Mutter entstammt einer vornehmen Luzerner Familie. Und ich bin die Tochter eines Altwarenhändlers und stadtbekannten Säufers. Meine Schwiegereltern behandelten mich wie den letzten Dreck.» Sie begann, heftig zu schluchzen.

Minder suchte in seinen Taschen nach einem Papiernastuch, fand das Päckchen nach längerem Wühlen in einem Sack seiner Lumberjacke und reichte es ihr.

«Wie kam es zum Bruch zwischen Ihnen und diesem Anlageberater?»

«Ich habe sehr rasch realisiert, dass er ein äusserst egoistischer und brutaler Mensch ist. Er verlangte von mir, dass ich meine

Kinder den Schwiegereltern in die Obhut gebe. Die würden ihn stören. Er brauche eine Frau, die ihm zu Diensten sei, ihn auf seinen Geschäftsreisen begleite, die Wochenenden in seinem Ferienhaus im Tessin verbringe, auch mitten in der Nacht zur Verfügung stehe, wenn es über ihn komme.»

Wieder liefen ihr die Tränen übers Gesicht. «Das wurde zu einem Martyrium. Als ich mich ihm verweigerte, schlug er mich.»

«Hat Ihr Mann Sie auch geschlagen?»

Anna Bucher sah Lauber völlig entgeistert an. «Nein, der doch nicht.»

«Die Antwort auf meine Frage sind Sie mir noch schuldig geblieben. Wie haben Sie sich von Kopp getrennt?»

«Ich rief Alfons an, bat ihn, wieder zurückzukommen. Es sei vorbei. Ich hätte einen grossen Fehler gemacht. Das war an einem Nachmittag. Er kam sofort von seinem Arbeitsplatz zu mir. Gemeinsam erwarteten wir die Ankunft von Kopp. Dieser machte lautstark Radau. Das ging so weit, dass er Alfons tätlich angriff. Ich befürchtete das Schlimmste, denn Kopp ist grösser und schwerer, als mein Mann war. Aber irgendwie schaffte es Alfons, die Oberhand zu gewinnen. Er fesselte ihn an Händen und Füssen und bugsierte ihn die Treppe hinunter.»

Minder stiess einen lauten Pfiff aus. «Und wie ging's weiter?»

«Ich glaube, er war ziemlich verletzt. Wir banden ihn los und offerierten ihm, die Ambulanz zu rufen. Er lehnte ab und humpelte davon, nicht ohne mich lautstark als Hure zu beschimpfen.»

«Hat jemand Aussenstehendes diese Szene mitbekommen?»

«Gott sei Dank nicht. Die Familie, die mit uns das Haus teilt, war gerade in den Ferien.»

«Was passierte am nächsten Tag am Arbeitsplatz von Alfons?»

«Kopp soll sich nach dem Zwischenfall eine ganze Woche krankgemeldet haben. Als er wieder genesen war, ist er meinem Mann aus dem Weg gegangen; das jedenfalls hat mir Alfons gesagt.»

«Und – hat Sie Kopp in Ruhe gelassen?»

Anna Bucher verzog das Gesicht. «Nein, eigentlich nicht. Er hat mich immer wieder während seiner Arbeitszeit angerufen. Ich habe mich aber auf keine Diskussion mit ihm eingelassen.»

«Das war alles?»

«Leider nein! Eines schönen Tages, es war ein Vormittag, stand er plötzlich vor meiner Wohnungstür. Ich schaute zum Glück durch den Spion. Ich rief ihm durch die verschlossene Tür zu, wenn er nicht sofort verschwinde, würde ich die Polizei um Hilfe rufen. Dann ging er und rief auch nicht mehr an – bis gestern.»

Lauber machte grosse Augen. «Tatsächlich? Und wie haben Sie reagiert?»

Anna Bucher schlug mit der flachen Hand auf den Tisch. «Ich habe ihm klar zu verstehen gegeben, er solle mich in Ruhe lassen. Ich würde veranlassen, dass mein Telefon überwacht werde, und ihn beim nächsten Anruf anzeigen.»

Lauber sah zu Minder hinüber und fragte: «Was machen wir da?»

«Kein Problem. Seit heute Morgen bewacht sowieso ein Beamter das Haus der Buchers.» Er wandte sich an Anna Bucher. «Und wenn ich in mein Büro zurückgekommen bin, werde ich eine Fangschaltung für Ihren Anschluss veranlassen. Sie dürfen sich sicher fühlen. Sollte es Kopp noch einmal einfallen, Sie zu belästigen, hat er es mit uns zu tun. In diesem Fall werden wir den Kerl hart anfassen, das kann ich Ihnen versichern.»

Das erste Mal bei diesem Treffen lächelte Anna Bucher.

«Nun möchte ich noch etwas über Ihren Mann erfahren. War er glücklich an seinem Arbeitsplatz?» Lauber fragte das in einem sehr freundlichen Ton.

«Ich weiss nicht so recht. Er hat zu Hause fast nie über seine Arbeit geredet. Na ja, ich hätte sowieso nicht verstanden, was er genau machte ... er war Akademiker, und ich bin eine ungebildete Coiffeuse.»

«Auch ich verstehe nicht viel von IT, was noch lange nicht heisst, dass man ungebildet ist. Aber ich habe eigentlich nicht das gemeint, sondern eher, wie es ums Klima an seinem Arbeitsplatz bestellt war.»

Sie bewegte die hohlen Hände auf und ab, ganz so, als ob sie etwas abwägen würde. «In den letzten Wochen hatte er sehr viel zu tun. Er musste ja seinen ausgefallenen Chef, den verstorbenen Gschwandl, ersetzen.»

Lauber nervte sich ein bisschen, dass sie so hartnäckig seinen Fragen auswich. Aber immerhin war «Gschwandl» ein Stichwort, das er gleich aufgriff. «Hat Ihr Mann auch über Gschwandl geredet? Wie stand er zu ihm?»

«Den Namen erwähnte er kaum. Aber wenn er ihn in den Mund nahm, dann hatte ich den Eindruck, dass er es mit Wohlwollen tat. Als Gschwandl kurz nach dem Jahresanfang festgenommen wurde, war er sehr erschüttert, hat er mir verraten. Er war ja damals für einige Zeit nicht mehr zu Hause.»

«Hat Ihnen Ihr Mann von Problemen an seinem Arbeitsplatz berichtet?»

«Wo gibt es die denn nicht? Er hat vielleicht eine Bemerkung über den einen oder anderen Mitarbeiter fallen lassen. Aber nichts Konkretes.»

Lauber warf Minder einen gestressten Blick zu. Er atmete tief und versuchte es weiter. «Die HSK kam ja wegen des Datenklaus von Gschwandl national und international ins Gerede. Hat sich Ihr Mann denn nie darüber geäussert?»

«Hmmm … schon, ja … und das scheint ihn auch beunruhigt zu haben. Kurz bevor er verschwand, hat er mir anvertraut, mit seiner Firma stimme etwas nicht. Dort würden ziemlich viele krumme Sachen gedreht. Er mache sich langsam Gedanken, abzuspringen. Aber eben: Er müsste an einem andern Ort wohl wieder unten anfangen.»

Lauber und Minder nickten, mehr um Verständnis vorzutäuschen, als Frau Bucher merken zu lassen, dass sie gerade etwas recht Brisantes gesagt hatte.

«Und wie haben Sie darauf reagiert?»

«Ich habe gesagt: ‹Wenn du meinst. Das musst du wissen. Im Notfall kann ich ja einige Stunden mehr im Coiffeursalon arbeiten.›»

Die beiden Polizisten wussten nicht einmal, dass sie noch eine Teilzeitstelle hatte.

«Haben Sie uns alles gesagt, was mit der Stelle Ihres Mannes zusammenhängt?»

«Ich glaube schon.»

«Sollte Ihnen noch etwas einfallen, wäre ich sehr froh, wenn

Sie sich an uns wenden würden.» Lauber streckte ihr seine Visitenkarte entgegen.

Als die beiden Polizisten an die Kasimir-Pfyffer-Strasse zurückfuhren, sagten sie zunächst kein Wort. Dann bequemte sich Minder doch, eine Bemerkung zu machen. «Nun können wir annehmen, dass der Anlageberater Kopp nichts mit dem Tod von Alfons Bucher zu tun hat. Für den Mord an Bucher sind die gleichen Leute verantwortlich wie für den an Gschwandl.»

«Ein Kotzbrocken ist Kopp trotzdem ... Aber ich sehe es so wie du. Und eigentlich bin ich ganz froh darüber. Nicht zuletzt wegen Suzanne.»

Sie mussten an einem Rotlicht warten. Lauber fragte, was Anna Bucher für einen Eindruck auf ihn gemacht habe.

«Zwiespältig. Berechnend, clever, sehr darauf bedacht, nicht zu viel von sich zu verraten. Fast scheint mir, die Frau ist intelligenter, als man das von ihrer Herkunft und ihrem Beruf erwarten könnte.»

«Was man von ihrem Berufsstand erwarten könnte? Jetzt musst du deine lockere Zunge zügeln.»

Minder fragte noch, ob sie wohl alles preisgegeben habe, was sie wisse.

«Vielleicht, vielleicht auch nicht. Ferdi, wir werden die Dame noch eine Zeit lang im Auge behalten müssen.»

Das Rotlicht wollte nicht grün werden. «Was sollen wir als Nächstes tun?»

«Ich werde als Nächstes kurz die Staatsanwältin informieren. Immerhin hat uns Frau Bucher etwas sehr Wesentliches verraten: Auch ihr verstorbener Gatte hat herausgefunden, dass das Management der HSK in kriminelle Handlungen verstrickt ist. Offensichtlich scheint das den Betroffenen nicht verborgen geblieben zu sein. Das erhärtet den Verdacht, dass man in der HSK einen möglicherweise gefährlichen Zeugen loswerden wollte.»

Das weitere Vorgehen scheine ihm klar, fuhr Lauber fort. Man müsse Helbling befragen, und das möglichst, bevor er wichtige Spuren verwische.

«Du bist der Meinung, dass Helbling auch hinter Buchers Ableben steckt?»

«Es sieht ganz so aus.»

Als Lauber sich an seinen Schreibtisch setzen wollte, klingelte sein Telefon. Es war die Sekretärin. «Beat, der Chef möchte dich dringend sprechen.»

Sigrist empfing ihn am Besuchertisch in seinem grossen Büro bei Kaffee und Kuchen. Lauber dämmerte sofort, dass er etwas von ihm wollte. «Ich habe mitbekommen, dass dein Assistent, Wachtmeister Minder, über die Ostertage in die Steiermark gefahren ist, zwecks Recherchen im Todesfall Gschwandl. Weisst du davon?»

Lauber musste sich ungemein beherrschen, vor Lachen nicht laut herauszubrüllen. «Klar weiss ich das. Er hat ja in meinem Auftrag gehandelt.»

Sigrist räusperte sich. «Die ganze Geschichte ist bis nach Bern gedrungen. Eben hatte ich ein längeres Gespräch mit einem Chefbeamten des Bundesamtes für Polizei, dessen Namen ich jetzt nicht verraten möchte.»

«Behalt ihn nur für dich, die Namen der Brüder in diesem Laden sagen mir nichts.»

Diese Bemerkung stiess Sigrist sauer auf. Er sah Lauber beinahe feindselig an. «Du darfst nicht von einer unfähigen Ministerin auf all ihre Mitarbeiter schliessen.»

«Du meinst damit wohl Bundesrätin Sommaruga? Wenn du mich gerade so fragst: Sie macht einen guten Job. Ihr blieb einfach noch zu wenig Zeit, den Saustall, den weniger ihre Vorgängerin als deren Vorgänger hinterlassen hatte, auszumisten.»

Sigrist verschluckte sich am Kaffee und bekam einen Hustenanfall, was einen einminütigen Unterbruch des Gespräches zur Folge hatte.

«Der Chefbeamte ist ein guter Freund von mir.»

Laubers Mimik verriet, dass ihn das nicht im Entferntesten wunderte.

«Dieser Chefbeamte hat mir geraten, den Fall Gschwandl ad acta zu legen. Man würde sich viele Unannehmlichkeiten ersparen, wenn die Selbstmordtheorie bestehen bliebe.»

Über Laubers Gesicht huschte ein Schmunzeln. «Zurzeit geht in dieser Sache sowieso so gut wie nichts. Dann hängt es auch nicht von mir allein ab. Die Akten über Gschwandl liegen ja bereits bei der Staatsanwaltschaft.»

Sigrist fuhr zusammen. «Bei Frau von Flüe?»

«Ja. Und wie ich sie kenne, betrachtet sie die Todesursache von Gschwandl überhaupt nicht als geklärt.»

«Ich kann dir nur raten, dich in dieser Sache in Zurückhaltung zu üben. Es käme in der Schweizer Öffentlichkeit gar nicht gut an, wenn ein krimineller Datendieb plötzlich als Opfer gehandelt würde.»

«Starke Worte, Chef. Wo bleibt eigentlich dein Rechtsverständnis? Soweit mir bekannt ist, hast du Jus studiert.»

Sigrist machte diese Zurechtweisung seines Untergebenen sichtlich Mühe. Er wedelte mit der offenen Hand, als ob er eine lästige Schmeissfliege verscheuchen müsste. «Lassen wir das.»

Dann schaute er wieder zuckersüss. «Der Beamte, mit dem ich gesprochen habe, handelt sozusagen im Auftrag des Bundesanwalts. Man weiss dort auch von der CD, die Gschwandl entwendet hat, man weiss aber nicht genau, was drauf ist.»

«Halb so schlimm», meinte Lauber. Die Steuerbetrüger, die davon betroffen seien, würden es ja noch früh genug erfahren.

«Das Wort ‹Steuerbetrüger› höre ich nicht gerne, es ist diffamierend. Es geht hier ja um Steuerhinterziehung, in unserem Land ein Delikt, das mit einer Ordnungsbusse belegt wird.»

«Das Dumme ist nur, kein Mensch weiss eigentlich, was der Unterschied zwischen beiden Delikten ist; in meinen Augen ist das eine wie das andere Betrug auf Kosten der Ehrlichen.»

Wieder bewegten sich Sigrists Mundwinkel nach unten. «Reg dich doch nicht so auf, Beat. Ich sehe es anders als du. Ich fühle mich damit in der Mehrheit in unserem Korps. Aber wir sind tolerant und respektieren selbstverständlich auch andere Meinungen.»

Er stand plötzlich vom Besuchertisch auf und setzte sich auf den Ledersessel bei seinem imposanten Arbeitstisch, dessen Schreibfläche sich als Augenweide für Menschen präsentierte, die etwas auf Zucht und Ordnung hielten. Ein Stapel Papier, bündig an Rändern und Ecken ausgerichtet, auf der in Schweinsleder eingefassten Schreibunterlage Blei- und Rotstift, Radiergummi, ein goldbestückter Füllfederhalter, eine Lesebrille. Alles in Reih und Glied.

«Nun zur Sache, Beat.»

In Erwartung dessen, was nun auf ihn zukommen würde, richtete sich Lauber mit der gespielten Miene des Befehlsempfängers ruckartig auf.

«Der Bundesanwalt möchte Einsicht …» Sigrist zog mit seinem Zeigefinger zwei waagrechte Striche in die Luft, wohl um die Bedeutung der Funktion «Bundesanwalt» doppelt zu unterstreichen.

«… der Bundesanwalt interessiert sich sehr für den Inhalt der von Gschwandl geraubten Daten-CD –»

«Tja, da muss er sich an die Justiz von Nordrhein-Westfalen wenden.»

«Oder vielleicht an Minder oder an dich», konterte Sigrist. «Ich kann mir durchaus vorstellen, dass Minder in Österreich Einsicht in diese Scheibe bekommen hat, dass er sie vielleicht sogar kopiert hat und auch du jetzt informiert bist, was daraufsteht.»

Lauber mimte den Unbeteiligten, Nichtwissenden, was Sigrist ein bisschen irritierte.

«Als Kommandant der Kripo steht mir Einsicht in diese Dokumente zu, falls eine Kopie davon in deinem Besitz ist», betonte Sigrist und klopfte, um dieser Aussage Nachdruck zu verleihen, mit den Knöcheln auf die Tischplatte.

«So ist es nicht ganz, Chef. Ich habe tatsächlich den Inhalt der CD gesehen. Sie wird aber jetzt samt anderen Akten zu der Causa Gschwandl von der Staatsanwaltschaft verwahrt. Es ist also Frau von Flüe, die entscheidet, ob du Einsicht bekommst.»

Davon, dass Minder im Besitz einer weiteren Kopie und aller Unterlagen war, sagte er nichts.

Diese Antwort hatte Sigrist nicht erwartet. Unschlüssig starrte er zur Decke. Er schien offenbar zu ahnen, dass die Staatsanwältin nicht so ohne Weiteres mit dieser Sache herausrücken würde.

Einige Augenblicke verstrichen, bis er seine Sprache wiederfand. «Aber du könntest mir ja in groben Zügen verraten, was auf der CD steht.»

«Hmmm … da verlangst du viel von mir. Details habe ich mir dabei kaum gemerkt.»

«Und Namen?»

«Tja … Namen der deutschen Finanzaristokratie? Die sagen mir nun wirklich nichts. Vielleicht, wenn man mir einige vorlegen würde, könnte ich mich an den einen oder anderen erinnern. Doch dafür möchte ich nicht die Hand ins Feuer legen.»

«Aber wenigstens kannst du mir sagen, um welche Beträge es da geht.»

Nun war die Schadenfreude Lauber geradezu ins Gesicht geschrieben. «In der Grössenordnung von zwei Milliarden, einige zig Millionen mehr.»

«Um Gottes willen!»

«Ob das Gottes Wille ist, möchte ich doch bezweifeln.»

Sigrist suchte leicht genervt etwas im Papierstoss. Er zog schliesslich ein Blatt heraus, stand wieder auf, ging zum Besuchertisch und hielt es Lauber ohne sich zu setzen unter die Nase.

Es handelte sich um Haftbefehle gegen drei Steuerfahnder aus Düsseldorf.

Lauber kratzte sich mit beiden Händen unter den Armen und machte: «Hihihihihi …» Ob er denn wirklich meine, die deutschen Beamten seien so bescheuert und reisten in die Schweiz ein. «Andererseits», fuhr Lauber weiter, «gehe ich davon aus, dass der IQ des Bundesanwalts gerade noch ausreicht, damit er weder die Grenze nach Deutschland, Frankreich noch Italien überquert. Dort könnten nämlich Haftbefehle wegen versuchter Freiheitsberaubung gegen ihn vorliegen.»

Bemerkungen dieser Art behagten Sigrist gar nicht. Er schob sein Kinn nach vorn, sah Lauber grimmig an und streckte ihm die Hand zum Abschiedsgruss entgegen.

Dieser sah mit Wehmut auf den noch nicht angerührten Schokoladenkuchen und den leicht dampfenden Kaffee.

In seinem Büro hängte sich Lauber gleich ans Telefon. Brühwarm informierte er die Staatsanwältin über das, was er soeben erlebt hatte.

Ihr Lachen war so schallend, dass Lauber fast befürchtete, die Leitung würde bersten.

«Da sehe ich gewisse Ähnlichkeiten zu seinem in die Wüste geschickten Vorgänger.»

«Du wirst dem neuen Kapo-Kommandanten nicht gerecht. Der alte, Pius Häfliger, ist ehrgeizig, intelligent und korrupt; der neue, Alain Sigrist, ist nicht ehrgeizig, ist nicht intelligent, aber auch korrupt.»

Seine mangelnde Strebsamkeit und geistige Beschränktheit machten ihn also weniger gefährlich, das könne er nachvollziehen, folgerte Lauber.

«Gut, dass du angerufen hast», sagte Frau von Flüe. Sie habe noch ein Anliegen bezüglich der Spurensicherung des Umfelds, wo Bucher den Tod gefunden habe. Man müsse noch sicherstellen, dass die gefundenen Dinge an einem geschützten Ort aufbewahrt würden. Ihr sei aufgefallen, dass darunter Haare, ein Zigarettenstummel, ein Feuerzeug und ein Handschuh waren. Von diesen Sachen müsse eine DNA-Probe gemacht werden. Und weiter: An der Stelle, wo Bucher hingefahren worden war, solle man einmal genauer hinschauen. Auch da dürfte es wichtige «Hinterlassenschaften» geben.

Lauber konnte die Staatsanwältin beruhigen. Diese «Fundgegenstände» würden sich im Safe seines Büros befinden. Der sei eingemauert, nur er und Minder verfügten über den erforderlichen Zugangscode. Allerdings sei ihre Ermahnung bezüglich der Stelle, wo das Opfer an der Einmündung des Fusspfades zur Fahrstrasse aus dem Offroader geladen worden war, berechtigt. Er werde sich gleich persönlich darum kümmern.

Er wünschte Hermine von Flüe einen schönen Abend, es war bereits halb fünf, und legte auf.

Einige Sekunden später schrillte das Telefon erneut.

«Ich bin's wieder, Hermine. Zum Wunsch Sigrists, den Todesfall ‹Gschwandl› unter den Teppich zu kehren, ist mir gerade noch etwas eingefallen. Nun wäre es an der Zeit, dass die nach schweizerischem Recht strafrechtlich relevanten Inhalte der von Gschwandl weitergegebenen CD an den Tag kämen.»

Das würde er sehr begrüssen, antwortete Lauber. «Könntest du das übernehmen?»

Damit würde sie sich Schwierigkeiten aufhalsen. Entwendete Beweismittel seien heikel, ganz besonders wenn sie von der Staatsanwaltschaft auf den Tisch gelegt würden. Doch sie habe einen anderen Vorschlag, der weit wirksamer sein könnte. «Lass deine Beziehungen zur Polizei in Leoben spielen. Dein Freund dort wird sich nur einmal bitten lassen, Regierungsstellen in Düsseldorf zu stecken, einem wohlmeinenden Polizeioffizier in Luzern käme es gelegen, wenn deutsche Nachrichtenmagazine über die Geldwäschepraktiken und andere kriminelle Machenschaften an die Öffentlichkeit gingen.»

Lauber schmatzte etwas in die Sprechmuschel, das sich so anhörte wie ein Kuss. Er sah auf die Uhr und entschloss sich, ein bisschen früher als üblich Feierabend zu machen, rief Suzanne an, die um diese Zeit oft schon zu Hause war. Sie konnte sich das ja leisten, sie hatte mehrere Angestellte, und ihr Salon lief gut. Er bat sie, sich schick anzuziehen, er werde mit ihr essen gehen, in ein gutes und teures Restaurant. Das mochte Suzanne. Sie konnte eine Stunde vor dem Spiegel stehen und sich zurechtmachen, dann ebenso lange Kleider ihrer üppigen Garderobe anprobieren. Dass sich Lauber nur einen kleinen Bruchteil Zeit nahm, sich um sein Äusseres zu scheren, störte sie schon immer ein wenig. Er hatte sich diesbezüglich aber schon etwas gebessert. Denn er wusste, was ihm blühte, ging er allzu schlampig angezogen mit Suzanne in den Ausgang. Am folgenden Samstag zerrte sie ihn in einen Kleiderladen, und er musste sich einen modischen Veston und Hosen anpassen lassen.

Mittwoch, 18. April

Es war ein regnerischer Morgen und halb acht, als Lauber in seinem Büro seinen Schreibtisch aufräumte. Am Abend zuvor hatte er keine Lust dazu gehabt. Das störte die Putzfrau jeweils. Sie klebte ihm, wenn er ein solches Chaos hinterliess, auf die Sitzfläche seines Sessels ein Post-it mit dicken roten Lettern: «Ordnung ist ein göttliches Gebot.» Als er sie einmal darauf ansprach und sich mit ernstem Blick erkundigte, ob das auch in der Bibel stehe, sah sie ihn verständnislos an.

Minder betrat, ausgerüstet mit Notizbuch und Bleistift, mürrisch Laubers Arbeitszimmer. «Warum muss es in diesem Kaff immer regnen? Luzern macht seinem Ruf als Schüttstein der Schweiz alle Ehre.»

«Ich kann nur hoffen, du hast heute einen Regenschutz und gute Schuhe dabei. Wir machen nämlich einen Ausflug auf den Fuchsberg.»

«Waren wir da nicht bereits vorgestern?»

«Du hast ein intaktes Gedächtnis, stelle ich beruhigt fest. Doch wir müssen noch einmal dorthin pilgern. Die Staatsanwältin will es so.»

«Dieses sadistische Weibsstück», maulte Minder mit Lachfalten um die Augen.

Hermine von Flüe liege damit durchaus richtig. Die Spurensicherung habe etwas Wesentliches unterlassen, leider sei ihm das nicht aufgefallen, und, er drückte den Zeigefinger in Minders Magengrube, «du hast es auch nicht bemerkt».

Für wann er sich bereithalten solle, wollte Minder wissen.

«Wir starten um neun, ab diesem Zeitpunkt sollte die Strasse ins Rontal staufrei sein. Und du besorgst mir bis dann einen neutralen Wagen. Ich mag es nicht, als Tschugger stigmatisiert in der Luzerner Landschaft herumzugondeln.»

Minder interessierte natürlich auch, um was es genau ging. Als er Laubers Antwort empfing, schlug er sich mit der flachen Hand auf die Stirn. «Verdammt, das hätte uns auch in den Sinn kommen sollen. Hoffentlich sind dort die Spuren nicht dem schlechten Wetter zum Opfer gefallen.»

Das Auto parkierten sie am Bahnhof Gisikon-Root. Sie machten sich zu Fuss auf den Weg nach dem Ortszentrum Gisikon, um von dort auf den Fuchsberg zu gelangen. Lauber und Minder wollten sich so das Dorf Gisikon mental einverleiben. Die Umgebung von Tatorten ist für die Verbrechensaufklärung von eminenter Bedeutung, pflegte Lauber oft zu sagen.

Als sie die Reussblickstrasse hinaufschlenderten und sich nach rechts und links umsahen, hörten sie plötzlich Schritte, die sich ihnen von hinten näherten.

Kurze Zeit später spürten beide kräftige Griffe an ihren Armen.

«So, jetzt haben wir sie, diese Jugo-Sauhunde.»

Dann ging alles rasend rasch. Blitzartig befreiten sich Lauber und Minder aus der Umklammerung, und die Angreifer lagen bäuchlings auf der Strasse. In Sekunden waren die beiden Männer mit Handschellen und Fussfesseln ruhiggestellt. Der eine war glatzköpfig und gegen zwei Meter gross, der andere mit dichtem grauem Haarwuchs und eher klein. Beide trugen sie uniformähnliche Kleidung.

Auf dem Rücken der Jacken der beiden stand in grossen Lettern: «Bürgerwehr Rontal».

«Was haben wir denn da? Wie heissen die beiden illustren Gesellen?»

«Das geht dich einen Dreck an», brüllten die beiden gleichzeitig auf dem nassen Strassenbelag.

«Kripo Luzern», antwortete Lauber darauf. Riss einen der beiden am Kragen hoch und drückte ihm seinen Ausweis auf die Nase.

«Ach, so ist das. Dann entschuldigen wir uns selbstverständlich. Wir stehen auf der Seite der Polizei. Bitte lasst uns wieder los.»

Lauber klärte sie daraufhin barsch auf, dass Selbstjustiz in der Schweiz nicht erlaubt sei. Er komme leider nicht umhin, ihre Personalien aufzunehmen. «Wo haben Sie Ihre Ausweise?»

Die würden sie auf ihren Patrouillen natürlich nicht mitschleppen.

«So bleibt uns nichts anderes übrig, als Sie festzunehmen und auf den Posten nach Luzern zu bringen.»

Minder tippte eine Nummer in sein Handy.

Die beiden Gefesselten machten ihrem Ärger mit wüsten Beschimpfungen Luft. Eine Viertelstunde später wurden sie von einem Polizeiauto abgeholt. «Sie werden am frühen Nachmittag von mir und meinem Kollegen an der Kasimir-Pfyffer-Strasse verhört. Bis dann bleiben Sie in Gewahrsam», sagte ihnen Lauber zum Abschied.

Erst als sie das Strässchen zum Fuchsberg hinaufspazierten, begannen die beiden Kripomänner, wieder miteinander zu reden. Die Bürgerwehr im Rontal sei schon früher mehrmals in die Schlagzeilen geraten, gab Lauber zu bedenken. Es handle sich um etwa ein halbes Dutzend Leute, die sich als selbst ernannte Sheriffs inszenierten. Er verstehe nicht, dass die Luzerner Justiz in diesem Falle nicht entschiedener vorgehe. In einer demokratischen Gesellschaft habe es keinen Platz für Schlägertruppen, die sich anmassten, Jagd auf Migranten zu machen. «Wir werden uns die beiden ‹Vaterlandsverteidiger› ganz genau ansehen.»

Als sie nach zwanzig Minuten an der Stelle ankamen, wo der Waldpfad vom Fuchsberg-Fahrweg abzweigte, begannen sie, den Boden im Umkreis von etwa zehn Metern genau zu untersuchen. Sie fanden tatsächlich etwas: einen Zigarettenstummel, einen Handschuh, der zum bereits am Tatort gefundenen passte, deutliche Spuren von drei Paar Schuhen, darunter eines vom getöteten Bucher.

«Die anderen zwei Abdrücke erinnern mich an die Schuhe, die die beiden Rambos vorher getragen haben … Ach ja, das ist nur so ein vages Gefühl», bemerkte Minder.

Lauber und Minder gönnten sich im Restaurant «Bahnhof» in Gisikon noch ein reichliches Mittagessen, bevor sie nach Luzern an die Kasimir-Pfyffer-Strasse fuhren, um die beiden «Bürgerwehrler» aus dem Rontal auszuquetschen.

★★★

Am Nachmittag um halb drei Uhr fanden sich im Verhörlokal der Kriminalpolizei Luzern Leutnant Lauber, Wachtmeister Ferdinand Minder und der Angeschuldigte Christoph Forler ein.

Alle sassen am runden Tisch.

«Herr Forler, bevor wir mit dem Verhör beginnen, möchten wir Ihre Schuhe genauer ansehen.»

Forler blies die Luft so durch die geschlossenen Lippen, dass es tönte wie ein Pferdefurz, und lachte dröhnend, hob seine beiden Beine und liess sie knallend auf die Tischfläche fallen.

Manieren seien für ihn wohl ein Fremdwort, ermahnte ihn Lauber.

Forler zeigte ihm den Stinkefinger. Lauber unterliess es diesmal, die neuerliche Unverschämtheit zu kommentieren. «So ist es nicht gemeint, ziehen Sie bitte den rechten Schuh aus.»

«Wenn Sie meinen. Aber ich warne Sie, meine Füsse stinken bestialisch nach Schweiss.»

Forler zog den rechten Schuh aus und hielt ihn, Öffnung nach oben, Lauber direkt unter die Nase.

Lauber realisierte, dass die Warnung Forlers durchaus berechtigt war.

Minder nestelte in seiner Jackentasche und fand schliesslich, wonach er suchte: ein paar Gummihandschuhe. Er reichte sie Lauber, der beide über die Hände streifte. Dann nahm er den Schuh und schaute die Sohle genau an, verglich sie mit dem Foto des Abdrucks, das sie am Morgen aufgenommen hatten.

Lauber winkte Minder zu sich heran. Dieser nickte langsam.

«Herr Forler, nun sind Sie uns eine Erklärung schuldig. Ihre Fussabdrücke haben wir neben denjenigen des zu Tode gekommenen Alfons Bucher gefunden.»

Forler wirkte in keiner Weise beunruhigt, was sowohl Lauber als auch Minder irritierte.

Er fragte lässig: «Wo haben Sie sie denn gefunden?»

«Am Fuchsbergweg, dort, wo der betäubte Bucher aus dem Auto gezerrt und in den Wald geschleppt wurde.»

Da wundere er sich überhaupt nicht, er habe nämlich mit seinem Kollegen am Ostermontag im Wald am Fuchsberg Holz geschlagen. Dabei habe er mehrmals einen Fusspfad begangen, der in die Fahrstrasse einmünde.

Nun ging Lauber ein Licht auf, er wusste nicht, dass Forler zu der Gruppe der Holzfäller gehörte, die in der Karwoche und ein, zwei Tage vor dem Leichenfund dort gearbeitet hatten. Das schloss natürlich nicht aus, dass er dabei war, als Bucher in den Wald gezerrt wurde, aber als Beweisstück fiel nun der Schuhabdruck weg.

Etwas anderes fiel aber Lauber noch auf: das Heftpflaster am rechten Daumen Forlers. Hatte das etwas zu tun mit dem abgebrochenen Daumennagel, der bei der Leiche Gschwandls gefunden worden war?

Blöd nur, dass dieses Nagelfragment jetzt in der Wiener Gerichtsmedizin lag. Lauber war klar, solange ihm der Daumennagel und die andern Sachen nicht zur Verfügung standen, musste er Forler laufen lassen. Seine Aktivitäten als Mitglied der Rontaler Bürgerwehr rechtfertigten noch keine länger dauernde Festnahme, auch nicht der gewalttätige Übergriff auf Polizeipersonen, zumal sie ja als Zivilisten aufgetreten waren. Um das Gesicht zu wahren, entschloss sich Lauber aber, Forler wegen seiner Tätigkeit in der Bürgerwehr in die Enge zu treiben. Dazu lag ein Verhör allemal drin.

«Herr Forler, nun beginnt die Vernehmung. Wachtmeister Minder protokolliert es.»

Lauber: Herr Forler, was üben Sie für einen Beruf aus?
Forler: Ich bin Händler von Spirituosen, Weinen und alkoholfreien Getränken. Aber eigentlich wundere ich mich über diese Frage. Das hört sich so an, als ob Sie vollkommen unvorbereitet Leute verhören.
Lauber: Das tun wir sicher nicht. In der Zeit, seit Sie heute Morgen festgenommen wurden, haben unsere Leute einiges über Sie in Erfahrung gebracht. Doch wir wollen sicher sein, die richtige Person vor uns zu haben. Da gehört es zur Routine, sich nach persönlichen Angelegenheiten zu erkundigen. Fragen nach dem Geburtsdatum, dem Zivilstand und anderem mehr. Aber wenn es Ihnen recht ist, können wir das sein lassen und direkt zu dem übergehen, was uns wirklich interessiert.

Forler: Geboren bin ich am 1. August 1958 im Schwyz, bin einen Meter neunzig gross und wiege hundertundacht Kilogramm ...

Lauber: Schon gut, lassen wir das. Herr Forler, seit wann sind Sie Mitglied der Bürgerwehr Rontal?

Forler: Ich bin nicht bloss Mitglied, sondern deren Kommandant.

Lauber: Seit wann?

Forler: Die Truppe besteht seit 1998. Ich war von Anfang an als Führer dabei.

Lauber: Woher nehmen Sie die Legitimation für diese Funktion?

Forler: Ich verstehe Ihre Frage nicht.

Lauber: Lassen wir das. Wer hat Ihnen den Auftrag gegeben, einen solchen Verein zu gründen?

Forler: Das ist kein Verein, sondern eine paramilitärische Einheit zum Schutz des Volkes.

Lauber: Was verstehen Sie unter Volk?

Forler: Können Sie noch blödere Fragen stellen? Ich sag's Ihnen gerade ins Gesicht: Damit sind nicht Asylanten, Landstreicher oder herumstreunende Romas gemeint.

Lauber: Ich muss Sie darauf aufmerksam machen, dass die eben gefallenen Worte einen rassistischen Anstrich haben. Sie verletzen mit solchen Äusserungen die Antirassismusnorm in unserer Verfassung.

Forler: Das ist mir scheissegal. Ich möchte den Richter sehen, der es wagt, mich deswegen zu verurteilen.

Lauber: Sind Sie Mitglied einer politischen Partei?

Forler: Das geht Sie einen feuchten Dreck an.

Lauber: Sie sassen vor Jahren im Gemeindeparlament von Emmen als Mitglied der Schweizer Demokraten. Später sind Sie zur sogenannten Freiheitspartei übergetreten. In diversen Leserbriefen, die Sie in letzter Zeit verfassten, haben Sie sich als Sympathisant der SVP geoutet.

Forler: Hei, Sie Oberbulle. Ist denn das verboten?

Lauber: Verboten nicht gerade. Aber das, was Sie in Ihren Zusendungen an die Zeitungen geschrieben haben, scheint mir in der Grauzone zwischen Legalität und kriminellen Handlungen. Deshalb meine Frage.

Forler: Eine Frechheit, kann ich nur sagen. Sind wir jetzt schon so weit, dass unsere Polizei durch Linke verseucht ist?
Lauber: Wir sind hier in einem Verhör. Es steht Ihnen nicht zu, ungefragt Kommentare abzugeben. Ich komme zur nächsten Frage. Waren Sie schon einmal in ein Strafverfahren verwickelt?
Forler: Nicht dass ich wüsste.

Lauber stand auf, ging zu einem anderen Tisch, auf dem sich ein Papierstapel befand, griff nach dem obersten Blatt und sah stirnrunzelnd darauf.

Lauber: Ich lese Ihnen gerne daraus etwas vor: September 2004. Anzeige wegen häuslicher Gewalt, eingereicht von Frau Dr. M. C., Kantonsspital Luzern. Die Anzeige wurde auf Wunsch der damals achtunddreissigjährigen Ehefrau von Christoph Forler zwei Monate später wieder zurückgezogen.
Dezember 2005. Anzeige wie im September 2004, ebenfalls von einer Ärztin des Kantonsspitals Luzern eingereicht. Aus demselben Grund kam es wieder nicht zu einer Anklage.
Mai 2006: Schwere Körperverletzung an einem Schweizer Bürger nigerianischer Herkunft, begangen an der Mühlehofstrasse in Gisikon.
Forler: Erstens. Soll ich wegen einer vollkommen durchgedrehten Schlampe heute noch, zehn Jahre nach ihren lügenhaften Beschuldigungen, zur Rechenschaft gezogen werden? Mit dieser alten Sache können Sie mir nicht mehr kommen. Übrigens reichte ich im Jahre 2009 die Scheidung ein. Zweitens: Dieser Nigerianer war ein Krimineller. Gut, dass ihn jemand richtig angefasst hat.
Lauber: Die Beschuldigungen wegen häuslicher Gewalt sprechen für sich. Es kommt häufig vor, dass Ehefrauen in solchen Fällen alles nur Erdenkliche tun, die Anzeige gegen ihren Partner zu hintertreiben. Leider! Und: Der Nigeria-Schweizer war nicht kriminell, gegen ihn lag nie eine Anzeige vor. Er wurde von Ihnen aus rein rassistischen Motiven niedergeschlagen.
Forler: Das lasse ich mir –
Lauber: Halten Sie den Mund. Das Verhör ist beendet.

Lauber ergriff Forler am Arm, schob ihn aus dem Verhörlokal und sagte im Befehlston: «Verschwinden Sie, bevor ich es mir noch anders überlege und Sie wieder einbuchte.» Mit Forlers Kumpan wollte er sich gar nicht mehr abgeben. Er hiess einen jungen Polizisten, ihn mit der Auflage freizulassen, sich künftig von der Bürgerwehr Rontal fernzuhalten. Sollte er noch einmal die Hand gegen Polizisten erheben, käme er nicht mehr so glimpflich davon.

Was als Nächstes zu tun war, stand für Lauber fest. Er musste sich den bei Gschwandls Leiche gefundenen Daumennagel und den Zigarettenstummel beschaffen. Er suchte in seinen Unterlagen nach der Telefonnummer des Gerichtsmedizinischen Instituts der Universität Wien. Es dauerte mehr als eine Viertelstunde, bis er Professor Gruber am Apparat hatte.

«Das darf doch nicht wahr sein», rief er in den Hörer, als Gruber ihm eröffnete, das bei der Leiche gefundene Material sei längst nach Luzern geschickt worden.

Mindestens zwanzig Anrufe tätigte Lauber daraufhin: an die Schweizer Post, an verschiedene Luzerner Polizeistellen, an mehrere Abteilungen der kantonalen Verwaltung. Vergebens. Niemand hatte etwas von einem Paket aus Wien gehört.

Er beriet sich mit Frau von Flüe. Auch ihr war klar, dass man ohne diese Beweisstücke nichts gegen Forler in der Hand habe. Es sei leider auch zu spät, sich nochmals die Wohnung Gschwandls vorzunehmen. Diese habe freigegeben werden müssen, und ein Putzinstitut habe alle noch verbliebenen Spuren verwischt.

Vor seinem geistigen Auge sah Lauber, wie Forler mit zwei oder sogar mehr Helfern den betäubten oder vielleicht sogar schon toten Bucher von der Fahrstrasse am Fuchsberg mehr als hundert Meter durch den Wald schleppte. Und dort, wo sie ihr Opfer, um zu verschnaufen, jeweils auf den Boden stellten, waren stets auch die Schuhabdrücke Forlers dabei. Da musste es einfach noch Spuren geben, die Forler belasteten.

Er entschloss sich deshalb, am nächsten Morgen noch einmal eine Patrouille an den Fuchsberg zu schicken. Lauber wollte alles unternehmen, damit irgendwas gefunden wurde, auch wenn das hiess, jedes Laubblatt am Waldboden umzukehren.

Es fiel ihm noch eine andere Möglichkeit ein, näher an Forler heranzukommen. Dass ein angeheuerter Mörder seine Aufträge unentgeltlich ausführte, war kaum anzunehmen. Forler musste für seine Taten fürstlich entlohnt worden sein. Es ging also darum, an die Bankkonten von Forler heranzukommen. Dazu brauchte Lauber die Hilfe der Staatsanwältin. Ohne richterlichen Segen lief diesbezüglich nichts. Frau von Flüe musste also den Gerichtspräsidenten von der Notwendigkeit einer Kontenüberwachung überzeugen. Bis es so weit war, konnten Tage, sogar Wochen vergehen.

Keine Katastrophe, denn die oder der Auftraggeber der Morde, und da war sich Lauber sicher, sass in der HSK und übte dort eine wichtige Funktion aus. Es war also nicht eine Person, die einfach so untertauchen konnte. Und Lauber glaubte, auch zu wissen, um wen es sich handelte. Um den HSK-Direktor Karl Helbling oder seine rechte Hand, Moritz Wespi.

Die auf den Fuchsberg geschickte Patrouille kam mit leeren Händen zurück.

∗∗∗

Lake County Sheriff's Office, Highway 20, Lucerne CA, neun Uhr vormittags, Ortszeit.

Der Lieferwagen der UPS hielt mit quietschenden Reifen auf dem überdimensionierten Parkfeld der Polizeistation des kleinen Städtchens. Der Fahrer, ein junger Afroamerikaner, eilte zum Eingang und läutete. Zunächst öffnete niemand. Er fluchte und versuchte es noch einmal. Ein fettleibiger Polizist mit grauen kurzen Haaren tauchte auf. Er wies den Schwarzen zurecht. Es gezieme sich nicht, dass ein Ausläufer und dazu noch ein Farbiger sich derart ungeduldig aufführe. Der dunkelhäutige Mann wich einige Schritte zurück, machte eine leichte Verbeugung, entschuldigte sich und begründete sein Verhalten damit, dass, wenn er zu spät zu seinem Arbeitgeber zurückkomme, ihm die Entlassung drohe. Er streckte dem Uniformierten eine Beige Briefe und ein kleines Paket entgegen.

Der Polizist schlurfte damit in sein Büro zurück, warf die ganze

Sendung auf den grossen Tisch und machte sich zunächst an der Kaffeemaschine zu schaffen. Im selben Raum sass eine Polizistin an einem Bildschirm.

«Bob, möchtest du, dass ich die Post öffne?»

«Gerne, beginne mit dem kleinen Paket. Aber sei vorsichtig. Es könnte eine Bombe drin sein.»

«Ach was, du alter Angsthase.»

«Woher kommt das Zeugs?»

«Aus einem fremden Land. Da steht ...»

Sie begann zu lesen, aber es machte ihr Mühe, es tönte holperig, ganz sicher nicht nach der Sprache, in der der Absender geschrieben war.

Gerichtsmedizinisches Institut der Universität Wien, Sensengasse 2, 1090 Wien.

«Gib her!»

Der ältliche Ordnungshüter riss das Paket auf und entliess Ausrufe des Erstaunens. «Das gibt's doch nicht, was soll denn das?»

Er hob einen transparenten Plastikbeutel in die Höhe. Inhalt: Fläschchen mit getrocknetem Blut, ein abgebrochener Fingernagel, ein Zigarettenstummel, eine Spritze, ein Feuerzeug.

Er nahm den Brief, der beigelegt war, und öffnete ihn.

«Was ist denn das für eine Sprache? Versteh ich nicht. Ich glaube, da muss ich warten, bis der Lieutenant kommt.»

Das werde aber dauern, klärte ihn seine Kollegin auf. Der Boss gedenke, erst in fünf Tagen wieder an seinen Posten zurückzukehren.

Der Polizist zuckte mit den Schultern. Er wickelte das halb geöffnete Paket in Zeitungspapier ein und verstaute es in die grösste Schublade seines Pultes.

Donnerstag, 19. April

Lauber war ziemlich stark erkältet. Er machte sich daran, seinen mit Papieren und Hustenbonbons übersäten Schreibtisch so weit frei zu machen, dass ihm wieder Platz für sein Notebook und eine kleine Fläche zum Anfertigen von Notizen zur Verfügung standen.

Das Telefon läutete, aber er verspürte gar keine Lust abzuheben. Ein paar Minuten später erschien die Gefreite vom Empfang. «Ein Anruf aus Deutschland ist für dich gekommen. Du hast leider nicht abgenommen. Die Nummer steht da.» Die junge Polizistin klebte ihm ein Post-it auf die Stirn, drehte sich auf dem Absatz um und rannte zur Tür.

Lauber warf ihr ein Hustenbonbon hinterher.

Es war ein Anruf aus Düsseldorf. Das versprach interessant zu werden. Lauber tippte sogleich die Nummer ein.

«Meier, Staatssekretariat für Justiz, guten Tag, Herr Lauber ...» Der Beamte teilte ihm vertraulich mit, dass in der kommenden Woche in den deutschen Medien ein Artikel über die Machenschaften der HSK erscheinen werde.

Lauber bedankte sich überschwänglich. Er überlegte kurz, was als Nächstes zu tun sei. Keine Frage, er musste die Neuigkeit der Staatsanwältin stecken.

Hermine von Flüe war gerade an einer Gerichtsverhandlung.

In der Zwischenzeit informierte er Minder. Dieser konnte seine Begeisterung kaum zügeln. «Du, das müssen wir begiessen.»

Lauber riet ihm, damit bis am Abend zu warten. Aber Handeln sei nun angezeigt. Er werde Hermine von Flüe informieren, dass er nun diesen Helbling besuche, und zwar bevor dieser aus den Medien erfahre, was Gschwandl wirklich weitergegeben hatte. Dann nämlich würde die Abteilung für Wirtschaftskriminalität der Kripo Luzern eingeschaltet. Was mit Sicherheit zur Folge hätte, dass seine Ermittlungen in Sachen Todesumstände von Gschwandl und Bucher ins Abseits gedrängt würden. Minder leuchtete das ein.

Am frühen Nachmittag bekam Lauber von der Staatsanwältin grünes Licht. Er schickte der HSK ein E-Mail. Eine Stunde später hatte er bereits eine Rückmeldung erhalten.

19. April 2012; 14:31
Departement Anlageberatung, Helvetische Sparkasse (HSK).

Sehr geehrter Herr Lauber,
wir danken Ihnen für Ihre Anfrage. Es ist uns gelungen, eine Lücke im dicht gedrängten Terminplan von Direktor Dr. Karl Helbling ausfindig zu machen: Morgen, Freitag, 20. April, um 7 Uhr 15.

Mit freundlichen Grüssen
E. S., Direktionssekretärin

Minder war zufälligerweise in Laubers Büro, als das E-Mail auf dem Bildschirm erschien.

«Ferdi, du kommst auch mit. Aber zieh dafür deine Uniform an, ich werde es auch tun.»

«Die muss aber noch gereinigt und gebügelt werden.»

Lauber schüttelte dezidiert den Kopf. «Nein. Je zerknitterter, je mehr Speisereste drauf sind, umso besser.»

Freitag, 20. April

Lauber und Minder läuteten am Empfang der HSK am Schwanenplatz.

Das Portal öffnete sich. Vor den beiden Polizisten baute sich eine Mittvierzigerin auf. Vollschlank, mit aufgesetztem Zahnpasta-Lächeln, hochhackigen Schuhen, etwas zu enger Kleidung, einem grosszügig bemessenen Ausschnitt und einem Make-up, das man nicht als ausgesprochen diskret bezeichnen konnte.

Sie streckte Lauber die Rechte entgegen. «Schwab, Direktionssekretärin.» Minder winkte sie mit einer wegwerfenden Handbewegung, was dieser mit einem anzüglichen Grinsen quittierte.

Sie führte die beiden Polizisten ins Vorzimmer des Direktors. Es vergingen mindestens zehn Minuten, bis Helbling im Türrahmen erschien und die beiden Kripoleute hereinwinkte. Der Name Büro war dafür allerdings ziemlich untertrieben. Bei diesem Arbeitszimmer handelte es sich um einen Raum mit den Ausmassen eines Schulzimmers.

Es war das erste Mal, dass die beiden Polizisten Helbling zu Gesicht bekamen.

Ein Mann mit braunem Teint, offensichtlich durch eine künstliche UV-Lampe in einem Solarium verursacht. Eher sechzig als fünfzig Lenze auf dem Buckel. Ein Körperbau, wohl durch regelmässige Besuche in einem Fitnesscenter instand gehalten und nicht grösser als einen Meter fünfundsechzig. Eher etwas weniger, denn seine Schuhe waren mit etwas erhöhten Absätzen versehen. Lauber dachte dabei unwillkürlich an Sarkozy oder Berlusconi. Besonders an Letzteren, denn Helblings Haare waren pechschwarz, ohne einen einzigen Silberfaden.

Alle drei nahmen sie am Besuchertisch Platz. Auch Helbling missfiel übrigens Minders Outfit. Er enthielt sich aber einer Bemerkung, stattdessen musterte er Laubers Assistenten mit einem despektierlichen Blick und rümpfte die Nase.

«Die Sitzung ist eröffnet», sagte er mit sonorer Stimme.

Minder hatte bereits den Mund geöffnet, um etwas loszuwerden, als ihm Lauber unter dem Tisch einen kräftigen Fusstritt verabreichte. Minders Lippen klappten schmerzverzerrt zusammen.

Der auf Anstand bedachte Lauber bedankte sich bei Helbling dafür, dass er seiner immensen Arbeitsbelastung zum Trotz bereit war, Leuten der Kripo eine Audienz zu gewähren.

Das sei doch eine Selbstverständlichkeit. Wer kein schlechtes Gewissen habe, ehrlich und arbeitsam sei und sich zur bürgerlichen Gesellschaft bekenne, erachte die Präsenz der Polizei als wünschenswert, bemerkte Helbling.

Nun brauchte es auch für Lauber eine gehörige Portion Überwindung, sich zu beherrschen.

«Seit wann arbeitete Alfons Bucher in Ihrem Unternehmen?», wählte Lauber als Einstiegsfrage.

Helbling konnte das nicht genau sagen. «Oje … fünf, sieben oder zehn Jahre? Ich werde einen meiner Mitarbeiter damit beauftragen, das herauszufinden.» Nach kurzer Kunstpause fuhr er gleich weiter. «Schade um diesen Mann. Er war ein bescheidener, ausgesprochen fähiger und loyaler Mitarbeiter. Sein Tod reisst in unserer Firma eine grosse Lücke. Es wird einige Zeit dauern, bis wir einen gleichwertigen Ersatz gefunden haben.»

«Keine negativen Seiten an diesem Bucher?»

Helbling kniff die Augen zusammen. «Tja … kein Mensch ist perfekt. Wenn Sie sich nach seinen Führungsqualitäten erkundigen, dann gibt es da einige Abstriche zu machen. Unter uns gesagt: Er hat es im Militär nur zum Korporal gebracht. Die Offiziersschule blieb ihm verwehrt. … Das kann man nicht so ohne Weiteres wettmachen.»

Lauber wollte etwas sagen, aber Helbling fiel ihm ins Wort. «Ich merke das immer sofort, wenn jemand eine Offiziersausbildung absolviert hat. Ob bei der Polizei oder beim Militär, spielt keine Rolle.» Lauber verzichtete, Helbling darauf hinzuweisen, dass es das bei der Polizei gar nicht gibt.

«Offiziell gilt ja immer noch Selbstmord als Todesursache», sagte Lauber sich räuspernd. Mit einem Unterton, der keine Zweifel offenliess, dass er nicht daran glaubte.

«‹Gilt immer noch›? Wie meinen Sie das genau? Nach unseren

Erkenntnissen gibt es nicht die geringsten Zweifel daran. Oder wissen Sie etwa mehr als ich?» Helbing setzte dabei eine Miene auf, die ausgesprochenes Erstaunen ausdrückte.

«Solange noch das kleinste Fragezeichen bei einem unnatürlichen Tod existiert, darf die Polizei die Akten nicht schliessen. Und das ist eben oft der Fall. Meist löst sich das Problem aber von selbst. Wenn nach einigen Wochen keine belastenden Fakten auftauchen, stellen wir selbstverständlich die Untersuchungen ein.»

Der HKS-Direktor nickte verständnisvoll.

«Um die Selbstmordthese zu stützen, brauchen wir aber in der Regel Angaben über den psychischen Zustand des Verstorbenen.»

Helbling hob nach dieser Aussage den Zeigefinger hoch, so wie man es tut, um seinem Gegenüber etwas Wichtiges mitzuteilen.

«Da treffen Sie eine empfindliche Stelle. Aber warten Sie einen Moment, ich stelle gerade fest, unser Gespräch wird doch länger dauern, als ich zunächst annahm. Ich muss meiner Sekretärin mitteilen, dass ich noch für eine längere Zeit nicht gestört werden möchte.» Er sprang auf und hastete mit federnden Schritten aus dem Raum.

Zwei, drei Minuten später sass er wieder bei den beiden Polizisten.

Erst dann fiel ihm auf, dass Minder einen Notizblock in den Händen hielt.

Lauber reagierte blitzschnell. «Herr Direktor, das ist natürlich kein Verhör. Der Wachtmeister neben mir führt ein Protokoll. Das ist üblich bei einem Meinungsaustausch dieser Art.»

Helbling breitete die Arme zu einer Grosszügigkeit signalisierenden Geste aus. «Nur keine Umstände, Herr Leutnant. Ich wäre der Letzte, der Ihnen vorschreiben würde, wie Sie Ihre Ermittlungen zu führen haben.»

Lauber lächelte zufrieden.

«Kommen wir zur Psyche von Bucher.» Helbling verzog bedauernd den Mund. «Der Mann war sehr sensibel. Und er hatte in den letzten Wochen familiäre Probleme.»

«Familiäre Probleme?», fragte Lauber mit scheinheiliger Verwunderung.

Minder konnte sich über diese Bemerkung nicht mehr beherrschen. Statt eines schallenden Gelächters entliess er mit einem lauten Furz seine angestaute Luft, was ihm einen strafenden Blick Laubers eintrug.

Helbling verzog keine Miene. Meldete sich nach einem kurzen Moment im Flüsterton zu Wort. «Seine Angetraute ging fremd. Wirklich ein Drama, ich glaube, das hat den armen Bucher völlig gebrochen.»

«Wer war denn der Glückliche?» Damit schoss Lauber den Vogel ab. Er realisierte ein ganz kurzes skeptisches Mienenspiel bei Helbling. Und er war sich plötzlich nicht mehr ganz sicher, ob ihn der HSK–Direktor nun nicht doch durchschaute. Wie schlampig musste eine Kripo nach einem mysteriösen Todesfall recherchieren, um nicht zu merken, dass die Frau des Umgekommenen mit einem andern Mann eine Affäre hatte?

«Diese Frage war natürlich nicht ganz ernst gemeint. Natürlich sind wir bei den Nachforschungen auf die amourösen Eskapaden der Anna Bucher gestossen», korrigierte Lauber sogleich seinen Ausrutscher. «So etwas passiert immer wieder. Uns machte allerdings stutzig, wer sich als Liebhaber in Szene setzte.»

Der Ausdruck von Helbling wurde sehr ernst. «Dann wissen Sie ja Bescheid. Sie können mir glauben, Herr Lauber, die ganze Sache ist für uns zweifellos sehr unangenehm. Auf der Ebene des Kaders gelten bei uns ungeschriebene Regeln. Eine davon ist, dass man sich nicht an die Frau eines Kollegen heranmacht.»

«Was ziehen Sie in diesem Fall für Konsequenzen?»

«Das Arbeitsverhältnis mit diesem Herrn wurde beendet. Nach dem Tod von Alfons Bucher figuriert der Anlageberater Kopp nicht mehr auf unserer Personalliste.»

«Sind Sie wirklich davon überzeugt, dass Bucher sich wegen dieser Affäre das Leben genommen hat? In den Wochen vor seinem Tod war er ja wieder in den Schoss seiner Familie zurückgekehrt.»

Helbling rutschte nun ungemütlich auf seinem Sessel hin und her. «Wir haben uns das natürlich auch gefragt. Doch wir konnten keinen anderen Grund als die Untreue seiner Gattin finden. Oder sind Sie etwa auf einen anderen gestossen?»

«Wir suchen noch danach, Herr Direktor.»

Diese Antwort verunsicherte Helbling. Fragte er sich, was Lauber in dieser Sache mehr wusste als er? Er ging aber nicht darauf ein, sondern bot Lauber an, die Personalakte Richard Kopps einzusehen.

Das sei nicht nötig, für die Kripo sei das Kapitel Liebschaft Bucher – Kopp ohnehin abgeschlossen. Aber er, Lauber, wäre mehr interessiert an denjenigen über Alfons Bucher und Joachim Gschwandl.

«Was soll denn Gschwandls Tod mit demjenigen von Bucher zu tun haben?» Helbling wirkte wie elektrisiert.

«Beide hatten denselben Arbeitgeber. Beide kannten sich und arbeiteten intensiv zusammen. Die Todesursache ist zwar bei beiden geklärt. Aber warum sie sterben mussten, liegt noch im Dunkeln. Das ist für uns Grund genug, nach weiteren Zusammenhängen zu suchen.»

Helbling seufzte. «Da können wir uns ja auf etwas gefasst machen.»

«Das ist noch keine Schuldzuweisung an die HSK. Aber eine seriöse Polizeiarbeit erfordert, dass bei solchen Ereignissen auch die Firma des Arbeitgebers in die Ermittlungen einbezogen wird.»

«Werden Sie konkreter, Herr Lauber.»

«Ich möchte ein lückenloses Verzeichnis aller Angestellten der HSK, die mit Bucher und Gschwandl zusammengearbeitet haben. Aber auch von Personen, die über externe Firmen mit den beiden Verstorbenen in Kontakt gekommen sind. Zum Beispiel das Putzpersonal.»

«Da verlangen Sie viel von mir, Herr Kommissar.»

«Sie tun mir zu viel Ehre an. Im Kanton Luzern gibt es die Berufsbezeichnung Kommissar gar nicht. Ganz unrecht haben Sie aber nicht. Meine Funktion wäre etwa mit derjenigen eines Kommissars in einem Tatortkrimi zu vergleichen. Mit dem Unterschied vielleicht, dass ich bei Weitem nicht der Einzige bin, der bestimmt, wo's langgeht. Wir sind ein Team von mehr als ein Dutzend Leuten, dazu kommt die Staatsanwaltschaft.»

Helbling sah auf. «Im Gerichtskreis Luzern gibt es mehrere Staatsanwälte. Wer ist für diesen Fall zuständig?»

«Das kommt drauf an, wie sich die Angelegenheit weiter entwickelt», log Lauber.

«Das deckt sich nicht ganz mit meinen Informationen. Mir ist gesteckt worden, Frau von Flüe habe sich diesen Fall unter den Nagel gerissen», sagte Helbling in einem vorwurfsvollen Unterton.

«Wenn dem so wäre, würde ich mich freuen. Frau von Flüe ist eine ausgezeichnete Staatsanwältin.»

Der HSK-Direktor kommentierte diese Bemerkung mit einem Gesichtsausdruck, der Bände sprach. Er wünschte diese Frau ins Pfefferland.

«Eine Frage hätte ich noch – an Sie persönlich: Wann haben Sie Alfons Bucher zum letzten Mal gesehen?»

Helbling schien zu überlegen. «Schwierig zu sagen. Ich begegne in unserem Betrieb täglich Dutzenden von Leuten. Oft wechsle ich ein paar Worte mit ihnen. Mit Bucher jedenfalls habe ich das immer getan, wenn ich ihm auf der Treppe oder im Korridor begegnete. Aber wann das vor seinem Verschwinden war, das kann ich mit dem besten Willen nicht sagen.»

Wie häufig drückte auch dieses Mal Laubers Mimik mehr als seine Worte aus. Helbling konnte sich des Eindrucks nicht erwehren: Lauber wusste ganz genau, dass das eine Lüge war.

Das weitere Gespräch versandete. Mit einer gewissen Erleichterung nahm Helbling die Schlussbemerkung des Kripoleutnants auf: «Wir danken Ihnen für dieses Gespräch. Ich glaube, wir sind ein grosses Stück weitergekommen.»

Helbling versprach, Lauber die gewünschten Unterlagen im Laufe des Tages per Mail zukommen zu lassen.

Am späteren Nachmittag beugten sich Minder und Lauber über die ausgedruckte Mail-Post der HSK. Ausserdem untersuchten sie das Verzeichnis der Leute, die mit Gschwandl und Bucher zu tun hatten, und die Daten aus den Personalakten des Letzteren. Das Letztere brachte so ziemlich nichts, jedenfalls nichts, was Lauber nicht schon wusste. Offensichtlich waren darin von den Personalverantwortlichen alle Stellen ausgemerzt worden, die für das Unternehmen hätten belastend werden können.

Vielversprechender war die Liste der Personen, die beruflich auf die eine oder andere Art mit Gschwandl oder Bucher Kontakt hatten. Lauber zeigte auf eine Person: Es war eine Angestellte des Putzunternehmens, deren Dienste die HSK beanspruchte. Die Frau hielt sich vor allem in den Abendstunden in den Räumlichkeiten auf, in denen Bucher zu arbeiten pflegte.

«Genau», sagte Minder. «Ist Bucher tatsächlich an seinem Arbeitsplatz etwas zugestossen, dann zu einer Randzeit, in der die meisten Mitarbeitenden abwesend waren.»

«Wir werden uns diese Dame morgen vornehmen. Wie heisst sie denn?»

Minder hatte den Namen unterstrichen: Dolores Juarez.

«Tönt spanisch.»

Lauber fiel ein, dass morgen ja Samstag war. Er machte den Vorschlag, bis Montag zu warten, vielleicht habe sie Familie und wolle das Wochenende ungestört im Kreise ihrer Angehörigen verbringen.

«Du sagst es, Beat. Das gilt nämlich auch für uns. Ich habe sowieso das Bedürfnis, mir etwas Distanz zu dieser leidlichen Geschichte zu verschaffen. Zu viele freie Fäden hängen herum; fahren wir so weiter, werden es noch mehr.»

«Treffender hättest du unsere Ermittlungen nicht charakterisieren können: ‹Zu viele freie Fäden›, von denen wir nicht wissen, wo sie hinführen. Ich brauche einige ruhige Stunden, um auszuspannen.»

Montag, 23. April

Am Morgen so gegen neun statteten Lauber und Minder Dolores Juarez, einer Frau etwa um die dreissig, einen Besuch ab. Sie war zur Miete in einer kleinen Wohnung mit einer grossen Kinderschar an der Baselstrasse. Lauber und Minder war es mulmig zumute, als sie realisierten, wie verängstigt grosse Augen die Frau machte, als sie sich als Polizisten auswiesen.

Den beiden Polizisten mochte das Gleiche durch den Kopf gegangen sein. Polizei – das verhiess für Menschen mit Migrationshintergrund in der Schweiz meist nichts Gutes. War ein Angehöriger verunfallt? Hatte ein Verwandter ein krummes Ding gedreht? War die Aufenthaltsbewilligung abgelaufen, ohne dass es bemerkt wurde?

Die beiden Kriminalisten versuchten, sie zu beruhigen. Es gehe nicht um sie, sondern um eine andere Person, die auf noch ungeklärte Art den Tod gefunden habe. Sie könne aber mithelfen, diesen Fall aufzuklären.

Als Lauber den Namen Bucher erwähnte, tat sie so, als ob ihr dieser Mann völlig unbekannt wäre. Vielleicht lag es an der Sprache. Er schrieb in grossen Lettern «Bucher» auf ein Blatt Papier und hielt es ihr vors Gesicht. Sie schüttelte den Kopf.

Minder schaltete sich ein. Er beschrieb den Mann aufgrund der detaillierten Angaben, die er aus dessen Personalakte kannte. Dann fiel ihm ein, dass er eine Kopie des Personalblattes mit Passbild in seiner Jackentasche hatte.

«Sí, a este hombre lo conozco.» (Ja, diesen Mann kenne ich.)

Dann erzählte sie in gebrochenem Deutsch, wie sie jeden Abend sein Büro putzte. Er sei stets nett zu ihr gewesen. Am Freitag habe sie von einer Kollegin erfahren, dass Señor Bucher gestorben sei. Das habe sie sehr traurig gemacht. Sie wischte sich eine Träne von der Backe ab.

Minder, der auf sie offenbar weit vertrauenerweckender wirkte als Lauber, brachte sie dazu, ihm zu berichten, was an jenem Mittwochabend, als sie Bucher zum letzten Mal gesehen hatte, passiert war.

Er sei aus dem Büro gekommen, gestützt von zwei Herren. Offenbar sei ihm schlecht gewesen.

Minder erkundigte sich, wie diese Herren ausgesehen haben.

Einer sei sehr gross und kräftig gewesen. Beide hätten eine Sonnenbrille getragen.

Ob sie sich an die Haare der beiden erinnern könne?

Könne sie nicht, da beide eine Stoffmütze, tief in die Stirn und bis über den Nacken gezogen, getragen hätten. Dann seien sie mit ihm wahrscheinlich die Treppe hinunter in die Tiefgarage gegangen.

Ob sie sich da ganz sicher sei.

Ziemlich sicher, sagte sie. Er musste sich auf der Treppe übergeben haben. Man habe ihr aufgetragen, die Steinstufen vom Erbrochenen zu reinigen.

Minder nickte Lauber zu, und dieser fragte: «Wird diese Treppe häufig gereinigt?»

Nein, das werde sie nicht, etwa alle drei Wochen einmal. Am kommenden Freitag werde es wieder so weit sein. So stehe es auf ihrem Arbeitsplan.

«Frau Juarez, wir möchten uns diese Treppe nochmals genauer ansehen, und zwar heute. Wir möchten, dass Sie uns dabei begleiten.»

Weder Lauber noch Minder konnten sich zunächst erklären, weshalb sie bei der letzten Bemerkung konsterniert zusammenzuckte.

«Das gibt Problem. Chef hat mir gesagt, ich nicht verraten, Bucher hat gekotzt, sonst er mich auf Strasse stellen.»

Die beiden Polizisten sahen einander irritiert an.

«Wer ist denn Ihr Chef?», fragte Minder nach einigen Sekunden des Nachdenkens.

«Señor Eiholzer.»

«Eiholzer, Emmen, Reinigungsunternehmung, Hauswartungen, Liegenschaftsservice?», fragte Lauber nach.»

«Sí … ja, so heisst das.»

Minder erklärte der Frau, die Polizei stehe über diesem Eiholzer. Wenn die Polizei sage, sie müsse kommen, gelte nicht mehr, was Eiholzer befohlen habe.

Lauber schaute auf die Uhr. «Wir sind heute am späten Nachmittag bei Ihnen, holen Sie mit einem Wagen ab und bringen Sie eine Stunde später zurück. Finden Sie jemanden, der auf Ihre Kinder aufpasst?»

Frau Juarez zeigte zur Decke. «In Wohnung oben ist Freundin von mir, schaut auf Kinder.»

Minder nahm eine Zwanzigernote aus seinem Portemonnaie und gab sie der Frau. «Unkosten für das Kinderhüten.»

Frau Juarez bedankte sich gerührt. «So lieb Schweizer Polizei. In Kolumbien wir Polizei Geld geben, nicht umgekehrt.»

Als sie die Treppe von der Wohnung hinunterstiegen, klopfte Lauber seinem Wachtmeister auf die Schultern. «Ich bin immer wieder erstaunt, wie rasch du das Vertrauen der Leute gewinnst.»

In seinem Büro angekommen, wählte Lauber die Nummer von Hermine von Flüe. Er brauchte die Vorstufe eines Durchsuchungsbeschlusses für die HSK. Es ging darum, die Treppe, auf der sich Bucher übergeben hatte, nach noch verbliebenen Spuren seines Mageninhalts abzusuchen. Dazu benötigte er die Erlaubnis der Staatsanwaltschaft. Und die bekam er von Frau von Flüe auch, ohne dass er sie lange bitten musste.

Lauber und Minder fuhren in Begleitung von Frau Juarez spätnachmittags am Schwanenplatz vor. Hinter ihnen ein Streifenwagen mit vier Spezialisten des Spurensicherungsteams.

Hoffentlich hat Frau Juarez nicht zu gründlich geputzt, sonst ist die ganze Übung umsonst, dachte Lauber, als sie ihm die Stelle zeigte, wo Bucher erbrochen hatte.

Er sagte zum Chef der Spurensicherung: «Ich kann mit blossem Auge nichts erkennen. Glaubst du, deine Leute können hier noch etwas finden?»

«Wenn sich wirklich jemand übergeben hat, ganz sicher. Die Untersuchungsmethoden sind in den letzten Jahren ungemein weiterentwickelt worden. Für eine DNA-Analyse reichen bereits mikroskopisch kleine Mengen. Sieh dir doch die Oberfläche dieser Stufen an. Nur mit speziellen Chemikalien lassen sich alle Partikel eines Mageninhalts vollständig entfernen. Und zu solchen Substanzen hat Putzpersonal sicher nicht Zugriff.»

«Wie lange dauert es, bis die Ergebnisse der Laboruntersuchung auf meinem Schreibtisch liegen?»

«Wir arbeiten mit dem wissenschaftlichen Dienst der Stadtpolizei Zürich zusammen. Die Chemiker dort haben alle Hände voll zu tun. Hmmm ... zwei Wochen musst du dich schon gedulden.»

Sie verliessen gerade das Eingangsportal der HSK, Dolores Juarez einige Schritte hinter ihnen. Da stürzte sich ein kleiner, rundlicher Mann auf die Frau und fasste sie grob am Arm. Erst ihr Aufschrei bewog die beiden Polizisten in Zivil, sich umzudrehen. Blitzschnell geboten sie dem Angreifer Einhalt, indem sie ihm beide Unterarme ins Kreuz drückten und ihn mit Handschellen ruhigstellten.

Lauber sagte: «Polizei, Sie sind vorläufig festgenommen. Herr Eiholzer, oder?»

«Ja.» Der kleine Dicke wollte sich herausreden. Die Polizei sollte in Uniform präsent sein, damit man sie als solche erkenne. Er habe nichts gegen die Polizei, aber manchmal frage er sich, auf wessen Seiten sie stehe. Statt ihm Hilfe zu leisten, wenn es darum gehe, renitente Ausländer in Schranken zu weisen, stelle sie sich auf die Seite dieses Packs.

Minder und Lauber gingen nicht darauf ein. Stattdessen schoben sie Eiholzer auf die Hintersitze ihres Dienstwagens, die durch ein Gitter von den vorderen abgetrennt waren.

Sie fuhren mit ihm an die Kasimir-Pfyffer-Strasse, wo sie ihn eine ganze Stunde in der Arrestzelle warten liessen, bevor er in den Verhörraum überstellt wurde.

Eiholzer hatte sich nicht beruhigt. Im Gegenteil. Er beschimpfte die beiden Kriminalbeamten aufs Unflätigste. Was man ihm angetan habe, sei eines Rechtsstaates unwürdig. Das werde Folgen haben. Er kenne einflussreiche Leute im Kanton Luzern, die ihn da baldmöglichst wieder herausholen und die ungerechtfertigte Festnahme umgehend mit Entlassungen sanktionieren würden.

Es folgten grobe Flüche und Verwünschungen, bis es Lauber schliesslich zu bunt wurde. «Herr Eiholzer, Sie haben die Wahl, entweder Vernunft anzunehmen oder die kommende Nacht im Untersuchungsgefängnis zu verbringen.»

Darauf schwieg Eiholzer endlich, und das Verhör konnte beginnen.

Lauber warf ihm vor, er habe Frau Juarez körperlich angegriffen.

Eiholzer wollte etwas dazwischensagen. Lauber verdoppelte daraufhin seine Lautstärke und wies ihn an, nur zu reden, wenn er gefragt werde. Das sei eine polizeiliche Vernehmung.

«Das, was Sie getan haben, ist eine Straftat, die mit Busse oder Gefängnis belangt werden kann. Weshalb sind Sie auf Frau Juarez losgegangen?»

Eiholzer ballte beide Hände zu Fäusten und schlug damit lautstark auf den Tisch. «Diese Frau ist eine Angestellte meiner Firma. Sie hat Weisungen von mir missachtet.»

«Die Zeiten sind vorbei, Eiholzer, dass ein Patron seine Untergebenen körperlich züchtigen darf.»

«Ich bestreite, diese Frau körperlich gezüchtigt zu haben.»

«Jetzt machen Sie aber einen Punkt. Wir zwei Kripobeamten waren Zeugen dieses Übergriffs. Hätten wir nicht eingegriffen, würde Frau Juarez jetzt mit ausgerenktem Arm im Kantonsspital verarztet werden müssen.» Lauber sagte das mit unterschwelligem Grinsen, denn er wusste, dass diese Beschuldigung ziemlich übertrieben war. «Was für Weisungen soll denn Frau Juarez missachtet haben?»

«Im Arbeitsvertrag, den diese Juarez unterschrieben hat, steht ausdrücklich: *Über Beobachtungen und Ereignisse während der Arbeit ist absolutes Stillschweigen zu bewahren. Diesbezügliche Äusserungen gegenüber Drittpersonen dürfen nur im Einvernehmen mit der Firmenleitung gemacht werden.*»

Lauber hob die Augenbrauen, Minder räusperte sich.

Das schien Eiholzer zu missfallen. «Ob Ihnen das passt oder nicht, ist mir völlig wurst. Das macht gewissermassen Sinn. Mein Personal reinigt nämlich auch in Schlafzimmern, sogar in Betten. Und da ist manchmal Zeugs drin, das mit höchster Diskretion entfernt werden muss.»

Wieder war es Minder, der die Beherrschung verlor und laut

herausprustete. Was Lauber neuerlich veranlasste, ihn durch einen diskreten Fusstritt zurechtzuweisen.

«Was haben Sie für eine Ausbildung, Herr Eiholzer?»

«Warum fragt man mich das immer? Ich stehe offen dazu. Ich habe nur die obligatorische Schulzeit absolviert – genau wie der Präsident der grössten Partei der Schweiz. Da muss ich mich nicht schämen. Ich habe es zu weit mehr gebracht als mancher Studierter. Mein Unternehmen wirft Gewinn ab, ich gebe Leuten Arbeit.»

«Das finde ich ja auch ganz toll», sagte Lauber ohne die leiseste Spur von Überheblichkeit. «Da unterscheiden Sie sich von uns, wir nehmen manchmal Leuten Arbeit weg.»

Eiholzer nickte beifällig, obwohl er wohl nicht ganz begriff, was Lauber damit meinte.

«Seit wann arbeitet Ihre Firma für die HSK?»

«Bereits seit sieben Jahren. Man ist dort sehr zufrieden mit uns.»

«Wer ist Ihre Ansprechperson bei der HSK?»

«Adrian Schwarzentruber.»

«War es Schwarzentruber, der Sie gebeten hat, niemandem zu verraten, dass Sie die Treppe reinigen liessen, weil Alfons Bucher sich dort übergeben hat?»

«Das darf ich nicht sagen. Wir haben mit der HSK eine vertragliche Regelung, die festlegt, dass wir Drittpersonen gegenüber keine Angaben über unsere Aufträge machen. Das können wir ja nicht. Sie müssen wissen, wir bedienen dort auch den Schredder. Die vernichteten Akten sind höchst geheim – das ist Vertrauenssache.»

Lauber tat so, als ob er von dieser Aussage tief beeindruckt wäre. Er hob seine Hände zu einer grosszügigen Geste und sprach: «Eiholzer, ich lasse Sie jetzt springen. Unter einer Bedingung. Sollten Sie der Frau Juarez nur ein Haar krümmen oder sie in nächster Zeit entlassen, haben Sie es mit mir zu tun. Wir stehen ab sofort mit dieser Frau in engem Kontakt. Sie wird uns sogleich informieren, sollten Sie sie belästigen.»

Eiholzer maulte noch, dass er nie Frauen belästigen würde, und verliess fluchtartig den Vernehmungsraum.

Minder bemerkte augenzwinkernd: «Auch ein Vollidiot kann ein wertvoller Zeuge sein. Aber was fangen wir damit an?»

Lauber stützte den Kopf in die Hände, starrte auf die Tischfläche. «Wir haben von Tag zu Tag mehr Material, aber noch immer wissen wir nicht, wer Gschwandl um die Ecke gebracht hat. Was Bucher betrifft, glauben wir, eine Spur zu haben. Aber auch das ist unsicher. Was, wenn sie wieder im Nebel verschwindet?»

«Vielleicht müssten wir uns mal Übersicht verschaffen.»

«Auslegeordnung. So heisst das. Genau: Wir müssen einmal unsere Ermittlungsergebnisse zusammenstellen. … Das kann ich nur bei völliger Abgeschiedenheit an meinem Schreibtisch. Lass mir etwa eine Stunde Zeit.»

Um halb fünf am späten Nachmittag klopfte es an Minders Arbeitstür. Laubers Kopf erschien im Türspalt.

«Ich habe etwas für dich.»

Gemessenen Schrittes ging er auf die mit Papieren und ausgetrunkenen Pappbechern übersäte Schreibfläche seines Wachtmeisters zu. Eine Art alter Küchentisch mit vier Beinen, darunter ein Korpus, der weder von der Form noch farblich dazu passte.

Todesfall Gschwandl: Tat- und Fundort Morgartenstrasse. Die von der Spurensicherung aufgesammelten Beweisstücke sind verschollen. In einem Postwagen liegen geblieben? Bei einem falschen Adressaten abgegeben? Geschieht nicht ein Wunder, bekommen wir sie nie wieder zu Gesicht.

Tage später haben wir im Klo einen Arbeitskittel gefunden. Es gibt Hinweise, dass ihn jemand vermisst hat und wir ihm bei der Suche zuvorgekommen sind. Aber wer ist dieser «Jemand»? Die Reinigungsfirma, die die Wohnung geräumt hat? Wir haben herausgefunden, dass es nicht die von Eiholzer ist. Wir haben keine Ahnung, um was für ein Unternehmen es sich da handelt. Abgefangene E-Mails deuten darauf hin, dass Leute in der HSK dabei die Hände im Spiel haben. Einen Namen glauben wir sicher zu haben: denjenigen des Sicherheitschefs Schwarzentruber. Doch wir haben noch zu wenig, um ihn festzunageln.

Um die Selbstmordthese als falsch zu entlarven, fehlen uns die konkreten Beweise.

ZEUGEN:
Erika Renggli. Hauseigentümerin Morgartenstrasse. Nicht voreingenommen, aber leicht dement, deshalb vor Gericht nur bedingt glaubwürdig.
Theodor Barmet. Mieter Morgartenstrasse. Voreingenommen, nicht vertrauenswürdig, arbeitet möglicherweise mit Leuten der HSK zusammen.
Mimi Gaggioli. Serviererin Café Emma. Nicht voreingenommen, vertrauenswürdig.
Frau Gschwandl. Mutter von Joachim. Glaubwürdig.
Jimmy. Hacker. Undercoveragent von Lauber und Minder. Wird niemals in einem Zeugenstand auftreten.

Todesfall Bucher: Immerhin können wir davon ausgehen, dass der Tatort in der HSK Schwanenplatz und der Fundort im Wald am Fuchsberg liegt. Das Material der Spurensicherung muss noch vollständig ausgewertet werden. Dasjenige auf dem Fuchsberg können wir nur teilweise zuordnen. Stammt es von den Forstarbeitern? Von denjenigen, die das Opfer dorthin geschleppt haben?
Wir wissen noch nicht, was heute auf der Treppe zur Tiefgarage gefunden wurde. Wir haben aber eine Zeugin, die Bucher kurz vor seinem Verschwinden gesehen haben will.
Ich könnte mir vorstellen, dass genau auf den Stufen dieser Treppe der Schlüssel zur Lösung des Problems liegt.

Inhalt der geklauten CD: Wir kennen ihn, aber offensichtlich die Betroffenen der HSK nur unvollständig. Die Daten darauf sind sichergestellt. Sie bilden das Motiv des unnatürlichen Todes von Gschwandl. Wir sind davon überzeugt, dass es sich dabei um ein Tötungsdelikt handelt.

Chrigel Aregger: Er ist unser einziger Verbündeter in der HSK. Wir müssen uns etwas einfallen lassen, ihn zu beschützen. Sollten die falschen Leute von seinen Verbindungen mit uns erfahren, droht ihm Ungemach.

Wer ist der Terminator? Es handelt sich höchstwahrscheinlich um den Mörder von Gschwandl. Ist er auch der Mörder von Bucher? Der Weg zu ihm führt über seine Auftraggeber.

Wer sind die Auftraggeber? Da können wir vorerst nur spekulieren. Karl Helbling? Adrian Schwarzentruber? Moritz Wespi? Oder alle drei? Oder sind das nur Mittelsmänner, die von weiter oben oder einer kriminellen Organisation, von der wir noch keine Ahnung haben, gesteuert werden? Helbling trägt zwar den Titel eines Direktors. Aber es gibt mindestens sieben davon in der HSK, von denen mehr als die Hälfte eine oder zwei Stufen weiter oben auf der Karriereleiter steht.

«Nicht schlecht», fand Minder diese Zusammenstellung. Aber vieles befinde sich noch in dichtem Nebel. Und etwas fehle noch: ein Hinweis auf Christoph Forler, den selbst ernannten Kommandanten der Bürgerwehr des Rontals.

Dessen sei er sich bewusst, rechtfertigte sich Lauber. Man werde diesen Forler im Auge behalten, doch was den Fall Bucher betreffe, sei ihm noch nichts nachzuweisen. Und sogar noch weniger, was den Fall Gschwandl betreffe. Da gebe es nur Vermutungen. Um mehr zu wissen, bedürfe es der noch verschollenen Beweisstücke von der Morgartenstrasse.

«Was ist mit der Arbeitsjacke, die auf Gschwandls Klo sichergestellt wurde?»

«Gute Frage. Das Dumme nur, sie ist Forler mindestens drei Nummern zu klein. Aber wir könnten sie ja jetzt schon untersuchen lassen. Vielleicht haften an ihr Spuren, die zu Forler führen. Wäre das so, und mein sechster Sinn sagt mir das, dann hätten wir wohl beide Fälle bald gelöst. Denn davon bin ich felsenfest überzeugt: Der Mörder von Gschwandl muss auch der von Bucher sein.»

«*Der* oder *die* Mörder?»

«Ja, es könnten auch mehrere gewesen sein», räumte Lauber ein.

★★★

Lauber kam spät nach Hause. Es war ein regnerischer, kalter Tag gewesen. So ähnlich war seine Gemütslage. Er hatte sich bei Suzanne nicht zum Essen angemeldet. Das tat er jeweils, wenn er zum Voraus annehmen musste, dass er nicht vor neun, zehn sein Büro verlassen würde.

Trotzdem, und das war eigentlich immer so, bemerkte sie sein Heimkommen, läutete an seiner Wohnungstür, um ihn zu einem Schlummertrunk mit den aufgewärmten Resten des Nachtessens einzuladen. Und diese warmen Reste waren immer weitaus besser als alles, was er selbst hätte in seine Pfanne hauen können.

Diesmal verweilte er nicht lange in der Wohnung seiner Freundin. Er habe noch einige Korrespondenzen zu erledigen, und am nächsten Morgen müsse er sehr früh aus den Federn. Um sieben sei ein Rapport mit dem obersten Chef, dem Kapo-Kommandanten Damian Wey, angesagt.

Suzanne verzog leicht gequält den Mund. Dann aber wurde ihr Gesicht wieder freundlich. «Ein-, zweimal pro Woche», tröstete sie sich, «kann ich auch allein schlafen. Ich weiss ja, dass du in dieser Zeit ebenfalls allein bist.»

Erst als er wieder in seiner Wohnung war, öffnete er die heutige Post. Neben einigen Reklamesendungen, die er im Papierkorb entsorgte, war ein Brief von Julia, seiner Ex-Lebenspartnerin, dabei.

Darin erfuhr er, dass sie beschlossen habe, sich zu verloben. Sie sagte nicht, wer ihr Zukünftiger eigentlich sei, was er arbeite, wie alt er sei. Sie legte einfach die Karte mit der Verlobungsankündigung bei. Darauf stand: «Herbert Markus Zwald». Diesen Namen hatte er doch schon irgendwo gelesen. Er suchte in seinem Hinterkopf. Da fiel es ihm plötzlich ein. *Herbert M. Zwald, MBA, Managing Director, Department Private Banking, HSK Zürich.*

«Na dann prost. Das hat mir gerade noch gefehlt», rief er ziemlich laut über seinen mit Speiseresten und ungewaschenem Frühstücksgeschirr bedeckten Küchentisch.

Julia hatte also einen Kollegen von Helbling zu seinem Nachfolger auserkoren. Zwald war, so schätzte Lauber, etwa auf der gleichen Hierarchiestufe wie Helbling. Wenn auch in einer anderen Filiale der Bank. Doch auf dieser Ebene arbeitete man eng zusammen und kannte sich natürlich auch privat.

Obwohl es ihn einige Überwindung kostete, beschloss Beat Lauber, seiner Ex eine Karte zu schicken, auf der er ihr für die Zukunft alles Gute wünschte. Was er natürlich nicht schrieb, aber insgeheim hoffte, war, dass Zwald nicht zusammen mit Helbling in kriminelle Machenschaften verwickelt war.

Eigentlich hatte er sich vorgenommen, noch einen kurzen Eintrag in sein Tagebuch zu machen. Doch nach dieser niederschmetternden Nachricht liess er es bleiben.

In dieser Nacht schlief Lauber schlecht.

★★★

Lake County Sheriff's Office, Highway 20, Lucerne CA, zwei Uhr nachmittags, Ortszeit.

Lieutenant Manuel Cárdenas, der Chef der Polizeistation, kam nach einigen Tagen Urlaub wieder auf seinen Posten zurück.

Cárdenas, ein Latino mit den markanten Gesichtszügen eines Indios, sah die Post durch. Sie war nicht gerade umfangreich, Lucerne und Umgebung, da wohnen kaum mehr als fünftausend Leute.

«Hast du sonst noch etwas, Bob?», fragte ihn Cárdenas.

Bob schob seine Würstchenfinger unter den Hosengurt, der zwischen den Speckwülsten nur teilweise sichtbar war, schob seinen Kaugummi, den er stets im Mund hatte, zwischen die Lippen und sah seinen Chef grinsend an. «Da ist was aus Europa gekommen. Aber ich kann's nicht lesen. Moment mal, ich hol's dir.»

Als er die Tür hinter sich zugeschlagen hatte, rief ihm Cárdenas *«damned redneck»* nach.

Der Lieutenant sah sich den Inhalt des aufgerissenen Päckchens genau an. Nach einigem Zögern, ob er die Sendung nach Lucerne, Switzerland, oder nach Vienna, Austria, zurückspedieren sollte, entschied er sich für das Letztere.

Montag, 30. April, und der Tag danach

In den Online-Ausgaben von «Die Zeit», «Der Spiegel» und der «Süddeutschen Zeitung» erschienen gleichzeitig Auszüge aus dem Inhalt der CD, die Gschwandl den Behörden des deutschen Bundeslandes Nordrhein-Westfalen zugespielt hatte. Es ging dabei nicht nur um hinterzogene Steuern, sondern auch um das Waschen von Drogen- und Waffengeldern sowie solchen aus Frauenhandel. Dazu kamen Bilanz- und Zinssatzfälschungen. Die Auslegeordnung, die da der Öffentlichkeit präsentiert wurde, stellte alles Bisherige in den Schatten. Auch wenn das Bild vom idyllischen Paradies im kleinen Alpenstaat schon seit einigen Jahren in der Gerümpelkammer entsorgt worden war, glaubten immer noch viele Beobachter aus der globalen Politik-, Wirtschafts- und Finanzwelt an einen grundsoliden Rechtsstaat Schweiz. Einige wenige Banker und Konzernleiter hätten sich im zermürbenden Kampf gegen die EU und die Weltwirtschaft zu sehr in alte Zöpfe verbissen oder auf die falschen Pferde gesetzt. Dass da ohne Not systematisch gedroht, betrogen, gestohlen wurde, das ging nun auch vielen Konservativen unter die Haut. Dass dabei in Schwellen- und Entwicklungsländern auch auf paramilitärische Organisationen, die als sogenannte Todesschwadronen ganze Landstriche in Angst und Schrecken versetzten, zurückgegriffen wurde, hätten selbst die pessimistischen Betrachter nicht für möglich gehalten.

Am Abend dieses ausserordentlich warmen Apriltages gab es bereits erste Stellungnahmen aus Wirtschaft und Politik, die in den Nachrichtensendungen von Radio DRS und vom Schweizer Fernsehen ausführlich kommentiert wurden.

Der Grundtenor war unmissverständlich: Die Wirtschafts- und Finanzvertreter stellten die Berichte aus den deutschen Zeitungen als unfreundlichen Akt dar, für diejenigen der politischen Linken war es die logische Folge der Fehlleistungen des Schweizer Finanzplatzes in den letzten Jahren. Wobei, erheblich deutlicher als früher, die nicht von den Banken, Versicherungen und Grossunternehmen abhängigen Fachleute auf Distanz zur HSK gingen.

Für den kommenden Tag beraumte der Bundesrat eine Sondersitzung an. Viele in der Schweiz rieben sich die Augen, als am frühen Nachmittag die Finanzministerin vor die Medien trat und die Bevölkerung auf eine weitere kostspielige Rettungsaktion für eine Grossbank vorbereiten musste. In der nachfolgenden Fragerunde wollte ein kritischer Journalist von der Bundesrätin wissen, weshalb die Regierung diesem Treiben der HSK so lange unbeteiligt zugesehen habe.

Alle in der Runde waren sich im Klaren, dass darauf eine ausweichende Antwort folgen würde. Eigentlich sei das nicht Sache der Landesregierung, sagte die Vorsteherin des Finanzdepartements, sondern der Eidgenössischen Finanzmarktaufsicht, der FINMA. Aber auch dieser Institution seien die Hände gebunden, was mit verhaltenem Gelächter aufgenommen wurde.

Als der Abgesandte einer linken Wochenzeitung sich erdreistete, den Vorschlag zu machen, die gesamte Leitung der HSK in die Strafanstalt Pöschwies, das grösste Zuchthaus in der Schweiz, zu verlegen, ging ein Raunen durch den Saal. Die Ministerin antwortete resigniert: «*Too big to jail.*» Das reichte, um das Fass zum Überlaufen zu bringen. Es kam zum Tumult. Die Medienkonferenz musste abgebrochen werden.

Neben dem vielen Negativen hatte doch die Entwicklung auch eine gute Seite. Lauber wusste nun, dass es schwieriger, wenn nicht gar unmöglich sein würde, ihn und seine Leute an den weiteren Ermittlungen in den Fällen Gschwandl und Bucher zu hindern.

★★★

Nach dem Protokoll des am Dienstagabend um dreiundzwanzig Uhr dreissig am Bahnhof eingetroffenen Polizisten des Kapo-Postens Root spielte sich der Vorfall folgendermassen ab: Ein älterer Herr, so sagte ein Zeuge, sei auf einen wartenden Mann zugegangen und habe mit ihm einige Worte gewechselt, als ein Güterzug durch den Bahnhof donnerte. Kurz bevor die Lokomotive an dem am Rande des Perrons stehenden Mann vorbeifuhr, habe eine andere Person diesen auf das Trasse gestossen.

Sowohl der Mann, der mit ihm geredet, als auch derjenige, der ihn gestossen hatte, mussten sich unmittelbar danach in Luft aufgelöst haben.

Die Handvoll Menschen, die diese Szene beobachtet hatte, war nicht in der Lage, die beiden Geflüchteten ausreichend präzise zu beschreiben.

Kurz danach ging über die lokalen Radiostationen die Meldung, wegen eines Personenunfalls sei die Bahnstrecke zwischen Rotkreuz und Luzern für mehrere Stunden unterbrochen. Die Reisenden würden mit Ersatzbussen befördert.

Lauber hörte diese Meldung, aber dachte sich nichts Besonderes dabei. Dass sich Lebensmüde in der Schweiz vor Züge werfen, passiert, seit es Bahnen gibt, immer wieder.

Lauber ging kurz vor Mitternacht zu Bett.

Mittwoch, 2. Mai

Als ein Lokalsender in den Frühnachrichten berichtete, dass es sich beim Vorfall am Bahnhof Gisikon-Root nicht um einen Unfall, sondern um ein Tötungsdelikt handelte, wurde Lauber hellhörig. Gar keine Frage: Wenn er um halb acht an seinem Schreibtisch Platz nehmen würde, läge ein Stapel Papier vor ihm. Die in aller Eile zusammengerafften Akten eines neuen Mordfalls.

Lauber staunte nicht schlecht, als er las, dass es sich beim Umgebrachten um den Mann handelte, den er vor genau zwei Wochen verhört hatte: Christoph Forler, selbst ernannter Kommandant der Bürgerwehr Rontal, Getränkehändler und vorbestrafter Gewalttäter.

Wie Blitze schossen Lauber die Gedanken durch den Kopf. Forler, ein kleinkalibriger Ganove, der einem Streit im Milieu zum Opfer gefallen war? Das wäre die harmlosere Variante. Forler, ein Killer im Dienste der HSK, die sich nun auf ihre Art von ihm trennen wollte. Sollte das zutreffen, dann würde es zu einem Kriminalfall, der nicht nur den Kanton Luzern aufwühlen, sondern den schweizerischen Finanzplatz in seinen Grundfesten erschüttern würde. Um Klarheit über diesen zwielichtigen Dahingegangenen zu bekommen, musste man das Umfeld, in dem er gelebt hatte, ausleuchten und vor allem seine finanziellen Transaktionen zügig unter die Lupe nehmen. Das konnten allerdings Minder und er kaum allein bewältigen. Nun führte kein Weg daran vorbei: Lauber musste auch die Abteilung für Wirtschaftskriminalität miteinbeziehen, obwohl er zu den Leuten, die dort arbeiteten, kaum Vertrauen hatte.

Er stellte für Isidor Banz einen Fragenkatalog zusammen: Wer sind die Kunden der Firma Forlers? Wie steht es um seine Vermögensverhältnisse: Guthaben? Schulden? Über welche Banken werden die Zahlungen und die Gutschriften abgewickelt? Routinearbeit für die Wirtschaftsabteilung der Kapo, nahm Lauber an.

Eine Schlüsselstellung in den Ermittlungen sah er für seinen engsten Mitarbeiter, Ferdinand Minder, vor. Es ging da einmal um ein lückenloses Strafregister Forlers. Nicht das den Behörden zugängliche. Das offizielle Register musste immer wieder angepasst werden, nicht nur, um neue Straftaten darin zu vermerken, sondern auch, um verfallene zu tilgen. Aber gerade diese verfallenen interessierten Lauber. Um an die gelöschten Einträge heranzukommen, muss man sich etwas einfallen lassen. Gelöscht werden sie ja nicht, nur *verdeckt*. Allerdings dürfen sie in einem künftigen Prozess mit keinem Wort erwähnt werden. Trotz dieser Auflagen konnten sie zu wichtigen Erkenntnissen führen.

Noch mit einer weiteren Aufgabe wollte Lauber seinen Wachtmeister betrauen. Einen Einblick in Forlers Privatleben. Es genügte nicht, dass ihm der Ruf nachging, seine Exfrau verprügelt zu haben, und dass er sich politisch am rechten Rand austobte. Mit was für Menschen verkehrte er? Gab es darunter welche, die etwas auf dem Kerbholz hatten? Bei diesen Recherchen durfte Minder selbstverständlich auf die Mithilfe seines Chefs zählen. Denn das war eine immense Arbeit, die auf verschiedene Hände verteilt werden musste.

Lauber sah seine Rolle in erster Linie darin, die Ermittlungsergebnisse zusammenzufassen und zu werten. Aber ganz von der Frontarbeit konnte und wollte er sich nicht drücken. So nahm er sich vor, die fünf Leute, die der Gewalttat im Bahnhof Gisikon-Root beigewohnt hatten, persönlich zu befragen. An das musste er sich als Nächstes machen, denn je länger das Vorkommnis zurücklag, desto unpräziser würden die Zeugenaussagen ausfallen.

Drei von ihnen wohnten in Gisikon und arbeiteten in Luzern oder hielten sich tagsüber dort auf. Diese konnte er im Verhörraum des Kapo-Gebäudes an der Kasimir-Pfyffer-Strasse ausfragen. Eine war Kioskbetreiberin in Root, die andere Hausfrau in Gisikon. Zur Vernehmung dieser Zeugen war das Wartezimmer des Polizeipostens Root geeignet – im Beisein des dort zuständigen Wachtmeisters, denn die beiden Damen kannten ihn von Jugend auf.

Lauber rief seinen Kollegen in Root an, mit dem Begehren, die beiden Frauen auf den Posten zu bitten.

Die Kioskfrau habe sich als Dorforiginal einen etwas zwiespältigen Ruf eingehandelt, klärte ihn der Postenchef auf. Sie sei mit einem ausgeprägten Mitteilungsbedürfnis ausgestattet. Lauber machte sich darauf gefasst, dass sie ihre Schilderungen mit der eigenen Phantasie ausschmückte.

Er musste schon leicht leer schlucken, als ihm die Dame vorgestellt wurde. Trotz ihres reifen Alters trug sie einen sehr kurzen Rock, der irgendwie schlecht zu ihren stämmigen Beinen passte. Ihr Gesicht war auf eine Art mit Schminke bearbeitet, die Lauber unwillkürlich an die Fasnacht erinnerte.

Gut, dass ihn der Postenchef vorgewarnt hatte. Die Kioskbetreiberin übergoss Lauber, ohne dass er nach der Begrüssung ein Wort gesagt hätte, mit einem gigantischen Wortschwall. Wie schade es um diesen Christoph Forler sei. Ein Mann, auf den man sich habe verlassen können. Er habe nicht nur geredet, sondern auch Hand angelegt. Der Mörder sei ein Asylant, da sei sie sich ganz sicher. Ein Neger, das habe sie genau gesehen.

Lauber wies die Frau darauf hin, dass die Bezeichnungen «Asylant» und «Neger» heute als diskriminierend gälten. Das heisse korrekt «Asylsuchende» und «Afroeuropäer» oder «Farbige».

Aus den Augenwinkeln musste er feststellen, dass der Wachtmeister das Gespräch mit einer unverkennbar schadenfreudigen Miene verfolgte.

Endlich gelang es Lauber, die Kioskfrau mit einer Frage zu unterbrechen. «Wie hat denn dieser Mann genau ausgesehen, der Christoph Forler vor die Lok gestossen hat?»

«Wie sollte ich das wissen? Das Licht war viel zu schwach, um etwas Genaueres zu erkennen.»

«Können Sie den Mann beschreiben, mit dem Forler am Perronrand gesprochen hatte?»

«Der sah ganz normal aus.»

Der Wachtmeister kicherte in sich hinein. Lauber warf das Handtuch. «Sie haben mir sehr geholfen. Danke. Die Vernehmung ist damit zu Ende.»

Die Frau dachte nicht daran, sich nun zu erheben und zu gehen.

Erst jetzt hielt auch der Wachtmeister aus Root die Zeit für gekommen, Lauber beizustehen.

Er gab ihm mit einem Handzeichen einen Wink, mit ihm in sein Büro zu kommen.

Die nächste Zeugin war weniger anstrengend. Sie schilderte, wie Forler zunächst mit einem älteren, mittelgrossen Mann gesprochen habe. Aus Wortfetzen habe sie entnommen, dass die beiden sich einigermassen kennen mussten. Sie hätten sich geduzt. Nein, sie habe sein Gesicht nicht erkennen können. Es sei einfach zu dunkel gewesen.

«Und derjenige, der Forler auf das Trasse gestossen hat?»

Ein jüngerer, sehr grosser, kräftiger Typ. Er habe Forler blitzschnell gerammt, zu schnell, um ihm noch eine Chance zu geben, zu reagieren. Nein, er sei sicher kein Schwarzer gewesen. Nein, sie wisse auch nicht, in welcher Sprache er geredet habe, er habe keinen Laut von sich gegeben.

Lauber erkundigte sich diskret, ob sie Forler gekannt habe.

«Was heisst schon ‹gekannt›? Vom Sehen ja, wer kennt diesen Mann in unserem Dorf nicht?» Doch sie habe nie Wert darauf gelegt, mit ihm näher Bekanntschaft zu machen. Der Kerl sei nun ganz und gar nicht ihr Typ.

Natürlich hätte sich Lauber mehr Informationen gewünscht. Aber allzu sehr enttäuscht war er nicht. Wie hilfreich Zeugen sein konnten, das hatte er in seiner nun schon mehr als zehnjährigen Laufbahn als Polizist zur Genüge erfahren.

Eine Stunde später nahm er sich an der Kasimir-Pfyffer-Strasse die übrigen drei Zeugen vor.

Der erste war ein Randständiger, der sich tagsüber um den Hauptbahnhof herumtrieb. Er war bereits ziemlich betrunken, als er in den Verhörraum stolperte. Lauber versprach sich von seinen Aussagen nicht viel.

Der Mann war am späten Abend des 1. Mai ordentlich verladen, wie er selbst einräumte. Er beschrieb aber den Herrn, mit dem sich Forler unterhalten hatte, recht genau. Er habe einen dunklen Anzug und schwarze Lackschuhe getragen. Auch die makellose Frisur, der gepflegte weisse Schnauz und die Krawatte seien ihm aufgefallen. So etwas sehe man eher selten in den Bahnhöfen.

Die nächste Zeugin, eine Blockflötenlehrerin, hatte den Herrn, der sich mit Forler unmittelbar vor dem Ereignis unterhielt, nicht so genau beobachtet. Als sie sah, wie ein Mensch auf die Gleise fiel, erschrak sie nach eigenen Angaben derart, dass sie rennend vom Perron flüchtete und dabei mit einem Mann zusammenstiess. Nach ihrer Beschreibung war es höchstwahrscheinlich derjenige, der kurz zuvor mit dem Opfer geredet hatte. Die Instrumentallehrerin machte auf Lauber einen extrem zerbrechlichen Eindruck. Zartgliedrig, ausgesprochen blass, mit einer Haut so durchschimmernd, dass sich die Adern als bläuliche Linien abzeichneten. Er wagte schier nicht, ihr seine prankenartige Hand entgegenzustrecken.

Wo denn dieser Mann hingegangen sei, wollte Lauber wissen. Ohne Hast habe er den Fussgängerstreifen vor dem Bahnhof überquert und sei auf der gegenüberliegenden Seite in ein parkiertes Auto gestiegen. Wie dieses Auto ausgesehen hatte, war sie nicht in der Lage einigermassen genau zu beschreiben. Ein dunkler, grosser Wagen, an mehr konnte sie sich nicht mehr erinnern, auch nicht, ob noch andere Pkws auf dem Parkplatz vor dem Bahnhof standen. Sie sei dann wieder auf das Perron zurückgegangen und habe auf die Polizei gewartet.

Vom fünften Zeugen erfuhr Lauber so gut wie nichts. Der ärmlich bekleidete sehbehinderte Mittvierziger, der wohl schon Jahre keine Arbeit mehr hatte, bemerkte lediglich, wie nach dem Vorfall eine grosse Gestalt entlang des Bahnsteigs nach Norden lief und in der Dunkelheit verschwand. Ob ihn fünfzig oder hundert Meter vom Bahnhof entfernt ein Auto mitgenommen hatte, vielleicht sogar dasjenige, in das der gepflegte ältere Herr eingestiegen war, konnte er nicht sagen.

«Verdammt wenig», sagte sich Lauber. Aber in einer solchen Situation war wohl nicht mehr zu erwarten. Denn von Menschen, die einem solch schrecklichen Vorgang beiwohnen, kann man nicht verlangen, dass sie genau hinschauen, wer was tut, das wusste Lauber nur zu gut. Immerhin: Alle fünf Reisenden blieben so lange am Tatort, bis die Polizei eintraf. Dass dies so rasch geschah, war dem Lokomotivführer zu verdanken, der nach der Schnellbremsung über den Zugfunk sofort die Fahrdienstleitung in Luzern informierte.

Lauber hatte allerdings den Mann im Führerstand der Lokomotive noch nicht befragt. Das musste er nachholen. Aber auch davon versprach er sich wenig. Er erinnerte sich an mindestens fünf Lokführer, deren Maschine einen Menschen überrollt hatte. Alle waren sie geschockt und mussten mehrere Wochen krankgeschrieben werden. Sie behielten immer nur die Person im Auge, die vor ihnen auf den Schienen lag; wie sie dahin gekommen war, daran konnten sie sich nicht mehr erinnern. Das war auch bei diesem Unfall nicht anders.

Minder stürmte ins Büro. «Das hat mir eben unsere Wirtschaftsabteilung gefaxt. Die Burschen dort drucken die Sachen immer noch aus und schieben Blatt für Blatt in den Fax, anstatt mir Kopien der Originaldokumente als E-Mail-Anhang zu senden.»

«Und? Was hast du darin Neues erfahren?»

«Auf den ersten Blick wenig. Doch beim Näherhinsehen fällt einem das eine oder andere Interessante schon auf. Ich denke, wir müssen uns die Bankauszüge Forlers genauer anschauen. Warte mal ...»

Der Wachtmeister knallte die Beige Papier vor Lauber auf den Tisch.

«Es sind die obersten zehn Blätter. Die meisten Positionen betreffen Ein- und Auszahlungen an und von Kunden, die uns alle bekannt sind: meistens Restaurants und Hotels, die Ladenkette Fenaco, einige grössere Landwirtschaftsbetriebe und eine stattliche Anzahl von Privathaushalten. Das, was aufhorchen lässt, sind Zahlungseingänge einer Firma, von der ich noch nie etwas gehört habe. Im Handelsregister existiert sie nicht. Sie sind mit Rotstift unterstrichen.»

Hutzli AG, Weinhandlung, Tribschenstrasse 38 C.
20. März 2012: Fr. 5351.50, 420 Flaschen Bordeaux, geliefert am 5. März.

*22. März 2012: Fr. 7350.20, 600 Flaschen Kalterer, geliefert
am 6. März.*

Das ging in diesem Stil weiter. Bis Mitte April waren nicht weniger als fünfzigtausend Franken auf Forlers Konto gutgeschrieben. Das Konto, von dem aus die Zahlung angewiesen wurde, war die Banca del Sottoceneri SA Chiasso. Auch wieder verdächtig. Eine kleine Luzerner Firma, die ihren Zahlungsverkehr über eine Tessiner Bank abwickelt.

Lauber wurde neugierig. «Hast du eine Ahnung, was das für eine Bank ist?»

«Fahren wir doch mal den PC hoch und geben den Namen der Bank in die Suchmaschine ein.» Minder grinste dabei. Wahrscheinlich hatte er das schon getan.

Die Banca del Sottoceneri SA mit Hauptsitz in Chiasso und Niederlassungen in Bellinzona, Lugano und Locarno wurde 1961 gegründet. In Nassau (Bahamas) ist die angeschlossene Banca del Sottoceneri (Overseas) Ltd. tätig.

Die Kernaktivität der Banca del Sottoceneri umfasst die Vermögensverwaltung, das Private Banking sowie das Anlagefondsgeschäft. Die Schweizer Privatbank beschäftigt rund 145 Mitarbeiter und verwaltet CHF 3,1 Milliarden Kundenvermögen. Sie befindet sich mehrheitlich im Besitz von zwei italienischen Industriellenfamilien, die 53 Prozent des Aktienkapitals kontrollieren. Nur 20 Prozent gehören Schweizer Aktionären.

«Komm, Ferdi, statten wir dieser Hutzli AG an der Tribschenstrasse einen Besuch ab. Jetzt gleich. Zu Fuss schaffen wir das problemlos in einer Viertelstunde. Dann schlagen wir uns in einer der günstigen Fressbeizen östlich des Bahnhofs den Bauch voll.»

Die Firma, die Lauber und Minder antrafen, bestand aus einem Briefkasten. Höchstens zwei, drei Weinflaschen hätten darin Platz gehabt.

Sie hoben den Schlitz zum Brief- und Zeitungsfach an und stellten fest, dass ein weisses unbeschriftetes Kuvert drinlag. Sie konnten es aber nicht herausfischen.

«Dann müssen wir halt Gewalt anwenden», sagte Lauber bedauernd.

Minder wühlte in seinen Hosensäcken. Endlich hielt er sein Armeesackmesser in der linken Hand. So ganz sauber war es nicht. An ihm klebte Schokoladenpapier. Er wischte es am Ärmel ab und klappte den Büchsenöffner heraus.

Sekunden später gab der Behälter den Brief und einige Reklamesendungen frei.

Beide Polizisten machten grosse Augen: Im Brief, der normal frankiert und am 27. April auf der Hauptpost abgestempelt worden war, lagen fünf Zweihunderternoten und ein Blatt Papier, auf dem zwei in grosser, fetter Schrift geschriebene Sätze standen.

EIN KLEINES PRÄSENT.
VERGISS DEN TERMIN AM 1. MAI UM 23 UHR 18 NICHT

Der Adressat hatte den Briefkasten übers Wochenende und auch am Montag und Dienstag nicht geleert. Doch wer war er?

Dreiundzwanzig Uhr achtzehn. Das war doch die Ankunftszeit des Regionalzuges von Rotkreuz auf dem Bahnhof Gisikon-Root.

War am Ende der Adressat Christoph Forler? Das würde bedeuten: Forler hatte sich unter falschem Namen ein Konto eingerichtet.

Lauber sagte spontan: «Solche Machenschaften waren diesem Forler geradezu auf den Bauch geschrieben.» In der Schweiz sei es überhaupt kein Problem, unter einem fingierten Namen oder über einen Strohmann ein Konto bei einer Bank zu eröffnen. Um zu erreichen, dass sich der Nebel etwas lichte, müssten sie nun aber die Bewegungen des Kontos der «Hutzli AG» unter die Lupe nehmen.

«Und das willst du jetzt mir aufhalsen», meinte Minder missmutig. «Kannst du dir vorstellen, wie kooperativ sich diese Banker in Chiasso gegenüber einem Kripo-Wachtmeister aus der deutschen Schweiz verhalten werden?»

Lauber starrte auf den Boden, dann nickte er stumm.

«Du hast also ein Nachsehen mit mir? Nicht, dass ich dagegen wäre, jemanden ins Tessin zu schicken, um sich bei dieser dubiosen Bank umzusehen. Aber meine Person kannst du dabei vergessen. Ich kann schlicht nicht Italienisch.» Mit den Worten «Also gut, ich übernehme das. Aber zuerst gehen wir mal essen» erlöste Lauber seinen Assistenten.

Lauber hätte seine Italienischkenntnisse möglicherweise gar nicht gebraucht, denn die Telefonistin, die ihn an den Chef des Kundendienstes, einen Ettore Maspoli, weiterleitete, sprach ihn bereits bei der Begrüssung auf Englisch an. Ein Vorteil war es dennoch.

Maspoli nahm das Angebot, sich mit einem Deutschschweizer in seiner Muttersprache zu unterhalten, mit überschwänglicher Freundlichkeit an.

Klar doch, jeder Wunsch von Commissario Lauber sei ihm Befehl.

Dieser Hutzli sei ein kleiner Fisch. Überhaupt kein Problem, der Polizia in Lucerna Einsicht in seine Kontodaten zu gewähren.

«Ich brauche entweder Ihre E-Mail-Adresse oder Ihre Faxnummer», offerierte Maspoli gönnerhaft. Als Lauber ihm antwortete, er würde ein E-Mail vorziehen, überhäufte er ihn mit Komplimenten: Solche Polizisten würde er sich auch im Tessin wünschen.

Kaum eine Viertelstunde verging, als ein akustisches Signal auf Laubers Smartphone den Eingang eines Mails ankündigte.

Er startete seinen PC und lud die Dateien von der Banca del Sottoceneri herunter.

Er staunte nicht schlecht, was er da zu sehen bekam.

Der Inhaber des Kontos war ein Isidor Ineichen, Inhaber und Geschäftsführer der Getränkehandlung Hutzli AG an der Tribschenstrasse 38 C.

Die Bankauszüge listeten Ein- und Auszahlungen auf. Das war so weit normal. Sonderbar: Von etwa zehn Konten wurde einbezahlt. Die Inhaber hiessen Meier Hans, Müller Helmut, Kunz Fritz ... Doch die angegebenen Adressen stimmten nicht mit den Namen überein.

Geld abgehoben wurde jeweils mit einer einzigen Maestro-

Karte, immer nur kleinere Beträge: fünfzig, hundert oder, wenn es hochkam, zweihundert Franken. Die Karte war ausgestellt auf Ineichen, Isidor. Überwiesen wurden nur Geldbeträge auf das Konto von Christian Forler.

Bei Forlers Leiche wurden weder Kredit- noch Bankkarte gefunden, lediglich ein Führerausweis.

Minder, der wieder an seinen Arbeitsplatz zurückgegangen war, suchte derweil in der Umgebung von Forlers Haus nach Einträgen im Telefonverzeichnis. Er tätigte etwa zwanzig Anrufe. Nur zwei Personen gaben an, Forler näher zu kennen.

Da blieb Minder nichts anderes übrig, als ihnen einen Besuch abzustatten. Es stellte sich heraus, dass auch sie sozusagen nichts über das persönliche Umfeld Forlers wussten. Allen war er nur als Kommandant der Bürgerwehr Rontal oder vom Stammtisch her bekannt.

Minder musste nun das tun, was er zunächst aufschieben wollte: Informationen bei Forlers Untergebenen in dessen Privatarmee einholen.

Immerhin: Über diese fünf Herren existierten umfangreiche Personendaten im Intranet der Kapo. Jeder von ihnen hatte mehrere Einträge im Strafregister, auch solche, die noch nicht gelöscht waren. Zwei wegen schwerer Verstösse gegen das Strassenverkehrsgesetz, je einer wegen betrügerischem Konkurs, schwerer Körperverletzung und versuchter Vergewaltigung. Alle fünf führten ein sogenanntes bürgerliches Leben, besassen ein Eigenheim und gingen einer geregelten Arbeit nach. Drei betrieben ein kleines Unternehmen, zwei waren Kaderangestellte in einem Luzerner Industriebetrieb.

Er erreichte alle in kurzer Zeit. Da sich alle berufsbedingt in der Stadt Luzern aufhielten, waren sie sofort bereit, sich an der Kasimir-Pfyffer-Strasse einzufinden.

Was Minder aus ihnen herausbekam, war enttäuschend: Belanglosigkeiten, obwohl er sicher war, dass sie mehr wussten.

Am späteren Nachmittag klopfte Minder bei Lauber an, um ihn über die magere Ausbeute der Recherchen dieses Tages zu informieren. Dass es Lauber nicht besser ergangen war, empfand er nicht als Trost. Gemeinsam berieten sie über das weitere Vorgehen, als sie das Schrillen des Telefons aufschreckte.

Die Telefonistin sagte, es sei eben ein Anruf aus Wien eingegangen. Sie werde gleich durchstellen.

Lauber hob erwartungsvoll die Hände, drückte den Lautsprecherknopf.

«Gruber am Apparat, Departement für Gerichtsmedizin der Universität Wien. Schönen guten Tag.»

Lauber war so überrascht, dass er einige Sekunden nach Worten suchen musste. «Guten Tag, Herr Gruber ... äh ... Herr Professor, hier spricht Lauber, Kriminalpolizei Luzern.»

«Aaahhh ... der Herr Kommissar, Leutnant Lauber. Herr Leutnant, ich habe eine gute Nachricht für Sie: Die verschollenen Beweisstücke der Spurensicherung in Sachen Gschwandl sind wieder aufgetaucht.»

Lauber bedankte sich und widerstand der Versuchung, nachzufragen, wo sie denn gewesen seien.

Gruber bot Lauber an, die Materialen per Expresspost zuzuschicken.

Da nun schon einige Wochen verstrichen seien, komme es auf einen Tag früher oder später auch nicht mehr an. Doch das mit der Post finde er ein bisschen riskant. Auf diese sei heute nicht mehr absoluter Verlass. Ihm seien diese Sachen so wichtig, dass er es vorziehe, sie persönlich abzuholen.

«Wunderbar, ich freue mich auf Ihren Besuch. Wann darf ich Sie empfangen?»

Er würde es vorziehen, am Wochenende nach Wien zu fliegen, damit er am Wochenanfang wieder in Luzern zurück sein könne.

Das sei für ihn kein Problem, meinte Gruber. «Kommen Sie doch am kommenden Samstag. Die erste Maschine Zürich–Wien startet kurz nach sieben Uhr. Dann landen Sie anderthalb Stunden später in Schwechat. Ich würde Sie dort gerne abholen.»

Minder bemerkte halblaut: «Hat der Mann etwa ein schlechtes Gewissen?»

Lauber warf ihm den ersten greifbaren Schreibstift an den Kopf, um ihm in Erinnerung zu rufen, dass ja Gruber mithöre.

«Würde es Ihnen etwas ausmachen, wenn ich meine Lebenspartnerin mitnähme?»

«Überhaupt nicht», antwortete der Professor. Man einigte sich auf die Austrian Airlines, Abflug am kommenden Samstag um Viertel nach sieben.

Als er den Hörer auflegte, faltete Lauber seine Hände zum Gebet und schaute zur Decke. «Ich weiss nicht, wem ich danken soll. Dem Gott des Zufalls, dem Schutzheiligen der Fahnder oder dem Teufel der Ganoven.»

Dem Letzteren wohl kaum, denn er habe ja Forler bereits auf seiner Gabel, gab Minder zu bedenken.

«Nun hat der Tag doch noch gut geendet. Ich glaube, das müssen wir zusammen begiessen», schlug Lauber vor.

«So ist das Polizistenleben erträglich: ein üppiges, über anderthalb Stunden dauerndes Mittagessen und nun auch ein Feierabend-Aperitif», jauchzte Minder.

★★★

Suzanne stiess einen Freudenschrei aus, als Lauber sie, leicht angesäuselt, so gegen neun Uhr herausläutete, um sie auf das kommende Wochenende vorzubereiten. In Wien sei sie schon lange nicht mehr gewesen.

Sie war dann allerdings ein bisschen enttäuscht, dass er nur wenige Bissen vom Nachtessen, das sie ihm aufgewärmt hatte, zu sich nahm.

Es war trotzdem ein schöner Abend. Sie machten einen Spaziergang an den See und genossen die milde Frühlingsnacht.

★★★

Lisi, die sich seit dem Frühling 2011 auf die Erwachsenenmatura vorbereitete, besuchte viermal in der Woche abends den Unterricht an der Kantonsschule in Reussbühl. Diese Zeit nutzte Minder für seine Arbeit oder um sich im Fitnesscenter des Kapo-Gebäudes körperlich fit zu halten.

Das erst spärlich ausgeleuchtete Umfeld Forlers liess ihm an diesem Tag keine Ruhe. Es musste doch einen Weg geben, daraus noch mehr zu erfahren.

Plötzlich schlug er sich mit der flachen Hand auf die Stirn. Die Exfrau von Forler. Warum war er nicht früher darauf gekommen? Das lag zwar eine Zeit lang zurück, aber sie hatte ja jahrelang ihr Leben mit diesem Mann geteilt. Er konnte hoffen, dass sie ihm einiges preisgeben würde, das er von niemandem sonst erfahren würde. Dass die Trennung von ihm für sie möglicherweise mit Schmerz verbunden gewesen war, musste er in Kauf nehmen. Deswegen brauchte sie sich als Zeugin aber nicht unbedingt unglaubwürdig zu machen. Minder hatte diesbezüglich schon Erfahrungen mit den Exfrauen von Ganoven gesammelt. Oft litten sie unter ihrem Partner: Er quälte sie physisch oder psychisch oder beides zusammen. Wenn sie nach längerer Überwindung auspackten, entsprach dies in der Regel den Tatsachen. Sie stellten die Demütigungen nicht übertrieben dar. Es war nicht eine rachsüchtige Abrechnung mit dem Peiniger, sondern ein beschämtes Eingeständnis, dass sie sich das alles hatten bieten lassen.

Minder durchsuchte das Intranet nach Informationen über Forlers Exgattin. Als Fahnder hatte er auch Zugang zu dessen Gerichtsakten, und diese fielen ziemlich happig aus. Endlich stiess er auf ihren Namen. Angela Forler mit Mädchennamen Fibbi. Er suchte im Online-Verzeichnis des offiziellen Telefonbuchs der Schweiz. «Angela Forler» ergab keine Treffer. «Angela Fibbi» einen einzigen, in Locarno. Er rief dort an. Es meldete sich eine Frauenstimme mit «Hallo». Es handelte sich tatsächlich um die Frau, die er suchte.

Er müsse ihr noch ein bisschen Zeit lassen. Sie sei noch unschlüssig, ob sie die Kraft habe, mit einem Polizisten über ihren Ex zu reden. Zwar sei Christoph jetzt tot, aber immer noch hänge sein Schatten über ihr. Er habe noch Freunde, die am Leben seien. Diesen traue sie nicht über den Weg. Sie werde sich morgen bei ihm, Minder, telefonisch melden.

Donnerstag, 3. Mai

Bereits um acht klingelte in Minders Büro das Telefon. Ja, sie könne sich ein Treffen vorstellen, sagte Angela Fibbi, unter einer Bedingung: dass ihr Freund auch daran teilnehmen dürfe. Das hänge davon ab, in welcher Funktion er das mache. Wenn er Anwalt sei, kein Problem.

Ihr Freund sei tatsächlich Advokat. Minder glaubte zunächst an einen Bluff und fragte nach, wie er denn heisse.

Sie müsse ihn zuerst um Erlaubnis bitten, ob sie den Namen preisgeben dürfe.

Einen Moment, er stehe neben ihr.

«Camillo Bassi», sagte eine Männerstimme, «*avvocato e notaio*, Strada dalla Val da Fiüm, Morcote. Wir würden es vorziehen, nach Luzern zu kommen. Ich nenne Ihnen zwei Termine, entscheiden Sie sich bitte für einen. Nächsten Mittwoch oder Freitag darauf, jeweils am frühen Nachmittag», schlug ihm Bassi in einem leicht süffisanten Tonfall vor.

Minder entschied sich für den Mittwoch. Damit gab es für ihn kaum noch Zweifel, dass es sich tatsächlich um einen Anwalt handelte. Aber um was für einen?

Er ging mit dieser Neuigkeit gleich zu Lauber.

«Das ist vielleicht ein Ding! Wie hast du das nur hingekriegt, Ferdi? Ich bin jedenfalls gespannt auf diese Zusammenkunft.»

«Willst du auch dabei sein?»

«Keine Frage, das lasse ich mir sicher nicht entgehen. Aber zunächst möchte ich mal wissen, was dieser Bassi für ein Vogel ist.»

Lauber wählte eine Telefonnummer. Er redete mit der Person am anderen Ende der Leitung italienisch. Minder verstand kein Wort.

Am Ende des Gesprächs sah Lauber ihn mit zusammengekniffenen Augen an. «Der Kollege aus Lugano wird mir gleich ein E-Mail mit Anhang senden. Dort stehe Lesenswertes über diesen Tessiner Advokaten.»

Einige Minuten später scrollte Lauber an seinem Bildschirm einen längeren Text herunter.

Ein unbeschriebenes Blatt war dieser Bassi tatsächlich nicht. Einmal in seiner Berufskarriere wurde ihm sogar für ein Jahr die Zulassung als Anwalt sistiert, weil er vertrauliche Gerichtsunterlagen weitergeleitet hatte. Deren Inhalt: Dokumente über Schwarzgeld der Luganeser Filiale einer Schweizer Grossbank. Seit einem Jahr durfte Bassi nun wieder unbehelligt praktizieren.

Minder erkundigte sich nach dem Alter dieses Herrn.

«Auch das werden wir herausfinden.»

Lauber gab seinen Namen in Google ein.

Geboren am 12. Mai 1950 in Lugano.

Hatte sich die Mittvierzigerin Angela Fibbi in einen älteren Mann verguckt? Möglicherweise. Stand er ihr doch bei der Scheidung 2009 als Anwalt zur Seite.

Lauber lud Minder in die hausinterne Cafeteria zu einem kleinen Imbiss ein. Danach fuhren sie den PC, der seit einigen Wochen auf dem Zeitungstisch stand, hoch. Sie luden die Online-Ausgaben der Zentralschweizer Blätter herunter. Dabei fielen ihnen die zahlreichen Einträge über Forlers mysteriösen Hinschied auf. In den meisten schimmerte Fremdenfeindlichkeit durch, viele troffen von Schuldzuweisungen und Verschwörungstheorien. Hinter diesem heimtückischen Mord würden die Linken, die Ausländer, die Asylsuchenden stecken.

Die Printausgaben brachten mehrere Artikel mit redaktionellen Kommentaren. Lauber und Minder wunderten sich über die Phantasien der Journalisten. Obwohl sie wenig Fakten hatten, lehnten sie sich mit gewagten Hypothesen zum Fenster hinaus. Es schien, als wollten sie ihre Leserschaft zum Verfassen von Zuschriften anregen.

Wie üblich würde Minder am Abend die Zeitungen dort holen und die für die Kripo relevanten Beiträge herausschneiden, auf ein A4-Blatt kleben und kurz kommentieren. Eine Tätigkeit, zu der ihn Lauber angestiftet hatte.

Die Lektüre wurde durch einen Anruf auf Laubers Mobiltelefon unterbrochen. Es war sein direkter Vorgesetzter Alain Sigrist.

Er stand auf, gab Minder mit einem Handzeichen zu verstehen, er solle ungestört weiterlesen.

«Guten Tag, Beat. Ich muss mit dir reden.» Mit diesen Worten empfing ihn Sigrist in seinem Büro. «Im Rontal kocht die Volksseele. Wir müssen unbedingt darauf reagieren.» Wie weit die Ermittlungen in diesem Tötungsdelikt fortgeschritten seien, erkundigte er sich bei Lauber.

Man tue das Mögliche, antwortete Lauber schulterzuckend. Er berichtete von den zahlreichen Vernehmungen, die allerdings nicht allzu viel gebracht hätten. Vom bevorstehenden Treffen mit der Exfrau Forlers und ihrem Lebenspartner sagte er allerdings nichts. Er sagte auch nichts von seiner geplanten Reise nach Wien. Das waren zwei Spuren, von denen er sich viel versprach. Er wollte sie nicht durch eine vorzeitige Bekanntgabe verwischen lassen.

Sigrist war mit Laubers Schilderung nur halbwegs befriedigt. Man müsse dennoch die Öffentlichkeit informieren. Die Leute in Luzern und Umgebung würden das erwarten. Er schlug für den späten Nachmittag eine Medienorientierung vor. Lauber riet davon ab, Sigrist liess sich aber nicht umstimmen.

Lauber musste in den sauren Apfel beissen und lud für sechzehn Uhr die Zeitungen sowie die lokalen Radio- und Fernsehstationen in den Presseraum an die Kasimir-Pfyffer-Strasse ein.

Als er wieder in seinem Arbeitszimmer war, lag ein Fax auf seinem Schreibtisch. Absender: Oberstleutnant Franz Sinowatz, Stadtpolizeikommando Leoben.

Lieber Beat,

bei einer Hausdurchsuchung in Graz konnte umfangreiches Material gegen den am Osterdienstag in Leoben verhafteten Jörg Heindl sichergestellt werden. Darunter befindet sich auch etwas, das die Justiz in Luzern interessieren könnte.

Bei seiner Verhaftung trug Heindl einen gefälschten Pass mit dem Namen Heinz Hofer bei sich.

Unter dem sichergestellten Material befindet sich auch ein auf diesen Namen ausgestelltes Flugticket Graz–Zürich und eine Bahnkarte Zürich Flughafen–Luzern HB, beides für den 31. März 2012.

Wie lange sich Heindl in Luzern aufgehalten und was er dort angestellt hatte, konnten wir noch nicht herausfinden. Er weigert sich derzeit noch hartnäckig, darüber auszusagen. Ich gehe davon aus, dass wir ihn im Laufe des Tages weichkochen können. Ich wäre dir sehr verbunden, wenn du herausfinden könntest, in welchem Hotel Heindl am 31. März abgestiegen ist.

Bis bald
Franz S.

Er stürzte mit dem Fax in Minders Arbeitszimmer nebenan und knallte ihm das Papier auf den Tisch.

«Sieh dir das mal an. Ich kann es kaum fassen. Nun warten wir noch auf die DNA-Analysen und Fingerabdrücke der sichergestellten Spuren aus Gschwandls Wohnung an der Morgartenstrasse.»

«Da ist nur zu hoffen, dass Heindl lange genug am Leben bleibt, damit wir ihn mit diesen Erkenntnissen konfrontieren können.»

«Wenn es Erkenntnisse sind, die ihn belasten. Warten wir ab. Nächste Woche wissen wir mehr.»

Minder sah Lauber skeptisch fragend an. «Hast du vor, diesen Fax an die Medienkonferenz mitzunehmen?»

Lauber wehrte mit einer Handbewegung dezidiert ab. «Nein, natürlich nicht. Aber einen Auftrag hast du damit gefasst. Wo hat Heindl vom 31. März auf den 1. April in Luzern übernachtet? Wann hat er dort ausgecheckt?»

Minder schlug die Hacken zusammen und sagte: «Zu Befehl, Herr Leutnant, wird gleich erledigt.»

Nach knapp einer halben Stunde klopfte Minder lautstark an Laubers Bürotür. «Heindl alias Hofer hat am 31. März um halb vier nachmittags im Hotel ‹Continental› eingecheckt. Der Hoteleingang liegt etwa fünfzig Meter von Gschwandls ehemaliger Wohnung entfernt. Ausgecheckt hat er um halb elf am 1. April.»

Lauber hob seinen rechten Daumen. «Nun, das wäre schon etwas Konkretes. Jetzt fehlen uns nur noch die Spuren, die er in der Wohnung an der Morgartenstrasse hinterlassen hat.»

«Da zweifle ich ja nicht daran. Aber wie geht es weiter?»

«Gute Frage», fand Lauber. «Das hängt dann leider nicht mehr von mir ab. Am besten wäre es, man würde Heindl nach Luzern überstellen, wo wir ihn vernehmen könnten. Doch das bleibt wohl ein frommer Wunsch. Ich würde mich schon glücklich schätzen, wenn ich ihn in Leoben oder Graz vernehmen dürfte.»

«Unter den wachsamen Augen der österreichischen Justiz?»

Darum werde er wohl kaum herumkommen, räumte Lauber ein. Aber das mache ihm eigentlich keine Bauchschmerzen. Eher noch, dass ein Prozess gegen Gschwandl nicht in Luzern stattfinden könne. Das kompliziere die ganze Sache enorm. Er vertraue aber dabei auf das Geschick der Hermine von Flüe. Sie sei in der Tat weltgewandt, was man nicht von allen hiesigen Staatsanwälten sagen könne. «Je mehr wir herausfinden, umso ernster wird man uns in Österreich nehmen.» Lauber richtete den Zeigefinger auf Minder. «Versuch noch herauszufinden, mit wem er vom ‹Continental› aus Kontakt aufgenommen hat.»

«Du verlangst viel von mir. Gut: Ich knie mich da mal rein. Mit allen legalen und illegalen Mitteln.»

«Für das Letztere haftest du aber allein», stellte Lauber augenzwinkernd klar.

«Nur keine Angst, Kumpel. Niemand wird dir zutrauen, dass du nur einen Millimeter von der gesetzlichen Richtlinie abweichst. Polizeioffiziere sind ja nicht bescheuert und machen sich die Hände mit etwas schmutzig, das Untergebene mit Handschuhen erledigen können.»

Auf Laubers Gesicht zeichnete sich ein breites Grinsen ab.

Wachtmeister Minder schien an diesem Tag vor Arbeitseifer überzuquellen. Es war kaum eine halbe Stunde verstrichen, als er eine Zusammenstellung seiner Recherchen auf Laubers Pult warf.

31. März, 15:02, Publifon 2, Hauptbahnhof Luzern. Telefonanruf von Heindl auf die Privatnummer Christoph Forlers.

«Forler.»

«Heindl. Ich bin eben mit dem Zug aus Zürich angekommen.»

«Wo und wann wollen wir uns treffen?»

«Im Restaurant oben im Bahnhof Luzern, um vier Uhr.»
«Okay, ich werde dort sein.»

Lauber schüttelte ungläubig den Kopf. «Wie hast du denn das rausgekriegt?»

«Der Riecher eines Fahnders. Von wo ruft man an, um sicher zu sein, dass man nicht identifiziert wird? Von einer öffentlichen Telefonzelle aus. Aber eben: Diejenigen, die das tun, sind sich nicht bewusst, dass all diese Gespräche aufgezeichnet werden. Und darauf haben wir von der Kripo Zugriff.»

«Tja, der Anrufer kann so meist nicht eruiert werden, der Angerufene aber schon. Und in diesem Fall haben wir jetzt beide. Das Dumme ist nur, der eine lebt nicht mehr.»

«Was rätst du mir nun?», fragte Minder.

«Das Übliche. Statte dem ‹Continental› und dem Bahnhofsrestaurant einen Besuch ab.»

«Darauf wäre ich auch gekommen. Doch was versprichst du dir davon?»

Lauber nahm sein Smartphone und klickte den Kalender darauf an. «Seither ist mehr als ein Monat vergangen. Wer wird sich noch an diese Leute erinnern können?»

«Du sagst es. Trotzdem: Ich werde beide Etablissements aufsuchen. Hotelpförtner und Bedienungspersonal haben bisweilen ein phänomenales Gedächtnis. Ich werde mir Fotos von Heindl und Forler beschaffen.»

Inzwischen war es Mittag geworden.

★★★

Am Nachmittag meldete sich Minder an der Rezeption des Hotels «Continental». Der Portier, ein bereits betagter Herr, empfing ihn ausgesprochen kühl, und das, obwohl er zuvor seine Ankunft telefonisch angekündigt hatte. Er bat Minder in wenig freundlichem Ton, sich auszuweisen. Dieser machte gute Miene zum bösen Spiel. Das Letzte, was er gebrauchen konnte, war, die Leute in diesem Hotel gegen sich aufzubringen. Zu sehr war er auf deren Goodwill angewiesen.

«Wir haben sehr selten Besuch von der Polizei, und sollte es einmal vorkommen, nur wenn wir sie anfordern», sagte der Alte, runzelte die Stirn und prüfte den Ausweis des Wachtmeisters so wie ein Beamter an einem Schalter Banknoten, wenn er einen Kunden im Verdacht hat, dass er ihm Falschgeld aushändigt. Schliesslich musterte er Minder vom Scheitel bis zur Sohle und fragte: «Warum tragen Sie eigentlich keine Uniform?»

Das sei bei der Kriminalpolizei nicht üblich, klärte ihn Minder auf. Erst jetzt bemerkte er, dass der Portier nicht den ortsüblichen Dialekt sprach, sondern einen Mix aus Hochdeutsch und Schwäbisch. Durchaus möglich, dass er mit Schweizer Polizisten nicht besonders gute Erfahrungen gemacht hatte.

Dann zeigte er ihm den Computerausdruck eines Porträts von Heindl. Dieses Gesicht komme ihm irgendwie bekannt vor, sagte der Portier etwas zögernd. Ob er noch ein Bild des ganzen Mannes habe. Minder zog ein weiteres Blatt hervor. Ja, dieser Mann sei im Hotel gewesen. An einem Wochenende, etwa vor einem Monat.

«Können Sie sich noch an seinen Namen erinnern?»

«Nein … hmmm … aber mein Chef hat mich heute Morgen gebeten, ihm alle Gäste, die vom 31. März auf den 1. April übernachtet haben, herauszuschreiben. Könnte das damit zusammenhängen, dass Sie jetzt da sind?»

Minder nickte stumm.

«Den Namen kann ich nicht mehr zuordnen, aber ich bin mir fast sicher, dass dieser Herr, mit Tiroler Dialekt, am 31. März bei uns abgestiegen ist.»

«Herzlichen Dank, Sie haben uns sehr geholfen. Möglich, dass wir nochmals auf Sie zukommen … für eine Zeugenaussage.»

Den alten Mann schien das zu beunruhigen. Er mochte nicht in eine Geschichte verwickelt werden, für die er sich nicht interessiere und die ihn auch nichts angehe.

Minder liess das nicht so stehen. «Darum werden Sie wohl kaum herumkommen.» Es gehe hier um eine ganz ernste Angelegenheit. Die Aussage, die er gemacht habe, sei sehr glaubwürdig. Die Polizei tue alles, Zeugen so zu behandeln, dass sie nicht mit Unannehmlichkeiten konfrontiert würden.

Weniger informativ war der Besuch im Bahnhofsrestaurant. Das Personal, das am 31. März dort gearbeitet hatte, gab sich zwar kooperativ, dann aber zeigte Minder den Anwesenden vier Bilder. Zwei von Personen, die schon mehrere Jahre nicht mehr lebten, eines von Heindl und eines von Forler. Zwei Kellner und eine Serviererin, die an diesem Samstagnachmittag arbeiteten, sagten aus, alle gesehen zu haben. Minder bedankte sich freundlich bei ihnen.

Die Serviererin schien sich darüber zu freuen und bat den Wachtmeister, für sie ein gutes Wort einzulegen. Man habe ihr den Führerausweis für zwei Monate entzogen, nur weil sie ein bisschen zu schnell gefahren sei.

Minder lächelte gequält. Dafür sei leider eine andere kantonale Behörde zuständig, nicht die Polizei, und er ergänzte: «Die meisten Leute geben uns solch wertvolle Auskünfte, wie Sie es eben getan haben.»

★★★

«Immerhin etwas», meinte Lauber, als Minder ihn über die Aussagen des Hotelportiers informierte. «Nun müssen wir noch abwarten, was uns der Professor in Wien zu bieten hat. Ich verspreche mir viel davon.»

«Hat der Mann etwas gutzumachen, weil er unsere Beweismittel zunächst liegen gelassen hat?»

«Schon möglich. Aber meine Erfahrung sagt mir: Die meisten Österreicher sind ausgesprochen hilfsbereit, was man von unseren Landsleuten nicht durchwegs behaupten kann.»

Suzanne machte den Vorschlag, bereits am Freitagabend mit dem Zug nach Zürich zu reisen, um ganz sicher das Flugzeug nach Wien, das um sieben Uhr fünfzehn am Samstag startete, nicht zu verpassen.

Freitag, 4. Mai, und das Wochenende danach

Als Lauber mit Suzanne abends das Haus an der Dufourstrasse verliess, klingelte sein Mobiltelefon. Es war Gruber. Er erwarte sie beide morgen um halb zehn am Flughafen Schwechat. Und falls noch neues Material der Spurensuche aufgetaucht sei, solle er, Lauber, es doch nach Wien mitnehmen. «Ich habe für das Wochenende ein ganzes Team von Doktoranden aufgeboten. Sie werden alles nach dem neuesten Stand der Forensik auf Herz und Nieren prüfen.»

«Wir müssen noch einen kleinen Umweg machen. Ich muss an der Kasimir-Pfyffer-Strasse etwas holen», sagte Lauber entschuldigend zu Suzanne.

«Dann verpassen wir den Zug.» Suzanne war immer darauf bedacht, mindestens zehn Minuten vor Abfahrt auf dem Perron zu stehen.

«Halb so schlimm. Eine halbe Stunde später fährt der nächste.»

Lauber holte an seinem Arbeitsplatz die blaue Jacke, die er nach dem überhasteten Putz an der Morgartenstrasse gefunden hatte.

★★★

Lauber hatte sich Gruber ein bisschen anders vorgestellt, obwohl er sich völlig richtig beschrieben hatte. War auch nicht schwierig: einen Meter sechzig gross, spärliche grau melierte Haare mit kräftigem roten Wallebart, starke konkave Brillengläser, wie sie Kurzsichtige tragen, einen Kugelbauch, zerschlissene Jeans und einen grünen Wollpullover.

Wie abgesprochen stand er um halb zehn am Ausgang des Flughafens Schwechat, dort, wo die Schnellbahn nach Wien abfährt.

Eine halbe Stunde später trafen sie an der U-Bahn-Station Schottentor im Zentrum des Universitätsviertels ein. Nach einem fünfminütigen Spaziergang lieferte Gruber seine beiden Schweizer Gäste an der Rezeption des Hotels «Am Schottenpoint» ab. «Ziehen Sie sich beide etwas Praktisches an. Ich warte auf Sie im Kaffeerestaurant ‹Ohpot Ohpot› nebenan. Sie haben richtig gehört: ‹Ohpot Ohpot›. Na ja, an die Wiener Terminologie müssen Sie sich erst noch gewöhnen.»

Eine halbe Stunde später setzten sie sich zu Gruber, der eben ein verspätetes Frühstück eingenommen hatte. Überall auf dem Tisch fanden sich noch Reste davon. Er entschuldigte sich: «Ich war leider noch nie ein ordentlicher Typ.»

«Dann müssten Sie sich mit meinem Geliebten ja bestens verstehen», gab Suzanne schlagfertig zurück.

Der Professor begann, von Wien zu erzählen. Die Sehenswürdigkeiten, die Bahnhöfe, die Geschichte … Am Stichwort Politik blieb er hängen. «Leider haben wir neuerdings wieder Rechtsextremisten in der Stadt. Da sind wir in bester Gesellschaft mit unserem Nachbarn im Westen. Na ja, lassen wir das, ich ärgere mich nur, wenn ich darüber rede.»

Gruber schüttelte indigniert den Kopf und wechselte das Thema. «Sie haben sich vielleicht gewundert, dass ich Sie beide nicht mit dem Auto vom Flughafen abgeholt habe.»

Lauber nickte und sagte: «Ich benutze das Auto nur zu dienstlichen Zwecken. Privat reisen meine Lebenspartnerin und ich mit Zug und Bus.»

Der Professor hob den Daumen in die Luft. In dieser Stadt würden nur Dummköpfe ein Motorfahrzeug halten. Nachdem er vor fünf Jahren seine Karre zu Schrott gefahren habe, sei er zu hundert Prozent auf den öffentlichen Verkehr umgestiegen.

Dann rief er laut: «Bedienung!» Schon trippelte eine Kellnerin an den Tisch. Man schien ihn im «Ohpot Ohpot» zu kennen.

«Wünschen der Herr Professor die Speisekarte?»

«Erraten. Bringen Sie auch meinen Gästen eine. Ich lade Sie ein.»

Lauber wollte protestieren, doch Gruber schnitt ihm dezidiert das Wort ab.

Man einigte sich auf einen Eintopf. Eine gute Wahl, wie Suzanne und Lauber nach dem Essen feststellten.

Inzwischen war es halb eins geworden, und der Professor machte einen Vorschlag, wie es am Nachmittag weitergehen sollte.

«Zunächst statten wir meinem Institut einen Besuch ab.» Gruber entging das leichte Zucken in Suzannes Gesicht nicht. «Oder möchte die gnädige Frau einen kleinen Stadtbummel machen? Dann können wir uns ja um vier Uhr wieder hier treffen.»

Suzanne lächelte. «Würde mir vielleicht eher zusagen. Aber wie mache ich es, dass ich mich nicht verlaufe? Wien ist um einiges grösser als Luzern.»

Gruber zog mehrere Blätter aus einer der vielen Taschen rund um seine Hosenbeine. «Da steht auch meine Handynummer. Schauen Sie sich die Pläne genau an, und notfalls fragen Sie sich durch. Man wird Ihnen mit Sicherheit Auskunft geben ... na ja, möglicherweise nicht immer die ganz richtige.»

Nicht ohne Stolz führte der Professor seinen Schweizer Gast durch das Institut. «Das Departement für Gerichtliche Medizin der Medizinischen Universität Wien, wie es offiziell heisst, wurde im Juli 2010 neu eröffnet, nachdem es zwei Jahre zuvor seinen Betrieb aus Spargründen hatte einstellen müssen. Es wurde 1805 gegründet und ist damit nicht nur das älteste rechtsmedizinische Institut im deutschen Sprachraum, sondern eines der ältesten weltweit.»

Am Ende des Rundgangs gingen sie ins Büro von Gruber, wo eine Gruppe von Doktoranden wartete. Diese würden das Material aus Luzern auf Herz und Nieren prüfen, von Fingerabdrücken bis zur DNA-Analyse.

Der Aufenthalt im Institut dauerte doch etwas länger, als Gruber vorausgesagt hatte. Um halb fünf hetzten Lauber und der Professor keuchend ins «Ohpot Ohpot», wo Suzanne bereits eine Stunde bei Schokolade und Kuchen auf die beiden wartete.

«Das wird nicht wieder geschehen», entschuldigte sich Gruber. «Nun machen die anderen die Arbeit, und wir können morgen Vormittag die Früchte davon in Empfang nehmen.»

«Früchte finde ich eigentlich gut. Ob diese wohl geniessbar sind?», fragte Lauber.

«Auf den Geschmack dürfen wir wohl nicht achten. Stinken tut bei uns leider fast alles.» Gruber warf dabei Suzanne einen Blick zu, der so etwas wie eine Entschuldigung ausdrücken sollte. «Ich möchte Ihnen nicht den Appetit verderben. Aber wenn ein Bulle und ein Pathologe aufeinanderstossen, dann kann das mit einem Leichenschmaus enden. … Aber stopp jetzt … Kein Wort mehr heute über unser Metier. Ich lade Sie beide zum Essen ein – in einem anderen Stadtteil, wo mich niemand kennt.»

Es folgte ein schöner, unterhaltsamer Abend. Gruber hielt Wort. Leider. Nur zu gerne hätte Lauber erfahren, wo eigentlich das Paket mit den Spuren des Todesfalls «Gschwandl» gelandet war.

Am nächsten Morgen, gerade als Suzanne und Lauber fertig gefrühstückt hatten, tauchte Gruber in der Rezeption auf. Er steckte Lauber ein Mäppchen mit Berichten zu und verabschiedete sich herzlich.

Lauber mochte es kaum erwarten, bis er im Flugzeug sass und sich die Berichte der Wiener Gerichtsmediziner zu Gemüte führen konnte.

Was er da zu Gesicht bekam, erstaunte ihn eigentlich nicht. Der abgebrochene Daumennagel stammte von Forler. Forler war also an den beiden Morden beteiligt gewesen.

Die Leute an der Sensengasse hatten aber noch etwas anderes gefunden. Die Fingerabdrücke an beiden Feuerzeugen, an dem, das an der Morgartenstrasse, und an jenem, das auf dem Fuchsberg gefunden wurde, stimmten überein. Die auf dem Fuchsberg sichergestellten Haare, die Handschuhe und der an der Morgartenstrasse entdeckte Arbeitskittel waren ebenfalls dieser Person zuzuordnen. Sie mussten jemandem aus dem Umfeld von Forler gehören.

Im Mäppchen war zudem ein verschlossenes Briefkuvert. Lauber öffnete es. Es war ein kurzer Brief, handgeschrieben von Gruber.

Lieber Beat,
eine Erklärung bin ich dir noch schuldig. Zu der Odyssee des
Pakets mit dem Material, das eure Spurensicherung an der Mor-
gartenstrasse gefunden und uns zugeschickt hat. Die Postsendung
hat einen langen Umweg gemacht und ist durch eine glückliche
Fügung wieder an den Absender gelangt ...

Montag, 7. Mai

Um acht Uhr betrat Minder das Büro seines Chefs. Lauber informierte ihn über die Ergebnisse aus der Gerichtsmedizin in Wien. «Zwei Sachen sind erstaunlich», schloss Lauber. «Erstens: Heindl war zur Zeit des Todes von Gschwandl in der Nähe der Morgartenstrasse. Offensichtlich hatte er mit dem Mord etwas zu tun. Aber gerade von ihm konnten keine Spuren gefunden werden. Zweitens: Eine weitere Person muss neben Forler bei beiden Todesfällen dabei gewesen sein. Das belegen die gefundenen Fingerabdrücke und die DNA-Analysen. Wir müssen diese Person unbedingt ausfindig machen.»

«Was ist eigentlich mit dem blauen Arbeitskittel?»

«Ach ja, das habe ich vergessen zu erwähnen. Dieser gehört offensichtlich der Person mit den gefundenen Fingerabdrücken auf den Feuerzeugen. Auch das haben die Wiener herausgefunden.»

Minder sah Lauber aus den Augenwinkeln an. «Tolle Arbeit der österreichischen Gerichtsmediziner. Jammerschade nur, dass wir das erst nach dem Exitus von Forler erfahren haben. Und? Was erwartest du jetzt von mir?»

Lauber stützte seinen Kopf auf beide Hände. «Was schlägst du vor?»

«Hmmm … ich glaube, wir haben etwas übersehen. Heindl muss sich am Sonntagmorgen vor Ostern irgendwo an der Morgartenstrasse aufgehalten haben.»

«Genau das habe ich mir auch gedacht. Vielleicht sollten wir die Bedienung im ‹Café Emma› nochmals befragen. Wie heisst sie noch?»

Lauber grinste genüsslich. «Aber, aber, einen solchen Namen vergisst du einfach? Mimi, Gaggioli Mimi, heisst die junge Dame. Doch du hast recht, mach dich an die Kleine ran, sie scheint wache Augen zu haben. Vielleicht könntest du auch diesen zwielichtigen Barmet samt seiner Gemahlin ein bisschen piesacken und einige Fragen an die alte Frau Renggli richten.»

Minder stöhnte. «Barmet, dieser Kotzbrocken. Der weiss ganz

sicher mehr, als er sagt. Und die demente Alte im Parterre? Ob die sich noch daran erinnern kann? Nun, ich werde mich überwinden. Doch allzu viel verspreche ich mir nicht davon.»

«Nur so eine Idee von mir. Heindl könnte die ganze ‹Aktion› koordiniert haben. Und von wo aus lässt sich das am bequemsten bewerkstelligen?»

Minder schlug sich mit der flachen Hand auf die Stirn. «Genau, Heindl könnte das von einem parkierten Auto aus bewerkstelligt haben.»

Lauber wählte die Nummer der am nächsten liegenden Autoverleihfirma in der Stadt. Volltreffer. Ein Herr namens Heinz Hofer aus Österreich hatte für die Zeit vom 31. März bis zum 1. April einen VW Golf gemietet. Einen schwarzen.

Mimi Gaggioli verzog leicht das Gesicht, als Minder im Café aufkreuzte. Sie konnte sich denken, was dieser Tschugger vorhatte. Er wollte noch mehr darüber wissen, was sich an jenem Sonntag in der Umgebung des Cafés abgespielt hatte. Dabei wurde ihr von ihrem Arbeitgeber eingeschärft, mit der Weitergabe von Informationen an die Polizei zurückhaltend zu sein. Seine Kunden würden es schlecht vertragen, wenn sie erführen, dass die Kripo in seinem Lokal ein und aus ging.

Minder bestellte einen Cappuccino und ein Stück Schokoladenkuchen.

Die Fahnder sind ja auch Gäste, dachte sich Mimi und packte gleich den Stier bei den Hörnern. «Sie kommen wohl wieder wegen der Sache von Sonntagmorgen. Aber ich wüsste nicht, was ich Ihnen nicht schon berichtet hätte.»

Minder versuchte es mit dem süssesten Lächeln, das er auf Lager hatte. «Tja, liebe Mimi, wenn man die richtigen Fragen stellt, kann es vorkommen, dass man sich plötzlich an etwas erinnert – an eine Sache, die irgendwo im Hinterkopf schlummert. Ist Ihnen nicht noch etwas aufgefallen auf der Strasse gegenüber? Ein schwarzer VW Golf zum Beispiel?»

Mimis Augen leuchteten erleichtert auf. «Wenn Sie schon so fragen, erinnere ich mich. Ja, ein solches Auto habe ich tatsächlich gesehen.» Sie zeigte auf das Parkfeld in der Nähe des Cafés.

«Wer war drin?»

«Wenn ich das wüsste … Es war einer, den ich vorher nie gesehen hatte.»

«Wie lange stand der Wagen dort?»

«Eine Viertelstunde, eine halbe Stunde vielleicht, ich hatte nicht auf die Uhr gesehen.»

«Wann war das an diesem Vormittag?»

«Genau kann ich das nicht sagen. Zur Frühstückszeit. Ihr Kollege, der die Strasse bewachte, war zu dieser Zeit im Lokal.»

«Aha – das ist interessant. Dann muss es ja einen Grund geben, dass Sie sich nach mehr als einem Monat so genau daran erinnern.»

«Ja, diesen gibt es. Jules hat zu mir gesagt: ‹Siehst du, Mimi, dieser Mann macht es genau richtig. Er fährt zur Seite und telefoniert mit seinem Handy. Viele tun das im Fahren. Mach das nie, sonst bist du deinen Führerausweis los.›»

«Wenn Sie wüssten, wie Sie uns mit diesen Angaben geholfen haben.» Minder steckte ihr diskret eine Zwanzigernote zu. «Das ist das Trinkgeld für den Cappuccino.»

Mimi schaute sich um. Wahrscheinlich wollte sie sich vergewissern, ob der Chef nicht in Reichweite war. Der war nirgends zu sehen. Dann berührte sie mit ihren Lippen blitzschnell Minders rechtes Ohr und flüsterte: «Sie sind ein Klasse-Bulle, echt geil.»

Als Lauber von dieser Neuigkeit erfuhr, klopfte er Minder kräftig auf die Schultern. «Junge, du wirst von Tag zu Tag besser. Jetzt verrat mir noch, wie wir zum Eigentümer der Fingerabdrücke kommen.»

«Auch da hat mich Mimi auf eine Idee gebracht. Auf meine Frage, ob sie sich noch erinnern könne, ob jemand in dieser Zeit das Haus an der Morgartenstrasse betrat, fiel ihr plötzlich ein, das könnten zwei Typen gewesen sein: einer mit einem Glatzkopf, der andere mit grauen Haaren.»

«Zwei Typen? Hmmm …»

«Jetzt kombinier mal, Chef …»

«Du sagst es, Kumpel. Ich fresse einen Besen, darunter ist auch jener Bursche, der uns mit Forler zusammen in der Reussblickstrasse attackiert hat.»

«Das finden wir sofort heraus. Nach seiner Festnahme haben wir eine Personalakte von ihm angelegt.»

Nach einer halben Minute spie der Laserdrucker folgenden Text aus.

Personalien:
Zwimpfer Fredy, 1956, Root. Verheiratet. Drei Söhne, Hilfs-hauswart, Arbeitgeber Gemeinde Root.
Strafregister:
1999: Busse von Franken 500 wegen rassistischer Äusserungen an einer Podiumsveranstaltung über des Thema Einbürgerung in Emmen.
2003: bedingte Gefängnisstrafe von fünf Monaten wegen schwerer Körperverletzung, begangen an einem nigerianischen Asylbewer-ber im Bahnhof Luzern.
2012: Anzeige wegen Gewalt gegen Polizisten, begangen am 18. April an der Reussblickstrasse in Gisikon.

Auf der nächsten Seite waren mehrere Fotos und die Fingerab-drücke.

«Ein braunes Früchtchen», kommentierte Minder.

Lauber begann hastig in den Unterlagen, die er von Professor Gruber bekommen hatte, zu blättern.

«Na endlich. Da sind sie.»

Dann hörte man zwei laute Schreie des Entzückens. «Die stimmen zu hundert Prozent mit denjenigen auf den Feuerzeugen überein», riefen beide gleichzeitig.

«Den Kerl schnapp ich mir gleich», sagte Minder.

«Da will ich dabei sein. So, los, fahren wir zum Schulhaus in Root.»

Kaum eine Viertelstunde später trafen sie im Lehrerzimmer des Schulhauses St. Martin den Hilfsabwart Zwimpfer beim Kaffee an.

Der Mann war ausgesprochen bleich, ja aschfahl, er wirkte verängstigt. Lauber rief: «Polizei, Herr Fredy Zwimpfer, Sie sind festgenommen.»

Die beiden Kripobeamten waren auf alles gefasst. Dass Zwimpfer lautstark protestieren, sich sogar physisch zur Wehr setzen oder zusammenbrechen würde. Was sie aber nicht erwarteten, war, dass er seine Hände übereinanderlegte und sie ihnen entgegenstreckte.

«Gott sei Dank, Sie haben mir eben das Leben gerettet.»
Lauber und Minder sahen sich ungläubig an.

«Das Leben gerettet? Sie kommen also freiwillig mit uns an die Kasimir-Pfyffer-Strasse? Wenn dem so ist, können wir uns die Handschellen ersparen», bemerkte ein verdutzter Lauber geradezu freundschaftlich.

Eine halbe Stunde später sass Zwimpfer am runden Tisch im Verhörraum des Kapo-Gebäudes Lauber und Minder gegenüber.

«Möchten Sie einen Kaffee? Gipfeli gibt es auch dazu.»

«Ja, das könnte ich jetzt gebrauchen. Ich habe die letzten zwei Nächte kaum geschlafen.»

Minder stand auf und verliess im Laufschritt das Zimmer. Nach fünf Minuten erschien er mit einem grossen Plateau, darauf eine dampfende Kanne Kaffee, Milch, Zucker und ein halbes Dutzend Gipfeli.

Lauber nahm eine Tasse, schenkte Kaffee ein, fragte noch: «Milch, Zucker?»

«Beides», sagte Zwimpfer, dessen Gesicht nun etwas mehr Farbe bekommen hatte.

«Ich würde nun gerne wissen, weshalb Sie in den letzten Tagen so schlecht geschlafen haben.»

«Jemand ist hinter mir her.»

«Werden Sie bitte konkreter.»

«Ein Mann stellt mir seit vorgestern nach.»

«Wer denn?»

«Wer das ist, kann ich nicht sagen. Ich habe ihn vorher nie gesehen. Aber die Beschreibung der Zeugen des Mordes an Forler im Bahnhof Gisikon-Root passt ziemlich genau auf ihn. Ein junger, gross gewachsener Mann, mit der Postur eines Wandschrankes, so zwischen zwanzig und dreissig. Ich hatte Angst, er würde mich auch umbringen.»

Lauber zog die Augenbrauen hoch. «Haben Sie eine Ahnung, was für ein Motiv er gehabt haben könnte?»

«Wenn ich das nur wüsste. Wahrscheinlich das gleiche, das der Typ hatte, als er Forler vor die Lokomotive stiess.»

«Das liegt ja wohl auf der Hand. Aber was könnte der Grund sein, weshalb er Sie verfolgt hat?»

«Ähh ... vielleicht wegen meiner Aktivität bei der Bürgerwehr Rontal.»

«Wie kommen Sie denn da drauf? Warum würde er das erst jetzt tun? Diese Heimatwehr existiert ja schon seit mehr als zehn Jahren.»

Zwimpfer rutschte hilflos auf seinem Stuhl hin und her. «Ich habe nur so gedacht ...»

«Könnten Sie sich vorstellen, dass es noch einen andern Grund haben könnte? Vielleicht weil Sie mitgeholfen haben, Gschwandl und Bucher ins Jenseits zu befördern. Haben Sie doch?»

Zwimpfer wollte etwas sagen, doch die Worte blieben ihm im Hals stecken.

«Herr Zwimpfer, haben Sie eine Ahnung, weshalb wir Sie heute Morgen festgenommen haben?»

Zwimpfer nickte widerstrebend. «Es könnte tatsächlich damit zusammenhängen, dass ich dabei war, als zwei Verrätern eine Lektion erteilt wurde.»

«Verräter? Wenn es tatsächlich so wäre, wer gibt Ihnen das Recht, diese zu töten?»

«Das war keine Tötung, sondern ein Unfall.»

«Da sind wir anderer Meinung.»

Lauber sah zu Minder hinüber und machte eine Kopfbewegung, die als Aufforderung gemeint war, die nächste Frage zu stellen.

«Erzählen Sie uns genau, was Forler und Sie am Sonntagmorgen vor Ostern an der Morgartenstrasse gemacht haben.»

Auf der Stirn von Zwimpfer bildeten sich grosse Schweisstropfen. «Das war so ... äähh ... an diesem Morgen holte mich Forler mit seinem Wagen ab. Er hatte einige Tage zuvor ein neues Auto gekauft ...»

Minder kam ihm zu Hilfe. «Hatte Forler seinen Besuch angekündigt?»

«Ja, hatte er. Ich wusste schon eine Woche zuvor, dass er kommen würde.»

«Wussten Sie, um was es ging?»

«So einigermassen. Es ging darum, diesen Gschwandl aus dem Verkehr zu ziehen.»

«War Ihnen bewusst, was mit ‹aus dem Verkehr ziehen› gemeint war?»

«Ich ging nicht davon aus, dass Gschwandl beseitigt werden sollte.»

«Was glaubten Sie denn, wie man mit Gschwandl verfahren würde?»

«Was weiss ich? Ihm ein bisschen auf den Zahn fühlen, vielleicht ihn ein wenig durch die Mangel drehen, letztendlich ihn wieder auf den richtigen Weg bringen.»

«Und am Ende war Gschwandl tot.» Minder sah Zwimpfer dabei scharf an. «Wo ist Forler mit Ihnen hingefahren?»

«Zunächst ins Bahnhofparking. Dort stellten wir den Wagen auf einem Feld ab, neben dem ein schwarzer VW Golf stand. Drinnen sass –»

Zwimpfer hielt plötzlich inne. Es machte den Anschein, als ob er etwas nicht preisgeben wollte.

«Herr Zwimpfer, wenn Sie glauben, es helfe Ihnen, uns etwas zu verschweigen, schneiden Sie sich ins eigene Fleisch.»

Zwimpfer zögerte immer noch.

«Wir wissen, wer dieser Mann ist», sagte Minder ziemlich ungehalten. «Einer, der einen österreichischen Dialekt spricht und sich bei Ihnen als Heinz Hofer vorstellte.»

«Himmelherrgott … wie haben Sie denn das erfahren?», fragte Zwimpfer mit leiser werdender Stimme.

«Es ist doch so, Herr Zwimpfer.»

Zwimpfer nickte wortlos.

«Was haben Sie und Forler gemacht? Was hat der Typ aus dem Golf gemacht?»

«Wir sind im Wagen sitzen geblieben. Der Mann hat den Kofferraum geöffnet und einen in Packpapier gewickelten Gegenstand hineingelegt. Dann klopfte er an die Scheibe auf der Beifahrerseite. Ich fuhr das Fenster hinunter. Ja, richtig. Er stellte sich als Heinz Hofer vor und sagte auf Österreichisch: ‹Ich fahre an die Morgartenstrasse und suche mir einen Parkplatz in der Nähe der Zielperson.› Er streckte mir einen Zettel entgegen und bemerkte, darauf stehe seine Handynummer. ‹Halten Sie mich auf dem Laufenden.›»

«Sie wussten damals bereits, wer mit der ‹Zielperson› gemeint war.»

«Nein, davon hatte ich keine Ahnung.»

Minder scharrte nervös mit den Schuhsohlen am Boden. «Was geschah dann?»

«Forler klärte mich auf, wer die Zielperson war und welche Rolle der Österreicher bei der Aktion zu spielen hatte.»

«Welche denn?»

«Den Einsatz koordinieren.»

«Was war im Paket, das Hofer in den Kofferraum legte?»

«Auch darüber informierte mich Forler. Eine Elektroschockpistole.»

«Wozu denn?»

«Tja, das ist es ja. Forler wies mich an, die Zielperson damit ruhigzustellen, falls sie sich renitent verhalten würde.»

«Können Sie denn mit einer solchen Waffe umgehen?»

«Kann ich, ja, Taser sind eigentlich gar keine Waffen.»

«Wo haben Sie das gelernt?»

«An einem Kurs in Jena, im ostdeutschen Thüringen.»

Lauber mischte sich ins Gespräch ein. «Wie um alles in der Welt sind Sie auf die Idee gekommen, sich den Umgang mit Tasern anzueignen und dafür noch mehr als tausend Kilometer weit in ein anderes Land zu reisen? Übrigens: Nach meinem Dafürhalten handelt es sich dabei durchaus um Waffen.»

«Forler hat mir das verordnet. Alle Mitglieder der Bürgerwehr Rontal mussten diesen Kurs absolvieren.»

«Was geschah dann?», fragte Minder weiter.

«Hofer fuhr gleich weg. Ich nahm den Taser aus dem Kofferraum und steckte ihn in den Gurt. Wir gingen daraufhin zu Fuss an die Morgartenstrasse.»

«Sie gingen direkt zum Haus, wo Gschwandl wohnte?»

«Nein, nicht direkt. Wir warteten am nördlichen Ende der

Strasse auf den Anruf von Hofer. Er parkierte in der Nähe des Hauseingangs. So konnte er feststellen, wann die Luft rein war.»

«Zu welchem Zeitpunkt kam der Anruf?»

«Um Viertel nach acht. Wir gingen zum Hauseingang und öffneten die Tür.»

«War sie nicht verschlossen?»

«War sie, ja. Doch Forler besass einen Schlüssel. Einen Passepartout, mit dem sich jede Haustür öffnen liess.»

Minder warf Lauber einen Blick zu. Dieser hob die Augenbrauen und setzte das Verhör fort.

«Herr Zwimpfer, hat Ihnen Forler erzählt, wie er zu diesem Schlüssel gekommen ist?»

«Nein, hat er nicht. Forler bewahrte in seinem Tresor eine ganze Menge auf, Schlüssel, mit denen er sich Zutritt zu vielen öffentlichen und privaten Gebäuden verschaffen konnte.»

«Wo befindet sich dieser Tresor?»

Zwimpfer schien nachzudenken. Die beiden Kripoleute fragten sich, warum.

«Herr Zwimpfer, heraus mit der Sprache. Wo ist dieser Tresor?»

«Lange Zeit war er im Schützenhaus von Root. Ich bin aber nicht ganz sicher, ob er noch dort ist.»

«Wir werden dem nachgehen … Dann klingelten Sie an Gschwandls Wohnungstür?»

«Ja, aber er nahm sich Zeit zu öffnen. Aber nach einigen Minuten tat er es doch.»

«Und? War er überrascht? Schliesslich war es Sonntagmorgen.»

«Nicht eigentlich. Forler sagte ihm, wir seien vom Gericht und müssten ihm einige Fragen stellen. ‹Das tue ich gerne, kommen Sie bitte in das Wohnzimmer›, sagte er daraufhin. Noch bevor er sich setzte, befahl Forler mir, ihn ruhigzustellen. Ich zog den Taser aus dem Gurt und jagte ihm zwei Drähte in den Rücken.»

«Das müssen Sie mir schon näher erklären. Gschwandl wehrte sich gar nicht, warum dann der Tasereinsatz?»

«Wenn Forler etwas befahl, hatte ich das auszuführen.»

«Hmmm … erzählen Sie bitte weiter.»

«Gschwandl fiel vornüber auf das Gesicht. Er musste sich die

Nase aufgeschlagen haben und blutete stark. Forler gab ihm eine Spritze gegen den Schmerz. Dann war Gschwandl vollständig weg.»

«Sie wissen nicht, was in dieser Spritze war?»

«Keine Ahnung, das hatte mich auch nicht zu interessieren.»

«Was machten Sie daraufhin?»

«Wir zogen uns Gummihandschuhe über und durchsuchten die Wohnung. Eine Schublade klemmte, Forler fluchte und probierte es ohne Handschuhe. Er rutschte aus und riss sich dabei die Hälfte des Daumennagels ab. Ich ging ins Badezimmer und suchte nach einer Hausapotheke. Die fand ich auch. So konnte ich Forler die Wunde verpflastern.»

«Was geschah mit dem Fingernagel?»

«Den liessen wir möglicherweise liegen. Dann läutete Forlers Mobiltelefon. ‹Heindl meint, wir sollten das Haus möglichst unauffällig verlassen.› Wir kamen dieser Aufforderung sofort nach.»

Lauber nickte anerkennend. «Herr Zwimpfer, das, was Sie uns da mitteilen, stimmt mit unseren Erkenntnissen überein. Ich darf feststellen, dass Sie sehr kooperativ sind. Das dürfte strafmildernd wirken.»

«Strafmildernd? Mit was für einer Strafe habe ich zu rechnen?»

«Da hüten wir uns, diesbezüglich Aussagen zu machen. Strafen werden vom Gericht verhängt. So wie es jetzt den Anschein erweckt, dürfte die Anklage eher *Beihilfe zu Mord* als *Mord* lauten. Wir werden darum besorgt sein, dass Sie einen guten Anwalt bekommen.»

Minder schlug daraufhin vor, eine kurze Pause zu machen.

Lauber drückte Zwimpfer die «Neue Luzerner Zeitung» in die Hand. «Da, lesen Sie, was sich in den letzten vierundzwanzig Stunden ereignet hat.» Lauber ging zum PC und startete ihn.

Eine Minute später erschien das Bild eines blauen Arbeitskittels auf dem grossen Monitor. «Kommen Sie, Herr Zwimpfer, und sehen Sie sich das mal genauer an.»

Zwimpfer tat wie ihm befohlen und erblasste, sagte aber kein Wort. Er ging wieder an seinen Platz zurück und blätterte weiter in der Zeitung.

Minder holte eine Tasse Kaffee vom Plateau und bot sie Zwimpfer an.

Dieser umfasste die Tasse mit beiden Händen, sodass man nicht so sehr bemerkte, wie er zitterte. Als er ausgetrunken hatte, sprach ihn Lauber auf den Kittel auf dem Bildschirm an. «Wissen Sie, wo wir diesen gefunden haben?»

Zwimpfer verneinte erstaunt.

«Ich persönlich habe diesen Kittel am Ostermontag im Klo von Gschwandls Wohnung gefunden. Wir haben herausgefunden, dass er Ihnen gehört. Das stimmt doch, oder?» Lauber lächelte dabei.

«Verdammt, jetzt kommt's mir. Ich habe ihn dort hängen gelassen.»

«Wann war das?»

«Als die Wohnung von Gschwandl geräumt und geputzt wurde.»

«Wann geschah das? Datum? Uhrzeit?»

Zwimpfer dachte angestrengt nach. «Einige Tage vor Ostern. Das genaue Datum fällt mir gerade nicht ein.»

«Ich will Ihnen das glauben. Aber wie kam es dazu, dass Sie sich zu diesem Zeitpunkt dort aufhielten?»

«Forler hat mich dazu beauftragt. Ich sollte Räumung und Reinigung der Wohnung überwachen.»

Lauber sah Zwimpfer fragend an. «Was gab es denn dort zu überwachen?»

«Hab ich mich ja auch gefragt. Doch Forler hat mir das erklärt. Es könnte jemand kommen und die Leute plötzlich am Räumen und Reinigen hindern. Für diesen Fall war vorgesehen, dass ich sofort Forler orientieren würde.»

«Kennen Sie Namen und Adresse der Umzugsfirma?»

«Nein. Aber auf dem Zügelwagen stand: ‹Blumer Logistik›. Er trug Aargauer Nummernschilder.»

«Moment mal.» Lauber stand auf und ging zum PC. Zwei, drei Minuten später kam er mit resigniertem Gesichtsausdruck zurück. «‹Blumer Logistik› gibt es nirgends in der Schweiz.»

«Wie hiess die Reinigungsfirma?»

«Sie hatte den gleichen Namen. Der Lieferwagen der Putzequipe war angeschrieben mit ‹Blumer Gebäude- und Wohnungsreinigung›.»

«Das wär's fürs Erste», schloss Lauber.

Doch Minder hob die Hand und fragte: «Herr Zwimpfer, wurden Sie eigentlich für diese Dienste entschädigt?»

«Ja, man hat mich fürstlich entschädigt.»

«Wie viel?», wollte Lauber wissen.

«Zwanzigtausend Franken.»

«Wie hat man Ihnen dieses Geld gegeben? Auf die Hand?»

«Nein. Auf eine sonderbare Art und Weise. Ein Herr aus Zürich tauchte zwei, drei Wochen vor Ostern bei mir auf und erkundigte sich, ob ich alte Teppiche hätte.»

«Der kam einfach so, ohne Vorwarnung?»

«Nicht ganz. Forler hatte mir einen Tag zuvor seine Ankunft angekündigt. Er werde kommen und mir Geld für einen heiklen Auftrag anbieten. Da die Sache so brisant sei, müsse man es als Verkauf eines wertvollen antiken Gegenstands tarnen. Aber der müsse weder alt noch teuer sein. Und da haben wir uns auf einen zerschlissenen Teppich geeinigt.»

Lauber sah vielsagend zu Minder hinüber und fuhr weiter: «Dann hat dieser Mann Ihnen den Betrag überwiesen? Auf Ihr Bankkonto?»

«Genau, auf mein Konto bei der Luzerner Kantonalbank. Als erste Tranche zunächst fünftausend Franken.»

«Geben Sie uns Ihre Bankdaten. Wir werden dieser Sache nachgehen.»

In diesem Moment gab Laubers Handy ein akustisches Signal von sich. Ein SMS war eingetroffen. Er lächelte. Die Nachricht stammte von Suzanne.

Wenn du es richten kannst, komm doch bitte über den Mittag zu uns. Ich habe genug gekocht. Diesmal geht es um Carmen. Sie hat ein Notenproblem. Vielleicht kannst du ihr dabei helfen.

Lauber antwortete sogleich.

o.k. komme um 12.15

Dann drehte er sich mit einem ganz ernsten Gesicht zu Zwimpfer. «Leider muss ich das Verhör vorübergehend unterbrechen. Zwei Polizisten werden Sie ins Gefängnis bringen, wo Sie mit den andern Häftlingen eine Mahlzeit einnehmen werden. Um etwa vierzehn Uhr treffen wir uns wieder in diesem Raum.»

Lauber drückte auf den grünen Knopf unter dem Tisch. Augenblicke später standen zwei Uniformierte im Türrahmen.

«Bringt diesen Herrn in den ‹Grosshof› zur Mittagsverpflegung. Um zwei will ich ihn wieder hier haben.»

***

Minder wollte natürlich noch wissen, was er denn für eine wichtige Mitteilung erhalten habe, dass er das Verhör so abrupt unterbrochen habe.

«Schulprobleme einer meiner Stieftöchter.»

«Stieftöchter?»

«Ja, genau. Es ist mir ernst mit Suzanne.»

Fünf Minuten früher als angekündigt läutete Lauber an Suzannes Tür.

Suzanne nahm ihn in die Arme und sagte: «Nun bin ich sicher, dass meine Töchter endlich einen Vater bekommen haben.»

Sie zog ihn zum Küchentisch, wo bereits die tränenüberströmte Carmen Platz genommen hatte. Noch bevor Lauber sprechen konnte, sagte Carmen trotzig: «Das lasse ich mir nicht bieten.»

Suzanne legte die Hand auf die Schulter ihrer Tochter und bat sie, Beat der Reihe nach zu erzählen, was heute Morgen an der Schule vorgefallen sei.

«Es geht um die Chemienote. Ende des Wintersemesters wurde der alte Chemielehrer pensioniert. Er hat mir die Note von 4,25 auf eine 4,5 aufgerundet, so wie es sich auch gehört. Nun habe ich eine Prüfung zurückbekommen. Der Neue, dieser Arsch, hat mir eine 3 gegeben. Das heisst, ich werde im Zeugnis eine 3,5 bekommen, die letzte Note war eine 4. Und das bedeutet einen Notendurchschnitt von 3,75.»

Lauber zog die Augenbrauen zusammen. «Ein bisschen knapp, findest du nicht auch?»

«Na ja, am Gymnasium ist so etwas üblich.»

«Was ist denn jetzt das Problem?»

«Die Klassenlehrerin hat mir eröffnet, ich müsse die Chemieprüfungen des vergangenen Semesters vorlegen, dann könne der Neue entscheiden, ob die Erfahrungsnote auf- oder abgerundet werde. So wie ich ihn kenne, wird er abrunden.»

«Erfahrungsnote?»

«Im nächsten Jahr haben wir keine Chemie mehr. Das heisst, ich hätte bereits zwei Jahre vor dem Abschluss eine ungenügende Maturanote.»

Ein Schmunzeln huschte über Laubers Gesicht. «Was war denn der alte Chemielehrer für ein Typ?»

«Er war anders. Einer, der sich schwertat, ungenügende Noten zu setzen. Er hat immer die Gesamtpersönlichkeit miteinbezogen. Ein echt aufgestellter Grufti.»

«Ach ja, wie hat er dann das bei dir hingekriegt?»

«Mir hat er jeweils gesagt, Chemie sei nicht gerade meine Stärke. Aber ich hätte ja andere Qualitäten.»

«Könnte der Grund sein, dass du hübsch bist?»

«Ist das nicht auch eine Qualität? ... Aber was rätst du mir jetzt?»

Lauber zog die Brauen zusammen und gab sich alle Mühe, bedeutungsvoll dreinzublicken. «Schreib dem alten Lehrer einen Brief und bitte ihn, zu begründen, weshalb er es nicht gut fände, wenn du eine ungenügende Chemienote im Maturazeugnis hättest. Und vergiss nicht, zu betonen, wie gut du seinen Unterricht gefunden hast.»

Carmen stiess einen Schrei des Entzückens aus. «Super. Beat, du bist megageil. Ich freue mich schon auf das lange Gesicht der Klassenlehrerin bei der Lektüre des Briefes. Du hast möglicherweise meine Matura gerettet.» Dann fiel sie Lauber um den Hals.

★★★

Als Zwimpfer in Begleitung zweier Polizisten das Verhörlokal an der Kasimir-Pfyffer-Strasse betrat, war es bereits vierzehn Uhr dreissig, eine halbe Stunde später als abgemacht.

Der Gefangene sah ziemlich lädiert aus. Er trug einen Verband um die Stirn und hatte ein blaues Auge.

«Was ist Ihnen zugestossen?», rief Lauber verdutzt.

Da strömte es wie ein Wildbach aus Zwimpfers Mund. Ein verdammter Nigger, einer von diesem Asylantenpack, habe ihn zusammengeschlagen. So weit seien wir gekommen, dass unbescholtene Bürger hinter Schloss und Riegel gesteckt und kriminellen Ausländern zum Frass vorgeworfen würden. Er bestehe darauf, unverzüglich freigelassen zu werden. Er weigere sich, den «Grosshof» nochmals zu betreten.

Das veranlasste Minder zur Bemerkung, er könne sich an niemanden erinnern, der aus freien Stücken das Untersuchungsgefängnis betreten habe.

Lauber war dagegen bemüht, die Wogen zu glätten. «Herr Zwimpfer, nun beruhigen Sie sich. Berichten Sie mir, wie dieser Zwischenfall genau abgelaufen ist.»

«Dieser dunkelhäutige Schweinehund hatte die Frechheit, sich im Esssaal des ‹Grosshofs› neben mich zu setzen und mich aufzufordern, einen Sitz weiter nach rechts zu rücken, das sei sein Platz.»

So schrecklich sei das ja auch nicht, um eine Schlägerei anzuzetteln, fand Lauber.

Nicht er, sondern der Nigger habe angefangen.

«Was haben Sie denn zu dem Schwarzen gesagt? Es heisst übrigens ‹Schwarzer›. Die Bezeichnung ‹Nigger› ist diskriminierend.»

Zwimpfer hob empört die Augenbrauen. «Kommen Sie mir doch nicht mit diesen Scheissverhaltensregeln. Ich sage ‹Nigger›, weil es verdammte Nigger sind. Drogendealer, Arbeitsscheue, Schmarotzer. Genau das habe ich diesem Dreckskerl ins Gesicht gesagt.»

Lauber und Minder schauten sich augenzwinkernd an. Enthielten sich aber eines weiteren Kommentars.

Sie müssten nun trotz allem die Vernehmung fortsetzen, meinte Lauber.

«Wir möchten wissen, was am Mittwoch, dem 11. April, auf dem Fuchsberg passiert ist.»

Zwimpfer spielte den Ahnungslosen. «Wie soll ich das wissen? Ich arbeite ja nicht dort.»

Lauber hatte eine Kartonschachtel neben sich. Er öffnete sie, entnahm ihr ein Paar Gummihandschuhe, zog diese an, griff wieder in die Schachtel, zog ein Feuerzeug daraus und hielt es in die Höhe. «Herr Zwimpfer, kennen Sie das?»

«Es gibt Tausende Feuerzeuge dieser Marke.»

«Womit Sie recht haben, allerdings nur einige wenige mit Ihren Fingerabdrücken. Zwei davon haben wir sichergestellt: eines am 1. April an der Morgartenstrasse, eines am 16. April auf dem Fuchsberg in Gisikon.»

Zwimpfer wollte etwas entgegnen, aber ihm versagte neuerdings die Stimme.

Lauber nahm ihm das ab und erzählte, was den kriminaltechnischen Erkenntnissen zufolge zu diesem Zeitpunkt dort geschehen sein musste. Es hörte sich für Zwimpfer so an, als ob jemand das Geschehen aus einem Versteck beobachtet und es nun als Zeugenaussage der Kripo Luzern weitergegeben hätte.

Zwimpfer sagte darauf, er sei am 10. April von Forler kontaktiert worden. Auch diesmal werde der Österreicher Heinz Hofer die Aktion koordinieren.

Lauber war verblüfft und unterbrach ihn. «Habe ich richtig gehört? Auch diesmal hat Hofer die von Ihnen so genannte Aktion überwacht?»

«Sie haben richtig gehört.»

«Einen Moment», sagte Lauber und wählte eine lange Nummer. «Hallo, Franz, nur eine kurze Frage. Ein Zeuge behauptet, Heindl alias Hofer am 11. April in Luzern gesehen zu haben. Wie ist das möglich? Nach meinen Informationen ist der Mann am 10. April in Leoben verhaftet worden.»

Lauber schlug mit der flachen Hand auf den Tisch.

«... Was sagst du? Am späten Abend desselben Tages wieder auf freien Fuss gesetzt? Das darf doch nicht wahr sein ...»

Dann sah er Zwimpfer an. «Ich habe das mit Hofer abgeklärt. Ich glaube Ihnen. Erzählen Sie alles, was mit dem Todesfall Bucher zusammenhängt.»

«Eine echt turbulente Geschichte. Am Montagmorgen bekam ich einen Anruf von Forler. Ich hätte mich am Mittwoch bereitzuhalten.»

Lauber unterbrach ihn. «Wie konnten Sie das mit Ihrem Arbeitgeber arrangieren?»

«Null Problem. Erstens bin ich nur Hilfsabwart mit einem Teilpensum. Zweitens waren zu dieser Zeit Osterferien.»

«Reden Sie weiter.»

«Am späteren Nachmittag erhielt ich die Nachricht, die Aktion in der HSK müsse verschoben werden. Am Dienstagmittag rief Forler erneut an. Die Sache finde doch wie geplant statt. Ich müsse allerdings schon am frühen Mittwochmorgen dabei sein. Den Herrn aus Österreich am Flughafen Kloten abholen. Seine Maschine lande dort kurz vor neun.»

Zwimpfer beschrieb, wie er mit seinem Wagen Hofer am Flughafen abgeholt habe. Dass sie sogar in eine Verkehrskontrolle geraten seien und er deswegen Blut geschwitzt habe. Doch die Polizisten hätten nur ihre Ausweise sehen wollen. Kurz vor Luzern sei etwas Eigenartiges geschehen. Hofer habe gebeten, er solle an der Autobahnraststätte Neuenkirch einen kurzen Halt einlegen, da er austreten müsse. Als er vom WC zurückkam, habe er Zwimpfer einen Plastiksack übergeben. «Da sei etwas drin, mit dem ich umzugehen wisse.»

«Und? Was war drin?», fragte Minder.

«Ein Taser.»

Von diesem Moment an sei ihm klar gewesen, dass das, was zwei Wochen zuvor an der Morgartenstrasse abgegangen sei, sich wiederholen würde.

«Sie haben das einfach so hingenommen?», fragte Lauber.

«Was sollte ich denn sonst? Ich hatte ja bereits einen Vorschuss bekommen. Und ich brauchte das Geld.»

Lauber unterliess es nachzubohren, ob Zwimpfer in Geldnöten steckte.

«Wir kamen etwa um drei Uhr nachmittags in der HSK an. Dort wurden wir vom Portier in einen kleinen Raum geführt.

Am Tisch sassen zwei Herren in Nadelstreifenanzügen und Forler.»

«Können Sie diese Herren beschreiben?»

Zwimpfer strengte sich an, das zu tun, schaffte es aber nicht so recht.

«Einen kleinen Moment», kam ihm Minder zu Hilfe, erhob sich und verliess den Raum. Nach einigen Minuten kam er mit einem A4-Blatt zurück. Darauf waren etwa zehn Porträts.

«Könnte es einer von diesen sein?»

Zwimpfer zeigte auf zwei Bilder.

«Haben sich diese Herren vorgestellt? Erinnern Sie sich noch an ihre Namen?»

«Ja, sie haben sich mit Kunz und Hinz vorgestellt.»

Minder hielt die Hand vor den Mund, um nicht laut herauszulachen.

Und Lauber bemerkte nur: «Sie haben Ihnen falsche Namen genannt. Aber wir wissen jetzt, wie sie heissen.»

Zwimpfer beschrieb, wie Bucher den Raum betrat und Platz nahm, wie alles sehr schnell gegangen sei. Heindl habe Zwimpfer befohlen: «Stellen Sie den Mann ruhig.» Da habe er ihm mit dem Taser in den Rücken geschossen. Bucher sei auf die Seite gekippt und vom Stuhl gefallen. Nach zwei, drei Minuten sei er wieder so weit hergestellt gewesen, dass er sich bewegen konnte. «Forler hat ihm eine Tasse Tee eingeflösst, obwohl er versuchte, sich dagegen zu wehren», berichtete Zwimpfer mit leiser Stimme.

«Hat niemand dagegen protestiert?»

«Protestiert? Wohl kaum. Einer der Herren im Nadelstreifenanzug hat dabei gegrinst und Bucher beschimpft.»

«Was hat er gesagt?»

Das könne er nicht wortwörtlich wiederholen. Etwa so: «Mit Verrätern machen wir kurzen Prozess. Glaub ja nicht, es stört uns jemand dabei. Die öffentliche Meinung haben wir sicher auf unserer Seite. Man wird nach deinem Selbstmord sagen: ‹Du hast das einzig Richtige getan.›»

Ekel und Zorn waren Lauber und Minder ins Gesicht geschrieben.

«Was ist dabei eigentlich in Ihnen vorgegangen?»

Zwimpfer biss sich auf die Lippen.

Er habe schon ein schlechtes Gefühl gehabt. Was aber hätte er dagegen tun sollen? Hätte er aufbegehren sollen? Dann würde er mit Sicherheit jetzt nicht mehr leben.

Die beiden Kriminalpolizisten nickten stumm.

Zwimpfer erzählte weiter. Es war die Sequenz, die die beiden Polizisten schon kannten.

«Wer hat ihm die Pulsadern aufgeschnitten? Sie oder Forler?»

«Forler natürlich», sagte Zwimpfer.

«Waren noch andere dabei, als Sie Bucher auf dem Fuchsberg entsorgten?»

«Ja, Heindl. Er kam aber nicht zum Tatort, ich meine damit die Stelle, wo die Leiche entdeckt wurde. Er blieb im Auto sitzen und überwachte die Aktion.»

Lauber und Minder warfen sich einen vielsagenden Blick zu.

«Herr Zwimpfer, ich glaube, Sie haben uns sehr geholfen.»

«Wie geht es nun mit mir weiter?»

«Sie werden wieder in den ‹Grosshof› überstellt. Morgen werden Sie der Staatsanwältin vorgeführt. Ich werde zugegen sein.»

«Wer informiert meine Familie, meine Frau und meine Kinder?»

Lauber setzte eine freundliche Miene auf. «Auch daran haben wir gedacht. Wir sind uns bewusst, dass auch die Angehörigen von Delinquenten Opfer sein können. Wir schicken ein sogenanntes Careteam mit einer Psychologin und einem Sozialarbeiter zu Ihnen nach Hause.»

Einige Minuten später holten zwei Polizeigefreite Zwimpfer ab.

Lauber bat Minder, in sein Büro zu kommen, um die neue Lage zu besprechen. «So wie es jetzt aussieht, sind wir ein grosses Stück weitergekommen. Wir glauben zu wissen, dass auch der Sicherheitschef Adrian Schwarzentruber und der Firmenanwalt Moritz Wespi mit in der Sache drinhängen. Zwimpfer hat sie eindeutig identifiziert.» Dann stand er auf, ging auf Minder zu und klopfte ihm auf die Schulter. «Danke noch für die Idee mit den Fotos. Zehn Bilder standen zur Auswahl, fünf von HSK-

Leuten und fünf von unseren Polizisten. Zwimpfer hat den Finger auf die zwei gelegt, die in der Abteilung arbeiten, in der auch Bucher tätig war. Einen davon hatten wir ohnehin als Mittäter schon im Verdacht.»

«Na ja, ich habe schon immer gesagt, wir sind ein gutes Team.»

«Und wir haben noch eine Staatsanwältin, die auf unserer Seite steht.»

«Glaubst du, Alain Sigrist, dein direkter Vorgesetzter, ist das auch?»

Lauber neigte unschlüssig seinen Kopf auf die rechte, dann auf die linke Seite. «Warten wir es ab. Zunächst versuche ich, ihn da rauszuhalten. Aber wenn er mich danach fragt, muss ich ihm Rede und Antwort stehen.»

«Und wie gross sind die Chancen, dass er das tut?»

«Neunzig zu zehn. Am liebsten sieht er ja bei solchen Dingen weg. Aber auch anderen ist es nicht entgangen, dass wir Leute verhören – und das noch in Zusammenhang mit mehreren Tötungsdelikten. Dann haben wir Zwimpfer festgenommen, und das spricht sich im Korps herum. Sigrist wird kaum umhinkommen, dazu Stellung zu nehmen. Hoffe nur, er wartet damit noch etwas ab.»

«Was steht als Nächstes an?»

«Ich begebe mich zu Hermine von Flüe und erstatte ihr ausführlich Bericht. Dann sehen wir weiter.»

Minder gab sich mit dieser Antwort nicht zufrieden. Das mit der Staatsanwältin sei ihm klar. Aber man müsse weiter ermitteln, denn der Fall sei keineswegs gelöst. Noch laufe der Mörder von Forler frei herum, ganz zu schweigen von seinen Auftraggebern. Er schlage vor, als Nächstes das Bankkonto Zwimpfers genau anzusehen.

Lauber nickte. «Aber mach dich darauf gefasst, dass der Betrag, den Zwimpfer erhalten hat, von einem Konto auf das andere geschoben wurde.»

Es war bereits vier Uhr nachmittags vorbei, als Lauber an die Bürotür der Staatsanwältin klopfte.

Frau von Flüe war hochzufrieden mit dem Stand der Ermittlungen. Aber auch sie musste sich eingestehen, dass noch sehr viel zu tun war. Sie riet Lauber davon ab, die Sache weiterhin unter dem Deckel zu halten. Man müsse am kommenden Tag die Medien an die Kasimir-Pfyffer-Strasse zu einer umfassenden Orientierung einladen.

Lauber rümpfte die Nase. «Da werde ich um den Pressesprecher der Kapo nicht herumkommen. Diesem Kerl traue ich nicht über den Weg.»

«Du wirst ja die Sitzung leiten, und es ist an dir, das Heft in der Hand zu behalten. Das Communiqué, das verteilt wird, kannst du ja vorgängig aufsetzen, und dieser ... dieser? ... wie heisst er nun schon?»

«Bösch, Johannes Bösch.»

«Dieser Bösch kann es noch stilistisch ausfeilen.»

«Wenn das so einfach wäre», brummte Lauber.

Lauber stellte die Frage, die ihm schon länger auf der Zunge lag: «Wann stellst du die ersten Haftbefehle aus?»

«Nun sage ich das, was du eben gebrummt hast. ... Auch wenn ich weiss, wen ich verhaften möchte, muss ich noch etwas warten. Bereite ich das zu wenig seriös vor, muss ich die Kerle nach vierundzwanzig Stunden wieder auf freien Fuss setzen. Und das wäre eine Katastrophe.»

«Und wen möchtest du ins Loch stecken?»

Die Staatsanwältin rollte die Augen. «Darüber dürften wir uns wohl einig sein. Schwarzentruber und Wespi, aber auch ihren Vorgesetzten, den Direktor Helbling, und vielleicht noch andere. Und all das müsste zeitgleich ablaufen.»

Lauber verwarf die Hände. «Schon gut. Eigentlich weiss ich das auch. Ich muss mich wohl damit abfinden, dass unsere Justiz auf Samtpfoten daherkommt, wenn es darum geht, Verbrecher in Nadelstreifenanzügen zur Rechenschaft zu ziehen.»

«So ist es eben. Aber nimm mir das Versprechen ab: Habe ich sie mal am Wickel, dann gnad' ihnen Gott.»

«Wenn ihnen dann Gott noch helfen kann.» Lauber lachte auf.

Es war gerade sechs Uhr abends, als Lauber wieder in seinem Büro ankam. Die meisten an der Kasimir-Pfyffer-Strasse hatten ihren Arbeitsplatz bereits verlassen. Nicht aber Minder. Er klopfte lautstark an die Tür und begehrte Einlass.

«Beat, ich habe interessante Neuigkeiten für dich.»

«Will ich doch hoffen –»

«Du hattest zwar recht mit der Annahme, die Zahlung an Zwimpfer sei vorgängig über diverse Konten gegangen. Aber ich habe dasjenige ausfindig gemacht, wo das Geld zum ersten Mal in Umlauf gebracht wurde. Das Konto von – und nun halt dich fest –, das Konto von HSK-Direktor Karl Helbling.»

Lauber stiess einen lauten Pfiff aus.

Minder reichte ihm ein A4-Blatt mit fünf Kontonummern und den Adressen der Inhaber. «Am Anfang der Teppichhändler in Zürich, dann die Sicherheitsfirma ANS Sécurité in Neuenburg, gefolgt von einem berüchtigten Lega-Politiker und Bordell-Besitzer in Locarno, und schliesslich erscheint ein Konto eines landesweiten Financiers und Milliardärs, ausgerechnet auf der Banca del Sottoceneri SA. Es ist das Konto, auf das Helbling von der HSK Luzern fünftausend Franken überwiesen hat.»

«Ein wahrhafter Geldwäscherring. Das Dumme nur: Betrügereien und Schwarzgeld haben uns nicht zu interessieren, das ist Sache der Abteilung ‹Wirtschafts- und Vermögensdelikte›», seufzte Lauber und fuhr weiter. «Trotzdem, immerhin gibt uns diese Liste einen Hinweis, wer für die Morde an Bucher und Gschwandl mitverantwortlich ist.»

«Das heisst?»

«Das heisst, dass wir nun auch Helbling dazuzählen können, neben Schwarzentruber, Wespi, dem dahingegangenen Forler und Zwimpfer, wobei dieser eine Nebenfigur ist und dank seiner Dummheit mit mildernden Umständen rechnen kann», präzisierte Lauber.

«So weit, so gut, aber wer ist noch dabei? Der Mörder von Forler etwa, da tappen wir noch völlig im Dunkeln.»

«Womit du richtigliegst. Fragt sich nur, zu welchem der anderen Täter er Kontakt hat. Ich tippe auf Schwarzentruber.»

Minder legte seine Stirn plötzlich in Falten. «Wart mal, ich muss nachdenken. Du sagst, Schwarzentruber? Sehe ich den nicht ab und zu im Fitnesspark an der Haldenstrasse?»

«Genügt dir denn der Fitnesspark an der Kasimir-Pfyffer-Strasse nicht?»

«Na ja, du weisst ja, der an der Haldenstrasse bietet einiges mehr. Vor einiger Zeit fiel Schwarzentruber mir dort in Begleitung eines auffälligen Mannes auf. Einem Muskelpaket. Beide sassen auf einem – wie sagt man nur? –, einer Art festgeschraubtem Fahrrad, Ergometer oder so ähnlich. Ich strampelte gleich hinter ihnen und wunderte mich über das Gespräch, das sie führten.»

«Was hast du denn aufgeschnappt?»

«Die Worte, die die beiden ausgetauscht haben, klangen in meinen Ohren ungefähr so: ‹Ich habe dir einen Auftrag. Lukrativ, es eilt.› – ‹Um was handelt es sich?› – ‹Du musst etwas entsorgen.›»

«Etwas entsorgen?», fragte Lauber mit zusammengekniffenen Augen.

«Genau. Das machte mich stutzig. Allerdings dachte ich nicht an eine Leiche, sondern an Giftmüll.»

«Und? Wie ging's weiter?»

«Leider verlor ich den Faden. Schwarzentruber schaute über die Schulter in meine Richtung. Ein Zeichen, dass er sich vergewissern wollte, ob ihn jemand belauscht. Er verstummte augenblicklich. Einige Minuten später sagte er zum Nebenmann: ‹Gehen wir in die Bar einen Stock tiefer und besprechen wir die Sache.›»

«Wann war das etwa?», erkundigte sich Lauber.

«Ich gehe meist montags ins Fitness. Es könnte vor einer Woche gewesen sein, bin mir aber nicht ganz sicher.»

«Verdammt. Hei. Erinnere dich. Das wäre der 30. April gewesen. Am Abend des 1. Mai wurde im Bahnhof von Gisikon Forler vor den Zug gestossen.»

Minder sah auf die Uhr. «Ich habe sowieso vor, heute Abend in den Fitnessclub an der Haldenstrasse zu gehen. Ich glaub, ich mach mich gleich auf die Socken. Ich finde mit Bestimmtheit heraus, wer dieser Begleiter von Schwarzentruber war. Ich habe ihn schon öfters dort gesehen. Er hat sicher ein Abo, dann erkenne ich ihn auf dem Foto.»

★★★

Es war ein schöner Abend. Die Sonne stand noch recht hoch am Himmel, als Lauber an der Wohnungstür von Suzanne klopfte.

«'n Abend, Schatz, meine beiden Mädels sind im Ausgang. Wieder mal.» Sie seufzte ein wenig. «Wenn das nur geht mit der Schule. Aber man muss ja immer das Positive sehen. Wir haben wieder einmal Zeit für uns.»

Sie schlang ihre Arme um Laubers Hals.

«Ich finde das ja auch gut. Aber ich glaube, wir müssen mit den beiden Töchtern wieder einmal reden ...»

Suzanne stellte das Radio an.

DRS 1, zwanzig Uhr, die Nachrichten.

Luzern. Ein Tötungsdelikt scheint die Bevölkerung im Luzerner Rontal zu beunruhigen.

Am späten Abend des 1. Mai wurde der Kommandant der nicht staatlich autorisierten Bürgerwehr Rontal, Christoph Forler, im Bahnhof Gisikon-Root vor einen fahrenden Güterzug gestossen und erlag noch am Unfallort seinen schweren Verletzungen. Gestern ist es zu einer ersten Verhaftung in dieser Sache gekommen. Der Festgenommene soll ein Freund Forlers gewesen sein und ebenfalls in der Bürgerwehr mitgewirkt haben.

Nach mehreren Augenzeugen soll der im Regionalgefängnis einsitzende Mann nicht derjenige sein, der Forler vom Perron auf das Geleise gestossen hat.

In der Bevölkerung werden Stimmen laut, die Polizei nehme den tragischen Tod Forlers zum Anlass, die Bürgerwehr aufzulösen. Für morgen sind Demonstrationen vor dem Regierungsgebäude geplant.

Lauber schlug mit der Faust auf den Tisch, so sehr, dass Suzanne zusammenfuhr. «Was für ein Blödian hat diese Meldung zusammengestellt ...? Warten wir noch ein paar Minuten mit Essen. Ich muss der Staatsanwältin rasch einen Funk geben.»

Zu seinem Erstaunen riet Hermine von Flüe ihm, vorläufig gar nichts zu unternehmen. Diese bescheuerten Hurrapatrioten sollten nur ihren Dampf ablassen. Immer noch früh genug, wenn übermorgen, Mittwoch, an einer Pressekonferenz bekannt gegeben werde, warum Zwimpfer festgesetzt worden sei.

Vor einigen Tagen sei sie noch anderer Meinung gewesen, hielt ihr Lauber entgegen.

«Richtig. Aber nun ergibt sich eine wunderbare Gelegenheit, dass sich diese unterbelichteten Vaterlandsverteidiger bis auf die Knochen blamieren.»

Lauber brummte noch, er zweifle, ob Alain Sigrist dazu Hand biete.

«Mach es ihm morgen schmackhaft und geniesse jetzt den schönen Abend. Ciao.»

Der Abend war wirklich wunderschön. Suzanne und Lauber machten noch einen Spaziergang im Gütschwald. Als sie wieder an der Dufourstrasse zurück waren, schliefen die beiden Mädchen bereits tief in ihren Betten.

Dienstag, 8. Mai

Bereits um sieben Uhr dreissig klopfte der aufgebrachte Alain Sigrist an Laubers Bürotür. «Bist du eigentlich von allen guten Geistern verlassen? Die Volksseele im Rontal kocht.»

Lauber winkte lässig ab, setzte Sigrist vom Grund der Verhaftung Zwimpfers in Kenntnis und konnte ihn überzeugen, mit der Pressekonferenz noch bis morgen zuzuwarten.

Lauber bedankte sich überschwänglich dafür, verriet aber nicht, dass er im Sinn hatte, die Leute, die sich anschickten, vor dem Regierungsgebäude Krawall zu machen, genauer anzusehen. Denn er hoffte, auf diese Weise über die dubiose Bürgerwehr noch etwas mehr in Erfahrung zu bringen.

Als die ersten Steine flogen, machten die zu diesem Anlass aufgebotenen Polizisten kein Federlesen. Kaum eine Viertelstunde später waren die im Skin-Outfit auftretenden Unruhestifter, zehn an der Zahl, im «Grosshof» in Gewahrsam.

Bevor Lauber sich ins Gefängnis aufmachte, den Glatzköpfen auf den Zahn zu fühlen, erkundigte er sich bei Minder über seine weiteren Recherchen im Todesfall Forler.

Er wisse nun, sagte der Wachtmeister, wer der Begleiter von Schwarzentruber im Fitness gewesen sei. Ein italienischer Staatsangehöriger aus dem Städtchen Glurns im Südtirol, nahe dem Schweizer Münstertal. Als er sich am Empfang im Fitness an der Haldenstrasse erkundigen wollte, habe man sich zunächst zugeknöpft verhalten. «Erst als ich meinen Kripoausweis zückte, hat sich die Dame am Schalter etwas kooperativer gezeigt. Nach Rücksprache mit ihrem Vorgesetzten händigte sie mir nicht bloss eine Kopie seiner Besucherkarte aus, sondern eine knappe Personalakte.»

«Personalakte?»

«Ja, du hast richtig gehört, Beat. Der Mann soll dort in der kommenden Woche eine Stelle als Fitnesstrainer antreten.»

Minder überreichte Lauber eine A4-Seite mit wenig Text.

Waldemar Pichler, geb. 12.12.1980 in Glurns, Provinz Südtirol,
Italien.
Erlernter Beruf: Büchsenmacher.
In den vergangenen zehn Jahren ausgeübte Tätigkeiten: Fitness-
trainer und Masseur.
Eintrag im Betreibungsregister: keinen.
Leumund: tadellos.

Das sei nur die halbe Wahrheit. Er habe den Namen auch in die
Suchmaschine des Intranets der Kripo Luzern eingegeben. Und
da sei ziemlich mehr herausgekommen.

... In den vergangen zehn Jahren ausgeübte Tätigkeiten: Fitness-
trainer, Masseur, Bergführer, Waffen- und Immobilienhändler,
Mitinhaber verschiedener Sicherheitsfirmen, 2003 bis 2005
Söldner bei Blackwater im Irak.
Strafregisterauszug:
Schweiz: drei gravierende Verkehrsdelikte, drei Führerausweis-
entzüge, zwei Anzeigen wegen häuslicher Gewalt.
Deutschland: Teilnahme an nicht bewilligten Demonstrationen
der NPD. Strafverfahren wegen Körperverletzung eingestellt.
Italien: Hängige Anklagen wegen Urkundenfälschung, Verwei-
gerung von Alimentenzahlungen, eines Autodiebstahls. Mitglied
der Lega Nord.

Lauber lächelte. Man könne dem Betreiber des Fitnessparks an der
Haldenstrasse keinen Vorwurf machen. Zugriff auf die Dateien
von ausländischen Polizeistellen habe er mit Sicherheit nicht.
Und: Die Kapo dürfe Arbeitgebern erst Auskunft geben, wenn
ein rechtskräftiges Urteil vorliege.
«Wirklich?», fragte Minder erstaunt.
«Nein, nicht wirklich. Das sind die Vorgaben, an die wir uns
halten sollten. Ich bemühe mich, es zu tun. Bei rechtskräftigen
Urteilen ist für mich der Fall klar. Da gebe ich Auskunft über
das, was im Strafregister vermerkt ist. Die meisten Arbeitgeber
interessieren sich nicht für Verkehrs-, sondern für Vermögens-
oder Gewaltdelikte.»

Lauber schüttelte unwillig den Kopf. «Diese Fragerei der Arbeitgeber. Sie erkundigen sich, ob der Bewerber oder Angestellte als linker Extremist aufgeführt, ob er bei Demonstrationen gesichtet worden sei, und sind dann masslos baff, wenn ich ihnen kurz angebunden erkläre, das gehe die Polizei nichts an.»

«Das war hier in Luzern wohl nicht immer so.»

«Da könntest du recht haben. Immer wenn ich Auskünfte über politische Tätigkeiten verweigere, höre ich sagen: ‹Ihr Vorgänger war in dieser Sache kooperativer.›»

«Sind es nur Arbeitgeber, die Auskünfte verlangen?»

«In den meisten Fällen ja. Aber in den letzten Jahren melden sich zusehends mehr Einbürgerungs-Kommissionen bei mir. Und die sind erpicht auf das kleinste Detail. Die wollen schon mal wissen, wann und wo der Einbürgerungskandidat falsch parkiert habe, wann und wo er zu schnell gefahren sei, wann und wo … einfach alles wollen die wissen. Meist weise ich sie dezidiert ab. Dann wenden sie sich an den Verkehrsdienst und erhalten brühwarm Auskunft, was eigentlich gar nicht sein dürfte. Na ja, ob einer in der Bürgerwehr mittut oder durch fremdenfeindliche oder gar rassistische Äusserungen aufgefallen ist, darauf kommen die Schweizermacher offenbar nicht.»

Dann machte Lauber eine Handbewegung, die Minder so verstand, dieses leidige Thema zu verlassen, und schlug vor, Pichler möglichst rasch genauer anzuschauen.

«Das hätte ich ja gerne schon getan. Aber zurzeit ist der Vogel ausgeflogen. Nach Auskunft der Empfangsdame im Fitnesspark sei er gerade in Deutschland oder in Österreich oder im Südtirol. Am kommenden Montag habe er aber einen Termin an der Haldenstrasse, beim Leiter des Clubs höchstpersönlich.»

«Wann genau?»

«Ab acht bis zum Mittag.»

«Passt ja ausgezeichnet. Ich verordne dir am nächsten Montagvormittag ein intensives Körpertraining an der Haldenstrasse. Und danach schleppst du Pichler zu uns an die Kasimir-Pfyffer-Strasse.»

Lauber knüllte ein Papier zusammen und warf es an die Wanduhr, die immer zehn Minuten vorging. Das war seine Taktik, um nie zu spät zu kommen. «So, nun fahren wir nach Kriens in den ‹Grosshof› und quetschen die Rontalglatzen aus.»

Am Eingang des Gefängnisses wurden die beiden Kapo-Beamten vom jungenhaften Direktor empfangen. Nicht gerade überschwänglich.

«Halten Sie sich bitte an die Regeln, die hier in diesem Gefängnis gelten. Rambomethoden à la DDR sind bei uns nicht erwünscht.»

Lauber runzelte die Stirn. «Mann, wie kommen Sie gerade auf die DDR? Haben Sie dort schon ein Gefängnis von innen gesehen? Kann ich mir schlecht vorstellen, die DDR gibt es seit mehr als zwanzig Jahren nicht mehr. Damals haben Sie sich wohl noch in die Hosen gepinkelt. Und übrigens: Ich zweifle daran, ob Ihre Vorgänger so geredet hätten. Die Gefängnisdirektoren, denen ich bislang begegnet bin, waren alles andere als rechtsnational gesinnt.»

«Solche Respektlosigkeiten lasse ich mir von einfachen Polizisten nicht bieten», maulte der Gefängnisvorsteher, zog an seiner mit kleinen Schweizerkreuzen bestickten Krawatte und wurde puterrot.

Minder gurgelte ein Lachen. «Daran werden Sie sich schon noch gewöhnen.»

Der Direktor erwiderte nichts darauf. Stattdessen stapfte er durch den Eingang, winkte zwei Wärter herbei und befahl ihnen, sämtliche vor dem Regierungsgebäude festgenommenen Kundgebungsteilnehmer, wie er sie bezeichnete, in den Verhörraum zu führen.

Lauber hob den Zeigefinger in die Höhe. «Nicht die ganze Bande zusammen, sondern einer nach dem anderen.»

Die beiden Wärter wussten im Moment nicht, wem sie gehorchen sollten, und blieben unschlüssig stehen.

Lauber fuhr sie ziemlich unsanft an. «Jetzt habe ich hier das Sagen. Schleppen Sie die Krawallbrüder der Reihe nach zu mir; mit welchem Sie anfangen, spielt keine Rolle.»

Wie Lauber und Minder nicht anders erwarteten, waren die Glatzköpfe ausnahmslos frech und stiessen zu Beginn der

Vernehmung grobe Beleidigungen aus. Nicht lange, denn bald verstanden sie, dass die beiden Kripoleute nicht so mit sich umspringen liessen.

Die Ausbeute des Verhörs war indes mager. Was Lauber und Minder erfuhren, wussten sie entweder schon, oder es war für ihre Untersuchungen von geringem Wert. Bis auf einen Hinweis. Einer der Verhörten erkannte Pichler, als ihm das Foto gezeigt wurde.

Seit wann er diesen Mann kenne? Zwei, drei Jahre, gab er an. Aber eigentlich wisse er von Pichler nur ganz wenig. Was der Anlass des Kennenlernens gewesen sei, hakte Lauber nach.

Man sei halt ein bisschen vernetzt in patriotischen Kreisen. Das gelte bei den Linken ja noch mehr, gab er widerstrebend zur Antwort. Lauber bohrte weiter: Wo er mit ihm das erste Mal Bekanntschaft geschlossen habe.

An irgendeinem Kurs, sagte er kurz angebunden.

«Wo genau?», erkundigte sich Lauber genervt.

«Das geht Sie einen Dreck an.»

«Werter Herr, wir wollen uns gegenseitig nichts vormachen. Es geht uns nur am Rande um die trottelige Demo, die Sie zusammen mit Ihren Gesinnungsbrüdern heute Morgen vor dem Regierungsgebäude abgezogen haben, es geht hier um viel mehr, es geht um Mord. Und wir haben Anlass zur Annahme, dass Sie bis zum Hals in dieser Scheisse stecken.»

Der Glatzkopf schluckte leer und erblasste.

«Sie wollen ... Sie wollen mir doch nicht den Mord an Forler anhängen?»

«Wir hängen niemandem etwas an. Wir überführen die Leute. Und wer Auskünfte verweigert, sich bei Verhören halsstarrig zeigt, der macht sich eben verdächtig. Was ich jetzt von Ihnen erwarte: Geben Sie offen Auskunft auf unsere Fragen. Dann kommen Sie vielleicht noch mit einem blauen Auge davon.»

«Ääh ... der Kurs war in den Niederlanden, in der Stadt Venlo.»

«Was war das für ein Kurs?»

Der Skin ruderte unbeholfen mit den Händen in der Luft

herum. «Schwierig zu sagen. Der Morgen war Gott und dem Evangelium gewidmet, der Nachmittag dem Kampfsport.»

Lauber und Minder starrten ihn mit offenem Mund an. «Wie bitte?», rief Lauber nach einem langen Moment des Schweigens aus. «Das müssen Sie uns näher erklären. Uns interessiert vor allem der Morgen. Wer waren die Veranstalter?»

«Mehrere. Unter anderem eine reformierte Pfarrerin aus dem Berner Mittelland.»

«Name?»

Der Glatzkopf schien zu überlegen. Es war zunächst nicht klar, ob er nach einem Namen suchte oder ob er ihn wusste und nicht sagen wollte. Schliesslich tat er den Mund doch auf. «Ich glaube, ihr Name war Christa Schlüssel. Sie hielt die Morgenandacht. Wir sprachen alle zusammen ein Gebet, jeden Morgen ein anderes. Wir lasen es laut von einem Blatt ab.»

«Wie viele waren dabei?»

«An die zwanzig Personen. Aus der Schweiz, Deutschland und Österreich.»

«Warum gerade in Holland? Und nicht in einem deutschsprachigen Land?»

«Die Tagung leitete ein Holländer. Ein Mitglied des dortigen Parlaments.»

«Können Sie sich noch an seinen Namen erinnern?»

«Nein.»

«Hat er zur Versammlung gesprochen?»

«Ja, und wie. Er hielt oft längere Reden. Und es war nie langweilig.»

«Über was hat er gesprochen?»

«Über die Verbrechen der Moslems. Über den Koran, der eine Anleitung zu kriminellen Handlungen sei. Er wirkte sehr glaubwürdig. Wir alle waren überzeugt, dass er vollkommen recht hat.»

«Sehen Sie das heute immer noch so?»

«Ja, gar keine Frage.»

Lauber wippte mit dem Oberkörper und lächelte. «Was mich jetzt interessieren würde: Nahmen noch andere Leute aus der Zentralschweiz an diesen religiösen Morgenveranstaltungen teil?»

«Ja», kam es wie aus einer Pistole geschossen. Es schien so, als ob der Skin gerade auf diese Frage gewartet hätte. Und um es noch spannender zu machen, legte er den Zeigefinger über seine Lippen und sprach mit flüsternder Stimme: «Kein Geringerer als der HSK-Direktor Karl Helbling und ein anderer wichtiger Mann dieser Bank, dessen Name mir jetzt nicht einfällt.»

«Könnte er Wespi geheissen haben?», fragte Lauber.

Der Glatzkopf nickte heftig.

«Hatten Sie mit diesen Herren an dieser Tagung näheren Kontakt?»

«Nein, nicht eigentlich. Die spielen in einer anderen Liga als ich. Das ist ja heute noch so. Wir sahen uns nur an den Andachten kurz.»

«Also nicht an den Nachmittagen?»

«Nein, sie machten bei der anderen Gruppe mit, der Gruppe ‹Strategie›. Wir, die Gewöhnlichen, waren bei der Gruppe ‹Kampf›.»

Die beiden Kripobeamten schauten sich eine Weile an.

«Wir würden uns gerne noch weiter mit Ihnen unterhalten. Doch zunächst lassen wir Sie springen, mit der Auflage, sich jeden Morgen um neun Uhr bei uns telefonisch zu melden.» Lauber streckte dem Glatzkopf zwei Visitenkarten entgegen, eine von ihm, die andere von Minder. «Sie dürfen die Region Luzern auch nicht ohne unsere Einwilligung verlassen. Wir wollen vorläufig genau wissen, wo Sie sich aufhalten.»

Der Galtzkopf brummte etwas, was weder Lauber noch Minder verstand.

Als sie wieder allein im Verhörraum waren, schüttelte Lauber ungläubig seinen Kopf. «Ich bringe die ganze Sache noch nicht auf die Reihe. Aber wir haben einiges erfahren, das aufhorchen lässt. Die Hinweise verdichten sich, dass wir den Akteuren dieser mysteriösen Todesfälle auf der Spur sind. Allerdings wissen wir noch viel zu wenig. Nur eines steht für mich fest. Die Fäden laufen auf der Teppichetage der HSK zusammen.»

«Ich zermartere meinen Schädel mit der Frage: Warum diese Verbindungen zu evangelikalen Fundis?», meinte Minder hilflos gestikulierend.

Lauber presste die Lippen zusammen, bevor er antwortete. «Folge der Spur des Geldes. Es gibt religiöse Geheimzirkel. Nicht selten verstecken sich dahinter grosse Vermögen.» Er seufzte resigniert. «Wenn wir aber jetzt mit den Zeugenaussagen des Glatzkopfes zum Richter gehen, wird der uns glatt auslachen und das Ganze als Hirngespinst abtun.»

«Auch die Staatsanwältin?»

«Ich hoffe nicht. Ich muss mich in den nächsten Stunden mit ihr kurzschliessen.»

Als Lauber und Minder wieder an der Kasimir-Pfyffer-Strasse waren, kündeten die Kirchenglocken gerade den Mittag an. Lauber wählte die Nummer von Hermine von Flüe und bat sie um einen Termin, der ihm bereits für den kommenden Nachmittag gewährt wurde.

Wieder einmal nahm sich Lauber vor, das Mittagessen an der Dufourstrasse einzunehmen, in Suzannes Wohnung. Das kündigte er jeweils einige Minuten zuvor mit einem SMS auf ihr Handy an. Die Antwort darauf traf jeweils einige Sekunden später ein. Immer. Und immer das gleiche Wort: «Okay».

Punkt halb eins drehte Suzanne das Radio an.

«Wenn es dir nichts ausmacht, kannst du gleich wieder abstellen.» Suzanne liess sich das nicht zweimal sagen. Denn bevor sie Bekanntschaft mit Beat Lauber geschlossen hatte, hatte sie eigentlich nie Radionachrichten gehört. Politik interessierte sie nicht die Bohne. Das Wichtigste über das Tagesgeschehen erfuhr sie ohnehin von ihren Kundinnen und Kunden im Coiffeursalon.

«Hattest du Ärger heute Morgen?», erkundigte sie sich mit schlecht kaschierter Neugier.

«Nein, ganz und gar nicht. Wir sind bei unseren Ermittlungen weitergekommen. Nicht zuletzt dank dieser halbschlauen Krawallmacher. Und das möchte ich mit einem guten Mittagessen feiern.» Suzanne verstand den Wink. Lauber wollte nicht weiter über diese Sache sprechen.

★★★

Als die Staatsanwältin von den Details des Verhörs mit dem Glatz-kopf erfuhr, schlug sie sich mit der flachen Hand auf die Stirn. «Ich raufe mir die Haare. Tea Party im Lande Tells? Nun ist das also auch bei uns angekommen.» Sie schaute durchs Fenster und sagte nach einer Weile des Schweigens: «Dass es sich hier um eine evangelikale Verschwörung handelt, steht damit keineswegs fest. Ich glaube es eher nicht. Doch dass einige für ihre kriminellen Aktivitäten Ausschau nach einer christlichen Plattform halten, das halte ich durchaus für möglich.»

«Dass sie religiöse Spinner in ihren Dienst stellen?»

Hermine von Flüe wedelte mit dem Zeigefinger. «Versteh mich nicht falsch. Eine Christa Schlüssel möchte ich keinesfalls als Spinnerin verharmlosen. Von ihr geht ein erhebliches Gefah-renpotenzial aus. Sie moderiert ein rechtsradikales Internetforum. Aber ich kann mir einfach nicht vorstellen, dass sie mit dem Hinschied von Gschwandl, von Bucher oder von Forler etwas zu tun hat. Dafür ist sie zu vorsichtig. Sie lässt andere die Dinge tun, die gegen das Strafgesetzbuch verstossen könnten.»

Dann zog sie ein leeres A4-Blatt aus der Schreibtischschublade, schrieb einige Zeilen darauf und übergab es Lauber.

Finde heraus, ob Helbling, Wespi einem religiösen Zirkel an-gehören. Wenn ja, wer ist aus ihrem privaten oder beruflichen Umfeld auch dabei?
Gibt es Kontakte, allenfalls Beziehungen zwischen Helbling und Wespi mit Christa Schlüssel? Wenn ja, fliessen zwischen diesen Personen Geldströme?

Lauber zog die Stirn in Falten.

«Klar doch. Ich habe mir bereits vorgenommen, diesen Fragen nachzugehen. Was mich aber erstaunt: Warum fragst du nicht nach Waldemar Pichler?»

«Daran habe ich natürlich auch gedacht. Aber wie ich von dir erfahren habe, wirst du ihn am kommenden Montag aus dem Busch klopfen, da erfährst du vielleicht wesentlich mehr als bei aufwendigen Recherchen im Umfeld der HSK.»

An seinem Arbeitsplatz zurück, fand Lauber auf seinem Schreibtisch einen Handzettel. Er stammte von Sigrist.

Komm bitte rasch bei mir vorbei.

Lauber wusste, dass er dieser Aufforderung sofort nachzukommen hatte.

«Wir müssen eine Presseorientierung für morgen Vormittag vorbereiten. Jetzt können wir nicht mehr damit zuwarten. Meine Sekretärin wird geradezu bombardiert mit Telefonanrufen. Die Medien aus der ganzen deutschen Schweiz interessieren sich für diese Bürgerwehr. Ganz besonders, nachdem heute einige von ihnen festgenommen worden sind. Sag mal, hast du das zu verantworten? Warum bist du so grob eingefahren?» Sigrist war ziemlich ungehalten und nervös. Anders als sein Vorgänger Häfliger scheute er die Öffentlichkeit wie der Teufel das Weihwasser.

Lauber gelang es allerdings rasch, ihn zu beruhigen. Er berichtete ihm einiges von seinen Ermittlungen, nicht alles. Dass Forler der mutmassliche Mörder von Gschwandl und Bucher war. Dass der am Vortag festgenommene Zwimpfer Forler dabei geholfen hatte. Aber nichts vom Verhör mit dem Glatzkopf. Nichts davon, dass es eine heisse Spur im Todesfall Forler gab.

Mittwoch, 9. Mai, und der Tag danach

Der Kripokommandant Sigrist eröffnete im gestossen vollen Presseraum an der Kasimir-Pfyffer-Strasse die Medienorientierung. Da er die Fragerei der Journalistenmeute, wie er die Medienvertreter zu bezeichnen pflegte, hasste wie die Pest, begann er, von einem Blatt ein Communiqué abzulesen.

Die Sicherheits- und Kriminalpolizei der Stadt Luzern teilt mit: Am 1. Mai um etwa 23 Uhr 15 wurde im Bahnhof Gisikon-Root der Getränkehändler Christoph Forler von einem durchfahrenden Güterzug überrollt und zog sich dabei tödliche Verletzungen zu. Nach Zeugenaussagen soll er von einer anderen Person auf das Gleis gestossen worden sein. Vom mutmasslichen Täter fehlt zurzeit noch jede Spur.
Forler war Kommandant der nicht autorisierten Bürgerwehr Rontal.
Am 7. Mai wurde der Hilfsabwart Fredy Zwimpfer festgenommen. Zwimpfer gehört der Bürgerwehr Rontal an. Seine Verhaftung erfolgte wegen zweier Tötungsdelikte. Sie hat also nichts mit seiner Mitgliedschaft bei der Bürgerwehr zu tun.

Ein Raunen ging durch den Saal, und Sigrist wurde von einem Journalisten unterbrochen. Um welche Tötungsdelikte es sich handle.

Sigrist warf Lauber einen hilfesuchenden Blick zu. Dieser gab ihm mit einem Handzeichen zu verstehen, dass er bereit sei, diese Frage zu beantworten.

«Darüber möchte ich noch keine Details preisgeben. Nur so viel: Ich spreche von zwei Fällen, bei denen die Polizei zunächst davon ausging, es handle sich um Suizid», sagte Lauber, und ein Hauch von Genugtuung glitt über sein Gesicht.

Wie nicht anders zu erwarten, stieg die Unruhe im Medienraum rapid an. Jeder der Anwesenden konnte sich an den Fingern abzählen, was der Kapo-Leutnant damit meinte.

Sigrist war es sichtlich unbehaglich zumute. Er hatte wohl genau das Gegenteil von Lauber erwartet. Nicht dass sein engster Mitarbeiter die Polizei, seine, Sigrists Kripo, unterschwellig als Versager hinstellte. Nun kam er nicht um eine Stellungnahme herum. «Die Kripo Luzern hat diesen Fall jetzt im Griff. Wir ziehen am Anfang solcher Vorfälle immer alle Möglichkeiten in Betracht. Suizid und Mord sind häufig schwierig auseinanderzuhalten. Und laufende Ermittlungen können oft ihre Stossrichtung ändern. Leutnant Lauber hat natürlich recht. Beim gegenwärtigen Stand der Untersuchungen sind wir sehr darauf bedacht, nur solche Informationen zu verbreiten, die unsere Arbeit nicht behindern.»

«Bla, bla, bla …», tönte es aus den hinteren Reihen.

Zahlreiche Hände schossen in die Höhe. Die nächste Frage richtete sich an Lauber, was Sigrist eigentlich ganz recht war.

Was denn die Bürgerwehr Rontal in den Mordfällen Bucher und Gschwandl für eine Rolle spielte, wollte der Mann vom «Blick» wissen.

Sigrist fuhr zusammen, Lauber konnte nur mit Mühe ein Schmunzeln unterdrücken. «Guter Mann, Sie erwarten von mir wohl nicht, dass ich gleich in das Fettnäpfchen trete, das Sie mir eben vor die Füsse gelegt haben. Die Namen Bucher und Gschwandl lassen wir einmal beiseite. Die Fälle, von denen die Rede ist, haben mit der Bürgerwehr nichts zu tun. Das heisst natürlich nicht, dass der eine oder andere in diesem Verein nicht in die Ermittlungen einbezogen wird.»

Die nächste Frage kam von einer Journalistin der «Neuen Luzerner Zeitung». «Herr Leutnant Lauber. Könnte der Tod von Forler etwas mit den Todesfällen Bucher und Gschwandl zu tun haben?»

«Glauben Sie ja nicht, ich werde diese Frage mit Ja oder Nein beantworten. Na, na …» Lauber legte eine Kunstpause ein und blies die Backen auf. Als die Luft wieder draussen war, sprach er die kryptischen Worte: «Bei Tötungsdelikten wie demjenigen an Forler ziehen wir immer in Betracht, dass das Opfer kein Unschuldslamm ist. Was ich zu diesem Fall bemerken möchte: Forlers Hinschied hat nichts zu tun mit seinem Engagement bei der Bürgerwehr.»

Der Kripoleutnant hatte damit so ziemlich alles gesagt, was er zu sagen bereit war. Das war offensichtlich nicht wenig. Die meisten hochgestreckten Finger verschwanden wieder. Der anfangs aggressive Ton der Fragesteller wechselte zu einem wohlwollenden. Die Schlagzeile für die nächste Ausgabe stand und erlaubte den Medienleuten, ihrer Phantasie freien Lauf zu lassen. Solche Polizisten mochten die Journalisten. Lauber strömte eine Welle von Sympathie entgegen. Nach seinem Gesichtsausdruck zu schliessen, beruhte das aber nicht unbedingt auf Gegenseitigkeit.

Bereits Minuten später kamen die ersten Meldungen über die lokalen TV- und Radiostationen.

Radio Pilatus. Neue Wende im Fall Forler. Nach den Aussagen des ermittelnden Kripobeamten Leutnant Lauber verdichten sich die Hinweise, dass die Täterschaft nicht aus Kreisen stammt, die es auf die Bürgerwehr Rontal abgesehen haben. Lauber liess durchblicken, dass Forler etwas mit den Todesfällen Bucher und Gschwandl zu tun haben könnte. Auch der gestern in Gewahrsam genommene Schulhausabwart von Root dürfte in diese mysteriösen Todesfälle involviert sein.

Minder war dabei, als Lauber diese Nachricht hörte. «Besser hätte es nicht kommen können. Ich habe die Medienorientierung über Video in meinem Büro live verfolgen können. Gut, war ich nicht im Presseraum. Ich hätte mehrmals Mühe gehabt, ein Lachen zu unterdrücken.»

Kaum hatte er diese Sätze gesprochen, als das Telefon auf Laubers Arbeitstisch schrillte. Es war die Staatsanwältin. Lauber stellte auf Lautsprecher.

«Super hast du dich geschlagen. Das Zwischen-den-Zeilen-Reden hast du mittlerweile gelernt. Aber zurücklehnen kannst du dich nicht. Heute hast du den News-Hunden einige Happen zum Frass zugeworfen. Sie werden bald wiederkommen und noch mehr verlangen. Komm rasch auf einen Sprung zu mir herüber, wir müssen die nächsten Schritte zusammen besprechen.»

Minder grinste. «Ganz tun, was dir beliebt, kannst du jetzt nicht mehr. ... Aber immer noch besser, es redet dir jemand Gescheites drein, als dass dir ein Blödmann applaudiert.»
Lauber fragte nicht danach, wen er mit «Blödmann» meinte.

Die Tür zum Büro der Staatsanwältin stand bereits offen, als Lauber dort ankam.
«Halt dich jetzt ja zurück mit Aussagen», ermahnte ihn Hermine von Flüe. «Dass wir diesen Pichler beinahe an der Angel haben, muss unter uns bleiben. Auch dass sich die Schlinge immer mehr um den Hals von Helbling zusammenzieht, dürfen ausser dir, Minder und mir keine weiteren Personen wissen.»
«Aber was soll ich den heisshungrigen Medienfritzen zum Frass hinwerfen?», fragte Lauber und gab sich dabei alle Mühe, verzweifelt dreinzublicken.
«Genau deshalb habe ich dich ja gebeten, bei mir vorbeizuschauen. Mein Vorschlag: Gib morgen Vormittag eine Medienmitteilung heraus. Erwähne dabei, dass nun feststehe, dass sowohl Bucher als auch Gschwandl ermordet worden seien, und zwar von denselben Tätern. Der eine davon sei jetzt selbst einem Anschlag zum Opfer gefallen, der andere befinde sich in Haft.»
Lauber stimmte erleichtert zu. «Es ist gut, dass du der Meinung bist, man müsse Pichler zunächst aus dem Spiel lassen. Da sitze ich, ehrlich gesagt, auf Nadeln. Wir müssen alles nur Erdenkliche tun, damit er nicht Lunte riecht und im letzten Moment Fersengeld gibt. Am kommenden Montag wird Minder am Zug sein. Er wird Pichler an der Haldenstrasse stellen und zum Verhör an die Kasimir-Pfyffer-Strasse führen. Hoffe ich wenigstens.»
Hermine von Flüe seufzte. «Derzeit haben wir keine Ahnung, wo dieser Ganove herumlungert. Für alle Fälle: Du tätest gut daran, eine internationale Fahndung nach ihm vorzubereiten. Sollte das im Fitnessclub nicht klappen, musst du sie sofort in Gang setzen.»
«Habe ich schon in der Pipeline. Aber was, wenn es ihm gelingt, sich nach Italien, seinem Heimatstaat, abzusetzen?»
«Dann ist guter Rat teuer, die Justiz in Rom dürfte ihm kaum nachstellen, auch wenn er ein Südtiroler ist.» Sie hielt inne und

sah Lauber versonnen an. «Wie weit bist du eigentlich mit der Beantwortung der Fragen, die ich dir gestern aushändigte?»

«Ich kam nicht einmal dazu, sie nochmals durchzugehen. Sobald mir etwas dazu einfällt, werde ich dir Bericht erstatten. Für diese Recherchen kann ich ja auf einige nicht gerade überbeschäftigte Schnüffler in unserer Abteilung zugreifen, mit dem Risiko allerdings, dass sie im Kollegenkreis darüber plaudern.»

Hermine von Flüe lachte lauthals. «Sollen sie doch. Wer interessiert sich schon für eine durchgeknallte evangelikale Hasspredigerin? Oder für das religiöse Umfeld eines Bankdirektors? Wichtig ist, dass sie danach suchen, wer in diesen frommen Kreisen alles mit Helbling vernetzt ist. Sie werden sich höchstens fragen, was das soll, und sich dabei über den Kriminalisten lustig machen, dem das Seelenheil von Bankern ein Anliegen ist.»

Am Nachmittag um zwei Uhr empfingen Lauber und Minder Angela Fibbi, die Exfrau des dahingegangenen Forler. Sie war in Begleitung ihres Anwalts und Lebenspartners Camillo Bassi.

Angela Fibbi machte einen etwas eingeschüchterten Eindruck auf die beiden Kriminalisten. Nicht so Bassi. Er wirkte zunächst recht arrogant, distanziert, und sein Mienenspiel verriet, dass er für Polizisten wenig übrighatte. Nach den ersten Minuten des Gespräches änderte sich das. Als Bassi realisierte, dass Lauber und Minder gegen die Hintermänner Forlers ermittelten, schien er allen Grund zu haben, Lauber und Minder dabei zu unterstützen.

Lauber und Minder hörten zwar lange nichts, was sie nicht schon wussten, bis Angela Fibbi wieder übernahm. Ihr Ex und sie, so gestand sie beinahe verschämt, seien mehrmals an einer Party gewesen, an der unter anderem Helbling, Schwarzentruber und auch Wespi teilgenommen hatten. Worauf Bassi eingriff, man könne da nicht von einer Party im herkömmlichen Sinne reden, es sei alles sehr gesittet zugegangen, mit klassischer Musik und Reden. Bassi verzog verächtlich den Mund. «Aber was für Reden? Frommes Gefasel, eingerahmt mit Bibelsprüchen, das habe ich aus Angela herausgebracht.»

«Das ist aber interessant», entfuhr es Lauber, etwas lauter, als er beabsichtigt hatte. Er drehte sich Frau Fibbi zu. «Da würde ich gerne mehr wissen.»

Angela Fibbi sah hilfesuchend zu ihrem Begleiter hinüber. Es war offensichtlich, die Frau war nicht willens oder nicht in der Lage, die Fragen von Lauber zu beantworten.

Bassi sprang ein. «In den letzten Jahren hat sich Forler immer mehr einer evangelikalen Glaubensgemeinschaft zugewandt. Er zwang Angela, aus der katholischen Kirche auszutreten und sich dieser Sekte anzuschliessen. Das hat sie zunächst wenig betroffen, da sie sich aus Religion nie viel machte. Auch Forler ist nicht fromm gewesen. Er hat sich diesem Verein nur angeschlossen, weil einflussreiche Freunde von ihm dort organisiert waren.»

«Die Namen dieser Freunde?», erkundigte sich Lauber.

«Hmmm ...» Er blickte zu seiner Lebenspartnerin.

«Schwarzentruber, Wespi und Helbling. Es war wegen dieser drei Schufte.»

«Schufte?»

Bassi war es, der antwortete: «Klar doch. Das sind Verbrecher. Forler stand schon in deren Diensten, als er Angela kennenlernte. Es bedurfte nur eines Anrufs von einem dieser drei, und er sprang. Mehrmals reiste er während eines Urlaubs in Italien, Spanien oder Frankreich Hals über Kopf in die Schweiz zurück – und Angela musste ihm folgen. Das war eine enorme Belastung für sie.»

Lauber fixierte Bassi. «Können Sie oder Ihre Lebenspartnerin nähere Angaben darüber machen, um was für Dienstleistungen es sich handelte, die Forler für diese drei Herren ausführte?»

«Auf Details möchte ich mich nicht festlegen, aber häufig scheint es um Eintreibung von Geldern gegangen zu sein, die Leute einem dieser drei schuldeten.»

«Aber für solche Angelegenheiten gibt es doch das Betreibungsamt –»

«Das ist es ja. Es ging um Gelder illegaler Herkunft. Ein- oder Auszahlungen, die nicht über ein ordentliches Konto der HSK abgewickelt werden durften. Wenn da etwas schieflief, vertraute man auf Forlers Muskelkraft. Der Mann war ein brutaler Schläger», sagte Bassi.

Nach einer Stunde verabschiedete Lauber Frau Fibbi und Herrn Bassi.

★★★

Am nächsten Morgen war Lauber bereits um sieben an seinem Arbeitsplatz. Er hatte Fahnder-Wachtmeister Blum aus der zweiten Kriminalabteilung in sein Büro bestellt.

Er beauftragte ihn, möglichst viel über den HSK-Direktor Helbling und seinen engsten Mitarbeiter Wespi herauszufinden, besonders Angelegenheiten, die ins Private reichen würden: Gottesdienstbesuche oder Teilnahme an religiösen Andachten.

Gar nicht begeistert war Blum über einen anderen Auftrag. Es bedurfte einiger Überredenskünste, bis Lauber ihn dazu brachte, Erkundigungen über die Berner Pfarrerin Christa Schlüssel einzuziehen und nach Schnittstellen mit ihr und Helbling sowie Wespi zu suchen.

Lauber wählte die Nummer von Jimmy und bat ihn, nach Verbindungen zwischen Christa Schlüssel und der HSK zu suchen. Sollten dabei die Namen Helbling, Wespi oder Schwarzentruber auftauchen, müsse er genau hinschauen.

Freitag, 11. Mai, und das Wochenende danach

Wie üblich am Freitag um acht hatte Lauber einen Termin bei Sigrist.

«Wir haben heute noch Glück», sagte der Kommandant der Kripo, als ob das eine Selbstverständlichkeit wäre. «Wegen des Familiendramas in Perlen ist die ganze Bürgerwehrgeschichte vorübergehend aus den Schlagzeilen verschwunden.»

«Ich bin natürlich auch froh, wenn wir diesen Aasgeiern aus den Nachrichtenredaktionen für einmal nicht Rede und Antwort stehen müssen. Obwohl … diese Bluttat war kein schöner Anblick für meine Leute. Zwei tüchtige Beamte fallen deswegen für einige Tage aus.»

«‹Tüchtig›, sagst du dem? Verdammte Weicheier sind das. Nicht belastbar. Schlechte Voraussetzungen für einen Job in unserer Abteilung. Ich werde mir diese Schlappschwänze vorknöpfen müssen.»

Lauber ging auf diese Bemerkungen gar nicht ein. Spätestens morgen würde Sigrist das wieder vergessen haben.

Lauber berichtete über die Ergebnisse der Ermittlungen − mit Abstrichen allerdings. Von Pichler sagte er wieder nichts.

Zurück an seinem Schreibtisch, gewahrte er Blum im Türrahmen. Offensichtlich aufgeregt, mit einem Stapel Papieren in seinen Händen.

«Hei, Chef, ich habe interessante News. Du wirst es nicht glauben. Dieser Helbling vögelt sich seit Jahren durch den ganzen Kanton.»

Lauber stöhnte kaum hörbar. Die Bumserei von Helbling, das war das Letzte, was ihn interessierte. Doch er konnte nicht anders, als sich die Bettgeschichten, die ihm Blum akribisch auftischte, anzuhören und anzusehen. Anzusehen ganz besonders, denn es gab darüber auch eine ganze Menge Bildmaterial.

Nach den ersten paar Blättern gelang es ihm, den ins Feuer geratenen Blum kurz zu unterbrechen.

«Sag mal, wie kommst du in so kurzer Zeit zu einer derartigen Menge Unterlagen?»

Blum bekam vor Stolz Augenwasser. Er drückte mit dem Zeigefinger auf seinen Brustkasten.

«Äähhmm ... das möchtest du jetzt wissen, gell? Beziehungen, mein Lieber. Ein über Jahre aufgebautes Informationsnetz. So etwas geht nicht so locker von gestern auf heute.» Dann schniefte er lautstark. «Es riecht nach Kaffee. Kann ich auch einen haben? Danach erfährst du mehr.»

Die Unverfrorenheit von Blum nervte Lauber ungemein. Doch er hatte längst gelernt, in solchen Fällen kühles Blut zu bewahren und einen gleichgültigen Gesichtsausdruck aufzusetzen.

Blum erhielt seinen Kaffee. Er begann wieder zu erzählen, wie er zu dieser wichtigen Information gekommen sei. Durch einen ehemaligen Arbeitskollegen, der den Polizistenjob an den Nagel gehängt habe und jetzt als Privatdetektiv arbeite. Nicht ganz freiwillig sei dieser Berufswechsel erfolgt. Er habe im Puff an der Pfistergasse Spezialkonditionen erhalten. Das ging so lange, bis ein neidischer Kripostreber die Sache auffliegen liess.

Ein sauberer Kerl sei das, stellte Lauber indigniert fest. Für die Kripo Luzern kein Verlust. «Aber gibt es unter den Privatschnüfflern keinen Ehrenkodex? Wie kommt der dazu, dir dieses Material einfach auszuhändigen?»

Blum grinste verschlagen. «Seine Alte, ich meine, die von Helbling, hielt sich nicht an die Abmachungen, sie wollte plötzlich nicht mehr zahlen.»

«Wie bitte?»

«Sie war es, die den Detektiv engagiert hat. Na, er hat ja seinen Job gut gemacht. Dass er dafür nicht anständig honoriert wird, braucht er nicht hinzunehmen.»

Was dann folgte, liess Lauber über sich ergehen. Er bekam eine Lektion in Pornografie à la «High Society» nach Luzerner Art.

Als der Papierstoss Blums nahezu abgetragen war, fiel Lauber etwas auf.

«Stopp, zeig mir dieses Blatt noch mal. Das Gesicht habe ich doch schon mal gesehen ...»

Es war eine nicht ganz scharfe Bildkopie eines Tête-à-Tête

Helblings mit einer Dame, die allerdings weder punkto Bekleidung noch Körperform an eine Prostituierte erinnerte. Oben links auf dem A4-Blatt stand: «Schweizerhof, 14. März 2012, 14:13».

«Gib mir mal dieses Blatt.»

«Hör mal, warum greifst du gerade zu diesem Foto und lässt die scharfen Sachen links liegen? Das gibt doch nichts her.»

«Das sehe ich ein bisschen anders. Doch das erkläre ich dir später.»

Blum zeigte Lauber noch den Rest der Aufzeichnungen.

«Herzlichen Dank, Blum, für deine Recherchen. Bewahre den ganzen Karsumpel in deinem Büro auf, vielleicht komme ich nochmals darauf zurück. Nur das eine Bild, das ich vorhin aussortiert habe, werde ich vorläufig behalten.»

Blum stand wie ein geohrfeigter Affe da. Sein Unterkiefer mahlte, bis er seine Sprache wiederfand. «Da gibt es noch ein kleines Problem. Der Ex-Polizist hat mir natürlich diese Unterlagen nicht umsonst gegeben. Wir haben ja in der Kripo eine spezielle Kasse, ‹Undercover-Spesen› nennt sich das, aus der wir unsere Informanten berappen.»

Lauber seufzte. «Wie viel hast du ihm versprochen?»

«Hmmmm ... äähh ... einen Tausender.»

«Einen Tausender? Du hast wohl nicht alle Tassen im Schrank. ... Aber wenn ich es mir so überlege, ist vielleicht das Blatt, das ich eben behändigt habe, diese Summe wert.» Lauber zog ein Formular aus seiner Schreibtischschublade und streckte es Blum hin. «Fülle das aus, dann bekommst du den Riesen auf die Hand.»

Lauber wählte die Nummer von Minder und bat ihn, rasch in sein Büro zu kommen.

«Sieh dir das mal an.» Er hielt Minder den Computerausdruck mit dem Bild unter die Nase. «Kommt dir dieses Weibsbild nicht bekannt vor?»

Minder rief laut aus: «Hei, ist das nicht diese islamophobe Pfarrerin aus dem Berner Mitteland?»

«So ist es. Nun verrate mir, warum turtelt Helbling mit der in der Bar im ‹Schweizerhof› in Luzern?»

«Ich nehme nicht an, dass Helbling beabsichtigt, seine Rübe in diese Gottesdienerin zu pflanzen. Da könnte es um eine andere Art Liebesdienst gehen.»

Lauber streckte seinen Daumen in die Luft. «Damit dürftest du gar nicht so falschliegen. Die beiden fädelten dort etwas ein. Konkreter: Helbling bat sie um eine Gefälligkeit, die sie ihm ganz sicher nicht gratis zugestand.»

Minder kratzte sich am Hinterkopf. «Hilf mir auf die Sprünge.»

Lauber fuhr seinen PC hoch, tippte in die Suchmaschine ein Stichwort ein. Sekunden später erschien auf dem Bildschirm folgender Wikipedia-Text:

Abendland (Abkürzung: AbLa oder AbLa-News) ist ein 2004 gegründeter politischer Blog des deutschen Diplom-Sportlehrers Otto Hauser, der sich nach eigener Aussage gegen eine befürchtete «Islamisierung Europas» richtet. Die von mehreren Autoren unter Pseudonymen verfassten Beiträge sind bestimmt von Islamfeindlichkeit. AbLa entwickelte sich zu einem der bedeutendsten deutschsprachigen Blogs dieser Ausrichtung und ist auch mit deutschen und ausländischen Personen und Organisationen vernetzt, die als islamfeindlich, rechtsextrem oder rechtspopulistisch gelten. Im Oktober übergab Hauser der evangelisch-reformierten Schweizer Pfarrerin Christa Schlüssel, AbLa-Pseudonym Walküre, die Leitung des Blogs.

Lauber nickte nachdenklich. «Schade nur, dass das heute in Vergessenheit zu geraten droht. Die Medien tragen das Ihre dazu bei.»

«Du kannst dir also vorstellen, dass die Morde an Gschwandl, Bucher oder Forler auf das Konto von Leuten im Umfeld von bibelfesten Extremisten gehen?»

«Möglich. Aber in unserem Fall wäre ich da vorsichtig. Grundsätzlich sollten wir uns davor hüten, anzunehmen, diese Verbrechen seien aus religiösem Eifer begangen worden. Bei einem Helbling, Wespi oder Schwarzentruber kann ich mir das beim besten Willen nicht vorstellen. Das heisst aber nicht, dass die Drahtzieher dieser Tötungsdelikte sich perversen religiösen Zirkeln anbiedern.»

Lauber lud die aktuelle Website von AbLa.

Was man da sah, hätte auch in vielen Forumeinträgen der Online-Ausgaben der Schweizer Presse stehen können. Ein Sammelsurium von Ausfällen gegen Linke, Grüne, Ausländer, Asylbewerber und Angehörige der moslemischen Glaubensgemeinschaft. Noch etwas gröber und primitiver.

Nach längerem Scrollen stiess Lauber doch noch auf einen vielsagenden Artikel.

AbLa hat gestern über die Schweizer Haftbefehle gegen deutsche Steuerfahnder und die Empörung unserer Linksgrünen und Roten berichtet. Bravo, Schweizer Bundesanwalt! Es ist doch eine ziemliche Unverschämtheit, wenn die Souveränität anderer Staaten nicht mehr geachtet wird. Das Schweizer Bankgeheimnis ist ein Freiheitsrecht.

Wo steht geschrieben, dass überall das sozialistische Recht von Deutschland zu gelten habe, dass der Staat Daten in anderen Ländern stehlen darf? In der Schweiz setzt sich inzwischen die Meinung durch, wenn die Deutschen weiter dumm tun, werde man gar kein Steuerabkommen abschliessen und die Verhandlungen über das laufende stoppen. Die Schmerzgrenze mit Deutschland sei erreicht.

Minder kommentierte: «Echt peinlich, dass eine evangelische Pfarrerin aus der Schweiz sich moderierend in dieser Jauchegrube suhlt. Und diese Frau wird vom Staat Bern fürstlich entlohnt. Ich muss mich zurückhalten, nicht auf die Tastatur zu kotzen. Trotzdem kommen wir nicht umhin, in dieser widerlich braunen Brühe weiterzurühren, denn mein kleiner Finger sagt mir: Wir werden da noch irgendetwas finden.»

Dann fanden sie die Rubrik «Archiv». Lauber klickte «März 2012» an und gab das Stichwort «Walküre» ein. Er stiess auf einen Artikel, überschrieben mit:

Gegen schleichende Islamisierung und für christliche Werte

Er überflog den Text und fand am Schluss den Satz:

Da fahre ich lieber nach Luzern und trinke an der Bar im Hotel
Schweizerhof eine Limonade.

Der Beitrag der «Walküre» wurde von etwa zwanzig Lesern kommentiert, und einer stach ins Auge.

Das mit der Limonade finde ich eine super Idee. An Mittwochnachmittagen schmeckt sie besonders gut. Ich gehe mal am 14. März hin. Sie wird ab zwei Uhr ausgeschenkt. Kreuzritter.

Minder klatschte in die Hände. «Mensch, Beat, mir bleibt die Spucke weg. Das verspricht spannend zu werden.»

Sie konnten Jimmy nach mehreren Versuchen telefonisch erreichen. Er bestätigte, was sie ahnten, «Kreuzritter» war das Pseudonym von Helbling.

«Ferdi, du wirst in den nächsten Stunden die HSK, diese braune Kloake, durchforsten. Sollte es dir zwischenzeitlich übel werden, geh in den Spunten vis-à-vis und sauf dir einen an. Du kannst dich dafür aus der Kaffeekasse bedienen. Ich bin für eine Weile unabkömmlich. Alle Kader müssen beim ‹Chief-Commander› Wey antraben. Rapport heisst das, Wey hat diese Tradition von ‹der besten Armee der Welt›, dem eidgenössischen Heer, übernommen. Er kommandierte als Milizoberst einmal während dreier Monate ein Regiment. Dann wurde seine Truppe aufgelöst.»

«Beste Armee, dass ich nicht lache.»

«Immerhin hat unser Land seit mehr als zweihundert Jahren keinen Krieg mehr verloren. Da war allerdings auch viel Glück dabei: Wir wurden einfach nie angegriffen und zogen unsere Soldaten von der Grenze ab, als es brenzlig wurde.»

Minder stürzte sich mit grossem Elan auf den neuen Job. Doch ihm wurde bald klar, dass er das allein nicht bewältigen konnte. Ihm fehlte der Einblick ins persönliche Umfeld der Hauptakteure. Wer war dieser Helbling eigentlich? Wer Wespi? Wer Schwarzentruber? Gab es noch andere Personen, die an den Morden von Gschwandl und Bucher beteiligt waren und von denen er bis jetzt gar nichts wusste? Von der zwielichtigen Theologin Christa

Schlüssel konnte er sich schon besser ein Bild machen. Da gab es einen Wikipedia-Eintrag, da gab es zahlreiche Medienberichte. Aber ihre Schnittstelle zu Helbling und der HSK, die lag noch im Dunkeln. Wer konnte ihm da helfen?

Jimmy? Ja, natürlich Jimmy.

Er wählte dessen Nummer, und zu seinem Erstaunen nahm Jimmy bereits nach zweimaligem Klingeln ab. Bislang war es Minder erst nach mehrmaligen, hartnäckigen Anrufen gelungen, ihn an den Telefonapparat zu locken.

Minder schilderte Jimmy, was sie im Internetforum AbLa heute Morgen gefunden hatten. Jimmy biss sofort an. Ja, da könne er helfen. Über diese Leute führe er schon seit Jahren Buch.

«Häää?»

«Du wirst bald erfahren, weshalb.»

Minder wusste nicht, wie alt Jimmy war, er wusste eigentlich sehr wenig über Jimmy, das hinderte ihn aber nicht daran, ihm trotzdem zu vertrauen.

Er werde ihm im Verlauf der nächsten Stunde elektronisch einige Dokumente schicken, versprach Jimmy.

Minder durchstöberte bereits seit einer halben Stunde die Archivdateien von AbLa. Ihm fiel bald etwas auf: Eine Menge davon musste vor noch nicht allzu langer Zeit gelöscht worden sein.

Er hörte das akustische Signal, das ein eben eingetroffenes Mail ankündete. Es kam von Jimmy.

Minder öffnete den elektronischen Briefkasten und fand eine megaschwere Nachricht mit mehreren Anhängen. Er überflog den Begleittext und entschloss sich, ihn auszudrucken.

Lieber Ferdi,
hier ist eine Zusammenfassung des Materials, das ich seit nun
gut zehn Jahren über Christa Schlüssel und Karl Helbling inkl.
seiner «Mitstreiter» zusammengetragen habe.
Am Anfang war tatsächlich das Christentum oder das, was Helb-
ling und Schlüssel darunter verstanden.
Dieser Helbling. Er wollte zunächst Priester werden. Das
funktionierte aber irgendwie schlecht. Wahrscheinlich weil sein

Sexualtrieb ein zölibatäres Dasein unmöglich machte. Er trat aus der katholischen Kirche aus, was dazu führte, dass seine Eltern die Beziehung zu ihm abbrachen. Helbling, ein Mensch, der sich zeitlebens nach Geborgenheit sehnte, traf das schwer. Er war für einige Zeit am Boden zerstört. Er suchte nach einem Umfeld, das seiner Spiritualität und Religiosität entsprach, und fand es bei einer evangelikalen Freikirche. Dort gabelte er seine spätere Frau auf. Eigentlich von Beginn an ein Fiasko. Die Zeit vor der Eheschliessung war durch Enthaltsamkeit geprägt. Und das machte Helbling sehr zu schaffen. Er hielt es auch nicht durch. So kam es, dass er seine bislang noch unberührte Auserwählte in der Hochzeitsnacht mit dem Tripper ansteckte.

Man muss sich das einmal vorstellen: Die Tochter angesehener Eltern, die Gattin eines vielversprechenden Finanzgenies wurde von einer solchen Krankheit befallen.

Wahrscheinlich auch der Grund, weshalb die Ehe der Helblings kinderlos blieb. Gut möglich, dass Helblings Ehefrau sich seither ihrem Mann verweigerte.

Helbling wurde zu einer noch zerrisseneren Person. Er befürchtete, das Letzte zu verlieren, was ihm etwas bedeutete: seine Fassade. Man darf allerdings Fassaden nicht unterschätzen. In den Kreisen, in denen sich Helbling bewegte, war häufig die Fassade das Ein und Alles.

Es war nur natürlich, dass Helbling es nicht aus eigener Kraft schaffte, seine Fassade aufrechtzuerhalten. Doch da war noch dieser Wespi, sein Studien- und Militärdienstkollege. Helbling ist weder dumm noch faul. Aber Wespi ist – er nennt sich im AbLa «das Schwert» – eine Spur intelligenter, eine Spur gerissener, immer darauf bedacht, sich im Schatten anderer aufzuhalten, ein Intrigant, der gerne die Fäden zieht und eine klammheimliche Freude daran hat, wenn die daran Hängenden straucheln und schliesslich abstürzen.

Anders als Helbling hat Wespi für Religion nichts übrig. Er sieht aber im Forum AbLa ein zweckmässiges Vehikel, um seine kriminellen Energien auszuleben. Es war seinerzeit in seinen Augen geradezu phantastisch, dass, wie vom Himmel gefallen, eine Gottesdienerin auftauchte und ihnen ihre Hilfe anbot.

Christa Schlüssel. Die von einem unheimlichen Sendungsbewusstsein getriebene Pfarrerin aus einem kleinen Berner Dorf. Eine von Zanksucht zerfressene Frau, die allen das Verderben wünscht, die nicht dem Christentum und der weissen Rasse verpflichtet sind.

Wie über Helbling hatte ich auch umfangreiches Material über Christa Schlüssel gesammelt. Warum wohl? Ich zerbrach mir den Kopf, wie um alles in der Welt es Christa Schlüssel fertigbrachte, eine Internetplattform mit täglich bis zu hunderttausend Zugriffen aufzubauen. Und das mit Inhalten, die einem heiss und kalt den Rücken hinunterlaufen, die die widerlichsten menschlichen Instinkte ansprechen. Die füllige Christa Schlüssel, die Theologin mit einem Doktortitel der Universität Bern, fällt auf der Strasse nicht auf. Sie führt ein geordnetes spiessbürgerliches Leben. Sie hat einen Ehemann, nicht einen Lebenspartner. Sie sieht so aus wie Tausende ihrer Altersgenossinnen: bieder, freundlich und irgendwie mütterlich. Doch hinter dem netten Gesicht verstecken sich ein zügelloser Fanatismus, ein abgrundtiefer Hass und eine haarsträubende Menschenverachtung. Das realisiert man aber erst bei der Lektüre ihrer Blogeinträge, die nie mit ihrem wirklichen Namen unterzeichnet sind. Einmal «Walküre», einmal «Stauffacherin», sogar als «Jeanne d'Arc» hat sie sich bisweilen bezeichnet. Merk dir diese Namen! Sie werden es dir leichter machen, die Artikel dieser Weibsperson zu finden. Das Dumme nur: Längst nicht alle findest du im Archiv. Sie wurden nach dem Breivik-Attentat in Norwegen gelöscht. Zum Glück hatte ich die Beiträge Schlüssels zuvor alle heruntergeladen.

Mir fiel es plötzlich wie Schuppen von den Augen: Das Trio Helbling / Wespi / Schlüssel ist eine explosive Mischung mit einer ungeheuren Sprengkraft.

Du magst dich fragen, wie ich das alles herausgefunden habe. Ich möchte das, was Helbling betrifft, nicht verraten. Der Person, die es mir preisgegeben hat, habe ich das Versprechen gegeben, ihren Namen nicht preiszugeben.

Es gibt noch andere Pseudonyme, die du beachten solltest: «Terminator» alias Schwarzentruber, «Scharfrichter» alias Heindl, «Asylantenentsorger» alias Forler und «Grenadier» alias ...?

Den Letzteren kann ich noch nicht mit Sicherheit zuordnen. Ich vermute, dass es sich um Pichler handeln könnte. Schlüssel und Helbling mussten sich anfangs 2004 in den Niederlanden an einer Veranstaltung begegnet sein, die ein Islamhasser organisiert hatte. Was dort genau vor sich ging, konnte ich leider bloss bruchstückhaft in Erfahrung bringen. Nur dass es sich um eine Art konspiratives Treffen handelte und dass fast die gesamte Prominenz der rechtspopulistischen und rechtsradikalen Szene Europas daran teilnahm. Einer der Schweizer Delegation soll besonders aufgefallen sein. Als er ans Rednerpult trat, setzte frenetischer Beifall ein.

Eigentlich nicht erwähnenswert, hätte er nicht noch eine andere Rolle gespielt. Sozusagen als Kuppler. Nicht ein erotischer Vorfall resultierte daraus, nein, es war eine Kuppelei, die unterschwellig einen Einfluss auf die Entwicklung der europäischen Rechten haben sollte.

Dieser Schweizer Delegierte brachte Karl Helbling mit Christa Schlüssel zusammen. Aus der Liaison entspross ein Kind, keines aus Fleisch und Blut, aber ein Monster, das in ganz Europa Verheerung und Leid anrichtete – und es leider immer noch tut. Das Internetforum AbLa.

AbLa hat einige rechtspopulistische Gewalttäter ideologisch aufmunitioniert, unzählige Anschläge auf Asylbewerber in ganz Europa konnten nicht aufgeklärt werden. Man muss von einer elektronischen Anstiftung zu rechtsradikalen und rassistischen Gräueltaten sprechen. Ohne das finanzielle Engagement der HSK, vermittelt durch Helbling, würde es die Institution AbLa heute nicht geben. Am Anfang ist also Geld geflossen. Nach meinen Recherchen muss es ein Millionenbetrag in einstelliger Höhe gewesen sein. Für die HSK ein Pappenstiel. Eine geringfügige Investition mit einer selten ertragreichen Ernte. Die Transaktionen in der Grauzone von Legalität und Illegalität brachten dieser Bank bis zum Ausbruch der globalen Finanzkrise Milliarden ein. Diese dunklen Geschäfte wurden zwar durch Helbling ausgelöst, aber von Wespi ausgeheckt. Vieles davon machte einen Umweg über die Plattform AbLa. Das meiste dürfte dich und Beat wenig interessieren, weit mehr eure Abteilung für

Wirtschaftskriminalität. Trotzdem: Es wird euch eine wertvolle Hilfe sein, die Morde der vergangenen Wochen aufzuklären.

Jimmy

Minder las den Text ein zweites und ein drittes Mal. Dann fragte er sich nochmals: Wer ist dieser Jimmy eigentlich? Die Antwort darauf fiel ihm nicht allzu schwer: ein Hacker, der verbotenerweise in fremde Computersysteme eindringt, Handys ahnungsloser Leute manipuliert und Telefongespräche abhört. Aber auch ein Mensch mit einem tiefen Gerechtigkeitsempfinden. Und das liess einen Polizisten in einen Gewissenskonflikt stürzen. Eigentlich war er, Minder, dazu ausersehen, Gesetzesbrecher zur Verantwortung zu ziehen. Manchmal liess sich das nicht machen, ohne selbst das Gesetz zu brechen. Das war der Grund, weshalb er nicht die geringsten Gewissensbisse verspürte, wenn er der Gerechtigkeit halber das Gesetz übertrat.

Nun kam wieder Knochenarbeit. Er gab die Namen, die er von Jimmy bekommen hatte, in die Plattform AbLa ein. Es war echt mühsam, die ihnen zugeordneten Artikel so aufmerksam zu lesen, um darin versteckte Botschaften zu erkennen. Er verzichtete auf die Mittagspause, verschlang drei Sandwiches, füllte in Abständen von dreissig Minuten einen Pappbecher mit Kaffee aus dem Automaten. Doch Minder kam vorwärts.

Gerade als er kurz vor vier den letzten Satz seines Berichtes in den PC getippt hatte und sich erleichtert aufrichtete, sah er Lauber im Türrahmen stehen. «Beat, du kommst wie gerufen. Ich glaube, ich hab einen echten Knüller.»

«Da bin ich aber gespannt. Gibt es etwas Neues, das wir noch nicht wussten?»

«Hättest du gesagt: ‹Das wir noch nicht ahnten›, müsste ich dir verhalten antworten. Geahnt haben wir ja eine ganze Menge, das Problem war aber, Gewissheit darüber zu haben. Und das haben wir nun, zum grossen Teil jedenfalls.»

«Also schiess los!»

«Helbling hat den Auftrag zur Liquidierung von Gschwandl gegeben, auf Anraten von Wespi.»

«Was für eine Überraschung», bemerkte Lauber sarkastisch.
«Hey Chef, lass mich der Reihe nach erzählen, was ich heute
herausgefunden habe, nicht allein, sondern mit Jimmys Hilfe.»
Er reichte Lauber das ausgedruckte Mail, das er am Vormittag
von Jimmy erhalten hatte.
Lauber überflog es, hielt inne und las es erneut, aber aufmerk-
samer. «Das ist natürlich etwas anderes. Eine solche Hilfe habe
ich nicht erwartet.»
Minder berichtete, was er aus den Informationen von Jimmy
gemacht hatte. Er musste dabei auf seine Phantasie zurückgrei-
fen. In den Einträgen im Forum AbLa stiess er auf derart viele
kleine Bruchstücke, dass er Mühe hatte, sie zu einem plausiblen
Ganzen zusammenzufügen. Vielleicht konnten Zeitfenster ein
bisschen Licht in das Dunkel bringen. Etwa Anfang Januar 2012,
als Gschwandl sich der Polizei gestellt hatte. Da fiel ihm eine
Passage unter dem Pseudonym «Kreuzritter» auf. Er packte sie
in den Kommentar unter einen Artikel, der mit «Stauffacherin»
angeschrieben war.

*Du sprichst mir aus dem Herzen, «Stauffacherin». Eben habe
ich unter der Hand vernommen, dass ein ausländischer Spion –
diesmal ein Österreicher – unser Bankgeheimnis verraten hat.
Er hatte das strenge Sicherheitsdispositiv umgangen, indem er
USB-Sticks manipulierte. Als man ihm auf die Schliche kam,
suchte er Schutz bei der Polizei (!) und wird jetzt in ein Untersuchungsgefängnis eingeliefert. All diese Etablissements haben in
unserem Land den Komfort von Vier-Sterne-Hotels.*

Weiter unten stand im Eintrag von «Jeanne d'Arc»:

*Die Sache interessiert mich. Ich bin gerade an einer «wissenschaft-
lichen» Arbeit über das Schweizer Bankgeheimnis.*

«Dann fiel bei mir der Groschen. Es mussten doch an der Kasimir-
Pfyffer-Strasse schriftliche Aufzeichnungen über die Selbstanzeige
von Gschwandl vorliegen. Wer hatte ihn dort verhört?», fuhr
Minder fort.

Er beschrieb, wie er es mit Banz versuchte. Das war ein Volltreffer. Zunächst habe sich der Wachtmeister in der Abteilung «Wirtschaftsdelikte» zugeknöpft gezeigt. Er, Minder, wäre aber der letzte gewesen, der sich hätte abwimmeln lassen, bis er das Protokoll ausgehändigt bekommen hätte.

«Banz beteuerte mir leicht pikiert, dass er bei jeder Vernehmung ein Protokoll erstellen lasse. Das schreibe er natürlich nicht selbst. Seinerzeit habe es ein Praktikant gemacht. Der sei noch ein bisschen grün hinter den Ohren gewesen. Er müsse es noch einmal durchgehen und gegebenenfalls ergänzen. Da platzte mir der Kragen. ‹Wie bitte?›, fragte ich nach.»

Banz habe darauf etwas Unverständliches gemurrt.

««Kamerad, du weisst so gut wie ich, dass Protokolle, nachdem sie von beiden Seiten unterzeichnet worden sind, nicht mehr verändert werden dürfen. Ich gebe dir noch fünf Minuten Zeit, um dieses Dokument aufzuspüren. Dann klopfe ich an deine Bürotür. Falls du es noch weiter zurückhältst, kannst du etwas erleben.› Ich hörte noch schwach, dass Banz ‹Arschloch› zischte.»

Einige Minuten später habe ihm Banz wütend das Protokoll auf seinen Schreibtisch geworfen.

Kriminalpolizei Luzern. Vernehmungsprotokoll.
Ort: Kasimir-Pfyffer-Strasse 26
Datum / Zeit: 4. Januar 2012, 17.00 Uhr
Teilnehmer: Banz Isidor, Wachtmeister (Leitung); Geisseler Walter, Aspirant (Protokoll); Gschwandl Joachim, Dr. Dipl.-Ing., Beschuldigter
Banz verliest die Personalien des Delinquenten. Gschwandl bestätigt deren Richtigkeit.
Banz: *Herr Gschwandl, Sie beschuldigen sich, Dokumente weitergeleitet zu haben, die dem Bankgeheimnis unterstehen. Es steht Ihnen immer noch frei, sich zu Ihrem Arbeitgeber zu begeben, um diese Sache gütlich zu regeln.*
Gschwandl: *Warum sagen Sie das?*
Banz: *Wir haben uns mit Ihrem Arbeitgeber in Verbindung gesetzt. Er besteht nicht auf einer Anklage. Es bestünden andere Möglichkeiten, um dieses Problem aus der Welt zu schaffen.*

Gschwandl: *(lacht laut)* Daran zweifle ich nicht. Die Frage ist nur, was der Arbeitgeber mit «gütlich regeln» meint.

Banz: Bleiben Sie bei der Selbstanzeige?

Gschwandl: Ich bleibe dabei.

Banz: Herr Doktor, die Leute in der HSK sind keine Unmenschen, und wir sind es auch nicht. Uns liegt viel daran, Leute, die eine Dummheit begangen haben, wieder auf den rechten Weg zu bringen. Wenn Sie Ihre Anzeige aufrechterhalten, droht Ihnen eine Gefängnisstrafe. Das könnte bedeuten, dass Ihre verheissungsvolle berufliche Karriere futsch ist. Nehmen Sie doch Vernunft an. Sie ersparen uns damit Unannehmlichkeiten und dem Staat unnötige Kosten.

Gschwandl: Ich bestehe auf meiner Selbstanzeige.

Banz: Wenn Sie meinen. ... Warum haben Sie Dokumente gestohlen?

Gschwandl: Diese Dokumente enthalten Beweise für kriminelle Handlungen.

Banz: Was für kriminelle Handlungen?

Gschwandl: Anstiftung zu Steuerbetrug, Geldwäsche, Drogen- und Waffenhandel.

Banz: Sind Sie sich da so sicher? Das ist eine schwere Beschuldigung.

Gschwandl: Da bin ich mir ganz sicher.

Banz: Wann haben Sie begonnen, Dokumente zu stehlen?

Gschwandl: Vor etwa drei Monaten.

Banz: Wo haben Sie diese Dokumente versteckt?

Gschwandl: Ich habe sie nicht mehr. Ich habe sie weitergegeben.

Banz: An wen?

Gschwandl: An einen Steuerfahnder in Nordrhein-Westfalen.

Banz: Name und Adresse?

Gschwandl: Von mir erfahren Sie weder seine Adresse noch seinen Namen.

Banz: Sie sind ein Verräter.

Gschwandl: Es steht Ihnen nicht zu, mich zu verunglimpfen.

Banz: *(lacht)* Sie haben mir nichts vorzuschreiben. Kommen wir zur nächsten Frage. Wie viel hat man Ihnen bezahlt?

Gschwandl: Das geht Sie nichts an.

Banz: *Herr Gschwandl, ich warne Sie. Wenn Sie sich weiter so starrköpfig benehmen, werden Sie es bitter bereuen. Eine Chance gebe ich Ihnen noch.*

Banz nimmt einen Schreibblock und einen Bleistift aus der Schublade des Tisches und streckt ihn Gschwandl hin.

Banz: *Schreiben Sie auf, wie Sie die Dateien geklaut haben. Schreiben Sie auf, warum Sie es getan haben. Schreiben Sie alles auf, was für uns wichtig sein könnte. Wir geben Ihnen genügend Zeit – eine Stunde, zwei Stunden, die ganze Nacht …*

Banz verlässt den Raum.

Gschwandl beginnt zu schreiben:

Wespi war mir eigentlich nur durch einen unglücklichen Zufall auf die Schliche gekommen. Allerdings: Er misstraute mir seit geraumer Zeit. Menschen mit grosser krimineller Energie – und das ist Wespi zweifellos – können diese nur so lange einsetzen, solange sie diejenigen, die in einem Abhängigkeitsverhältnis zu ihnen stehen, im Griff haben.

Wespi realisierte, dass ihm die Kontrolle über mich immer mehr entglitt, das fiel mir in den letzten Wochen zusehends auf. Er liess mich überwachen. Aber ich bin auch nicht auf den Kopf gefallen und merkte gleich, dass er seine Spitzel auf mich ansetzte. Darin sah ich jedoch kaum eine Gefahr. Diese Leute waren ziemlich bescheuert.

Ich hatte bereits erfolgreich eine ganze Menge USB-Sticks präpariert, die es mir erlaubten, Daten von Konten abzusaugen. Er waren Daten, die ich einsehen konnte, aber ich war nicht autorisiert, sie zu kopieren oder zu verändern. Man ging natürlich auch nicht davon aus, dass ich mich für deren Inhalt interessierte. Warum sollte ich auch? Meine Aufgabe bestand darin, sie wieder instand zu setzen, wenn sie durch eine Manipulation beschädigt wurden, was hin und wieder passierte. Und zwar aus folgendem Grund: Bisweilen wurden sie mit einem geheimen, nicht kommerziell vertriebenen Programm bearbeitet, das Operationen vornahm, die offensichtlich nicht erlaubt sind. Mit anderen Worten: Der Einsatz dieser Software muss vor der staatlichen Bankenaufsicht geheim gehalten werden. Das heisst aber auch, sie ist mit Mängeln behaftet. Ich und noch ein anderer in unserer Firma kennen dieses Programm von Grund auf. Wer der andere ist, möchte ich nicht verraten.

Fünf Mitarbeiter, sogenannte Vertrauenspersonen, können es bedienen und sind befugt, Daten auf spezielle Anweisung eines Mitglieds der Direktion zu manipulieren. Der Zugriff erfolgt mit einem präparierten USB-Stick. Für jedes Konto gibt es einen speziellen Stick. Ein Unikat also. Jedem Stick wird ein Passwort zugeteilt, das periodisch verändert werden muss. Das Passwort wird mit einem Zufallsgenerator erstellt. Die Person, die diesen Generator bedient, bin ich. Ich sende dieses Passwort der jeweils zuständigen Vertrauensperson elektronisch. Ich sehe dieses Passwort, das aus zehn Zeichen besteht, ganze zwei Sekunden. Was man nicht weiss: Ich gehöre zu denjenigen Menschen, die bis zu zwanzig zufällig aneinandergereihte Zeichen wie eine Kamera aufnehmen und speichern können. Das mit der Kamera würde in diesem Fall sowieso nicht funktionieren. Der Raum, wo dieser Vorgang abläuft, ist videoüberwacht. Nähme ich eine Kamera oder nur Stift und Papier zu Hilfe, um diese Zeichen festzuhalten, würde das sofort bemerkt.

Um auf dieses Konto zuzugreifen, würde mir das visuelle Gedächtnis allein noch nichts nützen, ich brauchte dazu auch den präparierten USB-Stick. Ich müsste also diesen Stick einer der Vertrauenspersonen kurzzeitig entwenden, was aber problematisch wäre, da er mit einem Sender ausgerüstet ist, der in kurzen Abständen Signale auf das Handy der Vertrauensperson sendet. Diese Signale können nicht übertragen werden, wenn Handy und Stick mehr als einige Meter voneinander entfernt sind. In diesem Falle ertönt aus dem Handy ein Alarmton.

Diesen widrigen Umständen zum Trotz ist es mir im Laufe von Wochen gelungen, ein Dutzend Sticks genau nachzubauen. Das versetzte mich in die Lage, auf ein Dutzend Konten zuzugreifen. Beim dreizehnten ging etwas schief. Wegen einer letzten Sicherheitsbarriere, von der ich leider nichts gewusst hatte.

Ich zapfte gerade erfolgreich die Kontodaten des Rohstoffmultis «Shale Oil Company» mit Sitz in Zug an, als mein Telefon schrillte. Es war Wespi. «Joachim, könntest du rasch auf einen Sprung bei mir vorbeikommen?»

Ich dachte mir dabei nichts Besonderes. Wespis Stimme war ölig wie immer. Er zitierte mich oft zu sich, zuweilen mehrmals täglich.

Als ich bei ihm eintrat, merkte ich sofort, dass etwas anders war als sonst. Er wies mich an, am Besuchertisch Platz zu nehmen. Der war üppig gedeckt: Porzellangeschirr und Süssigkeiten aus der Bäckerei, eine Kanne dampfenden Kaffees, Rahm. Allein der Gesichtsausdruck Wespis schien nicht dazu zu passen. Hochgezogene Augenbrauen, zusammengekniffene Lippen. Er musste vor Wut kochen. Ihm gegenüber sass noch ein Mann.

«Wir haben ein Problem, Joachim. Ich bin überzeugt, du bist derjenige, der es lösen kann.»

Ich lächelte. Aber bald sollte mir das Lächeln vergehen.

«Stell dir vor, jemand hat einen USB-Stick präpariert und nicht autorisiert auf das Konto eines renommierten grossen Rohstoffkonzerns zugegriffen. Ich zermartere mir den Kopf, wie das möglich ist. Wir können von Glück reden: In der letzten Sicherheitsschleuse ist der Spion hängen geblieben.»

«In der letzten? Das heisst: Jemand hat den Zugriff blockieren können, als die Person begann, die Daten zu kopieren.» Ich staunte selbst über meine Kaltblütigkeit und Wespi ganz sicher auch.

«Wir haben drei, du hast aber nur von zweien gewusst. Die dritte funktioniert so: Greift jemand auf eines unserer sensiblen Konten zu, ertönt aus meinem Handy eine ganz bestimmte Melodie. Für mich in der Regel gar keine Ursache, nachzuschauen, welche Vertrauensperson gerade auf ein Konto zugreift. Diesmal hatte ich aber das Handy offen vor mir liegen, und da tauchte der Name desjenigen auf dem Display auf, der mir gerade gegenübersitzt. Blitzschnell kombinierte ich: Der Mann hat seinen Stick, den er weisungsgemäss in der Firma auf sich tragen muss, offenbar in seinem Büro liegen gelassen, und jemand benutzt die Gelegenheit, sich ins Konto der Firma ‹Shale Oil Company› einzuloggen.» Mir fiel auf, wie Wespi sein Kinn nach vorn schob und mit verbissener Miene weitersprach. «‹Wo hast du deine Sticks?› war meine logische Frage. Der Mann legte seine fünf Sticks auf den Tisch. (Jeder Vertrauensmann hatte fünf Sticks für sensible Konten.) Dann war mir klar, dass jemand einen solchen

Stick nachgebaut haben muss und gerade geheime Kontodaten absaugt.»

Wespi schwieg einen Moment, nahm eine Tablette aus einer Blechschachtel, warf sie sich in den Mund, ging zum Lavabo, füllte ein Glas mit Wasser und begann, hastig zu trinken. Dann musterte er mich mit einem Blick, der nichts Gutes verhiess. Ich wunderte mich, dass ich nicht die Fassung verlor. Wespi hatte wohl damit gerechnet. Meine ausbleibende Reaktion musste ihn verunsichert haben. Hilflos schaute er zur Decke. Das hatte ich bei Wespi noch nie beobachtet.

Er schaute zum grossen Fenster, das den Blick zum See freigab. «Hast du eine Idee, wer das sein könnte?»

Mein Mund wurde plötzlich trocken. Wie er das immer wurde, wenn ich von einer grossen Unsicherheit erfasst werde. Ich wusste, dass man mir das nicht anmerken dürfte. Wusste Wespi, dass ich derjenige war, der die Sticks manipuliert hatte?

Ich schüttelte den Kopf. «Keinen blassen Schimmer.»

Wespi räusperte sich. «Schade, ich hätte jetzt spontan eine Antwort von dir erwartet.»

Dann stand er auf, ging zum grossen Fenster und sagte, mir den Rücken zudrehend: «Ich gebe dir eine Viertelstunde Zeit. Vielleicht fällt es dir bis dann ein. In einer Viertelstunde erwarte ich dich wieder hier in diesem Büro.»

Zurück in meinem Büro, fiel mir ein schwarz gerändertes Kuvert auf meinem Schreibtisch ins Auge. Lag ein solches Kuvert in meinem Briefkasten, öffnete ich es immer mit einem mulmigen Gefühl. Es enthielt die Ankündigung eines Todesfalls aus meiner Verwandtschaft oder meinem Bekanntenkreis.

Ich riss das Kuvert auf, und was fand ich darin?

Zwei USB-Sticks, denjenigen, den ich vor einigen Minuten in meinen PC geschoben, und das Original, das als Vorlage gedient hatte.

Keine Frage, meine Tätigkeit in der HSK war jetzt zu Ende. Damit hatte ich in den nächsten Wochen ohnehin gerechnet. Allerdings nicht so: Wann das geschehen sollte, das wollte ich selbst bestimmen. Nun drängte die Zeit: Wie kam ich unbemerkt aus diesem Haus? Ich fuhr den PC hoch und startete das Programm, das die Über-

wachungskameras kontrolliert. Am Hauptausgang standen bereits drei Sicherheitsleute, an der Treppe zur Tiefgarage, wo ich meinen Ferrari parkte, zwei, an der Hintertür zur Hertensteinstrasse ebenfalls zwei. Einzig das schwere Schiebetor zum Warenlift war noch nicht bewacht. Das Dumme nur: Dazu braucht man einen speziellen Schlüssel, und ich besitze keinen solchen, wie niemand aus der Teppichetage.

Doch dann kam mir der Zufall zu Hilfe: Das Tor öffnete sich. Aus einem Lieferwagen trugen zwei Arbeiter in blauen Overalls ein Möbelstück zum Warenlift, den sie mit einem Schlüssel herunterholten. Sollte der Lift bis zum fünften Stock hinauffahren, dann ergab sich für mich die Gelegenheit zu entkommen, er hält vis-à-vis von meinem Arbeitszimmer. Und siehe da: Er tat es.

Eine halbe Minute später stand ich auf der Anlieferungsrampe, ich hastete durch die Passerelle in die stark bevölkerte Fussgängerzone der Hertensteinstrasse. Welche Richtung sollte ich jetzt einschlagen? Hin zur Zürichstrasse oder den Weg in die Altstadt? Ich wählte den Letzteren. Erst jetzt hatte ich Zeit zum Überlegen. Zum Falkenplatz gehen, dann durch die engen Gässchen zur Kapellbrücke schleichen, diese durch die vielen Reisegruppen drängend überqueren und unauffällig der Bahnhofstrasse entlang den Weg zum Hauptbahnhof einschlagen, in den nächsten Intercity nach Basel steigen? Einmal dort, wäre es ein Leichtes, unbemerkt über die Grenze nach Deutschland zu entkommen.

Es fiel mir ein, dass ich nur noch zwanzig Franken im Portemonnaie hatte. Zu wenig für eine Fahrkarte nach Basel. Ich hielt am nächsten Bankomaten. Verdammt. Meine Karte wurde eingezogen. Mein Konto war gesperrt. Wie blöd konnte ich nur sein. Der Bankomat war einer der HSK. Meine Flucht musste bereits bemerkt worden sein. Und nun wusste Wespi auch noch, wo ich meine Karte eingeschoben hatte.

Das mit Basel musste ich mir aus dem Kopf schlagen. Es war nur noch eine Frage der Zeit, bis mich die Häscher der HSK fangen würden. Schweren Herzens fasste ich den Entschluss, mich der Kripo an der Kasimir-Pfyffer-Strasse zu stellen. Eine

Selbstanzeige ist immer noch besser, als vom Sicherheitsdienst der HSK an die Polizei ausgeliefert zu werden. Aber ich bin mir nicht einmal sicher, ob sie das getan hätten. Diesen Leuten traue ich so ziemlich alles zu – vielleicht würden sie mich auch klammheimlich beiseiteschaffen.

Minder schilderte Lauber, wie er nun nach Einträgen im Zeitraum um den 11. April, am Tag, als Alfons Bucher umgebracht wurde, in AbLa suchte. Er sei auf Kommentare von Christa Schlüssel gestossen unter einer «historischen» Abhandlung über die Befreiung Andalusiens von den Moslems. Der Beitrag sei mit «Jeanne d'Arc» gezeichnet gewesen.

Er warf Lauber einen triumphierenden Blick zu. «Wieder das bereits bekannte Schema. Das ‹Schwert› schrieb darunter:

Eine zweite Reconquista ist fällig. Die Achtundsechziger, diese fiesen Kommunistenschweine, sind jetzt dran. Ich bin ein Angestellter in einer Schweizer Bank und finde gerade heraus, wie einer dieser Mistkerle Kontodaten an ein deutsches Bundesland verrät. Ich brauche Hilfe, um diesem Verbrecher das Handwerk zu legen.

Und der ‹Scharfrichter›, alias Heindl, antwortete», sagte Minder betont langsam.

Aber sicher doch, schwert, ich lasse dich nicht hängen. Ich weiss jemanden, der mir dabei hilft. Du kennst ihn auch, er nennt sich asylantenentsorger.
scharfrichter

«Details darüber, was Wespi daraufhin mit Heindl ausgeheckt hat, gehen aus den AbLa-Einträgen nicht hervor. Das ist auch nicht nötig. Wir wissen nun, dass die beiden die Ermordung von Bucher veranlasst hatten.»

Lauber gab zu bedenken: «Nun fehlen noch Hinweise auf die Liquidierung von Forler. Da passt irgendetwas noch nicht zusammen. Ausgerechnet Forler, die über jeden Verdacht erhaben, rechtschaffene und zuverlässige Ikone aus dem Rontal, sollte von seinen Freunden beiseitegeschafft worden sein.»

Minder sagte, dass sich im Forum AbLa nichts Brauchbares über die Gewalttat im Bahnhof Gisikon-Root finde. Aber für ihn bestehe keine Zweifel, wer den Tod von Forler zu verantworten habe. Die Drahtzieher aus der Teppichetage der HSK am Schwanenplatz.

Es war mehr, als Lauber erwartet hatte. Viel mehr. «Mir scheint, wir haben den Fall jetzt gelöst. ... hmmm ... weitgehend gelöst. Noch fehlen ein paar Puzzleteile. Die brauchen wir einfach noch, um Helbling, Wespi und Co festzunageln. Das ist immer der Fluch von Ermittlungen gegen geschützte Personen der ‹ehrenwerten› Gesellschaft. Wir benötigen einen Haftbefehl, um der letzten Indizien habhaft zu werden. Aber bekommen wir ihn ohne diese? Da kann uns nur noch Hermine von Flüe helfen.»

Minder verzog das Gesicht zu einem breiten Grinsen. «Ihr wird sicher etwas dazu einfallen.»

Der Staatsanwältin fiel diesmal nichts ein, was sie nicht schon vorgehabt hatte. Das, was ihr Lauber nun vorlegte, fand sie ungemein wertvoll. Doch sie wollte mit Haftbefehlen noch zuwarten, obwohl sie subjektiv davon überzeugt war, dass Helbling, Wespi und Co sofort hinter Schloss und Riegel gehörten. Viel versprach sie sich vom Verhör mit Pichler, das für den kommenden Montag geplant war.

Lauber informierte noch Sigrist auf Anraten von Hermine von Flüe. Sei meinte, das könne er riskieren. Sigrist sei zwar wenig erbaut über den Verlauf der Ereignisse um die HSK, aber seine nicht übermässige Intelligenz müsste eigentlich ausreichen, um zu erkennen, dass kein Weg mehr an einer konsequenten Aufklärung dieser Verbrechen vorbeiführe.

Diesen Eindruck bekam Lauber denn auch, als er seinen Vorgesetzten über den Stand der Untersuchungen orientierte.

Etwas konnte sich Sigrist aber nicht verkneifen. «Es gibt Ereignisse, die mehr Unheil anrichten können, wenn sie ans Tageslicht kommen, als wenn man sie unter den Teppich kehren würde.

Wären die beiden Toten, Gschwandl und Bucher, Selbstmörder geblieben, würde Forler mit Bestimmtheit noch leben.»

«Wäre Forlers Leben es wert gewesen, zwei Mordfälle zu vertuschen und Verbrecher in Nadelstreifenanzügen von einer gerechten Strafe zu verschonen?», fragte Lauber in gereiztem Ton.

Sigrist sagte nichts darauf, er zuckte bloss mit den Schultern.

Montag, 14. Mai

Minder war einer der ersten Gäste im Fitnesspark an der Haldenstrasse. An der Rezeption erkundigte er sich gleich nach Pichler.

Ja, der sei heute Morgen tatsächlich eingetrudelt. Nun sei er an einer Besprechung mit dem Chef, alle Trainer seien das am Montagmorgen.

Wie lange denn dieser Anlass daure, wollte Minder wissen.

Das hänge von den Fragen ab, die die Trainer stellen würden, die Sitzung könne bald fertig sein, aber auch bis um halb zwölf dauern.

«Wie erfahre ich, wann Pichler mir zur Verfügung steht?»

Die Frau an der Rezeption dachte angestrengt nach. «Gehen Sie in den Raum, dort, wo die Ergometer sind. Und trainieren Sie, bis er kommt. Ich werde ihm Bescheid sagen.»

Minder sah betroffen drein. «Das wird verdammt langweilig, drei Stunden lang in die Pedale zu treten. Ich würde die Kraftgeräte vorziehen.»

«Kraftgeräte?» Dann musterte sie Minders Muskulatur. «Kraftgeräte ist auch gut. Ja! Das passt besser zu Ihnen.»

Inzwischen war es elf geworden und immer noch keine Spur von Pichler. Minder suchte erneut die Rezeption auf und erkundigte sich, wo der Mann stecke.

Die Frau dort, es war noch dieselbe wie am früheren Morgen, schüttelte den Kopf. «Ist er denn nicht zu Ihnen gekommen, dieser Filou? Um Viertel nach neun meldete er sich bei mir. Ich sagte ihm, jemand erwarte ihn bei den Kraftmaschinen.»

«Was haben Sie ihm denn genau gesagt?»

«Was für eine Frage? Die Kriminalpolizei erwarte ihn. Ich habe noch gelacht und ihn gefragt: ‹Hast du wieder etwas angestellt?›»

«Wieder?»

«Na hören Sie mal, das sieht man ja aus zwanzig Metern Entfernung, dass das ein Ganove ist.»

Minder begann nun, nervös mit den Fingern auf die Ablage am Empfang zu trommeln.

«Haben Sie eine Ahnung, wo er stecken könnte?»

«Wie soll ich das wissen? Ich bin nicht mit ihm liiert. Na ja, wenn Sie so fragen, hätte ich eigentlich nichts dagegen, der sieht echt maskulin aus, genau wie Sie.» Dabei zwinkerte sie mit dem linken Auge.

«Gibt es eine Möglichkeit, festzustellen, ob er noch hier im Haus ist?»

«Ja, die gibt es. Gehen Sie mal in die oberste Etage des Parkhauses. Steht dort ein gelber Porsche auf dem Feld zehn, trainiert er irgendwo in unserem Club. Anderenfalls hat er wohl das Weite gesucht.»

Kein Porsche stand dort. Damit hatte Minder nicht gerechnet. Er rief sofort Lauber an.

«Das hat uns gerade noch gefehlt. Wir müssen davon ausgehen, dass der Kerl getürmt ist. Ich schicke sofort eine Patrouille zu seiner Wohnung in Kastanienbaum.»

«Passt zu ihm. Kastanienbaum, das noble Horwer-Quartier am See. Und wenn er nicht dort ist?»

«Mit dem müssen wir leider rechnen. Ich denke, er hat Lunte gerochen und setzt alles daran, in seine Heimat, ins Südtirol, zu flüchten.»

«Italien? Werden die ihn uns ausliefern?»

«Das kannst du glatt vergessen. Heisst: Wir müssen ihn abfangen, noch bevor er die Grenze passiert hat. Ich werde gleich die Bündner Kollegen informieren.»

Fünf Minuten später rief Lauber zurück. «Es ist so, wie ich befürchtete. Fahr gleich auf die Luzerner Allmend, zum Armeeausbildungszentrum. Dort wartet ein Polizeiheli auf dich. Drin sind zwei Kripowachtmeister, einer davon ist der Pilot, und ein Arzt ist auch dabei, für alle Fälle. Sie fliegen dich direkt ins Unterengadin. Ich gehe davon aus, dass Pichler den kürzesten Weg nach Glurns wählt: Durchs Prättigau, dann den Autoverlad an der Vereina. Am Südausgang des Tunnels, in Susch, erwartet ihn die Bündner Kripo, wenn er dort nicht schon vorbei ist. Nach meinen Informationen soll sein Wagen vor Kurzem in Klosters gesichtet worden sein.»

Kaum zehn Minuten später flog der Polizeiheli mit Minder bereits Richtung Graubünden. Es war halb eins am Mittag, als der Heli eine Schlaufe über Susch zog. Per Funk wurde Minder mitgeteilt, der gelbe Porsche rase talaufwärts auf Zernez zu. Dummerweise sei der Polizeiposten dort gerade nicht besetzt. Ein Gemeindebeamter werde jedoch feststellen, ob er Richtung Oberengadin fahre oder auf die Strasse über den Ofenpass abbiege, was die wahrscheinlichere Variante sei.

Minder sah den Porsche. Der Heli kreiste von nun an etwa hundert Meter über dem gelben Fahrzeug, das den Ofenpass hinaufbretterte. Pichler hatte offensichtlich realisiert, dass er von der Luft aus verfolgt wurde.

Die Gefahr bestand, dass er in Punt La Drossa in den Autotunnel direkt nach Italien einfahren würde. Das liess sich aber vermeiden. Minder avisierte per Funk die Wache am Eingang, um den einspurigen Tunnel zu sperren. Pichler versuchte tatsächlich, diesen Weg einzuschlagen, bemerkte aber noch rechtzeitig, dass er damit in eine Falle tappen würde, und so lenkte er sein Auto in einem atemberaubenden Tempo die serpentinenreiche Strasse zum Pass hinauf. Er führte dabei mehrere halsbrecherische Überholmanöver aus. In Santa Maria, etwa zehn Kilometer südlich der Passhöhe, schlug der Chef des örtlichen Polizeipostens vor, eine Strassensperre zu errichten. Der Kommandant der Kripo in Chur brachte ihn aber von diesem Vorhaben ab. Er wisse nicht, ob Pichler bewaffnet sei. Eine Schiesserei mitten in einem Touristendorf dürfe man auf gar keinen Fall riskieren. Es sei wesentlich gefahrloser, Pichler direkt am Grenzübergang zu Italien abzufangen.

Bis zum Dorf Müstair machte es den Anschein, diese Spekulation würde aufgehen.

Kurz vor dem Zollgebäude scherte aber der Porsche nach links aus und fuhr über den Weg, der, von einer Häuserzeile von der Hauptstrasse getrennt, ebenfalls Richtung Südtirol verlief, unmittelbar vor dieser machte er eine scharfe Linkskurve, ohne die Grenzlinie zu überqueren. Pichler beschleunigte stark und fuhr einfach geradeaus in das Wiesland, wo er nach etwa zwanzig Metern stecken blieb. Er verliess das Fahrzeug nicht. Er hielt sich ja nicht mehr auf schweizerischem Staatsgebiet auf und konnte sich sicher fühlen. Glaubte er zumindest. Minder wies den Piloten an, gleich neben dem Porsche zu landen. Das erwies sich auf der flachen Wiese als kein Problem.

Pichler machte keinen Wank, er grinste lediglich zum Helikopter hinüber.

Der Pilot stellte den Motor ab. Minder und seine Kollegen sprangen hinaus, gingen die paar Schritte zum Porsche und forderten Pichler auf, sich abzuschnallen und mit ihnen nach Luzern zu fliegen.

Dieser rief ihnen zu: «Ihr Bullenärsche. Das könnte euch so passen. Verpisst euch, hier bin ich auf italienischem Boden. Ihr dürft mich nicht verhaft...» Dann verstummte er und sackte zusammen. Einer der Polizisten hatte eben eine Salve aus einer Elektroschockpistole auf ihn abgefeuert, was ihm eine Schelte Minders eintrug. Pichler habe sich ja gar nicht gewehrt, man hätte ihn ohne dieses «Hilfsmittel» festnehmen können. Alles ging sehr schnell. Einer von Minders Kollegen schnitt mit einem Messer den Sicherheitsgurt durch. Man zerrte Pichler aus dem Sportwagen und wuchtete ihn in den Heli. Vom italienischen Grenzposten schien die ganze Aktion scharf beäugt worden zu sein. Zwei Grenzbeamte rannten nach einer Schreckstarre plötzlich fuchtelnd auf den Heli zu. Als sie bei ihm angekommen waren, hob er bereits ab, flog über ihnen noch eine Ehrenrunde, um dann Richtung Westen abzudrehen.

Als Pichler nach einigen Minuten wieder zu sich gekommen war, schrie er wie ein Wilder auf die Polizisten ein. Immer noch war er in seiner Bewegungsfähigkeit stark eingeschränkt, nicht wegen der Folgen des Tasereinsatzes, sondern weil er an Händen und Füssen gefesselt war.

Der Arzt, er war in der Uniform eines Hauptmanns der Schweizer Armee, versuchte, ihn zu beruhigen. Er bat ihn, sich still zu verhalten und nicht zu verkrampfen. Er müsse einen medizinischen Check machen, das sei Vorschrift nach dem Einsatz einer Elektroschockpistole.

Pichler schrie noch lauter und spuckte dem Arzt mitten ins Gesicht, was Minder dazu verleitete, dem Wüterich eine Ohrfeige zu verabreichen, deren Folge sich einige Minuten später in einer zünftigen Schwellung der getroffenen Backe einstellte. «So, nun hast du einmal am eigenen Leib erfahren, wie ein Taser wirkt, von der Watsche wollen wir gar nicht reden.» Dann hörte man eine Stimme aus dem Sprechfunk. Sie gehörte dem Kommandanten der Bündner Kapo. «Es ist einem Schweizer Luftfahrzeug nicht gestattet, ohne Erlaubnis auf italienischem Boden zu landen und dort Personen festzunehmen. Die Landesregierung von Südtirol erwartet die sofortige Freilassung und Überstellung des Entführten in seine Heimat.»

Ein schadenfreudiges Grinsen huschte über Pichlers Gesicht. Minder streckte die Hand zum Funkapparat und drehte ihn aus.

Es war vierzehn Uhr, als der Helikopter auf dem Sportfeld vor dem Hauptgebäude der Kapo Luzern landete. Wenige Minuten später war Pichler bereits im Verhörraum.

Wie abzusehen war, widersetzte Pichler sich zunächst, zu kommunizieren. Lauber, der das Verhör führte, machte ihn darauf aufmerksam, dass gegen ihn ein Heftbefehl der Luzerner Staatsanwaltschaft wegen Mordverdachts vorliege. «Sollten Sie sich weigern, die Fragen, die ich Ihnen jetzt stellen werde, wahrheitsgetreu zu beantworten, könnte das schlimme Konsequenzen für Sie haben.»

Diesmal erhielt er eine Antwort, die er so nicht erwartet hatte. «Was bieten Sie mir als Gegenleistung an?»

Lauber nahm den Bleistift, mit dem er persönliche Notizen zu machen pflegte, in beide Hände und drehte ihn mehrmals um die eigene Achse.

«Gegenleistungen? ... Nicht schlecht. Warum nicht? Da könnten wir drüber reden. Was veranlasst Sie eigentlich zu diesem Vorschlag?»

«Meine Verhaftung im Südtiroler Taufers. Das ist italienischer Boden. Sie werden mich so oder so an die Behörden in Bozen ausliefern müssen.»

«Die Frage ist nur: wann, Herr Pichler.»

Pichler hielt den rechten Daumen in die Luft. «Richtig, da wären wir uns ja einig. Wenn Sie denken, Sie könnten mich in

Ihrem Knast monatelang schmoren lassen, und glauben, das werde mich irgendwann redselig machen, täuschen Sie sich. Ja, lästig wäre das für mich schon. Ich sehe einen Weg, das zu vermeiden.»

«Und der wäre?»

«Ich packe aus, unter der Bedingung, dass Sie mich danach der italienischen Justiz ausliefern. Aber erwarten Sie kein Geständnis. Ich bin ja bloss eine Nebenfigur. Sie sind hinter ganz anderen Kalibern her, das weiss ich doch.»

Lauber biss sich auf die Lippen und nickte ganz langsam. «Ich kann und will das nicht allein entscheiden. Aber ich nehme dieses Angebot ernst. Warten Sie einen Moment. Hätten Sie Lust auf einen Kaffee mit Zutaten?»

«Kaffee und zwei Sandwiches, so richtig kräftige mit dunklem Brot, Schinken und Butter.»

«Sie sollen das bekommen.»

Lauber drückte auf einen Knopf unter dem Tisch.

Einige Minuten später war er im Büro der Staatsanwältin. Lauber hatte angenommen, sie würde sich mit einem Entscheid über Pichlers Angebot schwertun. Er täuschte sich.

«Nimm dieses Angebot an. Ich möchte aber bei der Fortsetzung des Verhörs dabei sein und allenfalls auch Fragen stellen. Pichler müssen wir klarmachen, dass seine Angaben, bevor wir ihn abschieben, überprüft werden.»

Pichler war mit den Auflagen einverstanden. Das Verhör wurde um halb vier am Nachmittag wieder aufgenommen.

«Wenn Sie tatsächlich am 1. Mai um dreiundzwanzig Uhr achtzehn im Bahnhof Gisikon waren», sagte Lauber, «können wir das nachweisen. Sie hätten in diesem Fall, kurz bevor Forler umkam, ihn heftig angefasst. So etwas hinterlässt Spuren, und unsere Forensiker haben diese sichergestellt. Waren Sie zu diesem Zeitpunkt dort?»

«Ja.»

«Haben Sie Forler vor den Zug gestossen?»

«Das kann ich nicht so eindeutig beantworten. Ich hatte eine handgreifliche Auseinandersetzung mit ihm, und er fiel unglücklich gerade vor die Lokomotive, als der Zug in den Bahnhof einfuhr.»

Lauber räusperte sich. «Auch eine Möglichkeit, einen solchen Vorfall zu beschreiben. Vor unseren Gerichten kämen Sie damit kaum durch.»

Frau von Flüe gab mit einem Handzeichen zu verstehen, dass sie eine Frage stellen wollte. «Wer war der ältere Herr, der sich zu diesem Zeitpunkt gerade mit Forler unterhielt?»

«Schwarzentruber.»

«Sind Sie sich da ganz sicher?», hakte Lauber nach.

«Ja, und ich glaube, ich kann das sogar beweisen.»

«Da sind wir aber gespannt.»

«Wenn ich einen Auftrag ausführe, sichere ich mich immer ab. Der Auftraggeber müsste das eigentlich auch wissen. Alles ging gut, bis Schwarzentruber meinte, er könne mich hinhalten und danach die gemeinsamen Abmachungen ignorieren. Ich traf mich mit ihm am späten Abend in einem Nachtclub an der Haldenstrasse.»

«In welchem?»

«Er befindet sich im selben Gebäude wie der Fitnesspark.»

«Haben Sie Zeugen?»

«Das auch und einen Videofilm. Ein Kumpel von mir arbeitet dort als Kellner. Er hat das alles für mich arrangiert. Das liess sich gut machen. Die Zusammenkunft fand in einem Séparée statt.»

«Wo ist dieser Film?»

«Lassen Sie mich an einen PC mit Internetanschluss. Dann lade ich Ihnen den Film gleich herunter.»

«Bitte, dort drüben.»

Pichler startete Google Drive, gab das Passwort in seinen Account ein. Sekunden später erschien auf dem Bildschirm ein Zimmer, eingerichtet für intime Begegnungen: mit Sofa und Polstersesseln und einem runden Tisch mit vier Gedecken, Tellern, Silberbesteck, Gläsern für Wein, Schnäpse und Fruchtsäfte. Die Uhr an der Wand zeigte dreiundzwanzig Uhr einundfünfzig. Die Tür ging auf, und ein Herr trat ein. Schwarzentruber. Hinter ihm ein Kellner, einen Servierboy vor sich herschiebend, darauf Flaschen mit Spirituosen, Snacks, Früchten.

Wann die anderen Herren einträfen, erkundigte sich der Kellner.

Der eine in den nächsten Minuten, der andere in etwa einer halben Stunde, antwortete ihm Schwarzentruber.

Es klopfte. Der Kellner eilte zur Tür und öffnete sie. «Guten Abend, Herr Pichler, was darf ich dem Herrn anbieten?» Schwarzentruber sagte: «Du hast deine Rolle nicht optimal gespielt, Waldemar. Das war irgendwie zu auffällig. Ich gehe davon aus, dass dich einige zu gut beobachten konnten. Nun gilt es einmal abzuwarten, wie sich die Sache weiterentwickelt.»

«Wie meinst du das?»

«So wie ich es sage. Wenn in den nächsten Tagen nichts weiter passiert, die Polizei mit ihren Ermittlungen ins Stocken gerät, dann lassen wir das gut sein, und du erhältst die zwanzig Riesen, die ich dir angeboten habe. Wenn nicht, musst du dich vorerst mit dem Vorschuss begnügen.»

Schwarzentruber legte der Reihe nach sieben Tausendernoten auf den Tisch.

Pichler protestierte lautstark. Das sei so nicht abgemacht worden.

Schwarzentruber nahm diesen Ausbruch ziemlich unbeeindruckt entgegen.

«Whisky? Wodka? Cynar? Was möchtest du trinken, Waldemar?»

«Nichts, mir ist gerade der Durst vergangen.»

Schwarzentruber füllte sein Glas zur Hälfte mit Wodka und prostete der Flasche zu.

Pichler nahm die sieben Tausender und verliess grusslos den Raum.

Schwarzentruber zog einen Tabletcomputer aus seiner Ledermappe und drückte darauf herum.

Zwanzig Minuten später stand Wespi im Türrahmen. «Wie ist es gelaufen?»

«Sitz doch zuerst ab, ich schenk dir mal ein. Der Auftrag wurde erfolgreich ausgeführt. Das Problem Forler ist gelöst. Fragt sich allerdings, wie. Pichler ist nicht gerade diskret vorgegangen.»

«Wo ist der Kerl jetzt?»

«Gegangen. In voller Wut. Ich habe ihm zunächst nur sieben Tausender hingelegt.»

«War das klug? Was, wenn er uns jetzt Schwierigkeiten macht?»

«Das wird er bestimmt nicht tun. Der weiss genau, dass er auch tief in der Sache drinhängt. Und er wird es sich zweimal überlegen, ob es sinnvoll ist, gegen uns anzutreten. Was Forler zugestossen ist, könnte ja auch ihn treffen.»

Wespi hob den Zeigfinger. «Ich warne dich, Adrian. Mehr Tote liegen jetzt nicht mehr drin. Es wäre nicht so weit gekommen, wenn du Forler respektvoller behandelt hättest. Doch du hast es fertiggebracht, dass er auf die wahnwitzige Idee gekommen ist, uns zu erpressen.»

«Forler ist unzuverlässig. Ich hätte ihn nicht als Killer angeheuert. Das war dein Einfall.»

«Wir mussten handeln, und das rasch. Da bot sich Forler einfach an. Ich habe das Ganze ja auch mit Helbling besprochen, und der hat meinem Vorschlag zugestimmt.»

Das Hickhack zwischen den beiden ging noch eine Weile weiter.

Lauber und Minder hatten genügend erfahren. Lauber klopfte Pichler auf die Schultern. «Sie mögen ja ein Ganove sein. Und eigentlich gehörten Sie für Ihr künftiges Leben hinter Gitter. Aber ich muss sagen, noch selten habe ich einen Zeugen getroffen, der mich bei einer Ermittlung in diesem Ausmass weitergebracht hat. Wir werden noch diesen Kellner vernehmen. Wie heisst er?»

«Laslo, Laslo Meier. Ich glaube, er arbeitet heute Abend in der Bar an der Haldenstrasse.»

«Wir werden uns den Kerl gleich vorknöpfen. Bestätigt er, dass er die Videoaufnahme arrangiert hat, schieben wir Sie schon morgen ins Südtirol ab.»

«Das heisst, Sie liefern mich am italienischen Grenzposten in Taufers ab?»

«Wir stellen Sie genau dorthin, wo wir Sie heute Mittag abgeholt haben.» Dann zog Minder das Handy aus seiner Tasche, das er Pichler bei der Verhaftung abgenommen hatte. «Da, rufen Sie jemanden an, der Ihnen die Karre aus dem Dreck wieder auf die Strasse zieht.» Minder griff in den Hosensack. «Und da sind

Ihre Autoschlüssel. Was mit Ihnen dann geschieht, ist nicht mehr unser Problem. Nur so viel, in den nächsten Jahren sollten Sie Italien nicht verlassen, denn gegen Sie läuft ein internationaler Haftbefehl. Jedes andere Land ausser Italien würde Sie an die Schweiz ausliefern. Und sollte es tatsächlich so weit kommen, werden wir mit Ihnen nicht zimperlich umspringen.» Minder zwinkerte dabei mit dem rechten Auge.

Pichler strahlte und sagte: «Wie respektlos, von einer Karre zu sprechen. Und vergessen Sie nicht, das Video zu kopieren.»

«Das hat der PC, an dem Sie sitzen, bereits besorgt. Alle Daten, die darauf heruntergeladen werden, gehen automatisch ins Archiv des Grossrechners in unserer Zentrale.»

Der Kellner in der Bar an der Haldenstrasse bestätigte die Echtheit des Videos.

Lauber eilte daraufhin in das Arbeitszimmer der Staatsanwältin.

Mit den Worten «Siehst du, auch die Justiz muss bisweilen ein Risiko eingehen. Einen kleinen Ganoven laufen lassen, um drei oder mehr grosse zu fassen» empfing Hermine von Flüe Beat Lauber schulterklopfend.

«Die Justiz? Da muss ich dich korrigieren, diesmal hat es die Polizei gemacht.»

«Also gut. Du bist schon wieder am Zuge. Endlich haben wir genug Material beisammen, um Helbling, Wespi und Schwarzentruber aus dem Verkehr zu ziehen.»

Darauf habe er ja schon lange gewartet. Doch für den morgigen Tag reiche es kaum mehr. Man einigte sich auf den Mittwoch.

Zur Sicherheit liess Lauber die drei HSK-Banker überwachen.

Dienstag, 15. Mai

Aus den Frühnachrichten erfuhr Lauber etwas, das ihm regelrecht die Sprache verschlug. Das grosse Finanzhaus HSK habe derartige Liquiditätsprobleme, dass es bis auf Weiteres seine Schalter schliessen müsse. Die Kunden hätten vorläufig keinen Zugriff mehr auf ihre Konten. Das Grounding einer grösseren Bank, das hatte es seines Wissens in der Schweiz noch nie gegeben. Die eine oder andere kleine Bank hatte es jedoch schon getroffen, wie zum Beispiel im Oktober 1991 die Spar- und Leihkasse Thun. Und man war sich danach einig, dass dergleichen nie wieder passieren dürfte.

Ein Sprecher der Kantonsregierung kündete ein Treffen mit den Verantwortlichen der HSK für den Abend an. Auch die Finanzministerin im Bundesrat werde anwesend sein.

Diese Sitzung könnte sich bis weit in die Morgenstunden hinziehen. Dass sicher Helbling daran teilnehmen würde, stand ausser Frage, wahrscheinlich auch Wespi. Ein Ding der Unmöglichkeit, zwei Herren mitten aus einer Sitzung unter Leitung des Regierungspräsidenten und im Beisein eines Mitglieds der Landesregierung festzunehmen. Obwohl gerade für diesen Fall die Bevölkerung der Polizei stürmischen Beifall zollen würde.

Ja, die HSK war an diesem Tag schon seit dem frühen Morgen in aller Munde. Statt Helbling, Wespi und Schwarzentruber festzunehmen, musste die Polizei sie vor aufgebrachten Bankkunden schützen, als die sich anschickten, durch Hintertüren ins Hauptgebäude der HSK einzudringen.

Um das Mass voll zu machen, meldete sich auch noch Nationalrat Gregor Thaler, Verwaltungsratspräsident der HSK, zu Wort.

In einem Radiointerview, das Minuten später landesweit über alle Medienkanäle verbreitet wurde, sagte er die Sätze: «Gratuliere unseren linken Gutmenschen. Jetzt haben sie es fertiggebracht, ein altehrwürdiges Finanzinstitut zugrunde zu richten. Sie haben Datendiebe bei ihren Verbrechen angefeuert. Sie haben alles getan, um unser verfassungsmässig garantiertes Bankgeheimnis zu durchlöchern.»

«Das hat gerade noch gefehlt», entfuhr es Lauber. «Nun müssen wir eine zusätzliche Patrouille zum Haus dieses Idioten abkommandieren, um ihn vor wütenden Bürgern abzuschirmen.»

Bereits in den frühen Morgenstunden dieses schwarzen Dienstags rotteten sich überall in der Stadt und den grossen Agglomerationsgemeinden Leute zusammen, um ihrer Empörung über die Direktoren der HSK Luft zu verschaffen. Der Kommandant der Kapo Luzern rief sein Kader eilends zu einer Krisensitzung zusammen. Am Vortag wäre es noch völlig undenkbar gewesen, dass man innerhalb des Korps von drohenden Unruhen sprach. Gesperrte Bankkonten? Das nehmen Herr und Frau Luzerner nicht einfach so hin. Das sei ja noch schlimmer als geschlossene Zapfsäulen.

«Unter gar keinen Umständen werden wir dulden, dass unsere weltbekannte Touristenstadt von gewalttätigen Demonstrationen erschüttert wird, das wäre der Untergang der Zentralschweiz», redete Oberst Damian Wey seinen Untergebenen ins Gewissen. Um dann diese markigen Worte zu relativieren. Es dürfe aber kein einziger Schuss abgegeben werden, denn unter den Demonstranten könnte es auch angesehene einheimische Bürger haben.

Letzteres wurde durch vereinzelte verhaltene Zwischenrufe quittiert.

Nach der Sitzung stürmte Lauber ins Arbeitszimmer von Minder. «Wir müssen umdisponieren. Die für den Abend anberaumte Sitzung der Luzerner Regierung und eines Mitglieds des Bundesrates mit der Spitze der HSK soll im Hotel ‹Schweizerhof› stattfinden und um zwanzig Uhr beginnen. Sie wird von dreissig Elitepolizisten der Sondereinheit ‹Pit Bull› bewacht.»

Minder kriegte einen Lachanfall. «Wenn das nur gut geht.»

«Ich muss Sigrist bitten, unmittelbar nach der Sitzung die Haftbefehle gegen Helbling und Wespi vollziehen zu lassen. Wespi wird übrigens auch an der Sitzung teilnehmen.»

«Wird Sigrist diesem Wunsch entsprechen?»

«Wunsch? Er kann nicht anders. Es liegt ein Haftbefehl gegen beide vor. Haftbefehle kommen von der Justiz. Ich muss ihm nicht einmal begründen, weshalb das so ist.»

«Und Schwarzentruber?»

«Den schnappen wir uns am Mittwoch früh um halb sechs eigenhändig. Die beiden Polizisten, die mit seiner Überwachung betraut sind, werden uns dabei assistieren.»

Lauber streckte gönnerhaft beide Hände aus. «Ferdi, geh jetzt nach Hause, ruh dich ein wenig aus. Um neun Uhr heute Abend meldest du dich in meinem Büro. Hermine von Flüe wird uns Gesellschaft leisten. Wenn die drei Halunken hinter Schloss und Riegel weggesperrt sind, haben wir unseren Job weitgehend zu Ende geführt. Dann entkorken wir wieder einmal eine Flasche Champagner und kompensieren unsere Überstunden.»

Mittwoch, 16. Mai

Die Sitzung im «Schweizerhof» dauerte bis vier Uhr am Mittwochmorgen. Ein Heer von Journalisten harrte in der Hotellounge aus, um an der für das Sitzungsende anberaumten Pressekonferenz mit dem Generaldirektor der HSK, dem kantonalen Finanzdirektor und der Bundesrätin teilzunehmen. Und alle bekamen mit, wie das Direktionsmitglied Helbling und sein juristischer Berater Wespi von zwei Polizeigrenadieren abgeführt wurden.

Bereits um fünf Uhr wurde in den Frühnachrichten von Radio DRS über die Verhaftungen berichtet. Die Pressekonferenz war zu diesem Zeitpunkt noch im Gange.

Um halb sechs drückte Minder am Gartentor der Villa von Schwarzentruber in der noblen Luzerner Seeburg die Klingel. Eine Minute später hörte man aus der Gegensprechanlage die Stimme des Hausherrn. «Verdammt noch mal, es ist ja erst halb sechs, was ist denn passiert?»

Mit einem fiesen Trick überlistete Lauber ihn. «Polizei, Sie werden im ‹Schweizerhof› gebraucht.»

Kaum zehn Minuten später stand Schwarzentruber, rasiert, in schickem dunkelblauem Anzug und einer violetten Krawatte am Gartentor.

Er schob sich neben Lauber auf die hintere Sitzbank der Polizeilimousine.

«Guten Morgen, danke, dass Sie sich so schnell zurechtgemacht haben. Allerdings hätten Sie sich nun wirklich nicht in eine so mondäne Schale stürzen müssen.»

«Na ja, vielleicht darf ich ja das erste Mal in meinem Leben einer Bundesrätin die Hände schütteln.»

«Ich denke nicht, dass es dazu kommt.» Dann zog Lauber den Haftbefehl aus seiner Lederjacke und hielt ihn Schwarzentruber unter die Nase.

«Das darf doch nicht wahr sein.» Schwarzentrubers Gesicht wurde von einer Sekunde zur andern aschfahl. Er langte an den

Türgriff, riegelte an ihm, aber die Tür liess sich nicht öffnen, und einen Augenblick später war er mit Handschellen und Fussfesseln bewegungsunfähig gemacht.

In den Sechs-Uhr-Nachrichten kam für Zehntausende von HSK-Kunden die erlösende Mitteilung, die Schalter der HSK würden am kommenden Montag wieder geöffnet. Die Nationalbank werde für das Finanzloch der Luzerner Grossbank geradestehen. Eine Zahl, wie gross dieses Loch sei, wurde allerdings nicht genannt.

Dann folgte die Meldung über die Festnahme von Helbling, Wespi und Schwarzentruber. Der Nachrichtensprecher brachte diese in Zusammenhang mit dem Kollaps der Bank.

Bereits um acht Uhr waren die ersten Kommentare zu den Verhaftungen in den Online-Ausgaben der grossen Zeitungen zu lesen. Die eher linksliberalen beglückwünschten die Luzerner Richter, dass sie so entschieden gegen Kriminelle des Finanzplatzes vorgehen würden, die eher rechten, wirtschaftsfreundlichen kritisierten das Vorgehen als unüberlegten Schnellschuss. Die «Weltwoche» und die «Basler Zeitung» sprachen von einer sozialistischen Rachejustiz, die bald in einen demokratiefeindlichen Richterstaat enden würde.

Ein wenig später hörte Lauber sein Smartphone pfeifen. Hermine von Flüe hatte ihm ein SMS geschickt.

Komm rasch zu mir herüber. Ich muss die Verhöre für Helbling und Co vorbereiten. Und du solltest dabei anwesend sein.

Ein wenig erschrak Lauber schon, als er von Flües Büro betrat. Die Frau sah ziemlich übernächtigt aus, hatte Ringe unter den Augen. «Lass mich dir einen Kaffee machen.»

«Das ist es ja. Wenn das so einfach wäre. Eine wohlmeinende Seele hat mir eine Kaffeemaschine ins Büro gestellt. Das gehe viel rascher so, hat man mir versichert. Aber ich komme mit diesem Ding einfach nicht zurecht.»

Lauber vertiefte sich in die Gebrauchsanleitung. Eine Viertelstunde später hatte die Staatsanwältin eine Tasse des dampfenden, einigermassen aromatisch riechenden Getränks in der Hand, die leicht zitterte. «Schmeckt fast so gut wie derjenige, den ich nach der alten Methode zubereitet habe. Aber es ist ziemlich länger gegangen. Danke trotzdem.» Sie seufzte. «Mir ist, als werde ich langsam alt.»

Lauber versuchte, sie aufzumuntern. «Immerhin hast du gerade eine ganze Nacht ohne Schlaf hinter dir. Und das ist sogar meine Schuld.»

«Hei, jetzt hör aber auf, mich zu bedauern. Du wirst dich wundern. In einigen Augenblicken bin ich wieder voll auf dem Damm.»

Das war auch so. In knappen Worten legte Hermine von Flüe dar, was sie aus Helbling herausholen wollte. Die Beweise seien in der Tat erdrückend. Trotzdem könne sie so rasch nicht auf ein Geständnis hoffen. Nach ihm nehme sie sich Wespi vor. Ein unheimlicher Zeitgenosse, meinte sie.

«Und Schwarzentruber?», fragte Lauber.

«Ein eher kleiner Fisch. Kein Problem, der ist wie ein offenes Buch.»

Wenig später sassen Hermine von Flüe und Beat Lauber im Vernehmungszimmer. Sie hatten gemischte Gefühle, als Helbling in Handschellen von einem Polizeigefreiten durch den Türrahmen geschoben wurde. Dahinter zwei Anwälte, der eine auffallend gross, der andere auffallend klein. Zum Erstaunen von Flües und Laubers war der HSK-Direktor überhaupt nicht geknickt. Lauber ging zu ihm und befreite ihn von den Fesseln.

Als nach den Anweisungen der Staatsanwältin alle Platz genommen hatten – links und rechts des Vorgeführten die beiden Anwälte –, meldete sich ungefragt der kleinere bereits lautstark zu Wort. «Was da abläuft, geht auf keine Kuhhaut. Ein bis dato unbescholtener, hoch angesehener Bürger wird wie ein gewöhnlicher Verbrecher angefasst. Und das, nachdem er mit der gesamten Kantonsregierung und der Finanzministerin der Schweiz eine ganze Nacht lang verhandelt und mitgeholfen hat, Tausende von Arbeitsplätzen zu retten.»

Lauber wollte ihn unterbrechen, doch Frau von Flüe gab ihm mit einer Handbewegung zu verstehen, er solle diesen Herrn ruhig weiterreden lassen.

«Wir wehren uns dagegen, Herrn Dr. Helbling als Wirtschafts-kriminellen an den Pranger zu stellen.»

Während Lauber unruhig auf seinem Stuhl herumrutschte, setzte die Staatsanwältin ein zuckersüsses Lächeln auf. «Wer hat denn etwas von Wirtschaftskriminalität gesagt?»

«Frau Staatsanwältin, für wie dumm halten Sie uns eigentlich? Alle Medien tun das gerade unisono.»

«Ich weiss, Herr Anwalt. Aber wir sind eben nicht die Medien. Warum Herr Helbling …», sie zeigte mit dem Finger auf ihn, «auf diesem Stuhl sitzt, hat einen ganz anderen Grund. Es geht hier um Anstiftung zu drei Morden.»

Die Kinnladen beider Verteidiger fielen nach unten. Helblings Gesicht erstarrte zur angstverzerrten Maske.

Hermine von Flüe berichtete sachlich und emotionslos eine halbe Stunde lang, was Lauber und sein Team in den vergangenen Wochen akribisch zusammengetragen hatten. Es war mucksmäus-chenstill im Raum, man hätte eine Stecknadel fallen hören.

Als sie damit fertig war, warf sie einen erwartungsvollen Blick auf Helbling. «Angeklagter, möchten Sie meine Ausführungen noch ergänzen oder allenfalls kommentieren?»

Helbling blieb stumm, stattdessen meldete sich einer der An-wälte, diesmal der grössere. «Das ist derart unglaublich, was Sie, Frau Staatsanwältin, uns eben aufgetischt haben, dass es für unse-ren Mandanten ein Ding der Unmöglichkeit ist, einfach aus dem Stegreif darauf zu reagieren. Geben Sie uns bitte Zeit, die ganze Angelegenheit mit Herrn Direktor Helbling zu besprechen.»

«Ist das auch Ihre Meinung, Herr Helbling?»

Helbling, der nun zusammengesunken in seinem Sessel hing, sagte kein Wort.

Hermine von Flüe schien einige Momente zu überlegen. «Also gut. Wir überstellen den Angeklagten wieder ins Untersuchungs-gefängnis nach Kriens. Dort gönnen wir ihm bis Montagmorgen die nötige Ruhe, um in sich zu gehen und darüber nachzudenken, was er angerichtet hat.» Sie legte abermals eine Pause ein, schaute von einem zum anderen durch die Runde und wandte sich an die beiden Verteidiger. «Ihnen steht der ganze Montagvormittag zur Verfügung, um mit Herrn Helbling die Sache zu besprechen.»

Wie begossene Pudel trotteten sie davon. Helbling wurde wieder in Handschellen gelegt und abgeführt.

Dann war Wespi an der Reihe. Er war lediglich von einem Anwalt flankiert. Wieder das gleiche Spiel. Auch Wespi ging davon aus, dass er wegen des Groundings der HSK in Haft genommen wurde. Für ihn sei ohnehin klar, dass er in den nächsten Stunden wieder freigelassen werden müsse. Das verkündete er grinsend, während er sich auf dem für ihn bestimmten Angeklagtensessel rekelte. Denn wegen der Finanzvergehen, die er und seine Kumpane sich angeblich hatten zuschulden kommen lassen, sei bislang noch nie ein Banker festgenommen worden oder habe eine Gefängnisstrafe abgesessen.

«Das muss nicht immer so sein», konterte die Staatsanwältin.

Der jungenhafte Anwalt mit einem Mondgesicht plusterte sich auf. Er ergriff das Wort, aber wurde sofort von seinem Mandanten unterbrochen. «Nicht doch, Kaspar, das mach ich lieber selbst», verkündete Wespi leicht verärgert, um ihm noch die Hand über den Mund zu legen.

Lauber und von Flüe konnten sich ein schadenfreudiges Schmunzeln nicht verkneifen.

«Angeklagter», sagte die Staatsanwältin, indem sie Wespi stirnrunzelnd ansah, «dass ihre bankenspezifischen Verfehlungen für eine Verhaftung nicht ausgereicht hätten, ist mir auch klar. Dazu sind unsere Gesetze zu wenig griffig.» Sie klärte ihn über den wirklichen Grund seiner Festnahme auf.

Auch für Wespi kam diese Ankündigung unerwartet. Er erbleichte zwar, aber anders als Helbling schien er nicht ganz die Kontrolle über sich zu verlieren.

Eine halbe Stunde später wusste er über jedes Detail der Ermittlungen gegen ihn Bescheid. Ihm war anzusehen, dass er sich keine Illusionen machte. Nun war alles aus.

Es gab noch etwas, hinter dem die Staatsanwältin ein grosses Fragezeichen setzte. Und darauf wollte sie Wespi noch ansprechen. Die Rolle von Christa Schlüssel. Sie spekulierte, Wespi könnte dazu einiges klären, weniger um sich selbst zu entlasten, aber um Kooperation zu signalisieren. Als Anwalt war sich Wespi bewusst, dass er einer Gefängnisstrafe nicht mehr entrinnen konnte, aber vielleicht liess sich diese durch Hinterlassen eines guten Eindrucks markant reduzieren.

«Christa Schlüssel und ihre Internetplattform AbLa? Sie hat uns jahrelang nützliche Dienste erwiesen. Schlüssel ging dabei als Moderatorin eigentlich gar kein Risiko ein. Obwohl sie am Schluss wissen musste, dass sie mitgeholfen hatte, Leute zu liquidieren.»

«Verstehe ich Sie richtig? Wollen Sie damit sagen, dass sie deswegen von der Justiz nicht zur Verantwortung gezogen werden kann?»

«Als Juristin müsste Ihnen das ja klar sein. Wegen der rechtsextremen Gesinnung und ihrer Frömmelei können Sie sie wohl kaum einbuchten. Aber es ist Ihnen ja unbenommen, sie als Zeugin vorzuladen. Dass Sie damit etwas Spektakuläres herausfinden, würde mich allerdings wundern. Die Dame ist ja nicht blöd. Sie wird mit Bestimmtheit nichts preisgeben, was sie selbst belastet.»

«Wird sie kaum, aber womöglich etwas, das Sie belastet.»

«Davor habe ich keine Angst – sie würde sich ja damit den Ast absägen, auf dem sie sitzt.»

«Das müssen Sie mir schon näher erklären.»

«Christa Schlüssel steht auf der Sponsorenliste der HSK. Solange diese Bank existiert, wird sich daran nichts ändern, es sei denn, sie gibt offen oder versteckt Erklärungen ab, die der HSK Schaden zufügen könnten.»

«Wer ist sonst noch auf dieser Liste?»

«Das weiss ich nicht detailliert. Erkundigen Sie sich bei der Leiterin der HSK-Abteilung ‹Kultur, Sport, Nachwuchsförderung und Politik›, man wird Ihnen ohne Umschweife Auskunft geben.»

Lauber zwinkerte Frau von Flüe zu. Und diese meinte: «Alles klar.»

In der Nachbesprechung mit Lauber und ihrer persönlichen Assistentin zeigte sich Hermine von Flüe zufrieden mit dem Verlauf der Vernehmungen.

Auf Laubers Frage, ob man nicht auch Christa Schlüssel vernehmen sollte, winkte sie ab. «Die Frau ist mir zwar höchst suspekt und extrem unsympathisch. Doch perverse politische Einstellungen haben in Mordermittlungen keinen Platz. Es sind andere Stellen, die sich dieses Problems annehmen sollten. Vorläufig tun sie es leider nicht.»

Einer plötzlichen Eingebung folgend fuhr sie nach einer kurzen Pause fort: «Das hätte ich fast vergessen. Nun ist es an der Zeit, dass die Kripo Luzern ein Communiqué abgibt. Die Öffentlichkeit hat schliesslich ein Recht zu erfahren, weshalb Helbling und Co verhaftet wurden.»

Das tue er gerne, besonders mache es ihm Spass, diese Erklärung Alain Sigrist vorzulegen.

Worauf die Staatsanwältin noch einen draufgab. Sie wolle ja die betretenen Gesichter all derjenigen Politiker, Wirtschafts-, Zeitungs-, TV- und Radioleute sehen, die so vehement über die Ermittlungsbehörden hergefallen waren, als sie von der Verhaftung der HSK-Kader erfuhren.

Im «Rendez-vous am Mittag» von Radio DRS wurde das Communiqué zum ersten Mal ausgestrahlt. Das Echo darauf war gewaltig.

Eine Stunde später warf Gregor Thaler das Handtuch. Er werde an Leib und Leben bedroht und sehe sich deshalb gezwungen, als Verwaltungsratspräsident der HSK zurückzutreten. Das Nationalratsmandat gedenke er aber zu behalten, obwohl der Zentralvorstand seiner Partei, der FDP, ihm empfohlen habe, es niederzulegen. Er habe zwecks Fraktionswechsels bereits Verhandlungen mit der SVP aufgenommen.

Zur selben Zeit liess der Sprecher der Luzerner Regierung verlauten, der Kanton habe entgegen verschiedenen Medienberichten keine finanziellen Zusicherungen an die HSK gemacht. Das habe die Nationalbank getan. «Falls es doch noch zum Konkurs dieses Finanzhauses kommen sollte», betonte der Regierungssprecher, «ist mit mehreren tausend Entlassungen zu rechnen. Die Regierung des Kantons Luzern wird alles in ihrer Macht Stehende tun, um diese möglichst sozialverträglich zu gestalten.»

Donnerstag, 17. Mai

Frau von Flüe, Lauber und Minder gingen nach einem gemeinsam eingenommenen Frühstück noch einmal zum Schwanenplatz.

Vor der HSK-Zentrale fragte die Staatsanwältin die beiden wachhabenden Polizisten, ob in der Nacht vor der Bank etwas vorgefallen sei. Der eine schüttelte nur gelangweilt den Kopf, der andere meinte, er frage sich wirklich, wer in der HSK noch etwas holen wolle.

Hermine von Flüe lud daraufhin Minder und Lauber ein, in ihr Büro zu kommen. Dort könne man die News aus dem Internet herunterladen und einiges auch dem guten alten Radio entlocken.

Es war das gute alte Radio, das Frau von Flüe und ihre Gäste ins Staunen versetzte:

Soeben erfahren wir, dass der stellvertretende Bundesanwalt gestern Abend in Lörrach im Südwesten Baden-Württembergs von Beamten des deutschen Bundeskriminalamts festgenommen wurde. Der zweitoberste Ankläger der Eidgenossenschaft weilte zu einem privaten Besuch in dieser Stadt. Als Grund für die Verhaftung wurde «Anstiftung zu Menschenraub» angegeben. Der Bundesanwalt hat bekanntlich gegen zwei Steuerfahnder aus Nordrhein-Westfalen einen internationalen Haftbefehl ausgestellt, weil sie verdächtigt werden, mehrere in der Schweiz entwendete CDs mit Kontendaten einer Luzerner Bank gekauft zu haben. Die Vorsteherin des Eidgenössischen Justiz- und Polizeidepartements hat für den frühen Nachmittag eine Medienorientierung über diesen Vorfall angekündigt.

Die nächste Meldung kam ebenfalls aus dem grossen Kanton im Norden. In ganz Nordrhein-Westfalen seien seit dem frühen Morgen Hausdurchsuchungen im Gange. Es betreffe vor allem Kontoinhaber der HSK. Und alle fünf Filialen dieses Geldhauses seien versiegelt worden.

Frau von Flüe schlug sich mit beiden Händen auf die Schenkel.
«Fast scheint es, dass nun tatsächlich einmal die beste Armee der
Welt zum Einsatz kommt.»

Nachwort

Radio Österreich 1 (Ö1) und das Fernsehen des Österreichischen Rundfunks (ORF) berichteten am 1. Oktober 2010 (transkribiert):

Österreicher stirbt in Schweizer U-Haft

Ein mysteriöser Selbstmord in Schweizer Untersuchungshaft sorgt für Aufregung in der Schweiz und in Österreich. Wie das österreichische Aussenamt bestätigt, handelt es sich bei dem Verstorbenen um einen Österreicher. Der Mann wurde von den Schweizer Behörden der Steuerdaten-Spionage verdächtigt.

Seit zwei Wochen in Untersuchungshaft

Der Mann, der seit Längerem in der Schweiz gelebt haben soll, wurde vor zwei Wochen festgenommen. Vergangenen Mittwoch früh hatte man ihn leblos in seiner Zelle aufgefunden. Jeannette Balmer von der Schweizer Bundesstaatsanwaltschaft bestätigt, dass gegen den Mann wegen Bankdatendiebstählen und des Verkaufs von Steuerdaten nach Deutschland ermittelt wurde. Bei der Berner Kantonspolizei, die den Todesfall in der Zelle untersucht, geht man von einem Selbstmord aus. Fremdeinwirkung konnte nicht festgestellt werden, so ein Sprecher. Weitere Untersuchungen am rechtsmedizinischen Institut seien aber noch im Gange.

Steuer-CD-Affäre

In der Bankdaten-Klau-Affäre geht es um den Diebstahl von Daten von Schweizer Bankkunden. Eine CD mit den Daten mutmasslicher deutscher Steuersünder wurde von den deutschen Behörden, sehr zum Ärger der Schweiz, um 2,5 Millionen Euro gekauft. Später kamen noch weitere Steuerhinterzieher-CDs auf den Markt und wurden den deutschen Finanzfahndern zum Teil erfolgreich verkauft. Wie der verstorbene Österreicher in den Fall verwickelt ist, darüber wollten sich die Schweizer Ermittler nicht äussern.

Hinweis zu diesem Beitrag:
Die Untersuchungen am rechtsmedizinischen Institut brachten keine weiteren Erkenntnisse. War es wirklich ein Selbstmord? Die Schweizer Bundesanwaltschaft behauptet es. Viele mögen nicht daran glauben. Wie kann sich jemand umbringen, wenn er mit einer Gefängnisstrafe von einem Jahr zu rechnen hat und nach seiner Freilassung drei Millionen Franken von einer deutschen Länderregierung abholen kann? Das wäre ein sehr unlogischer Selbstmord.

Glossar und Sachverzeichnis

Beste Armee der Welt – Bundesrat Ueli Maurer steckte sich bei seinem Amtsantritt im Dezember 2008 das Ziel: Die Schweizer Armee solle die beste Armee der Welt werden.

Billett – schweiz. für Fahrkarte oder Einlasskarte

Bundeskriminalpolizei – Die Bundeskriminalpolizei (BKP) nimmt in der Schweiz die Vorabklärungen und die Koordination gerichtspolizeilicher Ermittlungsarbeit vor, welche in der Kompetenz des Bundes liegen. Die Polizeihoheit liegt weitgehend bei den Kantonen. Die BKP, sie verfügt über keine uniformierten Einheiten, ermittelt im Bereich der organisierten Kriminalität, bei Verstössen gegen das Betäubungsmittelgesetz und bei Wirtschaftskriminalität unter der Leitung der schweizerischen Bundesanwaltschaft und sie koordiniert kantonsübergreifende und internationale Ermittlungen.

Cheib – schweiz. für Kerl (grob oder kumpelhaft, bedeutete ursprünglich Aas)

Emmen – Zweitgrösste Gemeinde der Zentralschweiz, knapp 30'000 Einwohner, nordwestlich von Luzern. Emmen hat einen grossen Militärflugplatz, dort befindet sich der Hauptsitz der Schweizer Luftwaffe.

Gipfeli – schweiz. für Croissant, in Süddeutschland auch Hörnchen genannt

Grind – Schädel oder Kopf. Diese altalemannische Bezeichnung ist in ländlichen Gebieten der Schweiz noch sehr verbreitet.

Heimetli – schweiz. für kleines Bauerngut

Karsumpel – schweiz. für unordentlicher Haufen, nutzlose Ware

Morgarten, Schlacht am – 15. November 1315. Es war die erste Schlacht zwischen den Eidgenossen und den Habsburgern. Die Eidgenossen schlugen die Habsburger.

Morgartenstrasse – Luzerner Wohn- und Geschäftsstrasse auf der linken Seite der Reuss. Die Namen in den Quartieren, die im

19. Jahrhundert entstanden sind, tragen historische Namen: Morgarten-, Sempacher-, Habsburger-, Winkelried- oder Waldstätterstrasse. Die Schweiz wandelte sich in dieser Zeit von einem Staatenbund in einen Bundesstaat, und man besann sich auf historische Mythen.

Pikett – schweiz. für Bereitschaftsstellung

Radio DRS 1,2,3,4 ... – Das Schweizer Radio DRS (SR DRS) und das Schweizer Fernsehen (SF) sind seit dem 1. Januar 2011 vereint in der Unternehmung Schweizer Radio und Fernsehen (SRF). Am 16. Dezember 2012 wurde das Schweizer Radio DRS in Radio SRF umbenannt.

Schafseckel – schweiz. für blöder Kerl, grobes Schimpfwort

Tschugger – schweiz. abwertend für Polizist

Vögeligärtli – Park vor der Zentralbibliothek in Luzern. Früher stand dort eine Gasfabrik. Die Stadt Luzern wurde um die vorletzte Jahrhundertwende noch mit Gas beleuchtet. Nach der Elektrifizierung war dort ein Hirschpark, der später durch eine Voliere ersetzt wurde.

Peter Beutler
WEISSENAU
Broschur, 272 Seiten
ISBN 978-3-89705-971-9

«*Peter Beutler hat in seinem dichten und von grossem Engagement zeugenden belletristischen Erstling den seinerzeit die Schweiz schockierenden Fall ‹Marcel A.› verarbeitet.*» Der Bund

«*Peter Beutler schreibt mutig, mit grossem Engagement, schonungslos und spannend.*» Berner Oberländer

Peter Beutler
HOHLE GASSE
Broschur, 272 Seiten
ISBN 978-3-95451-058-0

«*Geschickt verwebt der Autor Motive aus dem rechtsextremistischen Lager in die Handlung und räumt mit idyllischen Vorstellungen auf, sodass die Lektüre seines Buches die Wirkung einer Ausnüchterungszelle erzielt.*» Der Bund

www.emons-verlag.de

Peter Beutler
KANDERSCHLUCHT
Broschur, 320 Seiten
ISBN 978-3-95451-136-5

«Einmal mehr greift Peter Beutler einen brisanten Stoff auf und kratzt mit seinem neuen Krimi am Bild einer harmlosen Schweiz.» Der Bund

«Auch in seinem dritten Roman macht Peter Beutler das, wofür er bekannt wurde: er nimmt kein Blatt vor den Mund und kratzt selbst am Lack einer der Schweiz nach wie vor heiligen Kuh, sprich der Schweizer Armee. Dieses Buch packt den Leser, führt ihn in Abgründe der Schweizer Geschichte. Die Idee und den Mut solche Themen überhaupt anzupacken, verdienen unseren Respekt.» Zuger Woche

www.emons-verlag.de